El visitante extranjero

JULIO ROJAS

El visitante extranjero

Sp

Grijalbo

Papel certificado por el Forest Stewardship Council®

Primera edición: marzo de 2019

© 2018, Julio Rojas
© 2018, Penguin Random House Grupo Editorial, S. A.
Merced 280, piso 6, Santiago de Chile

© 2019, Penguin Random House Grupo Editorial, S. A. U.
Travessera de Gràcia, 47-49. 08021 Barcelona

Printed in Spain — Impreso en España

ISBN: 978-84-253-5765-7
Depósito legal: B-472-2019

Compuesto en La Nueva Edimac, S. L.

Impreso en Black Print CPI Ibérica
Sant Andreu de la Barca
(Barcelona)

GR 57657

Penguin
Random House
Grupo Editorial

A mi abuelo Ernesto,
inventor

Índice

Como los individuos de una misma especie entran por todos conceptos en competencia la más rigurosa, la lucha será generalmente más severa entre las variedades de una misma especie, y seguirá en severidad entre las especies de un mismo género. Por otra parte, muchas veces será severa la lucha entre seres alejados en la escala de la Naturaleza.

CHARLES DARWIN,
El origen de las especies por medio de la selección natural

Es creencia popular que los animales cebados no comen la cabeza, las manos y los pies de sus víctimas humanas. Esto es inexacto. El animal, si no es molestado, lo come todo, incluso las ropas tintas en sangre.

Puedo afirmar que un régimen de carne humana, lejos de producir efectos perjudiciales en la piel de los animales cebados, tiene un resultado opuesto, porque todos los que he visto poseían pieles notablemente hermosas.

JIM CORBETT,
El leopardo de Rudrapayag

Dadme un diente y os daré un animal entero.

GEORGES CUVIER

Prólogo

Los extraordinarios eventos que me propongo relacionar sucedieron entre el 3 de enero y el 7 de septiembre de 1889, en el puerto chileno de Valparaíso, y concluyeron el 1 de diciembre en París. Me vi implicado en ellos muy a pesar mío y la mayoría de lo narrado lo experimenté yo mismo, tal como lo expongo aquí. Los otros involucrados mencionados en esta bitácora podrán dar fe de muchos de los hechos. No así los periódicos, donde solo se mencionan un par de aproximaciones aisladas y de tono menor, que la historia y el tiempo terminarán por olvidar. Temo que lo mismo pase conmigo. Debo hacer esto ahora, antes de que la memoria disuelva las imágenes y los acontecimientos en mi mente. He tardado un tiempo considerable en coleccionar cartas, notas, y reescribir apuntes de mi diario y tener todo a mi disposición para intentar dar una coherencia (una coherencia temporal, si es eso posible) en un solo documento que he pensado entregar a las autoridades, o, por lo menos, a cierta persona. No soy un hombre de letras, sino un hombre de ciencia, pero lo paradójico es que la ciencia no ha logrado solucionar la cuestión de fondo. Hay un vértigo en el que he transitado y que hace de esta experiencia algo que me temo no sea transmisible. Investigué una y otra vez las situaciones donde yo no participé y tengo el convencimiento de que sucedieron con bastante aproximación a lo escrito. Hay eventos que he dejado afuera, porque se contradicen, o no tengo la suficiente certeza de que hayan ocurrido de la manera que suponía. No espero, por supuesto, que alguien me crea. Esto se ha convertido en un asunto tan personal, que la única manera cómoda de hacerlo es distanciarme de los hechos, como si narrara esto a alguien que acabara de llegar a este puerto y que fuera un extranjero, por lo que tendría que aclararle hasta las cosas más obvias. Finalmente, en este asunto, los detalles han sido claves. Algunas notas las hice directamente de mi diario. Otras, como la relación del comisionado de pesquisas Pedro Pardo, las he escrito desde la distancia de un observador. Del diario de Emilia Lyon solo he tomado lo que es atingente y he guardado, por respeto a su familia y a la memoria de la desafortunada, los detalles privados y secretos. En fin. Demasiadas voces. Quizá finalmente todas se unifiquen solas, en favor del lector. Supongo que da lo mismo. Repito: no soy un hombre de letras.

Valparaíso, 1889

PRIMERA PARTE

La bestia ha desembarcado

4 de marzo de 1889

Relación del comisionado Pedro Pardo
Lo extraordinario es «cómo» ha muerto

El auditorio está a oscuras para que la linterna mágica pueda hacer su trabajo. Una lámpara de arco genera un resplandor entre dos electrodos de carbón, resplandor que varios juegos de espejos curvos y cristales pulidos amplifican y permiten proyectar en la pared lo que sea que esté dibujado en una placa de vidrio, en este caso, un primer premolar, con todos sus detalles.

—¿Alguien se aventura? —pregunto.

Mi voz retumba con eco en la gran sala en penumbras. A veces, frente al silencio, imagino que estoy solo, que puedo sumergirme en lo hipnótico de las partículas atravesadas por el haz de luz, seguir el río de mis pensamientos, un color que lleve a un recuerdo, que lleve a un objeto, que lleve siempre al mismo lugar, una playa, unas aves carroñeras, las olas enrojecidas...

Un par de toses y el brillo de los pares de ojos en el hemiciclo me recuerdan que debo continuar y disolver con palabras esas imágenes recurrentes.

—Dos cúspides iguales. Aproximadamente del mismo tamaño y saliente, hecho que no ocurre en los inferiores. Los ángulos mesio y disto oclusales son mucho menos prominentes. La corona presenta un aspecto de estrechez de hombros, en lugar de una forma ovoide. Imagínenlo en una boca. He aquí la pregunta: ¿De quién?

Todos guardan silencio.

Apago la linterna y un ayudante enciende las luminarias de gas y abre los tragaluces. Los lunes, el auditorio del San José aumenta su concurrencia. Aparte de los asistentes regulares, se han sumado algunos cirujanos, un par de estudiantes de higienismo y un hombre grueso, que se ha sentado en la parte alta del auditorio y escucha con interés. Muestro ahora el premolar en mi mano.

—¿Alguna idea?

Las miradas van y vienen. Alguno pide verlo más de cerca. Se lo van pasando de mano en mano hasta que vuelve a mí.

—Esta es la ciencia de lo sutil. Hay que saber mirar. Y mirar con los dedos. Vamos señores, piensen, ¿qué tenemos aquí?

El silencio recorre las filas.

—¿El premolar de una mujer?

—Exacto.

Lanzo el premolar a un alumno somnoliento que se avispa y lo atrapa en el aire.

—¿Qué más ve?

—No me aventuraría a más, profesor —dice, desconcertado.

—¿Ve un desgaste ligero en el borde? Es sutil, de medio milímetro. Ha sido producido por años de cortar el hilo. Es una costurera, zurda por cierto. El tipo de calcificación y los desgastes nos hablan de una mujer de unos cuarenta años. ¿Esa tinción?, que le gusta el té. ¿Y esa inclinación a la raíz, sumado al tipo de abrasión?, nos indica una mujer delgada, de masa muscular leve, un temperamento melancólico, esposa quizá de marino. No ha tenido hijos. Si los hubiera tenido, advertiríamos las descalcificaciones pertinentes. Una pequeña línea de fractura en el tercio apical nos indica que recibió un fuerte impacto mecánico. El trayecto del golpe nos muestra que vino desde arriba. Si tuviéramos el incisivo, veamos...

Busco en la caja y encuentro el incisivo correspondiente.

—Por aquí está... Sí... Fractura incisal, avulsión. El marino la golpeó. La muerte fue producida por un hematoma intracraneal. Los dientes nos hablan, señores. No solo en vida, cuando están en la boca para la fonación y masticación, sino también, cuando están fuera de ella... siguen hablando. Lamentablemente nos encontraremos con muchas de estas fracturas donde el agresor no recibirá castigo y continuará impune toda su vida. Matrimonios donde el único escape para la mujer es morir rápidamente. Depende de nosotros cambiar este destino terrible. Como hombres de ciencia, depende de nosotros... —Miro al hombre grueso, quien se levanta y sale—. Y de la policía, por supuesto —termino.

El hombre ya no está ahí.

La esquina del hospital es siempre ventosa, sobre todo en enero, cuando el viento suroeste baja de los cerros por la calle del Circo levantando verdaderos tornados de hojas y polvo. Mientras espero el carro de sangre, mi sombrero sale volando hasta los pies de un hombre, quien lo recoge y se acerca cojeando. Es el hombre del auditorio.

—La ciencia no deja de asombrarnos. Va a llegar un momento en que nos quedaremos sin trabajo. Pedro Pardo. Comisionado de la Policía de Pesquisas —dice.

—Sé quién es usted. Le he escrito muchas cartas. Veo que surtieron efecto —respondo.

—Las reenvié a mi jefe, Jacinto Pino, quien las remitió a la policía de Santiago. Identificar a los individuos con las rugosidades del paladar. ¿Es posible?

—Rugas palatinas, sí. Son únicas. No hay dos iguales. Le permitiría reconocer con facilidad a cualquier delincuente.

El hombre, más que un policía, parece un comerciante de quesos, o un vendedor de tapices de los almacenes Garchot. Es grueso y de movimientos lentos. Sus ojos, debido a lo abultado de sus mejillas, y de su consistente bola adiposa de Bichat, parecen entrecerrarse más de lo necesario, lo que le da una expresión de serenidad. Un Buda, pienso. Un Buda policía.

—En Europa están trabajando en los surcos de los pulpejos de los dedos. También dicen que son marcas únicas —declara.

—No creo que resulten muy efectivas, sobre todo en una ciudad que tiene la mala costumbre de incendiarse... —comento—. Pero sospecho que usted no está aquí para hablar de eso.

—No. No realmente —confirma—. Me preguntaba si podría acompañarme al tanatorio. Hay algo que quiero mostrarle.

—O mi clase fue un éxito o está usted muy confundido —digo.

—Son nuevos tiempos, doctor. A mi jefe le han encargado conformar un grupo nuevo. Un grupo de agentes de pesquisas. Es algo nuevo. Vicuña Mackenna trajo la idea de las policías de Francia e Inglaterra. Un grupo diferente al policía de poca ilustración y de trato rudo que se ha formado en un ambiente oscuro. Un grupo que estoy presidiendo, por lo que debo abrirme a todas las posibilidades.

—¿Me está reclutando, comisionado?

—Para nada. Solo quiero su opinión puntual. No le quitaré más de quince minutos —dice.

Mi carruaje ya ha llegado. Sin esperar respuesta, veo que Pardo ya camina hacia el hospital. Hago un gesto al cochero para dejarlo libre y lo sigo.

El Hospital San José es uno de los más completos de Latinoamérica y un ejemplo de modernidad. Cuenta con tres pabellones, varios gabinetes de atención, salas de enfermos, salas de convalecencia, un amplio hall de atenciones, dos auditorios iluminados convenientemente con lámparas de gas, un eficiente sistema de calefacción radiante y la nueva área de formación. Tendrá también, si los fondos se aprueban, un único ascensor para los funcionarios, que permitirá estar en los cerros en menos de siete minutos. Aunque desde hace un año hago clases a las nuevas generaciones de médicos y flebótomos en el arte de la dentística forense, apenas conozco todas las instalaciones. El tanatorio está en la parte sur y debemos cruzar por el centro, donde todos los lunes hay atenciones abiertas, por lo que los pasillos del hospital están llenos de gente. Ambos caminamos rápido. Noto que a pesar de la cojera, Pardo camina con una curiosa velocidad mientras me habla.

—Meses de navegación, cruzan el estrecho y corren a embriagarse como si se hubieran salvado del mismo infierno. Todos ebrios. Ingleses, alemanes, yanquis, franceses, italianos. Saliendo de bares y prostíbulos sin saber de su alma —comenta.

Subimos unas escaleras. Unas enfermeras bajan. Hay mucha actividad alrededor de nosotros.

—A veces basta una mala mirada, un empujón inocente, una palabra malentendida para que brillen los cuchillos y corra la sangre. Que una mujer del oficio resulte muerta, no es noticia —continúa.

—Entonces ¿por qué vamos con tanta prisa? —pregunto.

Nos detenemos frente a una sala.

—Lo extraordinario es «cómo» ha muerto —declara Pardo.

La sala es verde, y alta, con una gran claraboya central que, si estuviera abierta, dejaría pasar una considerable cantidad de luz, pero que se mantiene cerrada, esparciendo la penumbra en el espacio, como si se quisiera enfatizar lo tétrico del lugar. Un médico de barba, delgado, de aspecto severo y un aire germano, toma notas en un cuaderno. Una bella lámpara verde de lectura ilumina su escritorio y sus apuntes. Más allá, sobre una cama de mármol, un cuerpo cubierto por una sábana.

—Doctor Nolasco Black, le presento al doctor Bartolomé Shultz, nuestro tanatólogo —agrega Pardo, con algo de solemnidad en la voz.

El médico apenas nos mira y sigue escribiendo.

—Doctor Shultz…

—Así es que finalmente trajo al dentista —oigo la voz de Shultz.

Pardo deja su sombrero y saluda con desagrado al médico. Este levanta la vista y me mira sin expresión.

—La paciente es toda suya —indica—. Puede contar sus caries, si quiere.

Me adelanto al cuerpo y tomo la ficha clínica.

Pardo me mira como disculpándose por la actitud de Shultz. Yo descubro el cuerpo. El cabello rojo es lo primero que veo. Una mujer de unos veinticinco años, blanca, similar a una muñeca de porcelana. Tiene el torso abierto, como si fuera un pez al que le hubieran arrancado las entrañas. Permanezco por unos segundos contemplándola.

Algo me pasa al verla. Algo me inmoviliza.

—Elena Krivoss. Rusa. Ejercía de meretriz en algunas casas de la calle Clave. Unos palomillas del puerto la encontraron tirada en un callejón en la madrugada del viernes —cuenta Pardo.

Me quedo inmóvil.

—¿Está bien, doctor?

Pardo me observa, extrañado. Intento permanecer imperturbable.

—¿Doctor Black?

Intento volver al momento presente.

—Por supuesto —logro articular.

Haciendo un gran esfuerzo, examino visualmente los detalles de los tejidos.

Pardo mira a la mujer con una cierta admiración.

—Doctor Shultz, ¿puede referir a nuestro invitado lo que encontró?

Sin dejar de escribir, comienza a recitar su informe, impersonal, monocorde.

—Algo penetró su tórax, desgarró el peritoneo y arrancó sus vísceras a tirones. El hígado está lacerado y falta su lóbulo superior. La cabeza del páncreas está desgarrada. El corazón... está ausente —termina, en voz baja.

—Ausente —repito, mecánicamente.

Shultz se levanta y parece entusiasmarse.

—El tejido muestra profundos surcos sagitales generados por algún elemento punzante traccionado con violencia al exterior —describe.

—Un cuchillo o un corvo marinero —completa Pardo.

Observo sus dedos. Sus manos de dedos largos y hermosos.

Pájaros. Pájaros carroñeros. Sé que están en mi mente, pero parecen revolotear por toda la habitación. Me fijo en la sangre que se ha derramado en las canaletas del mármol. Los detalles se me aglomeran en la mente. Una mujer con un vestido verde en una playa. Una sortija que brilla entre las piedras rojas. La rusa bailando frente a mí con un vestido verde. La rusa durmiendo mientras yo la miro.

Descompuesto, salgo de la sala. Por un segundo puedo ver a Shultz que mira a Pardo con una sonrisa.

En los lavabos, vomito varias veces. Luego me incorporo y me aseo. Me quedo apoyado en la pared de azulejos intentando recobrarme. Elena Krivoss. Elena Krivoss, muerta.

En el pasillo, Pardo me espera con mi sombrero en una mano. Se lo recibo y camino delante de él. Él me sigue.

—Si pudiera aplicar lo que sabe para este caso, doctor —apunta—. El doctor Adriazola me dijo que aprendió esa técnica en París.

—No puedo ayudarlo —señalo en voz baja.

—Usted lo dijo en su clase. Los dientes hablan.

—Es solo eso. Una clase.

Me alejo. Pardo me torea desde la distancia.

—Quizá su nueva ciencia no sirva para esto. Quizá la costurera no existe. Quizá sea una puesta en escena para generar el asombro de los alumnos. Nunca lo sabremos —lanza.

Me vuelvo.

—Perros —me oigo decir.

Pardo frunce las cejas, extrañado, y se acerca a mí.

—Hay una impronta de una arcada con caninos fuertes y premolares de cúspides filosas. Desgarro y laceración mecánica por mordida animal —declaro.

—¿Está seguro? —dice Pardo, sin dejar su cara de asombro.

—Lo que sea que haya producido esto, ha devorado este interior con ferocidad. La cantidad de sangre y los signos de lividez indican que estuvo viva por lo menos hasta bien avanzado el ataque. Perros salvajes —repito, ahora con más seguridad.

—¿Perros?

—Sí, comisionado. Perros. Perros de cerro, hambrientos.

Me alejo y dejo a Pardo en el pasillo. Mientras salgo al viento, intento recuperarme, afirmándome de un árbol. Nadie parece notar mi turbación, quizá porque todos han puesto atención a unas insistentes campanas. Es el ruido característico de carros de ambulancia. Muchos de ellos. Más de lo habitual.

4 de marzo de 1889

Diario de Nolasco Black
Dlinnyye sumerki

Para no enloquecer, la mente requiere de explicaciones simples. Una jauría bajó y le ladró a la rusa. El miedo los excitó. Tal vez ella resbaló. Cuando alguien cae y queda bajo la línea de visión de un animal territorial pasamos, de ser dominantes, a ser presas. Probablemente ella había bebido. Pero una jauría, ¿atacaría con tanta precisión y discriminaría exactamente el corazón para arrancarlo tan limpiamente? Todo es posible.

Lo imposible, lo impensable, es que ha sido el corazón de Elena Krivoss.

Me imagino el último día de la única muchacha rusa del burdel de madame Ling.

Desnuda, fuma opio sobre una cama caliente y deshecha. Parece un felino o una figura de esas pinturas de huríes o bailarinas orientales, tan de moda en las estampas de Oriente que adornan las casas de comercio del centro de Valparaíso. Hace unos minutos, ha tenido sexo con un hombre que no vemos, pero que suponemos, la contempla con admiración.

Alumbrado por unas lámparas de gas de cristales naranjos, su cuerpo todavía brilloso, parece el de un animal marino, o una sirena fosforescente que habita el océano de papel mural en aquella recargada habitación. Su exótico pelo rojo y su gran tatuaje de una serpiente que se muerde la cola cruzando toda la espalda, la hacen inconfundible. La serpiente tatuada parece cobrar vida cuando Elena, con los movimientos expertos de una mujer hábil en el oficio, despliega su arte aprendido en los mejores burdeles de —según ella— San Petersburgo, Hamburgo y Río de Janeiro. Elena sabe que se ha ganado bien los tres peniques del servicio. Pero sabe que debe esperar a que el hombre dé por concluido el encuentro. Elena llama a ese momento, *dlinnyye sumerki*, el gran crepúsculo, el momento en que el hombre termina de contemplarla, se viste, y cruza finalmente la puerta para desaparecer. Elena sabe que lo dicho en el gran crepúsculo resulta importante para mantener una buena clientela. Las palabras son casi tan importantes como la piel, pero en este caso no hay palabras. Hay un silencio espeso. Un silencio que Elena intenta rellenar, pero que la hace sentir vulnerable.

Ella, la reina, la mujer más bella y amada de Valparaíso, ¿nerviosa frente a un hombre?

—Me gustan los hombres silenciosos —susurra.

Elena quiere mirar a su acompañante, pero ha comprendido que sus ojos jamás han llegado a ponerse en contacto. Ella observa, entonces, sus manos. Manos largas y finas. Manos de artista.

—Yo hablo tres idiomas, y a veces no tengo nada que decir —agrega.

El hombre solo la mira. Elena puede sentirlo. Es verdad. Está nerviosa e incómoda. ¿Por qué? ¿Qué tienen esas manos?

—Me dijeron que me buscó varios días. Eso me halaga. Me hace sentir… especial —sonríe.

Elena ríe, pero en esa risa hay una súplica. Por favor, váyase. Por favor, no vuelva. Por favor, no me mire.

—¿Lo soy? —insiste Elena.

—Aún no lo sé —dice el hombre, que permanece en silencio contemplándola.

Elena fuma y de improviso siente ganas de cubrir su desnudez. De tapar de alguna forma, las marcas —la rusa está acostumbrada a ellas— que este hombre ha dejado en su cuerpo.

Dlinnyye sumerki.

Finalmente, el hombre se viste y se va. Impulsivamente, Elena corre y echa cerrojo a la puerta como si temiera que el extranjero se arrepienta y vuelva. Como si le aterrara que el extranjero quiera recoger algo olvidado. O a ella misma. Ella misma, olvidada.

Ahora imagino que Elena camina con decisión por una atiborrada calle del puerto que, por su movimiento y cantidad de puestos de venta, podría ser una calle en Saigón, en Calcuta o en cualquiera de los callejones más exóticos del mundo. Se trata de un barrio peligroso donde Elena debe sortear vendedores nocturnos, charcos de bosta, carruajes impulsivos, marinos que la acosan, peleas a cuchillos de borrachos irlandeses. Luego, al dar la vuelta en la esquina, la mujer queda sola caminando por una calle abandonada.

Elena se detiene de pronto, como si hubiera sentido un mareo o un leve dolor de cabeza. Luego parece recuperarse y continúa por el callejón.

Al final de la calle ve algo que la hace detenerse. De pronto se vuelve y comienza a caminar en busca de gente, cada vez a mayor velocidad, como si alguien la siguiera. Luego, en un momento, tropieza y cae. Intenta levantarse. En eso, un hombre al que no vemos, se acerca y le ofrece la mano. Elena lo mira y sonríe, pero está aterrada.

El farol de gas que ilumina la calle súbitamente se apaga y la calle queda envuelta en tinieblas. Quizá Elena, antes de comprender que es ella la que percibe la oscuridad, antes de percibir que son sus ojos los que no ven, siente un miedo profundo y luego, algo parecido a agua hirviendo, o a una púa de hielo o algo metálico que penetra en su piel, bruscamente, y que de alguna forma la alivia. O quizá no. Quizá sintió miedo en todo momento. Miedo y dolor. Un dolor inconcebible.

4 de marzo de 1889

Diario de Emilia Lyon (facilitado por Antonia Montt)
¿Quién era ese hombre?

Hoy explotó la caldera de la maestranza de Balfour. A eso de las 12 del día comenzaron a llegar ambulancias y carros de sangre con los heridos. Íbamos de aquí para allá ayudando, llevando pilas de ropa estéril, poniéndonos a disposición de los médicos. Las campanas de emergencia no paraban de sonar. Recuerdo que le pregunté a sor Fernanda, que iba afanosa con el instrumental quirúrgico al hall —donde se había improvisado un puesto de atención—, si se había descarrilado un ferrocarril, o volcado un tranvía, y ahí me dijo que eran quemados. La seguí, aunque era la primera vez que me enfrentaba a esto. Recuerdo un salón lleno de heridos de gravedad, todos siendo atendidos por monjas, por médicos y enfermeras en una faena vertiginosa. Una monja del pabellón central comenzó a dar instrucciones a las recién llegadas. «Enfermera, apósitos, allá», etc. Estuve ayudando hasta que en uno de mis viajes en busca de vendas, un hombre apuesto, de bigote y de aspecto refinado, de unos treinta y cinco años y ojos de un negro tan profundo que parecían dos ventanas abiertas hacia el fondo de la tierra, un hombre alto, sin delantal, me tomó del brazo y me dijo en un inglés con un acento refinado, pero duro, imperativo:

—Tijeras y vendas. Necesito una pinza Kelly y sutura.

Me fue imposible resistir o preguntar. No eran palabras simplemente, era una orden. Obedecí, y le pasé un riñón metálico con los elementos. Después lo seguí donde una mujer embarazada que ya había roto sus fuentes. Luego de examinarla, el hombre me dijo:

—Tradúzcame. Voy a decirle algo a la paciente.

La mujer estaba herida y blanca como el papel. Mientras la examinaba, aquel hombre le dijo:

—Señora, usted y su hijo van a morir. Trataré de salvar a su hijo. Necesito que puje con todas sus fuerzas.

Yo alteré la traducción. Me pareció inhumano que ella supiera su destino.

—Señora, vamos a salvarlos, pero necesito que puje fuerte.

El hombre me miró y me indicó con tranquilidad, pero también con urgencia:

—Enfermera, está atrapado en el canal uterino. Se está ahogando. Cuando le diga, vamos a expandir. Tome la cabeza y traccione. ¿Está lista?

—Sí —respondí.

—¡Ahora!

—¡Puje mujer, puje!

La mujer gritó. El hombre hizo dos cortes en la vagina y la desgarró para que el bebé saliera. Ambos quedamos cubiertos de fluidos.

—Encárguese del niño. Aspire secreciones —ordenó.

Él sacó la placenta, cortó el cordón, suturó las paredes de la vagina y controló la hemorragia. Acto seguido, la mujer se desmayó.

—Morirá en unas semanas si no se desinfecta con ácido carbónico. Que alguien controle las suturas.

Miro a ese hombre sin poder ocultar mi admiración.

—¿Quién es usted? —le pregunto.

Pero él solo se limpia las manos, me mira con esos ojos que en realidad son la compuerta a un abismo, así lo pienso ahora. De improviso, él se va. Quedo con el niño en mis brazos, tan confundida, que hasta ahora, en que escribo esto, dudo de mis propios recuerdos. ¿Eso pasó realmente? ¿Quién es ese hombre?

Le he llamado W.

5 de marzo de 1889

Diario de Nolasco Black
El futuro ya está aquí.

En el interior del coche, intento dibujar con la mayor precisión posible el cuerpo de la mujer, las heridas, los detalles de los órganos seccionados y, sobre todo, la lesión en forma de media luna inscrita en su pecho. Al terminar, he llenado varios papeles con bosquejos anatómicos, que luego guardo en mi maletín. Luego miro hacia la calle. Con el sol cayendo directo sobre mis ojos observo a la multitud de transeúntes que pasean por la calle del Cabo (Esmeralda), una de las avenidas principales de Valparaíso. De pronto veo entre la gente a una mujer mayor, de mirada clara y pelo cano que me observa. El carruaje sigue su marcha. Saco mi mano y golpeo con tres golpes el techo.

—¿Puede detenerse? Cochero… ¿Puede detenerse?

Los caballos se detienen. Me bajo y busco con la mirada a aquella mujer. Las personas en la calle siguen su propio curso. No hay rastro de ella. Me detengo frente a una tienda donde hay una reproducción a escala de la torre Eiffel. La figura tiene como una vara de alto y es de madera que imita los hilos de hierro de la gran estructura parisina. La leyenda en la vitrina dice: «El futuro ya está aquí. Almacén de música Carlos Brandt».

Pero no miro el anuncio, solo intento encontrar con la mirada a la mujer, que no aparece por ningún lado. Al volver a observar el anuncio, a través del cristal veo un reflejo que me llama la atención.

Me doy vuelta y, como si hubiera ocurrido un evento inexplicable, ahora la calle está completamente vacía. En el centro de ella hay un bulto. Me acerco. Un charco de sangre rodea a aquella figura inmóvil. Es una mujer desnuda. Sus vísceras están repartidas sobre los adoquines. Entonces, la mujer desgarrada abre los ojos y me mira, como si estuviera clamando ayuda.

Despierto a causa de unos golpes en la pared. Me froto la cara con las manos. Estoy vestido y tardo en recuperar la noción del tiempo. Son las tres de la tarde, y sobre la cama hay desparramados algunos de los bocetos anatómicos. Tres golpes secos vuelven a sonar. Me levanto y pongo el oído en la muralla. Es un ruido similar a una respiración o a un susurro. Algo muy lejano a una cañería o al sistema de gas del hotel Colón. Algo muy diferente.

Alguien ahora golpea la puerta y eso me sobresalta. Abro. Es una chica delicada y risueña, la nueva mucama.

—Doctor, lo buscan en el lobby.

En el vestíbulo del hotel está Dimitri. No debería estar aquí, no sigue las instrucciones. No es una persona de fiar, y eso suelo olvidarlo de manera recurrente. Es un hombre de aspecto vulgar, tiene un diente de oro y va vestido a la usanza de un griego tradicional. Se pasea por el recibidor con desenfado, sabiendo que su presencia incomoda al resto. Le gusta este juego. Debo hablar de él. He prometido que contaré todo sobre estos días extraños, y eso implica contar también acerca de mis sombras. Dimitri es parte de ellas.

—No me gusta que se aparezca por acá. Ya lo hemos conversado —digo, molesto.

—Lo esperé a la salida del hospital y como no llegó... Si quiere nos vemos en otro lado.

—¿Qué tiene? —pregunto con incomodidad.

—Cosas nuevas —responde, vagamente.

En un privado, a un costado del restaurante del hotel, el griego despliega una serie de frascos y medicamentos sobre una alfombrilla adecuada para mostrar sus mercancías.

—Morfina, refinada en Shangai. De las mejores adormideras de Borneo. Bolas de opio de Cantón, sin resina. Si lo quiere para el asma y otras afecciones espasmódicas, lo tengo en forma líquida.

Se va animando a medida que habla y describe sus productos.

—No me venda cosas que puedo encontrar en cualquier botica —le apunto, tajante.

—Diacetilmorfina. Dicen que es el futuro. La llaman la droga heroica. La van a patentar pronto. Heroína. Contra el asma, tos y neumonía. Esto puede que le guste, es lo más nuevo que tengo. Mire, son supositorios de radio... para la virilidad.

—No perdamos más el tiempo, Dimitri. ¿Lo encontró o no?

—Sí, sí, el encargo... Me costó mucho conseguirlo.

De la maleta que anda trayendo saca un frasco con un pequeño hongo negro en su interior.

—Nanacatl. Carne de Dios. Lo traen de la Amazonía, y es muy difícil de conseguir. No es como los otros...

—¿Modo de ingestión?

—Hay que estar en ayuno dos días antes de consumirlo y otros dos después. Debe hacerse sin alcohol en el cuerpo, sin haber mantenido relaciones sexuales, sin comer cosas muy grasosas, y tampoco carne. Me han dicho que si rompe las reglas, el hongo lo castigará —me advierte.

—¿Preparación?

—Se hace en una olla y calentado con una lámpara de queroseno...

—¿Cómo sé que no destruirá mi hígado, o que no es venenoso?

—¿Los otros lo fueron?

—Los otros no sirvieron, que es distinto —señalo.

—Este lo ayudará con lo que busca, doctor. Créame —asegura.

Le pago unos pesos. El hombre los cuenta. Luego se vuelve y empieza a envolver todo. Niega con la cabeza.

Me resigno.

—¿Cuánto más? —pregunto.

—El doble.

Le pago. Pesos y chelines. Tomo el frasco y lo guardo. Luego me alejo.

El griego me habla a la distancia sin que le importe ser escuchado por los huéspedes y las visitas del hotel:

—En Dimitri tiene usted un buen amigo, doctor. ¡Un muy buen amigo!

De alguna forma, esa despedida suena a una especie de amenaza.

5 de marzo de 1889

Relación del comisionado Pedro Pardo
Un animal salvaje

Las tres cuadras adyacentes a la Aduana hierven de vida, vicios y todas las costumbres, objetos y culturas que han recalado en Valparaíso, provenientes de todos los mares, como un colosal basurero de objetos arrojados después de una tormenta: frutos exóticos de las islas del Sur, árbol del pan, palma de naidí, borojó, guayaba, arazá. Gitanas leyendo la suerte, armas incautadas de la guerra afgana. Desde un Enfield británico con extractor automático, hasta una mano de gracia hecha con cera de ahorcado para el mal de ojo. Todo tipo de artículos, la mayoría robados de los barcos de paso hacia el Callao y San Francisco. Cabezas encogidas, monos en jaulas, animales embalsamados, alfombras. Todo anunciado a viva voz en las calles cercanas al edificio de Aduanas. Más allá, están los bares de opio y se puede ver circular a los exsoldados de la guerra del Pacífico, con alguna extremidad menos, dedicados a la venta de alcohol o pedir limosna; también se puede observar a los jugadores de truco y de dados.

Pardo y su ayudante, un hombre alto y moreno, Pedro Urra, un pampino que combatió en el norte avanzan a duras penas por las veredas atestadas.

—Ven a leerte la mano, ¡hombre de hierro! ¡Conoce tu futuro!

Las gitanas intentan acercarse pero son alejadas por los hombres, que avanzan deprisa. Ellos escuchan sus maldiciones por lo bajo.

Todos saben que son policías. Todos saben que son la peor clase de policías, no los que provienen del pueblo, no los que nacieron con ellos, sino los secretos, los que saben leer, los mejor pagados.

—Esta semana un bengalí estaba vendiendo una cobra de Birmania. Decía que su veneno cura la calvicie y la gota. Llegamos a su local. Tenía un cuerno de rinoceronte para tratar la impotencia y la histeria en la mujer. No sirve para nada. Lo comprobé.

—¿Eres impotente, Urra?

—La histeria, jefe. La histeria de mi mujer.

Los policías avanzan con resolución hacia un pasaje con el techo roto y que filtra la luz del sol entre las banderolas rojas y verdes. El agua que cae de alguna parte produce un arcoíris, y unos gatos se pasean con grandes ratas noruegas en sus hocicos. Arriba, en la baranda, una prostituta china los ve y los encara, bajando unas escaleras de madera podrida.

—¡La rusa! ¿Qué le pasó a Elena Krivoss? —les grita.

Pardo la encara.

—Tu madame —exige—. ¿Dónde está?

—¿Qué le pasó? Dicen que fue un animal que venía en un barco. Un animal salvaje.

Los hombres no le responden e ingresan al burdel de madame Ling. En su interior hay un altar lleno de flores y una decoración dorada y con telas orientales, con budas y cuencos por doquier. En el centro del lugar, un grupo de mujeres llora. Madame Ling, una pequeña anciana china, se rasga las ropas y habla en cantonés algo parecido a una letanía de insultos. Pardo, sin hacer caso de sus improperios, procede a interrogarla.

—¿Con quién se fue la rusa esa última noche?

La china responde en un idioma ininteligible. Una niña de apenas doce años mira escondida tras unas cortinas de cuentas de vidrio. Pardo insiste.

—Sus clientes, madame. La lista. Necesitamos la lista.

La anciana china parece no comprender.

—¿La lista? —repite de manera automática la mujer.

—Sí, la lista de los clientes —insiste el comisario.

Urra pierde la paciencia.

—Con quién chucha follaba la rusa... ¿Entiende?... ¡Sexo! —hace la pantomima, exagerando la obscenidad de los gestos—: ¡Coger!

—No. Aquí nadie folla. Solo té. Té chino.

Urra dirige de pronto la vista hacia la niña y esta escapa. El ayudante comienza una persecución por el interior del burdel, pasando por habitaciones que son fumaderos de opio, rincones con mujeres lavándose a torso desnudo, y sigue su carrera hasta salir de la casa, a la zona de unos lavaderos, donde logra alcanzar a la niña.

Urra la toma del brazo.

—¿Qué sabes? —la sacude, impaciente.

La niña no habla.

—Esta misma tarde te meteré en un vapor a Lima y te venderán para trabajar en los ingenios de caña. O en el caucho. ¿Quieres eso?...

La niña lo mira asustada

—¿Quieres eso? Vamos, dime.

—Li-bo —tartamudea ella.

Pardo se acerca.

—¿Li-bo? ¿Qué pasa con Li-bo?

La niña responde asustada

—Li-bo sabe quién mató a la rusa. A Elena.

7 de marzo de 1889

Diario de Emilia Lyon (facilitado por Antonia Montt)
Un organismo sobresaliente

Siguen llegando tíficos y me dicen que el lazareto ya está lleno. En la mañana acompaño a la ronda matutina en el área de infecciosos. En un descanso voy a ese pequeño patio de luz que llamamos «el patio verde». De pronto veo pasar al enigmático médico, a W., que entra con absoluta propiedad al área de infecciosos. Lo sigo. Por un momento pienso que se trata solamente de mi imaginación. Por un segundo pienso que puede ser un fantasma. Las monjas suelen decir que toda el área oriente está encantada. En ese momento, veo a mi fantasma. Está asistiendo a un hombre con aspecto polinésico en un área aislada tras el vidrio. Una enfermera se detiene y me aclara que el doctor llegó hace un par de días.

—Viene de Londres. Dicen que es el cirujano de la reina —añade, llena de expectación.

Le pregunto qué viene a hacer él aquí. La enfermera me dice que es un neurólogo. Que ayuda con el brote de lepra a unos infortunados de la isla San Carlos, también llamada Isla de Pascua. Entonces me lleno de valor y entro; me pongo la mascarilla, me lavo las manos cepillándome cada dedo en silencio y comienzo a asistirlo en su procedimiento.

Él no parece preocuparse por mi presencia. No me dirige la

mirada, pero indudablemente me habla solo a mí. Habla, sin la mascarilla puesta.

—*Mycobacterium leprae* —pronuncia, casi solemne.

Le pregunto qué significa. Él me mira y aclara:

—El bacilo de Hansen. Un organismo sobresaliente.

Le pregunto por qué no se cubre, como los demás doctores.

—La forma tuberculoide no es contagiosa… Hace apenas un siglo se curaba con carne de serpiente, y con sangre menstrual de doncella… Hoy sabemos que el ictiol, ácido salicílico y resorcina hacen milagros —dice.

—Como Jesús —digo, arrepintiéndome inmediatamente. Me siento tonta. Él parece notarlo. En ese momento ambos nos miramos a los ojos y él sonríe. Es la primera vez que lo hace. Sus dientes son blancos. Hermosos. Estoy completamente enamorada.

—W. —se presenta («Aquí Emilia ha omitido su nombre»).

—Emilia. Emilia Lyon —digo, y siento que me ruborizo. No puedo evitarlo.

Dios, sé que está mirando mis ojos. Tengo los ojos de distinto color. El derecho es azul y el izquierdo, de un verde pardo. Él no me dice nada, pero sé que me mira los ojos. Sé que le ha interesado esta rareza. Me avergüenza un poco. No he podido sacarme esa mirada el resto del día. Incluso con Jaime, que ha venido a verme, no he podido dejar de pensar en él. Espero que no se me haya notado.

7 de marzo de 1889

Diario de Nolasco Black
Dejaste a nuestra niña sola

Como todos los jueves, cruzo el pequeño trecho de madreselvas y lavandas entre la calle Lautaro Rosas y la entrada excepcional de la casa Carrera. A veces pienso que he hecho ese mismo recorrido miles de veces. Aquí la esperaba, bajo la lluvia. Ahí, en este portón de reja, hablábamos horas sobre nada. Ahí, en el umbral, nos besamos. Ahí, en esa calle, llenamos sus baúles antes del viaje. En ese trayecto llevamos, después de un velorio de tres días, un ataúd demasiado liviano para sentir algún tipo de alivio. A veces pienso que en esa pequeña —e infinita— fracción de tiempo en que espero en el umbral, y cuento las baldosas y miro esa grieta en el piso, aquella a la que los temblores y el tiempo la han vuelto cada vez mayor, allí, hay muchos yo compartiendo este mismo espacio en cientos de momentos diferentes. En todos, creo que ella me abrirá con su sonrisa y algún comentario lúcido y divertido, totalmente inapropiado, porque si había algo que la caracterizaba, era su capacidad cruel de hacer comentarios fuera de lugar, burlándose de mi seriedad. Abría la puerta, me miraba y gritaba hacia adentro:

«Madre... Nolasco quiere desnudarme...»

«Madre... Nolasco quiere que sea su esclava, perdón, su mujer...»

«Madre, Nolasco acaba de golpearme porque no he bajado mi mirada ni he besado su anillo...»

«Madre, Nolasco quiere forzarme...»

Y luego me besaba, riendo.

Ahora, una mucama abre la puerta. Una mucama que, aunque vengo cada semana, insiste en no conocerme. Luego entro, me reciben el sombrero y espero en silencio. Una casa de muertos.

Como cada jueves, tomo té con una pareja de ancianos.

Alamiro Carrera es un hombre mayor, de lentes, con un aire levemente decadente. A su lado, Rosa Cox permanece inmóvil y no parece compartir el mismo plano de realidad que su marido. Solo está sentada, como un muñeco, mirándome fijamente.

—Ya no se puede andar por el centro sin perder el sombrero, tal es la cantidad de gente enloquecida —comenta Alamiro—. Chilenos que creen estar en Londres, se pasean con el *Times* bajo el brazo, aunque este sea del mes pasado, y se niegan a hablar en español. Es una locura.

Yo finjo escuchar, pero estoy concentrado en las manos vacilantes de Rosa y en sus ojos, que me miran fijamente.

—Dicen que llegó un grupo de ingleses invitados por el coronel North.

Los ojos de la mujer se posan en mí como si quisieran decirme algo.

—North tapizó Londres con invitaciones a visitar Valparaíso. Lo vendió como el único destino que valía la pena en todo el continente. Ha convidado a medio Londres a conocer Chile.

La mano temblorosa de la mujer. La mano que se levanta...

—Parece que sus inversionistas dudaron acerca de dónde estaban poniendo su dinero y le pidieron cuentas.

La mujer me mira y me apunta, susurrante.

—Tú —susurra.

El viejo no la escucha. Sigue hablando.

—Así es que el rey del salitre ahora quiere que todos los ingleses vean con sus propios ojos que no se trata de un fraude.

La mujer abre los ojos y su boca semidesdentada para hablar más fuerte.

—¡Tú!

Yo la miro. Sé lo que piensa. Sé exactamente lo que siente, porque yo siento lo mismo y de alguna manera me alivia sentir que otro, al menos, puede expresarlo.

—Sí.

—Tú. No hiciste nada —silba la mujer.

Don Alamiro se detiene.

La anciana comienza a gritar:

—¡Tú no hiciste nada!

De pronto, ella toma un cuchillo y se abalanza sobre mí, por lo que me levanto abruptamente y mi silla cae. Quedo a un metro de la mesa, como disculpándome por no dejarme herir. Su esposo la sujeta y un par de sirvientas corren a inmovilizarla.

—¡Sé quién eres! —grita.

—Rosa, Rosa —la detiene Alamiro.

—¡Tú la dejaste! ¡Sola! ¡A nuestra niña! ¡La dejaste sola!

La mujer es contenida por las sirvientas, quienes la dominan, afirmándola con firmeza pero sin dañarla.

—¡Yo sé bien quién es ese hijo de puta! ¡Él nos quitó a Elizabeth! ¡Nos quitó a nuestra dulce Elizabeth!

Alamiro intenta calmar a su mujer, y disculparla.

—Está todo bien. Todo bien. Por favor, discúlpela. Es la fecha. Ha estado muy agitada. Es la fecha —me confidencia.

De pronto, la mujer parece calmarse. Pide que la suelten. Pelea contra gasas invisibles moviendo sus manos en el aire. De pronto respira y nuevamente es Rosa. Me mira avergonzada y veo en sus ojos que ha recuperado parte de toda su dignidad y elegancia.

—Le pido disculpas, Nolasco.

—No se preocupe, doña Rosa —me apresuro a decir.

—Verá usted, hemos estado un poco nerviosos. Mi hija aún no vuelve, y el correo, definitivamente, es un desastre.

Ambos desaparecen por el pasillo.

Me quedo solo en el salón. En una esquina, el retrato de una mujer parece estar mirándome. Me acerco. Es una mujer bella y serena. Me quedo hipnotizado mirando las facciones de Elizabeth Carrera Cox, como dice la inscripción en el cuadro, en letras doradas. Ella pareciera estar mirando, y riendo. Como si estuviera disfrutando de ese momento incómodo que acabamos de vivir. A ella le hubiera encantado este momento.

9 de marzo de 1889

Diario de Emilia Lyon (facilitado por Antonia Montt)
Cura. Pinta. Ama

Es un sábado resplandeciente. ¿O es que soy solamente yo la que se siente así ahora que lo he vuelto a ver? A las doce viene a buscarme mi gran amiga Antonia Montt y vamos a pasear al parque municipal. Todo es brillante. Las nuevas rosas que han puesto a lo largo de los senderos del parque acaban de brotar. La gente viene y va. Mujeres hermosas con trajes y sombrillas. Es nuestro paseo obligado, no porque sea el de la sociedad porteña, sino porque parece transportarlo a uno a otro lugar, como si un poco de Europa se hubiera instalado acá en Valparaíso. Supongo que Europa es así. El próximo año iremos a París y lo comprobaré por mí misma.

Antonia me cuenta de su amor. Un marino. Su padre es un comerciante con algo de fortuna y quiere dedicarse a procesar el aceite de cachalote:

—¿Has escuchado algo más asqueroso? —me comenta.

De pronto me detengo y tomo del hombro a mi amiga.

—Ahí está.

—¿Quién?

—El médico. El príncipe. W.

Efectivamente, a unos metros, en medio de uno de los jardines, frente a un atril, está W. Sentado frente a la tela, pinta una imponente planta de camelias como si quisiera partir el pincel en dos. Sus pinceladas son violentas, absortas. A su lado conversan animadamente un grupo de damas y caballeros. Yo me quedo hipnotizada, mirándolo. Antonia me susurra entre risas:

—Es hermoso. Emilia, debes casarte con él y que te lleve a Londres, a los grandes hoteles, o a Estambul en el *Orient Express*. Que te saque de aquí.

—Ni siquiera sé si me recuerda.

—Pero entonces anda y salúdalo.

—No. Está con mucha gente. Sería incómodo.

—¿No es médico? ¿Qué hace pintando?

—Cura, pinta, ama. Es un renacentista.

—Y debe hacer el amor como el mismísimo Apolo.

Ambas nos reímos. Yo noto que mi W., concentrado, parece observar inmóvil la magnífica camelia, como viendo en ella algo que otros no distinguen. O, por lo menos, que yo no puedo ver.

5 de marzo de 1889

Relación del comisionado Pedro Pardo
El único animal que mata por placer

Pardo y Urra terminan de comer unos *jiaozi* hervidos en el local de unos chinos entre las calles Clave y San Martín. Se limpian la boca con las manos y suben hasta la calle San Francisco, donde llegan a un cité con letras chinas y ancianos orientales que juegan al *xiangqí*.

—Por aquí es. A la vuelta.

—¿Lo conoces?

Urra se sube las mangas de la camisa y muestra un tatuaje marinero. Es el dios del mar, con su tridente, transportado por un grupo de tritones.

—Me contó su vida. Ese es su truco para que uno no sienta el dolor: que otro te cuente su vida. Llegó como estibador desde Singapur y antes había trabajado en Hong Kong, donde aprendió a tatuar. Fue de los pocos que no huyó para la alarma de bombardeo y se quedó cuidando los almacenes fiscales con otros malpagados... Una descarga de *La Vencedora*, lo dejó ciego.

Los policías llegan a una puerta cubierta con una delicada lámpara de papel.

—No pudo trabajar en actividades físicas, pero lo que no olvidaba eran los dibujos de su mente. Dragones, anclas, tatuajes, letras, lunas, sirenas; según él, todo eso lo veía con más claridad, ahora que estaba ciego. Poco a poco se hizo una fama entre los marineros.

—¿Todo eso te contó?

—Ya le dije. Es su truco. Así no se siente el dolor.

Los hombres entran al local. Un anciano ciego está tatuando a un marino de aspecto noruego. Al escucharlos entrar, el anciano alza la cabeza.

—Señor Urra —dice, como oliendo o intuyendo quién lo visita—. ¿Aún está conforme con su Neptuno?

Pardo se sorprende al ver que los ojos de Li-Bo son blancos: dos perlas de marfil.

Los policías esperan con paciencia que el hombre termine su trabajo. Mientras trabaja sobre la piel del noruego, canta. El susurro es hipnótico, tanto como el remolino de tinta que pinta en la piel rosada de la espalda del marino.

Pardo no contiene su curiosidad

—¿Qué es? —pregunta—. ¿Qué le está dibujando?

El chino levanta su mirada.

—*Moskenstraumen*. El remolino que se lo lleva todo —dice.

—¿Lo conoce? ¿Ha estado ahí?

El marino noruego parece despertar.

—Yo le dije cómo era —señala.

Ambos policías comprenden que seguir la conversación es absurdo. Una vez que el noruego ha pagado y se ha ido, Li-Bo hace té. El anciano apenas habla español y su inglés es aún peor.

—¿Cuándo le hizo el tatuaje a la rusa? —indaga Pardo.

—Si me dice la figura, Li-Bo puedo ayudar —responde el anciano.

—Elena Krivoss —lanza Pardo—. Una serpiente. En la espalda.

—Dragun.

—No, no dragón. Una serpiente que se come la cola.

—Uróboros.

—¿Qué significa?

—Uróboros. Inmortalidad. Ella no morir —dice Li-Bo.

—No le sirvió de mucho, en todo caso —replica Pardo—. ¿Estaba con alguien cuando se la tatuó?

—No. No alguien. Sola. Yo decirle que hiciera uróboros. Yo hacerlo. Yo no cobrar.

—¿Por qué?

—Ella soñó muerte. Que animal se llevará su corazón. Yo ponerle amuleto. El uróboros su amuleto para animal terrible.

—¿Qué animal? —Pardo siente acelerarse su corazón.

—El único animal que mata por placer: *hú*.

—¿Hu?

—*Hú*.

Pardo mira a Urra. Urra le deja una moneda al anciano ciego y salen. Afuera, el viento incesante de fines del verano mueve con violencia las banderitas chinas.

7 de marzo de 1889

Diario de Nolasco Black
Quién eres. Qué eres

Sentado en mi gabinete, en el segundo piso del hotel Colón, intento, sin éxito, reproducir de memoria esa extraña disposición de caninos y premolares que he podido ver solo unos instantes, con mala luz y demasiada gente. Comprendo que la memoria o los dibujos son insuficientes y —como cuando era un estudiante— voy en busca de una barra de jabón y una espátula de cera y comienzo a tallar, una y otra vez la posible mordida de ese ser misterioso. He descartado la posibilidad de que se trate de una jauría. Hay demasiada precisión, una exactitud individual en el ataque. Finalmente, termino y contemplo por largo rato el modelo de esos dientes. Busco respuestas.

Quién eres. Qué eres.

Los miro hasta quedarme dormido. Intento recordar mi sueño. En él, camino por uno de los corredores del Museo Británico. Me detengo en una galería, frente a un artefacto exótico, mecánico. Me despierto con el convencimiento de que el artefacto resolvía el misterio, pero no puedo recordar cuál es.

8 de marzo de 1889

Diario de Nolasco Black
Usted piensa demasiado

Toco a la puerta y espero. Es el 1235 de la calle de la Esmeralda. Una mujer de pelo corto y aspecto refinado, Virginia Viterbo, abre la puerta. Me mira y suenan las campanas de un reloj.

—Su puntualidad me sorprende —dice.

Ambos entramos a un gabinete y Virginia me indica que me recueste en un gran sillón. Lo hago y ella se sienta a mi lado. Una mujer de rostro plácido, como el rostro del cuadro *La Virgen de las Rocas*, se asoma en silencio con una bandeja y deja té para nosotros, desapareciendo después. Virginia escribe en una libreta y el silencio es tal, que puedo escuchar cómo la pluma roza el papel. Me fijo en un aparato mecánico que está sobre una mesa y tiene un gran cuerno y un sofisticado sistema de barriles mecánicos.

—Vi un par de gramófonos en París. Pero veo que este ya no usa estaño —comento.

—Este es nuevo y usa discos de cera. Me acaba de llegar. Lo estreno con usted —cuenta ella.

—Va a grabar mi voz. ¿Debo cuidar lo que digo? —pregunto, aunque sé de antemano la respuesta.

—Me ha pedido ayuda, Nolasco —indica Virginia—. Dejemos el pudor de lado, ¿no cree? El tratamiento consiste en inducirlo a un estado hipnótico y persuadirlo a que rememore las circunstancias previas a la primera aparición de cada uno de los síntomas padecidos. Es una terapia nueva desarrollada por el doctor Josef Breuer y su ayudante, el doctor Sigmund Freud, con quien trabajé el año pasado. Lo llaman, tratamiento catártico. Yo uso una variante donde no ocupo cocaína. Freud insiste en que puede solucionar todo con ella.

Virginia habla con seguridad.

—Solo vengo por insistencia del doctor Lloyd, que confía en usted completamente, pero debo decirle que soy un escéptico en... —Virginia pone a funcionar el gramófono, acerca un metrónomo a una mesita, que empieza a balancearse. Por un segundo el ruido acompasado del chasquido parece inundar toda la habitación. Me es difícil oír sus palabras— Cosas de la mente.

—Mire el metrónomo —comienza a decir con voz uniforme—. Quiero que su mente solo se concentre en las agujas y su oscilación. Que toda su atención se enfoque en esas agujas que van y vienen.

Lo hago, pero rápidamente me distrae o me interesa más el mecanismo por el cual la cera es impresionada. Luego comienzo a tratar de adivinar lo que está escribiendo Virginia. ¿Quién es esta mujer? ¿Qué hace en este lugar?

Veo que Virginia me está mirando.

—Lo siento.

—Usted piensa demasiado. Baje sus barreras —señala ella.

El gramófono registra suavemente la sesión dejando un surco en la cera.

—No debí venir —me lamento, no sé por qué—. La estoy haciendo perder su tiempo.

Oigo su voz elevándose sobre mi frase:

—Cuente, Eduardo Nolasco Black, las circunstancias en las que perdió a su esposa. ¿Era su mujer? ¿Estaban casados?

Me quedo en silencio. La varita de madera va y viene.

—Sí —me oigo decir—. Estábamos recién casados.

Veo pájaros enloquecidos en una playa pedregosa. La espuma roja de la playa.

De pronto veo a Elizabeth, en una playa desolada junto a mí. Estoy convertido en un espectador, como un fantasma que visita su propio recuerdo. Casi no me reconozco. Tengo barba. Alguien me ha prestado un abrigo marinero. Tras nosotros, un grupo de hombres y mujeres, con vestidos de fiesta, los náufragos errantes, de pie en la playa, maldiciendo a la Steam Pacific Company, hablando de los seguros, de lo que llevaban en sus baúles. Algunos hacen fuego. Otros recuperan cosas de algunos de los bultos y maletas que están desparramados sobre la arena. Más allá, algunos improvisan una tienda de campaña como refugio. Rápidamente se trama un plan para ir a pedir socorro. Soy uno de los del grupo. Me acerco a Elizabeth.

—Un día para llegar a Punta Arenas y un día de vuelta, para traer la ayuda. Ven con nosotros —le pido.

Elizabeth mira a su alrededor. Luego, sus ojos se dirigen al grupo de las mujeres.

—¿Y perderme la aventura? No. Vayan. Yo soy más útil aquí. Mira a esas pobres mujeres. Están aterradas, en angustia. No puedo dejarlas. Además, son tan blancas, sumisas, fieles, domésticas… necesitan que alguien les hable de sus derechos. Veamos si puedo convencer a algunas para que lean *La esclavitud femenina*, de Stuart Mill, o a la Pardo Bazán. Será divertido. Vayan y vuelvan —dice, animosa, mirándome con los ojos brillantes.

Ahora me veo a mí mismo desde un bote a remos que se

aleja, mirando la figura esbelta de Elizabeth en un traje verde que me mira desde la playa.

Abro los ojos y me incorporo, agitado. Virginia me tranquiliza.

—Al principio es natural que no recuerde nada —me explica.

No contesto. Me siento confundido, ahogado. Hace demasiado calor en la habitación.

—Lo lamento —indico, poniéndome de pie.

Salgo. Salgo casi corriendo. No sé si me he despedido. Solo necesito salir, al viento, salir, sentir el viento y respirar, sacarme el zumbido del gramófono, el balanceo de la aguja, respirar bocanadas de aire helado. Alejarme de ahí.

11 de marzo de 1889

Diario de Emilia Lyon (facilitado por Antonia Montt)
Heterochromia iridum

Hoy he hecho algo terrible y no sé si pueda escribirlo. Es espantoso. No quiero salir más de mi cuarto y de mi cama. Odio a todos, pero sobre todo me odio a mí misma. No he parado de llorar desde que llegué y solo ahora he tenido el valor para acercarme a mi diario y escribirlo. No fui a misa. En vez de eso, tomé un carro de sangre y me fui a El Almendral. Caminé por unas calles hasta que di con la dirección que robé, sí, robé, del libro de incidencias del hospital.

Me planté en la entrada de una casa y frente a una puerta con un vitral hermoso. Allí, por primera vez dudé. Estuve a punto de devolverme, pero respiré hondo y golpeé la puerta, con resolución. Esperé varios minutos.

Cuando pensé que no había nadie, que mi plan y todo lo que había imaginado en él parecía algo confuso, infantil y vergonzoso, la puerta se abrió y apareció W. Entonces, nada más me importó.

W. se sorprendió al verme.

Intenté no parecer nerviosa, pero lo estaba. Y mucho. Me hubiera desmayado fácilmente.

Vi que W. me miraba sin la menor consideración.

—Me costó mucho llegar a usted —balbuceé—. Le traje esto que se le quedó.

Le pasé un estuche con unos anteojos ópticos. En ese momento, W. pareció revestirse de una súbita humanidad.

—Pase, pase. Perdone mi torpeza. No esperaba una visita —explicó.

Entré, miré el interior de la casa. Había algo transitorio y austero en la decoración que, no sé por qué, me atrajo. Me pareció la casa de alguien que estaba a punto de partir.

W. me siguió mirando.

—Yo… Mis compañeras dicen que soy muy impulsiva, pero estamos casi en el siglo veinte. Es mejor dejar de lado los prejuicios, ¿no cree? —señalé aparentando desenvoltura.

No contestó. Lo vi mirar algunos bastidores y varias pinturas apoyadas contra la pared, dadas la vuelta.

—Usted pinta —agregué.

Él me miró.

—Pinto, sí. Pero sospecho que usted ya lo sabía —dijo.

—Sí. Es que las monjas, las Hermanas de la Caridad, lo saben todo, y de todos —expliqué—. A veces es insoportable. Supongo que no es así en Londres. Valparaíso es apenas un pueblo —señalé ansiosa. Sentí que estaba hablando demasiado.

—¿A qué vino realmente, Emilia? —preguntó.

—Yo…

Me quedé callada. No tenía idea de cómo seguir.

—Quiero un retrato —lancé de pronto.

En ese momento pensé en salir corriendo. No sabía por qué estaba ahí. No sabía por qué estaba diciendo esas cosas.

—Creo que fue un error. Discúlpeme —reaccioné.

—Es domingo, ¿no debería estar en misa? —le oí comentar sonriendo.

—Yo no voy a misa —mentí.

Ambos nos miramos.

—Siendo así… —comenzó a decir.

W. se volvió y caminó por el pasillo hasta el fondo. Yo lo seguí. Entré a su estudio, o lo que parecía ser su estudio. Había una butaca central, algunas telas, bastidores, pinceles y objetos de un pintor. Eran los objetos de un médico y pintor. En algunos lienzos se adivinaban bocetos de partes óseas y musculares de la anatomía humana.

—La idea es que esté cómoda —indicó.

Fue como si hubiéramos acordado algo, como si no fuera necesario que habláramos de lo que venía. Eso me tensó. Me gustó y, al mismo tiempo, me dio miedo. Sentí una oleada de calor recorrer mi espalda. W. me dejó y fue a preparar sus materiales. A su lado, en una mesa, había instrumental de cirugía que, de alguna manera, parecía estar dispuesto para ser usado.

Él me había dejado sola. Esperaba a que estuviera lista.

Entonces me desnudé. Sí, me desnudé.

(Debo guardar este diario bajo llave. Quizá, pasárselo a Antonia. Si mi madre leyera esto, me mandaría de inmediato interna al nuevo convento de las Carmelitas, en Viña del Mar. Sin salida por los siglos de los siglos.)

Cuando W. volvió a entrar, yo estaba al centro de la habitación, esperándolo. Estaba embriagada de miedo y... *(aquí, el texto es ilegible)* completamente desnuda.

W. se detuvo.

—¿Así está bien? —me escuché hablar.

Él no dijo nada. Su silencio era inquietante. Para ambos.

—Creo que debería irse —señaló después de un rato.

Me miró no como hombre, sino como juez, como alguien superior. Como si mi presencia no fuera digna. Como lo haría un médico frente a una enfermera recién llegada al hospital.

—Lo siento —titubeé—. Lo siento mucho.

Recogí mis cosas y me vestí torpemente, mientras las lágrimas no me dejaban ver. Lloré y tuve rabia y vergüenza, quería salir huyendo. Él se acercó y tomó mis manos. Me ayudó a vestirme. Me abotonó la blusa como si fuera mi padre. Era humillante, pero también protector.

Con delicadeza, me tomó el mentón y lo levantó hasta hacer que me encontrara con su mirada. Luego me recogió el pelo con el broche, dejando mi rostro despejado. Entonces, me miró a los ojos.

—*Heterochromia iridum* —oí sin entender.

—¿Qué?

—La anomalía de tus iris. Es un carácter recesivo, muy inusual. ¿Ves bien?

—Siempre he tenido buena vista —respondo—. Mi madre y mi abuela han tenido lo mismo.

Luego volví a ponerme nerviosa y en un movimiento torpe, pasé a llevar un pequeño frasco de pinceles, que se desparramaron por el piso.

—Lo siento, lo siento —repetí inquieta.

W. lo recogió, calmo. Yo aproveché. Avergonzada y a medio vestir, me fui de su casa corriendo.

8 de marzo de 1889

Diario de Nolasco Black
La vida continúa, mi amigo

Mucha gente ignora la importancia de los dientes en nuestro desarrollo como seres humanos. Suelen verlos simplemente como unas excrecencias duras que solo generan problemas y dolor. Lo cierto es que, gracias a nuestros dientes, hemos podido conquistar la naturaleza y desarrollar este siglo prodigioso. Cuando en la prehistoria comenzamos a usar piedras, lanzas y herramientas para luchar, cazar y comer, nuestros caninos fueron reduciéndose de tamaño. La mandíbula ya no necesitaba tener colmillos y nuestros caninos se convirtieron en dos vestigios elegantes, de nuestros tiempos guerreros. Nuestra arcada dejó de ser triangular y se transformó en un elegante ovoide que distribuía mejor las fuerzas masticatorias para comer alimentos más blandos. Los fuertes músculos faciales de los depredadores ya no eran necesarios, y el cráneo pudo crecer libremente, permitiendo el aumento de volumen de nuestro cerebro. Darwin lo ha explicado admirablemente.

Aun así, los dientes son el arma principal de defensa en situaciones límites. También lo son cuando la intensidad del amor lo permite y suelen dejar sus huellas en la piel de los amantes.

El cuerpo de la mujer presenta ambos tipos de dentelladas: desgarros debidos a mordiscos de caninos filosos e improntas de dientes humanos en la piel de su pecho. Hay, sin embargo, algo más que me ronda. Al mirar mis dibujos, de pronto comprendo que la mujer presenta también un nuevo misterio: un tercer tipo de agresión. Se trata de un corte limpio que secciona exactamente las venas y arterias principales necesarias para arrancar ciertos órganos.

¿Están relacionados los tres? ¿Son reales los tres o mi mirada genérica, abrumada por otras consideraciones lo ha visualizado así por error y solo se trata, como dice Shultz, «de una puta muerta por el corvo de un marinero borracho»?

Sobre el sillón un hombre pequeño y de aspecto refinado se mira sus dientes en un pequeño espejo y comprueba la calidad del trabajo realizado. Me dice que un día vendrá y me pagará solo para que le ponga óxido nitroso. Le he reconstruido desde el canino hasta el segundo premolar. Le muestro su trabajo con una sonda de caries, mientras Lyon —así se llama— contempla su reflejo.

—Cambié la orificación por un nuevo material en base a estaño y mercurio: amalgama. Un material con extraordinarias propiedades elásticas.

—Extraordinario.

—Mientras el cemento no fragüe, le sugiero que no coma cosas sólidas.

—Es un problema —comenta Lyon—, porque mi esposa dará una fiesta esta noche. Y no me diga que no puede ir, porque prometí que lo convencería. Lo mandaré a buscar.

—Envíele mis excusas a su señora, pero…

—Pero nada. Si me estima, sabrá lo peligroso para mí que es contrariar a Rosario. No podré entrar a mi casa esta noche, y me torturará durante días. No se hable más, usted tiene que asistir —insiste, para luego adoptar un tono más paternal—. Es bueno que comience a salir de nuevo, mi amigo... La vida continúa. Mandaré un carruaje por usted a las siete.

No puedo negarme.

La recuperación de mi vida pública ha estado repleta de precauciones. Al principio no salía de mi encierro, sino para comer algo en el hotel Colón y así poder volver a mi habitación tan rápidamente como pudiese. Para no tener que encontrarme con alguien y evitar el ser compadecido, cambié mi horario de comida; a las cinco treinta soy el primero en llegar al gran comedor. Suelo elegir una mesa que da hacia el interior del edificio, no a la calle Prat ni al mar. Los primeros meses no podía resistir la vista del océano. Los barcos me parecían amenazantes.

Me obligaba a asistir a la Sociedad Científica los días miércoles, porque la actividad mental me era reconfortante. Es mi única actividad. El resto de mi antiguo círculo (de nuestro círculo, el de mi vida con Elizabeth) comprendió que yo no era una buena compañía y dejó de molestarme. Solo después de un año, y obligado por el doctor Alberto Adriazola —jefe de Cirugía del Hospital San Juan de Dios y gran conocido de mi padre—, fui invitado a «compartir lo que hubiera aprendido» con un grupo de flebótomos, con las nuevas y primeras generaciones de dentistas y con algunos cirujanos interesados. Fue así como comencé a dictar clases los lunes y jueves. Ahora reconozco que eso fue una opción sanadora. Estar solo llenaba mi cabeza de pensamientos de muerte y oscuridad.

Durante ese tiempo leí mucho sobre drogas que podían alterar la conciencia y detener esa cascada incesante de remordimientos y sombras. Conocí de plantas, hongos, cortezas que podían borrar los recuerdos. Estuve probando esas alternativas y, hasta ahora, ninguna ha funcionado para mí. Me refiero a que sigo recordándola.

Lo único que ha generado algún tipo de alivio —un alivio enfermizo, lo sé, un alivio inconfesable— es imaginar que estoy con Elizabeth, que le hablo y que la miro dormir. Al principio esa posibilidad se limitaba a poner sus vestidos sobre la cama y tocarlos. Luego pensé que la experiencia sería más terapéutica si una mujer, una mujer verdadera, alguien a quien yo pudiera mirar dormir —no tener intimidad, no—, vistiera su ropa y la representara.

Busqué con muchas mujeres esa experiencia perturbadora. Pensé en lo difícil que sería poder explicar mis deseos. Imaginé cómo me mirarían con distancia, con miedo, o con piedad. Por supuesto, no he perdido la noción de la realidad. No pretendía reemplazarla; solo quería «representar» uno de nuestros momentos. Necesitaba esa experiencia.

Fue entonces cuando la vi.

Caminaba por la calle con velocidad y me tuve que bajar del carro para seguirla. Quien hubiera conocido a Elizabeth y hubiera visto a esa mujer, comprendería de inmediato que venían de un mismo lugar. Sus movimientos y ademanes eran iguales. Un tipo de energía poderosa y resuelta, la energía de Elizabeth estaba en esa mujer, en esa colorina que cruzaba la calle Condell con un vestido barato y su cabello rojo, bajo los rayos del sol. Había en ella una especie de serena elegancia, pero al mismo tiempo un dinamismo vital, un tipo de resolución especial en su andar. La seguí durante varias cuadras hasta que giró por la calle Clave y entró a una casa de citas del puerto.

No soy un hombre que frecuente burdeles. La única experiencia que tuve alguna vez con mujeres del oficio fue cuando en Punta Arenas mi padre me llevó a la famosa casa de tolerancia de Mary, la irlandesa, en la calle Errázuriz, a los catorce años, porque, según él, un hombre debía aprender a amar.

No. Yo no quiero a esa mujer para un comercio sexual. La vida hospitalaria me ha enseñado que no se juega con Venus. He visto como estudiante y, luego, como practicante, pacientes con todos los grados de la sífilis, desde el chancro hasta los clavos sifilíticos, desde las placas hasta la locura y la muerte. ‹Quien se acuesta con Venus amanece con Mercurio›, es el dicho que campea en las grandes salas del hospital.

(Nota: la nueva ciencia de la bacteriología genera todo tipos de esperanza. Aún más ahora, que Unna y Ducrey acaban de describir la forma en espiral de la bacteria del género *Treponema*.)

No. Como dije, no soy un hombre de burdeles, pero la necesidad de llenar mi mirada —aunque fuera por un par de horas— con una mujer *como* Elizabeth, comenzó a ocupar todos mis pensamientos, y esa mujer, la del pelo rojo, podía lograrlo.

Un día llegué al burdel de madame Ling y pregunté por la mujer.

Ella pareció estar de acuerdo con mis requerimientos, y en ningún momento cuestionó mi intención, sino que, por el contrario, puso todo de su parte. Se esmeró en jugar el juego con respeto y con cierto énfasis actoral. Tenía la misma talla que Elizabeth, la misma tranquilidad en la penumbra. Podría haber sido ella.

Pero no era ella. Era Elena Krivoss.

Luego de atender el último paciente, camino las tres cuadras que me separan de la Bolsa y en ese lugar leo el periódico en silencio. La mayoría de los hombres que toman su café hablan de las noticias del día en rituales repetidos que no difieren en mucho, día tras día. Que fondeó el *Aconcagua* con viaje desde Liverpool, que el barómetro dice que se descompondrá el tiempo, que terminaron de enrejar la plaza Victoria... el barullo humano e impersonal me reconforta. Poco español, mucho inglés y alemán. A veces, el ritual parece activarse con alguna noticia de última hora que trae el telégrafo: en el caserón de Mayerling fueron encontrados los cadáveres de Rodolfo de Habsburgo, el heredero del trono austrohúngaro, y de María Vetsera, una oscura baronesa húngara. ¿Su amante? ¿Su asesina? ¿Quién y qué ocasionó esa tragedia que puede derrumbar el inestable equilibrio de las dos Europas? El telégrafo no se detiene y no hay tiempo para la reflexión, porque llega una noticia tras otra. ¿Quién puede tener una visión sensata de algo con semejante cúmulo de información? Es el problema de la modernidad: todo gira demasiado rápido y de manera simultánea. No hay espacio para la pausa o para hacer bien las cosas. Valparaíso es el ejemplo más claro. El principal puerto de Sudamérica hace algunos años era una aldea. Ahora hierve de modernidad, pero las calles aún tienen barro y mierda y las ruedas de los carruajes se quiebran por los baches.

Pero todo ocurre más y más rápido, y pareciera que no hay nada más que importe. Llego a una esquina que parece Oxford Street. Al frente, Sudamérica en pleno: conventillos, chinganas de paja y barro, niños pidiendo propinas, mientras puedan sobrevivir al cólera y al tifus. Caviar y moscas. Sopa de tortuga de las islas Galápagos; bailes de máscaras y letrinas desbordadas. Pordioseros, heridos por la guerra, vagabundos, leprosos que parecen desplazarse por universos invisibles, ocupan las mismas calles que las elegantes mujeres que salen de la Gran Peletería Garcho, de Smirnoff & Cia. Cada mundo se mueve sin percibir el mundo del otro. Hoteles repletos este verano: comerciantes, aventureros, hombres de negocios, charlatanes. La bahía, parece un bosque invernal. Tantas son las cofas y palos de los navíos que, con buena agilidad y algo de arrojo, un niño, desde el muelle puede avanzar a saltos de vapor a goleta, de goleta a lancha, de bote a remolcador, de remolcador a velero, de velero a buque, y atravesar así, de un extremo a otro de la bahía. Hay un mundo completo en ese mar estacionado, en esa ciudad flotante aparte de la metrópolis de tierra firme. En los barcos, goletas, portones, veleros, buques, chalupas, vapores hay cocinerías, contrabando, casinos, prostíbulos, casas de cambio, dormitorios. Alguien podría pasar seis meses en la bahía, no bajar nunca a tierra y seguiría estando en Valparaíso.

Después del café, camino por Condell y llego a la reunión de los miércoles de la Sociedad Científica. Como siempre, estuvo a punto de terminar a chopazos.

La gran casona en El Almendral, que Alberto White nos ha facilitado, es un témpano imposible de calefaccionar, tanto en invierno como en verano, por lo que la sociedad ha decidido celebrar la reunión en la pieza de la biblioteca, frente al fuego, en el segundo piso. Se procede a la lectura del acta y luego se tratan los puntos inconclusos de la sesión anterior para después tocar los puntos en tabla.

El grupo de asistentes estaba organizando el Primer Congreso Científico de Valparaíso, tomando de ejemplo el de Valdivia. Como siempre, hay grandes discusiones en la selección de los trabajos.

Se armaron bandos. Por un lado están los darwinistas y, por otro, los metafísicos, como Saavedra y Espronceda. Debemos separar con cuidado la paja del trigo, pienso mientras leo algunos de los títulos:

Medidas higiénicas para enfrentar la inminente llegada de la gripe española, Expedición en busca de una creatura mari-

na en el Cautín, Batallas aéreas vistas el 19 de octubre de 1888
en la salitrera Pedro de Valdivia, Nueva nomenclatura para
identificación dental (ese es mío), *Epidemia de sarampión en*
mujeres onas en Magallanes.

Cada trabajo presentado tiene sus particularidades. La sociedad los revisa uno por uno y exige un mínimo de metodología científica para su publicación. ¿Qué es ciencia? Ahí comienza la discusión. Alguien saca brandy, los ánimos se caldean, se llega casi al punto de decidir cerrar la sociedad.

Llevo a Ibacache a un lado y le hablo sobre la muerta. Lentamente todos se suman a la conversación. Como lo suponía, todos opinan.

—Un borracho —establece Espronceda.

—Un puma, como en el caso de Placilla. Un puma con rabia —conjetura Ventura.

Gasalli pone orden:

—Les recuerdo que nuestra Sociedad Científica es baconiana. Estamos obligados a analizar la naturaleza con las debidas eliminaciones y exclusiones; y luego, tras un número suficiente de negativas, concluir sobre hechos afirmativos. Propongo que cada uno de nosotros traiga una conclusión el próximo jueves.

—¿De cualquier tipo? —pregunta alguien.

—Hume establece que si tenemos un hecho (y acá lo tenemos: una señorita muerta sin su corazón) esto es suficiente para generar una inducción, pero no podemos deducir nada.

Solo Saavedra me lleva a un lado y me dice muy tranquilamente:

—Fue un hombre. Un coleccionista.

9 de marzo de 1889

Diario de Nolasco Black
Nunca dije que fuera un animal

Alfredo Lyon es uno de los martilleros más prestigiosos de Valparaíso y esto es la causa de que tenga una moderada pero constante clientela. En una nota que me trae el cochero, ha insistido en que «como miembro de la comunidad del puerto, yo debo compartir una noticia que consolidará el progreso de nuestra querida ciudad».

Una gran cantidad de carruajes intenta dejar a los invitados lo más cerca posible de la casona de los Lyon, lo que produce grandes discusiones entre los cocheros. Pareciera que toda la sociedad porteña se ha volcado en el palacete de tres pisos de la calle Victoria. La música se escucha desde la iglesia del Espíritu Santo, donde me ha dejado el coche. Su torre con cuatro relojes marca las ocho cuando me bajo y camino. Ha salido la luna y un golpe de viento nocturno, de sal y mar viene subiendo desde la calle del Circo. Esto detiene mi mente y me obliga a contemplar la belleza de esa noche de enero.

Valparaíso podría haber sido un buen lugar para vivir, pienso. Podría haber sido.

La noche es cálida y tras el magnífico y solitario palacio de Juana Ross, el astro se refleja en el hemiciclo de la bahía.

Llego por fin a la casa de los Lyon. Han prendido las lámparas de aceite para adornar la entrada de la casa, pero dudo un momento si debo entrar o no. Ni siquiera sé si me he vestido adecuadamente para la ocasión. Perdí completamente esas claves que Elizabeth manejaba tan bien. Es como si con su ausencia, la sociedad se hubiera vuelto monstruosa. O quizá siempre lo fue, pero la presencia de Elizabeth amortiguaba mágicamente esa percepción. Ahora, como si hubiera rasgado unas pesadas cortinas de teatro y pudiera ver las bambalinas de la obra, me encuentro frente a un grupo mamífero desesperado en sus rituales de cortejo, socialización y ostentación. Miro a un grupo de especímenes pulsando por sobrevivir, cruel, impúdico, evolutivo. Animales, no muy diferentes a tortugas, simios o tigres. Predadores y presas, degradadores, parásitos y carroña. Pienso en FitzRoy y Darwin, perplejos pero repugnados al entender las palpitaciones de los patrones de aves, anfibios y mamales empeñados todos en la batalla mortal por la sobrevivencia. Así me he sentido durante este año, mientras leía el diario en la Bolsa, o trataba de distraerme en el teatro. Un observador. Un etólogo desde la proa de un barco invisible, tratando de encontrar patrones y clasificaciones. No puedo evitar considerar que sus comportamientos, por más civilizados que parezcan, están manejados en el fondo por fuerzas sanguíneas, atávicas y aterradoras. En cualquier momento, si la circunstancia lo requiriera, se devorarían los unos a los otros.

Nos devoraremos los unos a los otros.

Entro a un salón. Un mozo se acerca y me ofrece un licor. Lyon y Rosario, su mujer, se acercan. Ella es bella, ingenua y alegre, pero la carga de tener que aparecer sofisticada le imprime un aire ridículo y pomposo. Apenas puede caminar, atrapada en un imposible vestido con un polizón tan grande que parece que tras ella se proyectara una lordosis fantástica, como si fuera un centauro. ¿Quién inventará la moda?, pienso.

69

Rosario Lyon se cuelga de mi brazo.

—Mi dentista querido —sonríe—. No puedo creer que logré lo imposible. Sea usted bienvenido. Pero venga, mire que tengo a mucha gente para presentarle. Beba, beba. Es champán Mercier. Monsieur Eiffel eligió esa marca para la inauguración de su torre y Julio se apresuró a traer una partida. Son tiempos enloquecidos.

Levanta una mano y hace señas a alguien.

—Emilia, acércate —llama a alguien casi gritando—. Quiero presentarte a Nolasco Black.

De un grupo de jóvenes sale una muchacha, quien se acerca y me da la mano.

—Mucho gusto.

—Emilia, mi hija, es enfermera del Hospital San Juan de Dios.

—Sé exactamente quién es el señor Nolasco Black, madre —señala Emilia—. Me he escabullido más de una vez en sus clases. ¿Es verdad que con los dientes se puede saber si un joven está interesado en una chica? —pregunta, más para contrariar a su madre que por verdadero interés en el asunto—. ¿Es verdad que los dientes lo revelan todo?

La chica es enérgica y con sentido del humor. Es atractiva. Presenta una anomalía en sus ojos. *Heterochromia iridum*. Un ojo verde y el otro azul. Hace cien años, solo por eso y por su personalidad hubiera encontrado la muerte en una hoguera.

—Desmiéntame, doctor. —Se contrae el músculo de los labios y quedan visibles los cuatro incisivos—. Usted lo dijo...

—En los mamíferos superiores, funciona —respondo—. Usted, con su belleza, no necesita saber esos trucos.

Emilia sonríe y se pierde entre la gente.

Lo que ha dicho es verdad. Fue así como conocí a Elizabeth. Por la ventaja de estar al tanto de ese truco. Si en un encuentro, una mujer se muestra interesada en un hombre, inconscientemente aparece un vestigio prehistórico, de nuestra época de garras y colmillos: la ostentación de la ira y el alejamiento de las posibles competidoras se realiza mostrando sus incisivos inferiores, exactamente, ostentando los caninos inferiores, por lo que toda la musculatura del orbicular, sobre todo la faceta del risorio de Santorini, se contrae de forma dramática. Luego, en el momento del cortejo, si la hembra llega con la contracción aún sostenida, es un indicador clarísimo de que ella está interesada. Nuevamente, lo animal. Nuevamente, nuestra paradoja. Todavía somos animales en tensión, mientras la civilización intenta, de manera ineficaz, doblegar esa fuerza atávica y poderosa; como el vapor atrapado que finalmente termina por escapar, benéficamente, en máquinas como la turbina, o en forma violenta, como una caldera que explota y destruye todo. Darwin presente una vez más.

Unas mujeres atrapan a mi anfitriona y yo aprovecho para escapar hacia afuera. En la gran terraza de baldosas negras con blanco, de Marsella, observo los cientos de barcos que duermen en la bahía. El aroma a madreselvas, a ruda, se mezcla con el aroma a tabaco de los hombres y con el incienso que emana de alguna sala escondida. La luna tiene un color naranja como si quisiera inflamarnos a todos. Son las cenizas del volcán Krakatoa, que ya desde hace cinco años se rehúsan a dejar la atmósfera.

A mi lado, unas damas insisten en el inglés para referir la comidilla de la semana: que una mujer —creyéndose la virgen María— recorre las calles de la ciudad profetizando el fin del mundo, que persigue a los niños lanzándoles piedras y que atacó a la mujer del intendente. Esto selló su futuro y fue enviada al lazareto, donde le aplicarán un tratamiento.

Pienso en esa pobre mujer, ahora sumergida sistemáticamente en tinas con hielo traído del cerro El Roble. Ese es el fundamento de la nueva doctrina termal para tratamientos de shock. Luego, la conversación deriva a un futuro matrimonio que se realizará en Santiago. Minutos más tarde, el tema de conversación gira en torno a un convento cercano, donde habría una santa. Decido irme. Pero en ese momento, una mujer canosa, de pelo corto, con una extraña serenidad, se me acerca. Es la misma mujer que me pareció haber divisado en la calle un poco antes.

—Conocí a tu madre en Punta Arenas. Una mujer extraordinaria. Soy Carmen Carvajal —se presenta.

Intento preguntar dónde nos hemos conocido, pero ella parece adelantarse a mis pensamientos y mira a mi alrededor.

—Aunque esta gente quiera creer que esta es una gran ciudad, apenas somos un pueblo. Es difícil no saber de alguien… Siento mucho lo que ocurrió —expresa.

—Gracias —respondo—. ¿Dice usted que conoció a mi madre?

—Mucho. —La mujer me mira como si me examinara. Como si quisiera comprobar algo.

Me voy a despedir, pero ella me toma el brazo.

—¿Ya escuchó a Rubén Darío? —pregunta.

No es una pregunta. Es, de alguna manera, una orden.

—Está en el segundo piso. Lo convencieron de que recitara su última obra. Debería escucharla.

La miro.

—No soy muy aficionado a la poesía —declaro.

—Ni a la gente, lo sé. Pero esta le parecerá interesante. No lo dudo.

La mujer se aleja. Su encuentro me ha desconcertado.

Aparece Lyon y me toma del hombro.

—Aquí estabas. Vamos a la biblioteca. Necesitas un puro y un buen brandy, mientras escuchas lo que voy a decir.

En la biblioteca solo hay caballeros. Un grupo de notables bebe brandy y ríe. Uno de ellos, un pelirrojo, con un hemangioma aracnoideo que cruza su mejilla, celebra su propio chiste. Noto la dilatación de las pupilas y la rubefacción producida por la absenta. Es Albert Harrison, de Harrison & Co., que festeja junto a los notables de la Casa de Cambio de Lyon Santa María. Más allá, están los dueños de los astilleros de Caleta Abarca, Richard Lever y William J. Murphy. Un poco más alejado, veo a mister North, el rey del salitre. Edwards está con él, y también Errázuriz, del *Patria*. Mi anfitrión, desde el centro de la biblioteca, pide silencio golpeando una copa con una cuchara.

—Señores —anuncia Lyon con voz solemne—, el movimiento de naves al comienzo del verano ha superado todas las previsiones. Si los números se mantienen este año, entre llegadas y zarpes, se alcanzarían las 900 velas… Y tengo en mi mano un telegrama que les interesará: ¡Los franceses del canal de Panamá se han declarado en quiebra! ¡La compañía de Lesseps está en bancarrota!

Todos aplauden y los hombres brindan con satisfacción.

—El francés hacía maniobras fraudulentas. Las excavaciones están interrumpidas. ¿Se imaginan? Treinta y tres kilómetros que se van a tener que meter en buena parte.

Nuevamente, todos alzan sus copas. Sus caras están resplandecientes.

—¡Larga vida a Valparaíso! —grita alguien.

—¡Larga vida al puerto!

—¡Cien años de prosperidad a Valparaíso!

Nuevamente me encuentro mirando los acontecimientos desde afuera. Desafectado, convertido en un simple observador. Los movimientos, las expresiones, los dientes. Miro los dientes como si estuviera leyendo un alfabeto incomprensible para el resto. Dientes de triunfadores, de especímenes rectores, de guardianes de la manada.

Agustín Edwards Ross se acerca, acompañado de unos ingleses. Nos saluda a Lyon y a mí y hace las presentaciones.

—Melton Prior, artista y dibujante del *The Illustrated London News*, y el escritor William Russell, del *Times*. Y, por supuesto, el coronel North —me indica, y luego se vuelve al militar.

—Coronel: el dentista de quien le hablé —presenta, animado.

—El famoso sacamuelas que usa el nuevo gas de la risa. Julio Lyon no deja de hablar de usted. Quiere guardar un poco de eso para dárselo a su esposa y que lo deje en paz.

Escucho la risa de Lyon que se suma a los demás. No tiene credenciales para sentirse ofendido.

—Los señores están haciendo un reportaje gráfico sobre Chile —anuncia Edwards—. Acaban de llegar en el vapor *Galicia*, desde Liverpool.

—¿Fue muy duro el paso por el estrecho? —pregunto al dibujante.

—Según North, calmado como nunca. Monstruoso para los primerizos como nosotros —responde este.

North se sube al tema, y con un vozarrón grave, llama la atención de todos:

—Siempre digo que el Estrecho de Magallanes es el portero de América. Y muchas veces él se reserva el derecho de admisión.

Todos ríen y North se aleja triunfante junto a otros notables. Queda un grupo más pequeño, y ahora Edwards es el centro del grupo.

—Un amigo afinó su puntería cruzando el estrecho —declara—. Aún se mantiene la tradición marinera de disparar a los indios desde cubierta. Dicen que da buena suerte.

En uno de los muros, llenos de cuadros, veo la pintura de un barco que lucha contra una tormenta en el Estrecho de Magallanes. Como si el cuadro me llamara, abandono la conversación y me acerco a mirarlo. En un segundo plano, las voces llegan amortiguadas. Puedo sentir el crujido del velamen, el ruido sordo de las olas. La ventisca metálica.

—Los patagones son impúdicos, imposibles de domesticar. Unos verdaderos animales. En el mejor de los casos, se podría decir que son casi humanos.

—Los están exhibiendo en la Exposición Universal. Les lanzan carne cruda.

El barco me aísla y me protege de la conversación de la que solo me llegan fragmentos, frases aisladas.

—...antropófagos por naturaleza...

—...un verdadero problema...

—...degradados...

—...bolsas de testículos...

El mar enfurecido del cuadro lanza su oleaje feroz contra la nave.

Oigo la voz de Lyon, quien les susurra en voz baja, señalándome:

—Señores, deberíamos cambiar de tema.

Oigo el barco luchando contra las olas.

Necesito aire, respiro con dificultad. Salgo abruptamente al pasillo en medio de las miradas. Aire. Camino por la casa. Busco mi sobretodo y mi sombrero. En eso, escucho risas. Frente a mí, en un salón, un grupo de personas se encuentran reunidas en torno a un hombre tullido y a otro hombre, moreno, que lee con una voz aguda y precisa:

Después el misterioso
tacto, las impulsivas
fuerzas, que arrastran con poder pasmoso;
y, ¡oh, gran Pan! el idilio monstruoso
bajo las vastas selvas primitivas.
No el de las musas de las blandas horas,
suaves, expresivas,
en las rientes auroras
y las azules noches pensativas;
sino el que todo enciende, anima, exalta,
polen, savia, calor, nervio, corteza,
y en torrente de vida brota y salta
del seno de la gran Naturaleza.

Me acerco y entro. Del otro extremo, una mujer que llama mi atención, escucha, inmóvil, las palabras del poeta. Su pelo negro cae, ondulado, sobre sus hombros. Su perfil es sereno y armónico, y sus ojos van de un lado a otro, con tranquilidad, deteniéndose en cada uno de los comensales. De pronto se detiene en mí, y ambos desviamos la mirada. Luego un grupo se adelanta y ella queda fuera de mi campo visual. Desde la ventana se ven los cientos de barcos que duermen como fantasmas opacos en la bahía.

Todos estallan en aplausos. Carmen Carvajal se me acerca.

—«Azul» —señala—. ¿No le parece bello el título? *L'art c'est l'azur,* como expuso Victor Hugo. Debe saludarlo. Esta será la última oportunidad para conocerlo, tomará el vapor de regreso en estos días. Venga, su amigo es el hijo del presidente, Pedro Balmaceda. Tiene una enfermedad que es…

—Congénita —completo la frase—. Lordosis severa, miembros cortos, un problema en el ectodermo; quizá producto de la exposición a ciertos metales deletéreos.

—Venga —insiste ella. Me lleva de la mano hasta ponerme delante del hombre moreno.

—Rubén Darío. Él es Eduardo Nolasco Black —sentencia con voz firme.

Me sorprende ese detalle. Eduardo Nolasco Black. Mi madre me decía así. Eduardo. ¿Cómo lo sabrá?

Pedro Balmaceda, el acompañante de Rubén Darío, me mira con curiosidad.

—La pulsión de lo exótico, como diría Salgari —señala—. A usted ¿qué le pareció?

—Violento —apunto.

—Me interesa ese atributo. —Rubén Darío me mira y me estrecha la mano.

—¿La violencia es un atributo? —pregunto.

—Para un animal, es la única forma de sobrevivir —responde él.

—Nolasco viene llegando de París —interrumpe Carmen—. Es el primer dentista forense... ¿Así se dice?

Vuelvo a sorprenderme por todo lo que Carmen conoce de mí.

Rubén Darío me observa.

—Admiro a la gente que debe vérselas con la sangre. Los dentistas son minuciosos. Y calmos. Siempre me he preguntado por qué. Es como si disfrutaran del dolor —declara.

—Quizá porque para curar el cuerpo humano hay que tener paciencia —sugiero.

—Así como para matarlo —precisa Darío—. Un asesino es también alguien calmado, minucioso... y paciente.

—Me refiero a su animal cuando hablo de violencia —indico.

—¿A cuál?

—Al de su poema.

—Nunca dije que fuera un animal.

Rubén Darío me queda mirando. Luego es abordado por un grupo de mujeres que se lo llevan con ellas.

Quiero preguntarle a Carmen cómo es que sabe tanto acerca de mí, pero al volverme veo que ella ya no está. Luego, todos salen al patio. El barco del príncipe Leopoldo está lanzando fuegos artificiales como saludo a Valparaíso. Azul sobre azul.

Llego al hotel a eso de las once. Esquivo al dueño, que parece estar presidiendo una animada fiesta y subo rápidamente. Me descalzo y me quedo mirando hacia un lugar inexistente. Solo el tictac de un reloj de pared rompe el silencio de la habitación solitaria.

Abro un estante, saco una llave de mi bolsillo y destapo un baúl. De su interior saco vestidos de mujer. Los huelo. Me los paso por la cara para sentir su textura. Luego tomo un libro: *La Unua Libro*. El texto clásico del esperanto. De sus páginas cae un papel donde alguien ha escrito muchas veces y con diferente caligrafía la palabra «stormo».

Algo se abre paso. Un instante privado. Yo y Elizabeth en la cama de una habitación tipo buhardilla. Elizabeth lee un libro. Es el mismo que tengo en mis manos. Elizabeth corrige mi pronunciación.

—*Sstorm-mo...* Tormenta.

—*Stormo.*

—Con «s» sostenida, Nolasco. *Sstorm-mo.*

—*Stormo.*

—No. *Sstorm-mo, sstorm-mo* —repite Elizabeth—. Es el idioma del próximo siglo. Evitará las guerras y las barreras entre los pueblos, sin dominaciones lingüísticas... Quedarás obsoleto, Nolasco Black.

—¿Cómo se dice «te voy a devorar»?

—¿Te voy a devorar? —Elizabeth ríe—. *Mi ekstermos.*

Me lanzo sobre ella y comienzo a besarla y a morderla.

—*Mi ekstermos... Mi ekstermos* completamente...

Elizabeth ríe y grita mientras jugamos en la cama. Luego ella se calma y me acaricia el cabello.

—¿Qué pasa?

—Doctor Black —aún oigo su voz—. Vamos a tener un hijo.

Lanzo el libro de esperanto a la pared, como si me quemara. Una fotografía se cae y se rompe. Gateando voy hacia el retrato de Elizabeth y trato de recoger los cristales. mis lágrimas corren por mi cara deformando las imágenes.

—Lo siento. Lo siento —balbuceo.

Un trozo de cristal roto un poco más grande que el resto brilla en la alfombra. Lo tomo y me corto. Unas gotas de sangre caen sobre su foto. Intento limpiarla, pero el rápido gesto deja a Elizabeth como si tuviera el pelo rojo. La observo.

Es Elena Krivoss.

La voz de Rubén Darío comienza a resonar en mi mente, da vueltas en mi cabeza como una ráfaga de viento que se levanta, confunde y vuela sombreros, papeles. Es un remolino de palabras sin tiempo, una descripción antes de que ocurrieran los hechos. Una alteración del tiempo:

> *Era muy bello.*
> *Gigantesca la talla, el pelo fino,*
> *Apretado el ijar, robusto el cuello,*
> *era un don Juan felino*
> *en el bosque. Anda a trancos*
> *callados...*

Salgo del hotel. Camino. Hora de serenos, de estibadores, de gañanes, de putas, pero las calles están húmedas y vacías.

Soy solo yo y mi sombra, y quizá, en algún punto, la bestia, esperando.

Era muy bello.
Gigantesca la talla, el pelo fino, ...

Camino rápido. Paso por la calle Prat, por la Cruz de Reyes, por la cueva del Chivato que aún está abierta; y paso por entre la hierba que baja por la roca en medio de los andamios del ascensor. Pero no me detengo, sigo por la calle del Cabo, por el hotel de Francia, llego a la plaza del Orden, sigo por San Juan de Dios, paso por la solitaria calle Victoria donde he estado hace algunas horas, vuelvo a pasar por el palacio de Juana Ross, vuelvo a pasar por el palacete de los Lyon, que ahora duermen en silencio. Desde la calle se eleva el olor de la bosta de los caballos que han invadido la avenida, mezclado con restos de guirnaldas y challas. Todo ahora está en silencio. Sigo por Independencia, calle Francia, luego calle Colón y llego al hospital. El portero me deja pasar. Diviso algunas enfermeras de turno, alguien que hace el aseo. Subo las escaleras con decisión. Entro al tanatorio.

Al caminar se veía
su cuerpo ondear, con garbo y bizarría.
Se miraban los músculos hinchados
debajo de la piel. Y se diría
ser aquella alimaña...

Destapo el cuerpo de Elena.

...un rudo gladiador de la montaña.
Los pelos erizados
del labio relamía. Cuando andaba

con su peso chafaba
la yerba verde y muelle...

Me quedo mirando a la mujer. Busco un piso y me siento a mirarla.

... y el ruido de su aliento semejaba
el resollar de un fuelle.
Él es, él es el rey. Creto de oro
no, sino la ancha garra
que se hinca recia en el testuz del toro
y las carnes desgarra...

Observo en su espalda a la serpiente circular, devorando su cola. Hago un dibujo en mi libreta.

«Uróboros», pienso.

El eterno ciclo. Luego me acerco y con una sonda toco la piel del tatuaje y saco, con un bisturí, una pequeña escama de piel, un trozo minúsculo de piel y tinta, y la guardo en un portaobjetos.

Miro ahora las manos de la mujer. Sus uñas delicadas. Reviso su lengua. Me detengo en su boca. En sus labios. En las comisuras.

«Almendras», anoto.

No hay mucho tiempo. Después de la muerte, el cuerpo comienza su viaje hacia la nada. Autolisis, putrefacción, *rigor mortis*. Pronto será imposible contemplar esta fotografía del trauma. Pronto, Elena Krivoss, la mujer más bella de Valparaíso, la mujer por la que los marinos peleaban encarnizados, se enamoraban, le pedían matrimonio, gastaban en ella su fortuna, y se lanzaban al mar desde la Piedra Feliz, por no poder vivir con su amor, desaparecerá. «La estrella Elena», como una vez me contó que le decían, porque, tal como la estrella de Plinio, que seduce y hunde las embarcaciones, Elena también hundía vidas en sus propias aspiraciones imposibles. Ella tenía el libro de Plinio. Se lo había regalado una vez, un marino, me contó. Pienso en qué circunstancias. ¿Cómo habrá llegado *La historia natural* de Plinio al cajón de una rusa en un burdel chino en el puerto más meridional del mundo? Ella, la estrella Elena, pronto se llenaría de ampollas, se pondría fláccida, se le desprendería la piel de su elegante armazón óseo y, finalmente, las bacterias y los gases ganarían la batalla abriéndose paso, haciendo estallar órganos, desgarrando y desintegrando todo. Todo, menos sus dientes.

Dejo mis implementos a un costado de la última cama de Elena, la cama de mármol con canaletas ocupadas por restos de formol que impiden la putrefacción. Preparo yeso en un recipiente, lo pongo en una cubeta metálica con forma ovoide, y hago una impresión de la zona del ataque. Con meticulosidad mido, dibujo, anoto y consigno todo en el primer cuaderno que saqué de mi estante antes de salir, un cuaderno que tiene en letras doradas la inscripción: BRITISH MUSEUM.

De pronto, me fijo en una lesión. Es apenas perceptible. Una lesión en forma de medialuna en su pecho derecho. Una suave hondonada. No ocupa más de cuatro pulgadas. Es una huella única e indeleble de epitelio presionado. Una marca del tiempo y de las circunstancias. Tomo también la impresión de esa huella: la huella de su último amante sobre la piel.

11 de marzo de 1889

Diario de Emilia Lyon (facilitado por Antonia Montt)
Es apenas algo preliminar

A las cinco termina mi turno y recojo mis cosas para salir. Al volverme, sobre el escritorio de la salita de enfermería, encontré un pequeño rectángulo de papel. Al recogerlo, veo en él un par de ojos dibujados en carboncillo, con una precisión y belleza tan excepcional, que me produce un estremecimiento. Súbitamente comprendí que eran *mis* ojos. En eso escuché una voz familiar. Era W., que me esperaba en la oscuridad.

—Soy yo —dije, asombrada, contemplando el dibujo sin siquiera saludarlo.

—Es apenas algo preliminar. Para el original voy a requerir algo más de dedicación y tiempo —explicó él.

—Lo tendrá, si lo necesita —mencioné torpemente, atropellando mis palabras—. Quiero decir, si es necesario que esté toda una tarde quieta, puedo hacerlo.

—Lo sé —señaló.

Luego no supe qué hacer. Me despedí, confusa, y salí de ahí.

Apenas había salido y llevaba caminando unas cuadras por Colón, cuando W. se acerca y comienza a andar a mi lado. Voy entre nerviosa y halagada.

—¿Puedo acompañarla?

Sentí que me ruborizaba. En eso, vi a Jaime que caminaba hacia mí y que venía a buscarme. Eso me molestó. ¿Por qué no me avisó que iba a venir? Me producía una gran incomodidad presentarlos. Por primera vez, me di cuenta —Dios me perdone— de que Jaime era demasiado delgado, con la cara cruzada por un rebelde acné. Sé que W., que es todo un hombre, lo mirará como un niño. Prefiero alejarme.

—Debo irme —digo.

Me adelanté y dejé a W., en la entrada. Llegué donde Jaime, que intentó darme su brazo, pero lo esquivé con una excusa. Sentía que W. todavía me estaba mirando. Me llegó su mirada oscura y bella aún después de que habíamos doblado, era como un calor sostenido en mi espalda que no desaparecía, ni siquiera cuando doblamos por San Ignacio. Sé que estaba ahí, no sé cómo, pero sé que estaba ahí, de pie, y que el viento de los cerros bajaba desordenando papeles y despeinando su cabello. A él no le importaba. Estaba ahí, mirándome y esperando. Esperando a que yo me deshiciera de mi acompañante y volviera junto a él.

12 de marzo de 1889

Diario de Nolasco Black
Hace tiempo que no te quedas

Como todos los martes, visito a Esperanza Vidal en su taller en la calle Las Delicias, cerca de las bodegas de ferrocarriles.

Esperanza es una excelente orfebre que me ayuda en el diseño y en la confección de dientes, placas y, ahora último, cerámica, con tinciones especiales que he traído de París, y que simulan imperfecciones, grietas, erosiones y atriciones, que solamente un ojo muy avezado podría diferenciar.

Como siempre, lo primero que reconozco es el olor a alerce con el acre aroma a disolvente y algunas especias que Esperanza suele usar para endulzar el ambiente. La sala donde trabaja parece el pabellón de un museo fantástico y de formas monumentales. Poseidones, sirenas, tritones, náyades de dos cabezas, pechos sensuales que se desprenden con libertad de las maderas. Me paro ante una de ellas: un nuevo mascarón de proa para *La Baquedano*: una colosal Minerva en desarrollo.

Esperanza, la escultora de mascarones, pinta con delicadeza los labios de la diosa cuyos cabellos oscuros parecen hacerle frente al embate de futuras olas. Ella es española. Con su pelo negro suelto y su blancura parece un ser salido de sus propias creaciones. La edad ya ha comenzado su lento trabajo, el que se expresa en algunas canas y arrugas que apenas comprometen su belleza. Aunque Esperanza parece estar entregada completamente a su trabajo, como siempre, presiente mi llegada.

—¿Un té querido dentista? —ofrece.

Se vuelve y sonríe. Usa una bata de seda y anda por su taller descalza.

—No, gracias —contesto.

De mi bolso, saco las impresiones y las dejo sobre la mesa. Ella se acerca y las observa mientras con la otra mano toma una infusión.

—¿Qué tenemos aquí? —observa.

Le extiendo un dibujo de lo que quiero lograr.

—Quiero recuperar los incisivos con un puente volante.

Esperanza observa el dibujo de referencia.

—¿Cómo es el paciente?

—Es un hombre joven y jovial —explico—. Su sonrisa labial es amplia y se eleva casi al llegar a la espina anterior del maxilar, haciendo desaparecer el labio superior. Dientes largos y de bordes redondeados, la flor de lis debería estar marcada. El tono, más azul en general. Gris en cervical y en el borde incisal. Me gustaría que intentaras una terminación traslúcida. ¿Crees que puedes hacerlo?

—Me ofendes, Nolasco —señala.

Es verdad. Esperanza trabajaba la porcelana a la perfección desde mucho antes de que yo apareciera en su taller como su cliente. Aprende de modo asombrosamente rápido las nuevas técnicas. Rápidamente se ha convertido en una de las mejores artistas dentales del puerto.

«Puedo hacer cualquier cosa… con calor y arcilla», recuerdo que me dijo la primera vez que la vi. Y le creí.

Elizabeth no la soportaba. Decía que si me descuidaba, me iba a hechizar. Elizabeth nunca fue celosa, excepto con Esperanza, sobre la que corrían todo tipo de rumores: que había asesinado a su marido en Burdeos, que había sido amante de un industrial del ferrocarril, que una noche quemó su casa en Santiago y que practicaba la magia negra. Era una espléndida artista, y ella lo sabía. Había estudiado con Agustina Gutiérrez como la segunda alumna mujer de la Academia de Bellas Artes y había ganado varios premios.

En las largas tardes en que trabajamos juntos, colando metales, refinando técnicas, esculpiendo en cera, agregando tinciones a la porcelana, la fui conociendo.

Una vez cometí el error de preguntarle cuándo se casaría. Ella siguió trabajando en silencio, luego manifestó:

—¿Sabes lo que dicen los defensores de la esclavitud en Carolina del Sur y Luisiana? «Es preciso cultivar el algodón y el azúcar. El hombre blanco no puede, el negro no quiere por el precio que le queremos pagar. Ergo, es preciso obligarle.»

Luego de un silencio, prosiguió:

—«Es necesario que las mujeres se casen y tengan hijos, pero no lo harán sino por fuerza. Ergo, es preciso forzarlas.» No, doctor —remató—. No soy una mujer blanca, sumisa, fiel y doméstica. ¿Quiere prender una hoguera o seguimos trabajando?

Nunca volví a tocar el tema.

—Pronto dejaré de hacer mascarones y me dedicaré a esto —me dice—. Muchos dentistas han venido recomendados por ti. Claro que no son tan apuestos. Pero ya dos me han pedido matrimonio o ser, a lo menos, su amante. Ingleses y alemanes. Ambos son gordos y tienen dinero.

Esperanza me mira, sonríe y se pierde entre dos tritones gigantes. Luego vuelve con una caja de la que saca dos prótesis, prolijamente talladas.

—El premolar está fuera de ángulo —indico, dejándolo a un lado—. Hay que repetirlo.

Luego contemplo el otro:

—Muy buen trabajo. Te felicito.

—¿Sabes que eres el más exigente de mis hombres? —señala—. Vino el mismo contralmirante Uribe a encargarme un mascarón y lo complací fácilmente.

De pronto, se queda mirándome y detiene su charla.

—A ti te pasa algo.

Saco de mi bolso las impresiones de Elena Krivoss y se las paso.

—Me gustaría que hicieras un tallado en cera de estas dos impresiones. La primera no te resultará difícil. La segunda es una impresión mínima. Apenas una impronta sobre la piel. Es lo mejor que pude conseguir.

—¿Sobre la piel de quién?

—Una infortunada.

—¿Eres policía ahora? —inquiere, mirándome con incredulidad.

—Ya te contaré. Es solo una pequeña aventura.

—¿Hay algo que quieras decirme? —pregunta cambiando su tono de voz.

—No.

Esperanza miró la impresión.

—Dame un par de días.

Luego me toma la mano.

—Hace tiempo que no te quedas —murmura con voz muy baja.

Retiro mi mano.

—Te dejo el pago de los trabajos —le digo con tono neutro—. El otro lo necesito el quince de este mes. Pero esto… —indico lo que acababa de dejarle— esto es… importante.

Me voy. Sé que ella se queda mirándome, pero también sé que es mejor que salga de ese lugar cuanto antes.

13 de marzo de 1889

Diario de Nolasco Black
Hace mucho tiempo que no venía el hombre triste

Estoy despierto, sobre la cama, insomne. Esperando. Y ahí está.

El sonido en la pared. Al comienzo se puede confundir fácilmente con el ronroneo de la plomería, con las risas aisladas del comedor, con el crepitar de la madera de las ruedas de algún carro lejano. Al principio se puede confundir con el ruido de alguna rata que corre apresurada, o con el silbido intermitente de las lámparas de gas, o incluso, con el mar, con las rompientes del mar en el malecón, o con el rumor de los aparejos de los buques, o con el viento entre las velas, como los sonidos de un bosque, pero luego no es eso; se escucha más claramente, como si alguien estuviera luchando por abrirse paso entre la cal, el ladrillo y las vigas y se diera por vencido un momento, por la sed, por el esfuerzo, por la falta de oxígeno, y cada cierto tiempo retomara su esfuerzo. Imagino, de pronto, que hay una mujer atrapada ahí. Mi mente juega con la idea de que es la propia Elizabeth la que está encerrada y no puedo sacarme eso de la cabeza. No tiene explicación, es ilógico, pero el sonido, un murmullo que viene a oleadas, continúa, leve y persistente. Me levanto y comienzo a tocar la pared buscando exactamente el punto donde se origina. De pronto, descubro ese punto. Acerco el oído. El susurro —¿el llanto desesperado y final?— de una mujer: orgánico, imperceptible, pero está ahí. Alguien —¿el francés?— emparedó a una mujer, pienso, casi sin respirar.

—... *ayuda*.

La palabra es clara. Se ha filtrado a través del muro en un último esfuerzo por sobrevivir. Tengo poco tiempo. Me desespero, y con mis uñas intento sacar el papel mural, rajándolo con dificultad. Lo consigo y llego al yeso y al tabique.

Ahora el sonido se hace más claro.

—Espere. La voy a sacar. Aguante.

Corro a mi maletín y busco una espátula. Trato de romper la pared con ella, pero es insuficiente. La arrojo al suelo. Abro la puerta al pasillo del hotel y bajo corriendo al entrepiso.

—¡Ayuda, ayuda... hay alguien atrapado! —grito, o pienso que grito. No hay tiempo. Saco con dificultad un hacha que está bajo el descanso de una escalera y vuelvo con decisión. Un par de puertas se abren pidiendo silencio. No hago caso. Con toda mi fuerza comienzo a destruir la pared con hachazos intensos y ruidosos. Llega corriendo el dueño del hotel, además de algunas personas que reclaman, justo en el momento en que estoy a punto de llegar a ella.

—¡Por favor no se rinda, no se rinda! —grito mientras doy golpes al muro.

Finalmente, la última capa de material cede y llego a una gran cañería. El sonido no es otra cosa que el agua circulando.

La gente —la mayoría con bata y pijama— me rodea en silencio. Me rodea con piedad, y con temor. Miro, confuso, y veo mi reflejo en el espejo del fondo de la habitación. El hombre que está con el hacha en la mano y la mirada cansada, no soy yo. Se parece a mí, pero no soy yo. Me he perdido. Miro a mister Kerbernhardt, pero no puedo explicar nada. Me pongo un abrigo y dejo la destrucción ahí tirada, abriéndome paso entre los curiosos para salir.

Camino, casi corro por la calle La Planchada. Llego a la plaza Echaurren y doblo por Clave. El barrio chino no duerme. Veo puestos de frutas, burdeles, puestos de pescado que están alumbrados con farolas. Monos en sus jaulas. Me pierdo por las calles húmedas del puerto. Necesito eso. La vida alrededor, mientras yo estoy muerto. Pasan por mi lado gitanas, comerciantes, gañanes, mujeres de la noche, marinos, vendedores de opio. Me meto a un edificio y subo hasta el segundo piso. Toco el timbre, abre madame Ling.

Ahora camino por un universo pesado, de cortinas rojas, de humo de incienso. Un espacio detenido, un laberinto sensorial, repleto de lámparas de gas con arabescos, pinturas de Dionisio y de Apolo, abrazando a Dafne en el momento en que se convierte en laurel, pinturas de Cupido con las musas, lámparas de cristales coloreados que dibujan en el techo formas demoníacas.

Madame Ling me mira.

—Hace mucho tiempo que no venía el hombre triste —comenta.

Me conduce por un laberinto de habitaciones, hasta que llegamos a una pieza donde hay un sofá con cojines dorados y rojos.

—Su preferida no está. Un demonio le sacó el corazón —murmura.

—Prepáreme esto —solicito.

Le paso el hongo a la anciana y esta desaparece.

Después de unos minutos, una mujer china, totalmente tatuada, se acerca con un cuenco humeante. Se arrodilla frente a mí y yo lo recibo. Bebo, resistiéndome al sabor, pero lo bebo todo. La joven me mira, me conoce. Sabe que he estado ahí antes, con Elena. Sabe que está realizando el ritual que antes hacía Elena conmigo. No sabe si debe cumplir con el resto de nuestra pequeña y secreta puesta en escena, pero comprende que vengo, a lo menos hoy, solo por la infusión. Inmediatamente corro hacia un pasillo, abro una letrina y vomito. Me lavo la cara y la boca en una palangana. Camino por los pasillos llenos de motivos de la jungla. De pronto, las paredes parecen cobrar vida. Miro el techo, observo un cuadro en donde están representadas las tres Gracias seducidas por un centauro. Al fijarme en la boca de este, veo que tiene incisivos, grandes incisivos y caninos. Las musas también. Todas ellas parecen mirarme.

Salgo. Tambaleante, camino entre la gente. Decir «camino entre la gente» es inexacto. Me veo, desde fuera. Me veo como si asistiera al transcurso de mi propia historia de manera fría e impasible. Como un observador indiferente, externo, mira a un sujeto errático que camina por la calle Blanco.

Nolasco camina entre la gente sin rumbo.

Nolasco está en un bote a remos, siendo conducido por un remero. Muchas embarcaciones reposan en la bahía. El bote pasa entre cadenas, cuerdas y embarcaciones. Nolasco se fija en que los remos, al romper contra el agua, producen brillos extraños, que no sabemos si atribuir a su viaje alucinógeno o a algas luminiscentes.

Nolasco está en el vapor Olympia, *ingeniosamente transformado en un casino clandestino, iluminado y lleno de música y movimiento. Hay mesas con hombres jugando cartas, juegos de azar y un gran bar. En el escenario bailan algunas mujeres. Por todos lados van y vienen féminas semidesnudas, que sirven y reparten licor y fichas de juego. Nolasco camina entre las mesas. Se sienta y pide un trago. Bebe. Paga. Se retira de allí.*

En un rincón de cubierta se realiza una pelea de gallos. Un grupo de gente, irlandeses e italianos la mayoría, apuesta grandes sumas de dinero. Los gallos sangran. Nolasco mira cómo un gallo mata al contrincante con su espolón afilado con una punta metálica frente a los gritos frenéticos de los apostadores. Una mujer, con un tatuaje similar al de Elena Krivoss, se aleja del grupo y camina hacia otro sector del barco. Nolasco la sigue. Ella se da vuelta, lo mira y desaparece entre las sombras de las calderas. Nolasco, siguiendo a la mujer, baja hacia unas bodegas. Continúa detrás de ella. Ahora, la mujer es más que nada una sombra indefinida. Nolasco llega a una bodega, entra y enciende una cerilla. Se sorprende al encontrarse frente a frente con un tigre en una jaula. Nolasco y el tigre se miran. El fósforo se apaga.

Ahora está frente a un hombre obeso con una chica en su rodilla, a la que besa y toca. Mira en una mesa a unas parejas comiendo carne. Ve al gordo besando a la chica y mordiéndola en el cuello. Ve una mujer mayor riendo. Parece comprender que todo tiene relación con los dientes. Se levanta abruptamente y arroja al suelo vasos y botellas, y a empujones se abre paso entre la gente. El dentista se mete a una sala con lavatorios y espejos, asustado. Los espejos lo duplican hasta el infinito. Nolasco se mira y se acerca a su reflejo. Mira sus dientes, levanta sus labios con los dedos, toca sus dientes y recuerda la mordida en la piel de Elena Krivoss. Súbitamente siente mucho miedo, se levanta las mangas de la camisa, se mira la piel y muerde su brazo hasta dejar dos medialunas sangrantes. Luego examina con atención la forma de sus dientes en la piel, la forma de la arcada. La toca con sus dedos.

Nolasco sale tambaleante. No sabe qué es verdad y qué es producto del viaje provocado por el hongo alucinógeno. En el cielo ve estallar fuegos artificiales. Detiene a un mozo de cargo. Hay desesperación en su rostro.

—Necesito salir de aquí —suplica.

—Eso es imposible señor, el barco ya está en alta mar.

—¡No! ¡Está anclado!

—Es el mar de los muertos, doctor.

Nolasco se aterra. Camina por el barco. En un rincón ve a dos mujeres besándose. Ellas lo miran y se ríen, como si supieran algún misterio. El dentista se incorpora y toma a una de ellas, confuso.

—¿Es algún tipo de trampa? —pregunta.

Ellas se ríen.

—¿Qué saben…?, ¿qué saben de mí?

Las mujeres solo lo miran.

Nolasco las empuja. Una de ellas cae y grita. Entonces unos hombres con aspecto irlandés llegan y comienzan a golpearlo a patadas.

Luego es lanzado desde un bote a remos al concreto mojado de las escalinatas del muelle. El dentista se levanta, intenta caminar unos metros y cae al empedrado húmedo y sucio del muelle. Está confuso y sangrante. En ese momento, un coche se detiene y se abre la puerta. Es Carmen Carvajal.

—Suba, ahora —ordena.

En ese momento, Nolasco cae inconsciente.

12 de marzo de 1889

Relación del comisionado Pedro Pardo
¿Está seguro de que quiere hacerle caso al dentista?

Se ha congregado un pequeño grupo de gente. En el Cementerio de Playa Ancha, Pardo asiste al entierro de Elena Krivoss, la prostituta. La ceremonia se celebra rodeada de un mar azul oscuro enfurecido, salpicado de espuma hasta el horizonte. La ceremonia es breve.

Pardo observa desde la distancia. Urra se le acerca.

—Tengo la lista de los ingleses que desembarcaron desde el primero de enero. Son cuarenta y tres.

Urra mira a Pardo.

—¿Qué pasa? —le pregunta este.

Es la lista de madame Ling —prosigue Urra—. Black era uno de los clientes de la finada.

Pardo continúa mirando el funeral, concentrado.

—¿Está seguro de que quiere hacerle caso al dentista? —consulta Urra.

—Observación del entorno, ingenio y uso del conocimiento. Por eso ganamos más que el resto, ¿no? —expone Pardo, después de un rato de silencio—. No estoy seguro de nada Urra, pero ¿quiénes somos si no nos abrimos a todas las posibilidades?

Pardo se queda mirando el final de la ceremonia fúnebre. Mira también hacia el mar oscuro. Luego se aleja hacia los carruajes. Urra se persigna y lo sigue.

14 de marzo de 1889

Diario de Nolasco Black
También andamos tras la bestia

La luz del sol llega sobre mi cara y me despierta. Intento levantarme, pero mi cabeza es una caja a punto de estallar. Con dificultad intento reconocer dónde estoy. Una gran cama con una colcha de algodón en cuya orla central se dibuja la figura de la Virgen con el Niño con los escapularios de rigor. Un texto al pie reza: «Nuestra Señora del Carmen». Es una habitación decorada con austeridad y elegancia.

Me levanto e intento encontrar la salida. En el primer piso me espera Carmen Carvajal con una bandeja con té.

—El té de hojas de coca es bueno para el dolor de cabeza —apunta.

—¿Dónde estoy?

—En mi casa.

Intento orientarme. Recuerdo la pared destruida, la pócima de madame Ling. El barco.

—Lamento haberle producido molestias —indico—. Con gusto pagaré por su amabilidad.

—No se vaya aún. No hasta que le muestre lo que está buscando.

Me detengo.

—¿Y qué estoy buscando?

—Al que asesinó a la mujer del puerto… y a la enfermera —responde.

La miro desconcertado.

—Que yo sepa, ninguna enfermera ha sido asesinada.

—Déjeme mostrarle a un par de amigos. Venga por acá.

Sin esperar mi respuesta, Carmen cruza el salón y entra a otra sala. Voy tras ella.

—Usted es un científico. Esto le va a interesar.

Abre una puerta y entro a una contundente biblioteca.

—Doctor Black, le quiero presentar a… mi grupo de estudio.

Al fondo, leyendo, está Virginia que alza la vista y me mira acogedora. Más allá, un joven de pelo muy fino, casi flotante, me saluda con un movimiento de cabeza.

—A Virginia Viterbo tengo entendido que la conoce —asegura Carmen.

Estoy confundido.

—Virginia —saludo, inclinándome.

—El señor Céneo Roth es un dedicado investigador de los fenómenos metafísicos. Y un coleccionista insufrible de información —continúa Carmen con las presentaciones.

El joven de pelo fino se acerca y me extiende la mano.

—Encantado.

Carmen se acerca y me mira con solemnidad.

—Esta es la sociedad espiritista Flammarion. Y queremos que usted sea parte —agrega.

Trato de enderezarme.

—Me duele demasiado la cabeza, Carmen. Tengo pacientes citados. Debo pagar los destrozos del hotel, si es que no han sacado mis cosas a la calle. No puedo, realmente… —logro articular al fin.

—No me interesa —interrumpe Carmen.

Voy hacia la puerta.

—También andamos tras la bestia —declara Carmen a viva voz.

Me vuelvo, irritado.

—¿Quién diablos son ustedes?

Observo que Carmen ha dejado de ser la mujer dulce y de mirada acogedora. Su expresión ha cambiado. Su semblante se ha endurecido. Una guerrera, pienso. Alguien en combate.

—Hay un visitante en nuestra ciudad, doctor Black —afirma—. ¿Cree usted en el mal?... Bueno, el mal ha llegado a Valparaíso. No estamos hablando del mal como un concepto vacío, o figurado. El Mal, con mayúsculas. Para los metafísicos, el portador de malas noticias: La Bestia. Alguien escapado del noveno círculo. Para alguien concreto como usted, un homicida muy particular. Un organismo contaminante. Y usted es el único que puede detenerlo.

Quedo en silencio. La cabeza me palpita. Una hechicera, pienso. Una hechicera guerrera.

—¿Y quién le dijo eso? ¿Quién les dijo a ustedes que yo era el único que podía detenerlo? —de inmediato me arrepiento de haberlo preguntado.

Carmen me mira sin una sola duda, sin un titubeo, con una dureza que roza la crueldad. Guarda silencio y luego pronuncia:

—Nos lo dijo su esposa muerta.

Me tenso entero. Las palabras escapan de mi boca. Me quedo mirando al extraño grupo, asombrado, lleno de angustia. Todos me miran ahora con la misma seriedad. «Debo salir de ahí», me ordeno a mí mismo.

Voy hacia la puerta, me dispongo a salir, la abro, pero, entonces, escucho de Carmen una última palabra que me inmoviliza:

—*Stormo.*

Lentamente, me devuelvo. Me acerco a Carmen, sin dejar de mirarla. El joven se yergue, se pone en alerta. Virginia se adelanta.

—Nolasco... —me habla con voz serena, intentando tranquilizarme.

—¿Quiénes son ustedes? —pronuncio, lento.

Céneo, el joven, se acerca y me mira con gravedad.

—El año pasado, la prensa británica lo bautizó como Jack —recita, más bien solemne—, Jack the Ripper. Ahora está en este puerto. Y sabemos cómo atraparlo.

—¿Quiénes son ustedes? —repito.

—Somos sus ayudantes para detenerlo —responde, casi con dulzura, Carmen Carvajal.

Me quedo de pie, frente al extraño grupo. No puedo hablar.

22 de marzo de 1889

Diario de Emilia Lyon (facilitado por Antonia Montt)
Era solo la visita de un turista

Hoy he atendido en la sala grande a todos los enfermos del mundo. A cada enfermo se lo observa cuidadosamente, tomándole más exámenes que los normales. Se teme que venga una epidemia que arrase la ciudad. Los médicos hablan de una gripe que nació en Rusia, que llegó a España y que ahora está asolando a toda Europa. Debemos estar atentos a los primeros casos cuando se presenten.

El doctor Manterola, que es el que más sabe de esto, nos ha instruido y, cuando me ha visto llorar por el temor a que este sea el fin del mundo, me ha tranquilizado y me ha dicho que los vientos del sur protegen a Valparaíso de las infecciones.

He estado todo el día desconcentrada y mis compañeras creen que es por eso, pero yo sé que realmente es por W., mi amado. No ha aparecido más y ya van tres días que no lo encuentro por ningún lado. Finalmente me he armado de valor, me he acercado a la hermana directora y le he preguntado por W.

—Dijo que no podría venir más —me aclara—. Estuvo aquí solo por unos días. Era solo la visita de un turista, o de un hombre humanitario, más bien —se corrige.

He estado todo el resto de la tarde triste por eso. ¿Habrá

tomado un barco y se habrá ido a África o a la China? ¿Por qué no se despidió de mí? En la tarde, iré a verlo a su casa. No puede desaparecer así como así. A lo menos, me debe mi retrato.

SEGUNDA PARTE

La máquina de matar

El paisaje apenas se percibe tras la silenciosa nieve que cae desde hace algunas horas, blanqueando las sombras y borrando los límites entre el mar y la costa. Si alguien, desde esas islas imprecisas, mirara hacia el Cosmos, pensaría en un animal fosforescente avanzando por el canal sin producir estela o sonido alguno, un fantasma persistente, situado en medio del cielo oscuro, los grandes farellones de hielos eternos que bajan a pique sobre un borde de costa rocoso, y el mar entero, sumido en la gama de los grises sin vida.

No hay nadie en esas islas —eso teme el hombre que está en cubierta—, nadie que pueda mirarlo, porque, piensa, estamos en el fin del mundo, en el canal Messier, donde tantos barcos sucumbieron a las corrientes cruzadas del Estrecho de Magallanes y ahora reposan allá abajo en esas oscuridades quietas y glaciares. En la cubierta, el silencio parece aún mayor, como si el frío congelara los sonidos. No hay espuma sobre la proa, no hay crujir de las velas. Nada altera el paisaje elemental; solo un hombre de treinta y tres años, alto y de mirada triste, se aferra a la borda escudriñando el paisaje. El hombre lleva barba de varios días, chaquetón marinero y pelo largo. La nieve se le pega a su ropa y a sus cabellos sin que él

demuestre ni frío ni incomodidad. El hombre solo mira atenta
y concentradamente el paisaje junto a otros hombres silencio-
sos, también marineros, pero hay una diferencia entre él y
ellos. Estos últimos no tienen nada que perder. Solo hacen su
trabajo. Ese hombre, no. Ese hombre se juega la vida.

—¡Allá! ¡A estribor!

El grito rompe su propio silencio. Esto, de alguna manera,
lo asombra, como si hubiera olvidado la textura del sonido.

Seis, siete botes.

Efectivamente, comienzan a aparecer, como trozos de hielo
roto, hielo negro, los botes de madera atiborrados de hombres
y mujeres que al ver el gran velero, se levantan en los botes,
agitan sus manos, gritando desesperados. Son los náufragos
del Cordillera. *Son los náufragos que deberían estar en la pla-*
ya de la desolada isla Tamar, donde los dejaron. No en el
agua. No dispersos en esas aguas.

A medida que los infortunados suben a cubierta, el hom-
bre busca a alguien en la multitud. Los que embarcan, la ma-
yoría europeos, evitan mirarlo, o eso cree él. Al subir a cubier-
ta, una mujer mayor se acerca y lo mira en silencio.

—Elizabeth, ¿dónde está Elizabeth? —pregunta obsesiva-
mente el hombre.

La mujer lo toma del brazo y lo observa, compadeciéndo-
lo. Luego sigue su camino. Nadie le habla, nadie quiere ha-
blarle. Lo evitan como si estuviera maldito. Eso lo perciben el
resto de los marineros, que bajan sus miradas, porque no quie-
ren saber de él, o lo que pasa por su cabeza, o lo que está a
punto de sucederle.

El hombre, junto a un grupo de marineros, desembarca en
una playa pedregosa. Pero él no alcanza a esperar a que el bote
toque tierra. Salta, sumergiéndose hasta la cintura en el agua
helada, y corre hasta alcanzar la playa. Otros hombres que se

han adelantado lo esperan. Nadie dice nada. Al verlo, todos bajan la mirada. Un oficial se acerca e intenta detenerlo.

—No es conveniente que vea esto...

El hombre lo hace a un lado.

—Ella... Mi mujer... está ahí —replica, mientras intenta pasar.

El oficial hace una seña a los demás.

—Sáquenlo de aquí —ordena.

Dos marinos intentan detenerlo, pero este lanza un puñetazo que bota al suelo a uno, empuja a otro y corre hacia donde está el bulto.

El espectáculo es macabro. En un radio de aproximadamente treinta metros sobre una playa de guijarros, aves costeras picotean trozos de carne ensangrentada. La playa está completamente enrojecida. Aquí y allá miembros humanos mutilados.

El hombre se detiene al ver el vestido de una mujer. Los jirones de su vestido verde. El resto es una masa informe.

—Los atacaron en la noche —se oye decir a una voz.

Un viejo marino se acerca y toma al hombre del brazo con decisión, obligándolo a desviar su mirada de la espuma enrojecida y centrarlo en sus ojos. Son los ojos de un hombre que conoce el estrecho, a los indios del estrecho, a los ganaderos, a los traficantes de pieles, a los glaciares del estrecho.

—Murió rápido. Créame. Fue afortunada —afirma.

Comienza a nevar con más fuerza. El hombre se suelta de la mano del viejo y comienza a avanzar hacia los trozos de carne y cabello sobre las piedras, pero antes de llegar, otros dos hombres lo contienen. El hombre los mira, suplicante. Ha descubierto algo. Es la sortija de compromiso de su mujer, brillando entre las piedras rojas. El hombre la mira. Los marinos lo sueltan.

El hombre la toma, la limpia y la guarda en un bolsillo.

De pronto, en un movimiento rápido, toma el arma del estuche del navegante más próximo, se la pone bajo su propia barbilla y presiona el gatillo.

El arma se traba.

Todos lo miran.

El hombre, con sus ojos enrojecidos, mira el paisaje y al resto de los seres humanos que lo rodean. Toma un poco de barro ensangrentado y se lo pasa por la cara.

La nieve cae sobre él.

18 de marzo de 1889

Diario de Nolasco Black
Hay muchos usted y muchos yo en esta habitación

Mi hogar, por así decirlo, es una habitación simple del hotel de La Unión. Opté por dejar la casa de El Almendral, que tantos recuerdos me trae. Mis posesiones son mínimas. La cama, mi escritorio, libros, la mayoría aún en cajas. Algunas fotografías. Casi no tengo adornos. Sobre la mesa, una buena lupa, un trozo de ámbar con un alacrán incrustado y un radiómetro de Crookes, o molinillo de luz, que me traje de Londres y que comienza a girar en cuanto lo golpean los albores del amanecer. Pero ahora, con las cortinas cerradas, permanece quieto, como todo lo demás. Como si todo en mi habitación estuviera suspendido. Hasta el Longines Grand Prix de tres tapas parece haberse detenido sobre el velador. ¿Duermo? ¿Estoy en una falsa vigilia? ¿Una vigilia dentro de un sueño? ¿Puedo moverme?

Una mucama golpea la puerta.

—Monsieur Black, ¿está usted bien?

Me despierto, soy un náufrago en el fondo del mar. Miro los libros, las cosas de mi habitación. A mi lado, frascos vacíos. ¿Qué he tomado? Me miro al espejo. Mi barba indica que ha pasado un buen tiempo. Vuelvo a dormir. La vigilia me duele. La luz me hiere.

Finalmente la puerta es abierta y entra Kerbernhardt, el dueño del hotel. Lo primero que hace es abrir las pesadas cortinas de la habitación.

—Deje que ventilemos, que la luz entre, aireemos esto un poco —le inquiere—. Doctor, usted necesita una ducha.

No respondo.

—Clarisa —pide, mirando a la mucama—, déjenos solos.

La mujer abandona la habitación.

Kerbernhardt se sienta en mi cama y mira a su alrededor.

—¿Le conté que mi prima es la gran actriz Sara Bernhardt? Estoy pensando en que venga a vernos. Usted es un hombre joven, doctor Nolasco. Yo no tengo su inteligencia, soy un simple comerciante. Llegué a este puerto sin nada. Estuve casado y amé a una mujer que murió de tuberculosis. Quiero decir que sé lo que es perder a alguien. Me quedé con dos hijas. Ellas no podían entrar a ver a su madre, no podían besarla. La miraban desde la puerta. Mi mujer era la más hermosa del puerto. No sé si la ha visto. Es la del cuadro del primer piso. Yo también he estado como usted está ahora, pero un día pasó algo que me cambió la vida. Había bebido mucho, no quería estar sobrio, pero lo estaba. No había ninguna razón para que me levantara. Mis hijas estaban casadas. Este puerto, este país entero era un hoyo de tierra seca. Ni siquiera sabía español. Entonces, igual que usted, yo no quería vivir…

—No me importa lo que le pasó ni lo que vio. Las experiencias no son comparables —reclamo—. Ahora, por favor, déjeme solo.

—Me vi, monsieur Black. Me vi a mí mismo paseando con una bella mujer por la calle Esmeralda. Nunca había visto a un hombre tan feliz. Y comprendí que no estamos solos. Cada vez que tomamos una decisión, como las páginas de un libro, se abre una nueva vida. Hay muchos usted y muchos yo en esta habitación. Usted no perdió a su mujer. En un tiempo simultáneo, usted vive en Quillota con ella, y tienen hijos y quizá anoche fueron a un baile. Por alguna extraña razón, usted decidió quedarse en este otro universo. Entonces ábralo, explore por qué. Qué es tan importante en este universo de mierda que eligió vivir que lo obligó a renunciar a su felicidad.

—¿Usted cree que esto lo elegí voluntariamente?

—Usted eligió este cuarto y este hotel. Somos producto de inconcebibles líneas de tiempo y decisiones. Ahora, le ruego que se vista y ventile el cuarto.

—Usted es masón, Kerbernhardt.

—Y teosófico, señor. Y miembro de la Golden Dawn. Pero eso no tiene importancia. Su prima Margarita lo espera en el lobby —me cuenta.

Me visto con dificultad y bajo las escaleras. Un botones se acerca. Me entrega una nota.

«Si quieres que te siga hablando, no me dejes plantada. La función del martes es a las ocho. Llega puntal. Margarita.»

El botones mira a Nolasco.

—Estaba enojada —agrega.

Salgo del hotel y en plena calle me aborda abruptamente una joven oriental. Es una de las mujeres de madame Ling. Al verme, se acerca y comienza a hablar en un español cerrado y casi incomprensible.

—Usted, señor. Usted la conocía. ¿Cómo puede quedarse ahí, sin hacer nada?

La tomo del brazo y la llevo a un callejón a la vuelta del hotel Dimier.

—Usted estuvo con ella. Usted era bueno con ella. Sé lo que hacían.

—¿Qué quiere? ¿Plata? —la interrogo.

—No todo es plata, caballero —reclama, levantando la cabeza—. Necesito que me ayude. Diga a la policía lo que sabe. A mí nadie me hará caso. ¿Sabe lo que hace la policía y la guardia, con nosotros? Sus hombres entran, se emborrachan, nos quitan el dinero, nos fuerzan. No le importamos a nadie. Sabe lo que nos dijeron acerca del autor de su muerte. Que era un marino borracho. Y otro, el viejo, dijo que eran perros. Perros, señor. Los perros no hacen eso. Es un hombre. Usted lo sabe. Ella lo estaba viendo. Él había preguntado por ella. Alguien andaba preguntando quién era esa mujer de la que los hombres se enamoraban. Unos niños le dijeron y él les dio cinco peniques. Él no quería a cualquiera. La quería a ella. Pero no. Dijeron que había sido un borracho o unos perros. Pero usted es hombre y es doctor. No tiene honor, ¿acaso? Elena se hacía pasar por su mujer. Entonces —alzó un poco la voz— si no es por Elena, hágalo por su mujer.

Quedo en silencio. Por el sol, por la calle principal, pasa la luz, la urbanidad, el progreso. En ese callejón, a solo un metro de distancia del otro escenario, la china y yo nos desplazamos por un universo diferente. Un universo oscuro. Un universo doloroso.

—¿Qué quiere que haga? —le pregunto.

—Que encuentre al hombre y que lo cuelguen —contesta ella, sin vacilar—. Ella me contó de él. No sé su nombre, pero sé que era extranjero y que dejó esto olvidado una vez.

La joven me pasa una pipa. Luego me mira.

—Y la segunda vez que estuvo con la rusa, le regaló esto —me cuenta al tiempo que saca un objeto que llevaba guardado en su pecho—. Un anillo. Lo recogí antes de que madame Ling se quedara con los ahorros y las cosas de Elena. Tómelo. Júreme que va a encontrar a ese tipo.

La joven toma mi mano, me la abre y pone en ella el anillo. Luego me mira con tristeza y antes de irse, me dice:

—No pierda su alma, señor.

Luego se pierde entre el gentío. La pipa es fina, de madera de brezo y no de espuma de mar, tan de moda. El anillo es de plata y en el chatón lleva grabada la imagen de un vapor. Supongo que Elena creyó que era valioso.

22 de marzo de 1889

Diario de Nolasco Black
¿Me va a descuartizar?

—¿En qué piensa?

La voz de Virginia es casi un susurro. Es su técnica para inducir el estado de trance. El mesmerismo es el mejor ejemplo de una migración desde la religión y la magia hasta los salones, y, ahora, hasta la ciencia. Hay ciertas claves: el movimiento repetitivo, la voz baja, la localización de la respiración, la focalización en un objeto. O qué palabras decir y cómo decirlas. Virginia conoce todos los trucos, y los aplica con elegancia, pero aun así, puedo ver los hilos. Esta habitación está llena de hilos invisibles.

—¿En qué piensa, Nolasco?

—En cómo usa usted los objetos.

—El metrónomo es una excusa. Es necesario para que su atención no se disperse —casi susurra ella.

Desde mi perspectiva en el sillón de terapia, solo puedo mirar el metrónomo que va y viene, pero sé que Virginia, a mis espaldas, está tensa. He llegado puntualmente y todo ha sido como la vez anterior, pero desde el encuentro en casa de Carmen, ambos estamos distantes; diría que algo hostiles.

—Debe fijar su atención en los objetos —me indica, seria.

—Mi problema es precisamente lo contrario —le explico—.

Mi atención ya se encuentra fija en todos los objetos. Me cuesta evitar hacer relaciones entre ellos. Suposiciones. Causalidades. ¿No le parece curioso?

—Deme un ejemplo.

—Esta sala... Usted, este cuarto. Nos hablan más que las palabras.

—Continúe.

—No hay libros. Los sacó. Supongo que para que sus pacientes no se sientan intimidados por una mujer ilustrada. En cambio, muy a su pesar, decoró esta habitación como se supone que lo haría una mujer «muy de casa»: con cosas nuevas y delicadas, pero sin afecto. No hay pasado en ellas. Es una puesta en escena. Su vestido es cuidado, pero es casi un uniforme. Es una mujer sola. La hija menor de tres hombres. Hay un enigma en usted. Está de paso. Siempre se hallará de paso en Valparaíso, odia esta ciudad y la encuentra plana, ignorante, gruesa. Sabe que aquí no está su vida, y que la desperdicia. Trata de que esto sea Viena, pero es solo Sudamérica. Solo un perdido puerto del Pacífico. Entonces participa de un grupo que le dé respuestas y la saque un poco de su soledad: espiritistas.

Virginia se queda un instante en silencio. Su lápiz deja de producir ese sonido áspero sobre el papel. Está detenida. Suspendida.

—Es usted muy intuitivo... tanto, que es como si necesitara defenderse mediante su inteligencia. Entonces, mi pregunta inmediata es: ¿a qué le tiene miedo, Nolasco?

—A la mentira —respondo, sin vacilar.

Me levanto y la miro fijo.

—¿Quién tiene acceso a esos rollos de cera? ¿La médium? ¿Cómo supo que mi mujer se llamaba Elizabeth? ¿Cómo supo la palabra clave? ¿Se lo dijo usted?

—Así que es eso. Usted volvió, pero no a su terapia. Volvió a conseguir información, a disipar el enigma y, de pasada, me ofende. Me decepciona profundamente, señor Black. Le pido que se retire y no vuelva. No es necesario que me pague esta sesión. Me doy por pagada con no verlo más.

—Si usted vuelve a revelar algo privado, yo... —me detengo, apretando los dientes.

—¿Usted qué, Nolasco Black? ¿Qué? ¿Me va a descuartizar? Me quedo sin habla.

—No me amenace. A mí también me gusta resolver enigmas —asegura.

—Usted es una impostora —declaro.

—Asista a una reunión y compruébelo por usted mismo —replica.

—Una impostora... —repito—. Usted y su grupo, señorita.

Salgo a la lluvia. Soy un tipo despreciable. Al cruzar el pasillo, veo cómo ella se toma su vestido y se seca con rabia sus lágrimas. Debo parar de destruir todo a mi paso. Debo parar.

27 de marzo de 1889

Relación del comisionado Pedro Pardo
Fue como un pájaro que se quebró en tus manos

Soto golpea a un hombre, un muchacho. El joven está sangran-
do. Se le han roto un par de dientes. Llora.

—¿Qué hiciste con la enfermera?

—Yo no hice nada, yo no sé nada.

—Afuera está su padre. Sabes quién es él, ¿no? Es de los de
arriba. De los que hacen que esta ciudad funcione. Es de los que
nos pagan los pesos. Esos nunca nos molestan a nosotros, pero
cuando lo hacen, hay que responder. Y él, su padre, quiere saber.
Está como loco y no le importa perder toda su plata para que te
tengamos aquí por mucho tiempo. Para que te saquemos la cres-
ta por años. Entonces, mejor dinos qué pasó. Hazlo ahora.

—No sé...

Soto se agacha y le toma la cara entre sus manos ásperas.

—¿La mataste? ¿Te la cogiste y luego lloró y lloró, la qui-
siste hacer callar, pero no pudiste y finalmente la golpeaste?
Quedó inmóvil, ¿no? ¿Fue como un pájaro que se quebró en
tus manos? ¿no? Como esas porcelanas.

—No...

—Quedó inmóvil, como esos picaflores que chocan con las
ventanas, ¿no? ¿Así quedó? ¿Te dio miedo? ¿La enterraste? ¿La
lanzaste al mar?

—No. Yo la quería...

—Dime, ¿dónde la lanzaste?

Soto comienza a patearlo. Pardo entra y Soto sale. Pardo saca su pañuelo y le limpia la sangre.

—Tienes que disculparlo —le dice al hombre, indicando a Soto que acaba de salir— Es del sur, de Temuco. Su padre lo quemaba con un palo con brasas. Tiene la espalda entera llagada. Es un hombre salvaje. Yo no. Yo soy porteño, como tú. Dime qué pasó. Hay gente que te vio. Ibas a buscar a Emilia todas las tardes.

—Yo... Ella quería presentarme a sus padres, pero yo no quería. Ellos son gente de alta sociedad, palos gruesos. Yo soy un simple contador.

—¿Estabas enamorado?

—Ella conoció a un hombre...

—Y eso te dio celos. Conoció a un hombre y tú no lo soportaste y la mataste.

—Yo no la maté, señor, por lo que más quiera, yo nunca le habría hecho daño a Emilia. No. Ella conoció a un hombre. Un gringo, un hombre extranjero... Un día lo vi. Estaba afuera del hospital. Iba con él. Le pregunté por él. Ella estaba distante, ausente.

—Dices que se fue con ese hombre ¿y no sabes quién es?

El muchacho mueve la cabeza, negando, y llora.

—Un gringo. Un gringo elegante, con dinero. Algo le hizo. Nunca volvió a ser la misma desde que lo conoció. Estaba distante, dejó de verme...

El muchacho solloza.

—Cómo se llama ese gringo.

—No sé.

—Dibújalo.

—No puedo, estaba a contraluz. Pero era alto. Alto y delgado. De unos cuarenta años.

—Estás en un tremendo problema, hijo.

Pardo lo mira y sale.

—¡Mi hija no es una puta!

Lyon golpea la mesa. Está rojo. Sus ojeras han adquirido un tono violáceo, casi negro.

—No se fue con ningún hombre. Tenía todo lo que quería.

—Desde el jueves han partido siete vapores. Estamos pidiendo las nóminas de los pasajeros. Mandamos un telégrafo a Lisboa y a Liverpool. Solo queda esperar.

—Pardo, si usted no encuentra a mi hija…

El intendente se mantiene en silencio.

—Deberíamos guardar la calma. En estos casos…

—No intendente. Usted no me hable. Su policía, sus guardias, su equipo de pesquisas o como quiera llamarlo, no sirven para nada. Mi hija no está y no aparece. Mi mujer se halla sufriendo, con una severa fiebre cerebral. Tráigame a mi hija. Ella no se fue a ningún lado. A ella le pasó algo. A ella le pasó algo horrible —le tiembla la voz a Lyon—. Pardo, si usted no encuentra a mi hija —agrega—, yo… yo lo voy a destruir. Usted no sabe quién soy.

Lyon se pone de pie bruscamente y luego sale de la oficina del intendente, sin despedirse. Pero se vuelve y grita, desde el umbral:

—¡Usted no tiene idea de quién puedo ser!

Y pega un portazo.

27 de marzo de 1889

Diario de Nolasco Black
Hice lo mejor que pude

Esperanza está de pie en el lobby del hotel. Nos sentamos a una mesa. Ella pide un café. Trae mis encargos. Primero lo de los pacientes, luego, como si ambos supiéramos que lo que realmente nos interesa es lo que viene a continuación, saca con cuidado de un paquete los dos últimos encargos. Los trae envueltos en papel de mantequilla. Estamos solos en el salón. La hora es apropiada. Si hubiera más público, se espantarían algunas mujeres ante esas reproducciones dentales.

—Este es el primero. Parece un tipo de animal —comenta.

—El trabajo de vaciado y encerado es magnífico —señalo.

—Pero prometiste decirme de quién es —le reclama ella.

—Aún no lo sé —le explico.

—Mi gato tiene esa misma disposición en sus piezas dentales —afirma.

—Serás la primera en saberlo. Te lo prometo —le digo.

Esperanza pone sobre la mesa el segundo paquete.

—Ahora esto es más interesante —anuncia—. Logré recomponer el borde incisal en la segunda mordida. Prácticamente trabajé con nada. Aquí tienes a tu hombre.

Esperanza me pasa una pequeña arcada en forma de medialuna, hecha con yeso y cera. La tomo y la observo, minucioso.

Ella tiene razón. La longitud del borde de la arcada es indudablemente masculina. Hay que medir, calcular. Debo comparar mis dibujos. Aún no sé qué busco, pero esa huella se ha vuelto más interesante para mí que la otra. Aún no sé por qué.

—Un muy buen trabajo —le confirmo.

Me mira entornando los ojos.

—No creo poder ayudarte por un par de semanas —me cuenta—. Mi nuevo enamorado me invitó a Santiago e insiste en que quiere llevarme a pasear a parques de verdad. No vuelvo hasta el veintidós. ¿Estás celoso, mi querido dentista?

—Me alegra que seas feliz —la contradigo sin dejar de mirar las piezas—. Veré cómo me las arreglo torpemente, sin ti en mi consultorio.

Esperanza se levanta y, sin previo aviso, me da un beso en la boca. Luego sin decir nada, se va, caminando resuelta.

28 de marzo de 1889

Diario de Nolasco Black
La ciencia no tiene todas las respuestas

Me quedo tomando notas toda la noche. En la mañana camino a las nuevas dependencias de la Policía de Pesquisas, en la esquina de la calle del Circo con la calle del Orden. Como Pardo no está, le dejo una nota con mis dibujos, más una carta:

> Pardo:
>
> Quizá me adelanté en mis conclusiones. No es una jauría. Es un animal único. Por el tipo y disposición de las heridas, que nos indican incisivos pequeños y enormes caninos con amplios diastemas para su encaje, podemos deducir que estos desgarros son solo compatibles con el ataque de un felino mayor: un puma (puma concolor). Quizá el animal bajó al puerto, atacó a una mujer y, asustado por los carros y las luces de la civilización, volvió a sus cerros. Sugiero la presencia de un experto. Si necesita un detalle de las impresiones, las tengo en mi gabinete. Si el caso lo cierra, o no las necesita, me encantaría quedarme con ellas, por simple afición de coleccionista.
>
> Atentamente,
>
> > Eduardo Nolasco Black,
> > cirujano dentista

Luego me marcho. Hay cosas que no me cierran, pero la ciencia no tiene todas las respuestas, pienso. Más tarde, al tercer día sin novedad alguna, me olvido del asunto y vuelvo a mi vida.

29 de marzo de 1889

Diario de Nolasco Black
Tú... El Horla. Tú, el viajero

Como cada viernes, el teatro Victoria está repleto, pero la función de las ocho —en la que se rumorea que asistirá el príncipe imperial Augusto Leopoldo de Brasil, y los oficiales del recién recalado vapor *Barroso*—, parece convocar a toda la sociedad porteña y mucha gente se queda sin poder entrar. Ningún príncipe asistirá pero, como siempre, se verá a las colonias distribuidas en territorios invisibles, pero exactamente demarcados en los sectores de la taquilla. Al sur, alemanes. Al norte, ingleses. Al centro, chilenos. A la izquierda franceses e italianos. Ya ha sonado la primera campanada del comienzo del espectáculo cuando, desde el fondo de la sala, una joven delicada y muy blanca, Margarita O'Brian Latorre, camina con dignidad, comparte sonrisas, recibe saludos, cruza el pasillo y se sienta a mi lado, mirando alrededor sin dejar de sonreír, mientras explica susurrando que ha tenido que bajar del carro de sangre y continuar a pie, que las calles no están hechas para esta cantidad de tranvías, pero no parece poner más atención a lo que dice que la que pone en contemplar a la concurrencia y seguir saludando, sonriente, con ligeras inclinaciones de cabeza.

—¿Qué vamos a ver? ¿Ciencia? —pregunto.

Le paso un origami que le he construido con el programa del espectáculo.

Margarita, que parece estar acostumbrada a mis excentricidades, me mira y lo despliega.

—Magia —responde—. Mi única petición: por favor, no me digas los trucos.

Aunque la función de Tausen, Tausin, o Tsausen, o como quiera que se llame el recién llegado ilusionista, se anuncia como un show pleno de magia, transformaciones, pactos diabólicos y mutaciones, es, en realidad, ciencia. Ingeniosos aparatos optimecánicos como los que están de moda en Londres, París o Nueva York.

Politécnica óptica es el nombre de la nueva ciencia.

Las luces se apagan y comienza el alegre quinteto *Die Forelle*, un Schubert optimista, por lo menos en el inicio.

El espectáculo comienza. El mago, bigotes en punta, frac de hombreras anchas, chaleco y corbatín, sombrero de copa, aparece en el escenario y un ingenioso sistema de luces deja en la oscuridad el proscenio, iluminando solo el centro. Su voz es poderosa y arrastra las palabras, lo que le confiere un carácter entre divertido y fatuo.

—Lo que traigo esta noche es producto de la comunión de la ciencia y el espíritu. Ya no existen los límites entre lo uno y lo otro. En París, el gran alquimista Eiffel acaba de alzar una antena para comunicarse con las zonas más elevadas del éter. En las montañas del Colorado, el húngaro Tesla, y el americano Edison, juegan con las energías más poderosas de la naturaleza. La electricidad, el rayo de Júpiter, ha sido capturado y conducido para iluminar ciudades. Pero hay otras luces, más sutiles, que también pueden dominarse. Después de un viaje iniciático por el Tíbet y por la misteriosa cordillera de los Andes, he logrado capturar la materia primitiva del espíritu y ponerla a disposición del profano. Con ustedes... la extraordinaria y sutil materia áurica... la corporización del ectoplasma.

Sin mediar aviso, el mago alza los brazos y comienza a efectuar pases mágicos en el aire. No parece ocurrir nada. La gente observa incómoda.

—... la corporización del ectoplasma —repite la voz del mago.

Pero no sucede nada.

Miro a Margarita, pero ella, concentrada, me obliga, con un codazo, a poner atención.

De pronto, de entre las manos abiertas del mago, una materia informe, viscosa, traslúcida parece concretarse y comienza a girar. Luego se solidifica y toma la forma de un humúnculo, al principio de torpes formas, hasta que la materia mediúnica que parece vibrar en sus bordes comienza a depurarse, a refinar sus formas para finalmente convertirse en un espíritu indudablemente masculino: un hombre con levita y sombrero de copa. Un murmullo de asombro recorre la audiencia.

El espectro comienza a emitir un sonido anómalo, metálico, que pronto se convierte en palabras.

—Esta mísera suerte tienen las tristes almas de esas gentes, que vivieron sin gloria y sin infamia... —resuena la voz.

La figura, fosforescente e inmaterial, aparentemente plana, pareciera ahora mirar al público y de pronto se detiene en una dama.

—Rosa... Rosa... estás aquí... Rosa, soy yo... Soy Ramiro.

Se escucha un grito, y una mujer en la primera fila se desmaya. Un murmullo de asombro recorre el público. Algunos generosos asisten a la mujer y se la llevan desvanecida fuera de la sala. El fantasma se difumina dejando apenas unos destellos flotando, como copos de nieve, luciérnagas o luces fatuas. Margarita toma mi mano, honestamente asustada. Yo permanezco serio. Estoy mirando, analizando, intentando ver la anomalía, el mecanismo.

El mago ahora pide que bajen las luces. Su tono se vuelve íntimo, siniestro.

—Desde hace algunos años tengo en mi poder un ejemplar único del libro *La clavícula de Salomón*, escrito por el monje Jonás Sufurino, en el monasterio del Brocken. Hoy he decidido usar la invocación mayor para reflexionar sobre las potencias que nos rodean y están dispuestas a relacionarse con nosotros. Les pido que de ahora en adelante, pase lo que pase, no se levanten de sus asientos y guarden silencio. La sutil materia que estoy canalizando me pone en peligro de muerte.

La forma humana vuelve a concretarse, pero ahora en forma de una esfera luminiscente que parece girar sobre sí misma. El mago la toma con sus manos, como si quisiera alejarla de sí e, invocando palabras mágicas, la arroja súbitamente al aire. Ahora la masa ectoplasmática se convierte en una figura espectral femenina y voladora que comienza a flotar por el teatro en medio del horror y la conmoción de todos. El mago parece preocupado. Algo se ha salido de su control.

—¡No la miren a los ojos! ¡Es… Lilith, un demonio femenino! ¿Qué quieres, Lilith? ¡Dinos a qué has venido y cuáles son tus demandas! —exclamó el mago con dramatismo.

Miro con atención. Cuando la figura pasa por sobre mi cabeza alzo la mano tratando de ver si hay algún tipo de hilo invisible. De pronto el demonio flotante, un espectro de cara plácida y bella, como si me descubriera y le ofendiera la posibilidad de una impostura, se detiene, se vuelve y queda frente a mí.

Su voz filtrada parece provenir de dentro de mi cabeza, pero es solo una suposición, ya que Margarita y todos la escuchan, con espeluznante claridad:

—Tú… El Horla… Tú, el viajero —pronuncia.

La figura fantasmal se convierte en una horrorosa cara cadavérica sin ojos. En ese momento una mujer grita y yo alcanzo a tomar con mi pañuelo un trozo del material fantasmal. De pronto, un niño de los muelles, peón del puerto, entra corriendo y gritando:

—¡Fuego, fuego!

Se produce una estampida, no tanto por la certeza del desastre, sino para liberar la tensión aplastante del show del ilusionista. Con cautela, pero con decisión, tomo a mi prima del brazo y logramos salir.

Alrededor de ciento cincuenta personas esperan a la salida del teatro. Yo lío un cigarro mientras miro el techo del gran edificio.

—Fue una falsa alarma. Es muy probable que un canillita contratado por alguien del teatro Odeón se haya ganado unos pesos. Y si no me equivoco, también lleva en sus bolsillos algunas monedas del mago. Su interrupción ha sido más que oportuna.

—Pero ¿con qué sentido? —pregunta Margarita, que parece indignada.

—Con el sentido de la oportunidad y el hambre. Y el de desbaratar el artefacto óptico para el próximo acto.

—Pero ¿cómo explicas lo que viste con tus propios ojos? Hay otros mundos, no lo puedes negar.

—Muchas veces, los otros mundos están demasiado presentes en este. La mujer que se desmayó, por ejemplo, era una actriz secundaria de la obra El duende. La conozco, porque es paciente del hospital. La frase del espectro es una mala traducción de La divina comedia. Dudo que un fantasma cometa esos errores. El ectoplasma es gasa y alambre, con una proyección mediante aumentos y espejos de una fotografía con un foco oculto. Se llama estereografía. La gasa hace de telón en tres dimensiones. Dicen que pronto podremos ver imágenes completamente en movimiento. El Horla es un personaje del nuevo libro de Maupassant...

—Eres insoportable, Nolasco Black. Ya no quiero volver a entrar —reclama Margarita, frunciendo el ceño.

La noche es clara y hay una brisa fresca. Ambos decidimos no entrar a la siguiente función y caminar por el malecón. Contemplamos la bahía, el mar quieto como un espejo, reflejando las decenas de naves, como si hubieran quedado atrapadas en un lago congelado, blanco, fosforescente. En el cielo se ven dos lunas. Margarita se detiene.

—Dos lunas. ¿No dicen que anuncian desgracias? Hoy vi a Julio Lyon y a su mujer. No encuentran a su hija. Dicen que se fugó con un príncipe. ¿La conociste? La enfermera.

—Mira, un parelio —me sorprendo.

—¿Parelio?

—Sí. Partículas de hielo de la atmósfera, que difractan la luz... Sí... A ella la vi una vez en casa de los Lyon. Hace unos días.

—Parecía una joven de temperamento moderado. ¿Así de fuerte es el amor, que, de pronto, te arrebata y eres capaz de todas las locuras?

—No sé si el amor tiene que ver con eso. Pero las cosas suelen tener explicaciones simples. Dejó su casa. Esos son los hechos. ¿Dejó una nota?

—Nada.

—¿Se llevó ropa?

—Nada, primo. Te digo que desapareció —insiste Margarita.

—Entonces está muerta.

—Nolasco... —Margarita me mira con enojo—. No seas macabro.

Ambos nos quedamos mirando el extraño meteoro.

—La vida puede ser peligrosa —sentencio.

—Entonces es mejor refugiarte en los dientes. Los dientes no son peligrosos.

—Lo son, no te equivoques.

Margarita me toma del brazo y caminamos por la calle del Circo hasta llegar al umbral de su casa. Margarita se despide.

—Tengo que buscarte una novia —remata.

Yo comienzo a caminar. Quiero volver al muelle, a ver el fenómeno. A veces, cuando se avecina mal tiempo, se dibuja en el horizonte, hacia el noroeste, una gran silla, la Silla del Gobernador, la llaman los antiguos, que no es sino una Fata Morgana local, que indica inequívocamente problemas climáticos. En la tarde la he visto. Eso, y el parelio azul que ahora se dibuja con más fuerza, advierten de una tormenta de verano. De pronto, de la nada, surge un carruaje. Se me abalanza encima y, si no llego a hacer un buen esfuerzo por esquivar las ruedas con un salto, habría estado a punto de ser arrollado. El carruaje se aleja a toda velocidad, pero tardo un poco en recuperarme. Aunque suene extraño, no dejo de pensar que lo que acaba de pasar no fue un accidente.

1 de abril de 1889

Diario de Nolasco Black
Chironex fleckeri

Camino por la plaza Sotomayor después de leer las noticias en la Bolsa y un carruaje se detiene a mi costado. Es Pardo, que me pide que suba. Le dice al cochero que nos lleve a Las Torpederas.

—¿Estoy detenido? —pregunto con calma.

—Es una posibilidad.

Me doy cuenta de que no habla en sentido figurado. Apenas hemos partido, me pregunta cómo conocí a Elena Krivoss. Me dice que una japonesa, una tal Midori, ha aparecido en la intendencia haciendo un escándalo. Ella insiste en que a Elena la mató un hombre. Lo curioso, dice, es que les contó que unos de los principales clientes era un dentista.

—Usted —señala—. Por supuesto que eso nosotros ya lo sabíamos. No somos tan incompetentes. ¿Qué tiene que decir? —añade.

—Una coincidencia desafortunada —contesto, pronunciando claramente las sílabas.

—Coincidencia que debería haber informado de inmediato, Nolasco. Su situación, por supuesto, invalida el caso y tiñe cualquier criterio. Si lo dejo pasar, estoy encubriendo la investigación. Si lo arresto, me quedo sin sus conocimientos. Un verdadero dilema, ¿no le parece? Permítame preguntarle algo directamente: ¿asesinó usted a la mujer?

—No, detective. Pero como el detective de pesquisas es usted, supongo que ya sabe que los culpables siempre se declaran inocentes.

Eso lo hace reír. Me dice que no me arrestará *aún* si coopero.

Ya pensará sobre mi caso, dice. Y luego me sugiere que *recuerde* o *invente* un par de buenas coartadas.

Debería sorprenderme su respuesta, pero de alguna manera siento alivio. No soy un verdadero sospechoso. Me alegro al saberlo, como si yo no lo tuviera suficientemente claro.

—Pero ahora, vamos a lo importante —indica—. Hay un experto en animales que, ocasionalmente, está en Valparaíso realizando un trabajo. Viene de Santiago. Necesito que le muestre sus dibujos y sus impresiones en yeso.

—Perfecto. Dígale que pase por la consulta —propongo.

—Claro, pero es preferible ir a verlo trabajar en el terreno. Está en las Torpederas ahora.

—¿En la playa?

—Claro. Con la ballena.

—¿Cuál ballena?

—¿En qué mundo vive usted? —replica Pardo.

Bajamos a la playa como a las once de la mañana y el día está abriendo, de modo que el sol comienza a ganar su batalla con la bruma que aún se aferra a los cerros. Un hombre de lentes y calvo se acerca hacia nosotros. Es muy parsimonioso y afectado. Pardo nos presenta. Es un francés del Museo de Historia Natural de Santiago. El director del departamento de zoología, aclara. Un tal Latast, o Lastaste. Nos dice que el señor Phillippi está deseoso de cooperar con las autoridades. De paso agradece el despliegue de orden y seguridad con que se ha salvaguardado el espécimen. Efectivamente, un grupo de guardias municipales ha mantenido a los curiosos lejos de la playa: gente que llega a ver el prodigio abandonado por las olas. Dos oficiales saludan con molestia a Pardo y nos hacen pasar. Pardo murmura algo sobre un antagonismo entre los funcionarios de la municipalidad y la policía secreta.

—No soportan que yo gane más dinero y ande de paisano —menciona.

No digo nada. No estoy interesado en las luchas internas del municipio de Valparaíso con la Policía. Caminamos por la arena húmeda.

—La ballena varó ayer y mucha gente ha bajado de los cerros a verla por lo que ha sido difícil mantener la integridad del espécimen —oigo al francés—. Ahí está. Mírela usted mismo.

Efectivamente, el tamaño es considerable. Una montaña de carne azul, llena de algas y arena. En un costado, varias aberturas y la arena teñida de sangre. Una lejana incomodidad me sacude.

—En una hora más, una cuadrilla de matarifes comenzarán la descarnada. La idea es llevarla al museo el lunes. Menudo trabajo —me informa Lastat.

Pardo se aleja con el francés un momento para resolver un problema: la noche recién pasada, un guardia borracho quiso sacar carne del cetáceo para hacerse un puchero. Quedó solo frente al animal.

Sobre la ballena, una sombra interrumpe los rayos de sol. Es una mujer. Viste botas, gorro y traje de explorador. Es como si hubiera domado el animal y hubiera vencido. Una domadora de circo. Una domadora de ballenas. La mujer tiene el pelo negro y convenientemente tomado, unos guantes de cuero, una sierra. A contraluz, se nota un cuerpo proporcionado y esbelto. Parece muy molesta con mi presencia.

—Así que usted es el dentista —me lanza.

Voy a responder, cuando reaparece Pardo. Me dice que lo han encargado de la seguridad en la recepción del príncipe Augusto Leopoldo. A las 12.30 tiene que estar en la estación del Puerto con el fin de esperar la llegada de Su Alteza, que regresará de la capital en tren. Según él, unos anárquicos han amenazado su vida. Todo me suena a una excusa para dejarme solo. Antes de alejarse, me pide que hable con el experto, que lo ponga al tanto y que le haga un informe. En la noche pasará a verme.

Quedo descolocado. Lo detengo tomándolo del brazo.

—Espere un poco, Pardo. Siento que me está dando órdenes, que dispone de mi tiempo, que me saca de mi rutina. Yo no soy su empleado y, que yo sepa, ni soy oficial sanitario ni trabajo para la intendencia.

—Escuche, Black. Parece que no fui claro. Usted está bajo sospecha —me mira fijo—. Ayúdeme con esto, haga su informe y pronto haré lo posible para que vuelva a su vida normal.

Luego me toma la mano y la quita de su brazo.

—Y cuide su trato, porque créame, como enemigo, puedo hacerle su vida imposible.

—¿Me está amenazando?

—Por supuesto que sí. Ahora debo irme. Me llevo al francés, pero este dice que la joven sabe tanto o más que él. A las siete pasaré por su consulta a recoger el informe. ¿Entendido?

Y se va.

Quedo ahí, en medio de la playa, al lado de la ballena. El olor acre me golpea. Puede desmoronar a cualquiera. Recuerdo otros olores. Se dice que el olor más nauseabundo de la naturaleza es el humano. Es el producido por un tipo de enfermedad en las encías llamada ulcerativa necrótica, y puede olerse a un kilómetro de distancia. El olor de una ballena muerta es cien veces peor. La mujer ha desaparecido, pero vuelve a salir en las alturas con un balde con vísceras y las arroja a un metro de mí. Le hablo hacia arriba y a contraluz, lo cual resulta muy incómodo.

Comprendo que debo tener calma.

—¡Pardo me pidió que le mostrara unas impresiones! —le grito, ahuecando la voz con mis manos.

Desde arriba ella me devuelve el grito. El ruido de las olas dificulta más la comunicación.

—¡¿Las trajo?!

—¿Qué?

—¡Las impresiones!

—¡No! —aúllo.

Me siento torpe. Nuestra conversación es completamente inútil.

—¿Es una ballena azul?

—*Balaenoptera musculus*. Una belleza —vocea.

—¿Es normal que estén tan al norte?

—Será mejor que suba. Y de paso me ayuda. Traiga aquel maletín —me pide ella, indicando con su brazo.

Luego, despliega una escalera de cuerda. Tomo un maletín pesado de cuero que se halla a unos metros y subo dificultosamente por una escalerilla.

Arriba, el olor es aún más putrefacto. Me tiende una mano.

—Ya se acostumbrará al olor. Tuvimos que abrir su costado y vaciar su intestino. Acumula gases y explota. Hay hombres que han muerto en esos estallidos. Ahora ya está solo la cáscara. Tejido muscular y tendones. No hay peligro —explica.

Es una mujer muy bella. Sus ojos son negros, como obsidianas. Su cara es blanca y salpicada de pecas. En sus labios su arco de Venus es pronunciado y perfecto. Incluso se puede apreciar el tubérculo de Venus, sobresaliente. Sus ángulos faciales son equilibrados. No puedo definir su edad.

—¿Es normal que estén tan al norte? —repito.

La mujer se echa el pelo hacia atrás. Le molesta para trabajar.

Las ballenas, al igual que los murciélagos, se comunican por ondas de sonido. Quizá un vapor interrumpió su señal. Luego otro predador de igual magnitud, un calamar o una orca, la hirió en su costado. Precisamente aquí —apunta hacia una porción de piel—. ¿Está familiarizado con el trabajo de Humboldt?

—No. Perdón, ¿usted es…?

—Teresa Gay. Ayudante de monsieur Lataste, el nuevo zoólogo del Museo de Historia Natural de Santiago.

—¿Su secretaria?

—Su zoóloga… ¿Usted es el secretario del comisionado? —me devuelve la ironía.

Es rápida, pienso.

—No —respondo, seco.

—Lo sé. Es un sangrador. ¿Tiene algún problema con mi profesión o con mi sexo?

—No. En absoluto.

—Pero… Siempre hay un pero —insiste.

—Solo me parece curioso que si la mujer, naturalmente, se siente inclinada hacia las artes y las ciencias más elevadas, sienta placer en faenas donde debe vérselas con esfuerzo físico y con animales peligrosos.

—Para los cuales el hombre está más preparado —termina Teresa—. Las mujeres deben estar… —amarra con fuerza una cuerda y corta el extremo con un cuchillo— en la intimidad del hogar, criando pequeños, alejada de los libros —recita.

—La he ofendido, perdone —digo, maquinal.

Me mira y me dice, como si me desafiara:

—Venga. Si va a mirar, tenemos que entrar.

—¿Entrar?

—Entrar a la ballena. Tápese la boca y nariz con esto.

Me arroja un paño húmedo con alcohol e inmediatamente baja por un agujero de unos ochenta centímetros de diámetro. Desde adentro, me grita:

—Vamos, que no tengo todo el día.

Yo miro para todos lados y, sin posibilidad de arrepentirme, salto al interior. El olor es realmente fétido, pero a ella no parece importarle.

Con una lámpara portátil de gas, Teresa ha conseguido iluminar el estrecho espacio intercostal de la ballena. Una opresiva habitación roja, un nuevo alimento para mis pesadillas. Estoy dentro del mamífero más grande de la creación. Me corrijo: de la evolución.

—La idea es sacar los órganos, pero mantener la estructura para numerar la osteología y luego descarnarla. A veces lo más bello está adentro. Mire esta bóveda espléndida, señor dentista. A todo esto, ¿sabía que hay una paradoja con los dientes de la ballena. Darwin murió sin resolverlo. ¿Por qué los fetos de las ballenas tienen dientes y estas tienen barbas? Un misterio evolutivo.

—¿Es anti Darwin, Teresa? —pregunto.

—En absoluto. Concuerdo con él en todo, menos en su percepción de las habilidades de la mujer. Prefiero leer a Antoinette Louisa Brown Blackwell. No creo que el dimorfismo sexual, como dice Darwin, nos sitúe un escalón evolutivo más abajo que el hombre. No creo que la intuición y la percepción rápida sean características de un pasado inferior de la civilización, ni que la mujer sea un hombre que no ha evolucionado por completo, como le gusta decir a ese inglés. Por mucho que eso alivie a los que nos ven como un peligro. La ciencia, más un par de prejuicios, pueden generar demonios.

—Es una discusión interesante, para otro lugar, menos opresivo. ¿No le parece? —le apunto. Apenas puedo respirar.

—Ayúdeme con esa sierra y esas legras y espátulas, por favor —indica.

En ese minuto ella sale ágilmente trepando por la escalerilla. Yo comienzo a salir, pero me resbalo y caigo deslizándome por el final del saco costal, donde quedo en una ridícula posición, entre dos paredes mucosas.

Teresa se ríe y baja a ayudarme, pero de pronto su expresión se vuelve seria.

—No se mueva —ordena.

—¿Qué?

—No mueva ni un solo músculo —repite.

Me doy cuenta de que, a centímetros de mi rostro, hay, adherida a la mucosa de la ballena, una medusa de un color azul intenso.

—¿Venenosa?

La mujer se queda en silencio.

—¿Y bien? —insisto.

—*Chironex fleckeri* —contesta—. Muy venenosa.

—¿Está viva?

—Lo está. Quédese ahí. Estoy pensando —dice.

—¿Qué tan venenosa?

—Suficiente para matar a sesenta humanos. La criatura más mortal de la Tierra, según Drinker.

—Indíqueme qué hacer y lo hago —señalo despacio, sin moverme.

—No se mueva y déjeme pensar.

La medusa comienza a moverse hacia mí. El calor la ha activado. Soy su presa.

—Me voy a levantar —le aviso.

—No. No lo haga. Prometa hacer exactamente lo que yo diga.

—Exactamente. Delo por hecho —aseguro angustiado—. Pero dígamelo luego.

—Repita en voz alta: nunca debo…

—Nunca debo…

—Subestimar…

—¿Qué es esto? ¿Son fonófobas? —indago. Siento calambre en el cuerpo.

—Nunca debo subestimar… Dígalo, fuerte.

—¡Nunca debo subestimar…!

—…a una mujer.

—… a una… mujer —repito, temblando.

De pronto, la mujer comienza a reír, tanto que tiene que encogerse para no caer.

Y entiendo.

—Soy un estúpido —declaro.

Teresa ríe y se seca las lágrimas. Me levanto con dificultad.

—*Touché* —reconozco inclinándome.

—Debería haber visto su cara —comenta riendo.

—Fue perfecto, lo admito.

—Lo fue. Perdone, no pude evitarlo.

Me incorporo y me limpio.

—No pude evitarlo —vuelve a decir—. Creo que se lo merecía.

Ella tiene razón.

Las gaviotas vuelan y graznan. Ambos estamos sentados sobre la arena y Teresa guarda sus implementos. Entonces me cuenta:

—Ayudé en el escritorio de Edward Drinker Cope. Fue solo un año, pero aprendí que no sabía nada. Cuando supe que Fernando Lataste viajaría a Chile, país que había dado tantas alegrías a mi padre que acababa de fallecer, le propuse ser su secretaria, un eufemismo para decir «alguien que le hiciera el trabajo». Mis estudios son informales, por supuesto. Hice todos los ramos y leí todos los libros de la facultad, pero no tengo un título. Ese es el primer secreto. Le voy a confesar el segundo: a pesar de nuestro cráneo más pequeño, las mujeres podemos pensar. No podemos votar aún, pero la evolución toma su tiempo, ¿no? Es necesario que mueran los dinosaurios para que florezcan especies más competentes.

—Sin embargo —agrego—, en este país se ha graduado la primera mujer dentista, Paulina Star, hace ya cuatro años. La contactaré con ella.

—Y una mujer se ha lanzado a dar la vuelta al mundo, sola, financiada por un periódico en Chicago —afirma—. Son excepciones que confirman la regla... En fin.

—¿Qué harán con la ballena? —pregunto.

—Transportarla en tren y luego limpiarla. Hemos telegrafiado a Santiago con las medidas para que construyan un foso con cal y ladrillo que pueda recibirla. Los huesos necesitan ser lavados y macerados. Después vamos a rearmarla en el gran salón del nuevo museo.

—¿Cuánto tardarán?

—De cuatro a seis años, si todo va bien.

—Usted piensa a largo plazo. Yo apenas puedo planear para la próxima semana —comento.

—Los tiempos en mi trabajo se miden en millones de años —declara.

—¿Dónde se está quedando?

—En el hotel Dimier —contesta Teresa mientras termina de guardar todo—. Me aseo y lo veo en su consulta para que me muestre esos dientes —propone—. No los suyos, claro. Los de su asesino.

La joven tiene un extraño sentido del humor. Caminamos hacia el malecón donde la espera un carruaje. Antes de subir, le pregunto cómo se llamaba la medusa.

—*Chironex fleckeri* —me responde riendo.

—Debo anotar ese nombre —le digo.

Se aleja. Yo debo caminar hasta la punta Duprat, donde recién puedo conseguir algo de transporte hasta el centro.

En mi consulta, Teresa parece explorar y estar interesada en todo. Se ha cambiado y ha llegado con un vestido de ciudad, cómodo y veraniego. Es definitivamente una mujer atractiva. Se mueve como si viniera del centro del mundo, lo que es verdad. Me pregunta sobre el procedimiento hidráulico del sillón y sobre el torque del motor. ¡Conoce las palabras «torque», «movimiento hidráulico»! ¿Quién diablos es esta mujer? Ni yo sé ciertas cosas, a pesar de ser un obsesivo y persistente ratón de biblioteca. Finalmente le muestro mis dibujos, el negativo y el modelo en yeso. Ella los observa con más rapidez de lo que yo quisiera. Intento explicar mi punto de vista.

—En la inspección del cadáver me pareció percibir dos tipos de heridas. Pero esta es la interesante. Hay un patrón de desgarro diferente. Estos diastemas son…

—Sé lo que son —me interrumpe.

Abre su maletín, saca implementos y comienza a preparar yeso.

—Si no le molesta, voy a tomar una impresión de su negativo.

—Tengo yeso —apunto.

—Ya no uso yeso en mis impresiones.

—¿Feldespato?

—No. Prefiero una mezcla de agar-agar. Si macera y deshidrata esa alga, verá que tiene extraordinarias propiedades elásticas. Si necesita precisión, es lo mejor.

—Agar… ¿qué?

—Agar-agar. Como lo escucha. Una mala impresión de una huella o un hueso puede alterar todo un orden taxonómico.

La mujer hace el procedimiento y mientras espera el fraguado, revisa los dibujos.

—¿Los hizo usted? —pregunta—. Es un sangrador bastante curioso. No están nada mal. Hay todo un negocio muy lucrativo en los dibujos anatómicos, ¿sabía? Sobre todo en el extranjero.

—Si debo cambiar de profesión, lo tendré en cuenta.

Nos quedamos un segundo en silencio.

—¿Se quedará en Chile? —inquiero.

—Me gustaría ayudar a Phillipi para hacer lo que Frank Chapman ha hecho en el Museo de Historia Natural de Nueva York: ventanas de observación donde combinarán pintura, taxidermia y conocimientos de antropología y zoología. Dioramas. ¿Ha visto alguno?

—No, nunca.

—Como panoramas, pero… más realistas —aclara. Se echa hacia atrás el pelo con un movimiento impaciente.

Más silencio.

—En fin, ¿qué opina? —le consulto—. ¿Qué supone que pueda ser? ¿Perros? ¿Un puma?

—No supongo nada —la seguridad de su voz es impactante—. Definitivamente, esto lo hizo un tigre.

2 de abril de 1889

Diario de Nolasco Black
La luna se puso azul

Tal como prometió, Pardo llega a eso de las siete a mi casa. Escucha con recelo la opinión de la zoóloga. Cuando yo repito lo mismo parece más confiado, pero aun así creo que piensa que estamos locos.

Después de explicarle que no se trata de nuestra opinión, sino de un hecho científico, nos cita a la primera hora del día siguiente a la intendencia. La joven cambia su pasaje de tren a Santiago para las cinco de la tarde.

A las siete de la mañana, llegamos al primer piso del solemne edificio. El intendente Uribe, el alcalde Barrios, Jacinto Pino, el jefe de Policía, más Pardo, su ayudante Urra y un hombre de patillas gigantes, casi un gnomo, que resulta ser el historiador de la ciudad, nos escuchan con atención. En realidad me escuchan. Teresa decide que es mejor que exponga yo, para evitar la desagradable «misoginia» chilena.

—En el cuerpo de Elena Krivoss advertimos varios tipos de mordida —comienzo—, pero nos referiremos concretamente a una mordida animal. Huellas de succión, desgarro y tracción, compatibles con piezas dentales especializadas en cortar la carne, llamadas carnasiales, con un filo muy cortante y que, a manera de tijeras, se afilan entre sí aumentando su eficacia: son el último premolar superior y el primer molar inferior. Esto, agregado a la marca de incisivos pequeños y enormes caninos, con amplios diastemas para su encaje, es compatible con el ataque de un felino mayor.

Los hombres escuchan con atención. El intendente fuma.

—Sí, sí —dice, impaciente—. Perros, eso mencionó Pardo.

Teresa, desde atrás, aclara:

—Los caninos son muy gruesos y están demasiado vestibularizados. El perfil de mordida es más compatible con el de un felino.

Todos la miran sin comprender.

—Los cánidos difieren notablemente de los felinos en la disposición de sus dientes —explica la joven—. Al principio, pensé en un puma. Ya sabemos que bajan del corredor entre Laguna Verde, Placilla, el cerro La Campana o el cerro El Roble. Imaginé que un león chileno había bajado de las quebradas buscando algún bovino y que, excitado por las lámparas de gas, arremetió contra la mujer. O también, que el que bajó pudo ser un puma con alguna herida, una fractura dentaria, una espina en su pata, algo que le impidió la cacería limpia de sus presas naturales e hizo que se volviera hacia presas más simples. Abundan los ejemplos de felinos cebados en las llanuras de la India. Un puma podría seguir el mismo destino... Pero luego, al analizar la magnitud de los caninos y el tamaño de la arcada —aclara Teresa—, descartamos al puma. Creo que estamos hablando de algo más grande.

Todos comienzan a hablar al mismo tiempo. Una voz consigue hacerse escuchar. Es la del gnomo.

—En agosto del año pasado, días después de la explosión del Krakatoa, la luna se puso azul y la naturaleza se perturbó de tal manera que el puerto se llenó de ratas —cuenta—. Los murciélagos volaban enloquecidos a pleno sol, y dos pumas hembras bajaron al cerro San Juan de Dios y se llevaron a dos niños quebrada arriba. De ellos, después, solo se encontraron sus cabezas.

El intendente hace sonar su bastón. Mira a Jacinto Pino y a Pardo.

—En qué momento dejamos de atender al sentido común —reclama—. Por Dios, escúchense. Es el simple homicidio de una puta. No le demos más vueltas, por favor.

—No es el simple homicidio de una puta —la voz de Teresa está llena de ira—. Este es un problema de sanidad. Tenemos que cercar el puerto, revisar las bodegas, poner cebos. Lo que sea, volverá a atacar porque ya ha probado sangre humana. No es improbable que de alguna embarcación que transportaba alguna carga exótica, un felino mayor se haya escapado. Aduana tendrá que tomar medidas...

—No, no, no —oigo hablar al intendente mientras golpetea el piso con su bastón—. No vamos a hacer eso. Todo se sabe en este puerto. Está la comisión de North en Valparaíso. Imagínense. El alcalde buscando un animal exótico. No podemos permitir que esos periodistas y políticos vean el principal puerto de Sudamérica como un lugar inseguro, y a su alcalde como un insensato. No. Los mejores cazadores de pumas están en Til Til. Pardo, contrate a un par de ellos. Que den caza al animal, si es que existe —ordena Uribe, terminante.

Teresa alza la voz:

—Irán tras la presa equivocada —reclama—. No es un puma. Un puma no ataca naturalmente al ser humano. Y no lo hace por capacidad, por anatomía, por modalidad de caza. Como ocurre en gran parte de los felinos, las hembras del puma son poliéstricas, es decir entran en celo varias veces en un mismo año, hasta que son cubiertas. Cada período de celo dura entre nueve y catorce días. En esta etapa, la hembra se desplaza y caza junto con el macho. Esta es la mordida de un solo animal y realizada en una hora crepuscular. No es un puma. Hablamos de un cazador solitario, de 200 kilos.

—No estoy entendiendo —expresa con molestia el intendente—. Me dice que no fueron perros ni pumas. ¿Qué es entonces lo que mató a esa pobre desgraciada, según usted?

—Es un tigre —dice Teresa.

Se produce un silencio incómodo.

—Que yo sepa no hay tigres en Valparaíso.

—Sí los hay —replica Teresa—. Conozco por lo menos, dos lugares donde podemos encontrarnos con ellos.

—Ilumíneme, señorita —expone, sardónico, el intendente—. Llevo treinta años viviendo en esta zona y no sabría dónde buscar uno. Quizá en el living de algún inglés, como alfombra.

—¿No ha estado usted en el circo, señor Uribe? —interroga Teresa—. El Gardner tiene tres vigorosos ejemplares. Yo comenzaría por ahí. Y luego miraría hacia el mar. En alguna bodega, en alguno de los barcos. ¿O por dónde cree usted que pasan los ejemplares que van a los zoológicos de San Diego, Los Ángeles y San Francisco? La mayoría durmió varias noches en la bahía sin que usted lo supiera, alimentándose de cabras chilenas embarcadas durante la noche. Pero si yo fuera usted, no perdería tiempo. Los tigres, comisionados, son como los tiburones. Se mueven para matar. Es lo único que hacen.

El silencio ahora es mayor. Pardo se aclara la garganta:

—Señores, señores. Vamos a sellar este asunto siguiendo el informe del doctor Bartolomé Shultz. Muerte por anemia aguda. Asesinato con un arma blanca, ejecutado por un marinero que no le quiso pagar a la occisa. Marinero que ya debe estar en alta mar, navegando hacia su destino, quién sabe dónde. El asunto se acaba aquí. La relación de los hechos puede ser voluntariosa, pero nos permitirá dormir esta noche. Además, les pido que manejen esta situación con máxima discreción. Gracias, doctor; gracias, señorita —señala, inclinándose—. Ha sido muy interesante su presencia.

Y salen.

A la salida, camino con Teresa y nos sentamos al frente, en la plaza Victoria, en un banco frente a la estatua que representa el invierno.

—¿A qué hora se va su tren? —le pregunto.

—A las cinco. ¿Piensa invitarme a tomar el té? —responde ella.

—No, pensaba invitarla a conocer el circo.

2 de abril de 1889

Diario de Nolasco Black
Panthera tigris

Teresa y yo bajamos del carro de sangre y caminamos por la calle Maipú hasta la explanada, al final de Las Delicias, donde se ha instalado el Gran Circo Gardner. Cruzamos el estero Polanco y llegamos por una de las entradas laterales. Como es día lunes, está cerrado al público y unos hombres van y vienen reparando cosas aquí y allá, sobre todo en la carpa grande (hay tres). Uno de ellos se nos acerca y nos comunica que el dueño, el señor Gardner, no está, pero que su esposa nos recibirá con gusto. Esta nos hace pasar a un carromato magníficamente decorado que, suponemos, hace de administración.

Mildred Gardner tiene, para su edad, un físico magnífico, y, según me dice Teresa cuando la acompaño al tren, viste como una de las damas más elegantes de Madison Avenue, aunque viva en un carromato rodeado de barro. La señora Gardner resulta ser muy educada y políglota, ya que intercala palabras, por lo menos en cinco idiomas, en menos de tres minutos.

—De modo que quieren ver nuestros animales. Por supuesto. Y si quieren examinar los papeles, verán que están todos en regla.

La señora Gardner debe pensar que somos inspectores, y no queremos desbaratar su suposición. Le informamos que

Teresa es zoóloga y que venimos del Museo de Historia Natural de Santiago. En compañía de un hombre alto y musculoso, que se presenta como Eddie Martine, trapecista y gimnasta (*aerialist and gymnast*), recorremos todas las instalaciones, pero ambos no pueden disimular una tensa preocupación tras sus perfectas sonrisas (prótesis totales, bastante deficientes, por lo demás). A la comitiva se suma la hija de la señora Gardner. Su madre no para de hablar de ella. Nos cuenta que es chilena, que ha nacido en Santiago, que su nombre artístico es Little Lulu y que está privilegiada por un talento sin igual como artista infantil. Según ella, su hija es una consumada bailarina, una cantante excepcional, toca el banjo a la perfección y es una eximia recitadora. Intenta distraernos de nuestra inspección y en ciertos momentos lo consigue. Nos informa, aunque nadie se lo ha pedido, que su marido, Frank Gardner, está haciendo negocios en Santiago. Nos cuenta que él es considerado el más grande saltador ecuestre de América. Nos dice, con un orgullo indisimulado, que ha ganado el Cinturón de Barnum (no tenemos idea de qué es eso) en 1881, realizando un salto doble sobre doce elefantes, cinco de ellos sosteniéndose sobre pedestales. Mientras habla, damos la vuelta a la carpa grande y llegamos al área de los carromatos. Ahí están los pobres seres humanos cuya biología no les ha permitido ser otra cosa que pasto de exhibiciones. Vemos (todos en condiciones miserables) un hombre con macrocefalia, una mujer con hirsutismo y un par de siameses homocigotos, unidos por la espalda. Estos tienen una mirada apagada. Uno de ellos, cubierto por verrugas en todo su cuerpo, y que se balancea en sus propias miserias frente a un letrero llamado EL HOMBRE ÁRBOL, nos grita y escupe. Está borracho. Más allá, el ajetreo es el de una verdadera ciudad. Solo los freaks se hallan bajo custodia. Luego la señora Gardner nos muestra los elefantes, las jirafas y, por último, las estrellas del Gardner: los caballos de salto y acrobacia.

—Quisiéramos ver los tigres —solicita Teresa, decidida.

—Los tigres, sí, claro —murmura la señora Gardner.

Damos la vuelta por unos carros arrumbados donde vemos, colgados, varios perros y gatos, futuras cebas para los felinos, y llegamos a dos carromatos enrejados conectados entre sí por una puerta de madera. En cada uno de ellos dormitan dos grandes especímenes. Algo pasa en esos momentos y la señora Gardner y su comitiva tienen que irse, o fingen tener que irse, sin duda a buscar o a alterar la documentación apropiada por si se la pedimos.

Nos quedamos solos. Puedo ver cómo Teresa mira al tigre con una especie de devoción.

—*Panthera tigris* —dice—. El animal más bello de la creación.

—De la evolución —corrijo.

Ella ríe.

El espécimen macho pesa fácilmente 300 kilos. Su piel es fina, y las formas hipnóticas e irregulares de negro, gris y naranjo parecen girar sobre sí mismas, tejer un laberinto bello y letal. El último laberinto que vería un desafortunado paseante de la jungla.

—Un tigre no debería estar encerrado —reclama Teresa—. Es la máquina más perfecta de matar. Puede caminar ochenta kilómetros tras su presa.

—No me gustaría estar en su camino —declaro.

—A mí sí.

Sé que pongo cara de extrañeza.

—Prefiero mil veces la dignidad de una muerte por el zarpazo de un tigre que la de un golpe de un marido celoso, o de una enfermedad —afirma ella.

En ese momento recuerdo que en alguna parte he leído cómo los cazan. Un jinete se roba a los cachorros. La bestia corre tras él. Cuando está a punto de alcanzarlo, el jinete lanza una bola de vidrio al suelo. El tigre cree que es uno de sus cachorros y se detiene. Al mirar su reflejo en la bola, queda atrapado en su propia belleza. Así se distrae y el ladrón puede escapar. En otra versión, los cazadores lanzan un espejo y cuando el tigre queda detenido en su propia contemplación, le lanzan una red. Pienso que el tigre es un animal que se pierde a sí mismo.

Me fijo en que ambos tienen sus caninos rotos, quizá en un intento torpe de los dueños del circo por disminuir el peligro. Esa simple razón hará que si escapa, no siendo el humano su presa natural, este se convierta en su primera opción. Ningún tigre se ceba si sus dientes están indemnes. Esa misma fractura roma está presente en mis impresiones.

—¿Cómo volvieron a meter al tigre en la jaula? —me saca de mis pensamientos Teresa.

—No es este. Falta uno. Mire.

Al fondo hay un letrero pintado: un domador con tres tigres.

Esta área se halla en el borde del cerro. Un hombre viene bajando, quizá de regreso de hacer sus necesidades. Al vernos, parece asustado. Sin saber quiénes somos, comienza a correr cerro arriba. Sin pensarlo dos veces, parto tras él. Pero el hombre es una verdadera cabra. Se lanza por los riscos. En un desnivel de piedra y tierra suelta resbala y lo tomo de su chaleco, sujetándolo. No sé en qué estoy pensando. Ni siquiera tengo un arma. Él, en cambio, puede tener un cuchillo. Pero no. Parece intimidado. Está vestido a la usanza lapona: chaleco de piel y gorro plano.

Le preguntamos por el tigre perdido, en un intento de extraer una verdad, sin saber si los hechos están de nuestro lado.

Inmediatamente se pone a sollozar. Nos dice que el tigre, llamado Saki, había sido comprado en Boston y que venía de Champawat, en la India, una información completamente irrelevante dadas las circunstancias. Que el cuidador —que no era él, algo que repite dos veces— lo había alimentado a eso de las ocho, había olvidado dejar con candado la jaula, que solo la dejó junta, mientras iba por la provisión de agua.

—Pero los tigres no saben abrir las puertas —agrega.

Puede que el animal, excitado por algún paseante, se haya apoyado en ella y esta se hubiera abierto.

Le preguntamos cuándo había sido eso, y nos responde que el escape ocurrió entre las ocho y las ocho y media de la noche del sábado 2 de marzo.

—Porque en cuanto el cuidador, que no soy yo, volvió, el tigre se había escapado —cuenta—. El cuidador se asustó y no dijo nada. Después se emborrachó como cuba. Informé al señor Gardner, y él contrató unas cuadrillas para ir en su búsqueda.

Aquí da fin a su historia. Luego nos ruega que no lo encarcelemos.

Media hora más tarde, la mujer de Gardner confirma el hecho, pero nos dice que su marido ha tenido éxito en la recaptura. Saki ha muerto en la quebrada llamada de la Cabritería, por dos balazos de la escopeta de su marido. El trapecista confirma cada uno de los hechos. Frente a la pregunta de dónde está el cadáver, manifiesta que para no tener problemas con la Policía de Higiene del puerto, decidieron quemarlo ahí mismo.

Acompaño a Teresa a la estación Bellavista. Su tren está a punto de partir. Ninguno de los dos ha creído ni una palabra de lo expuesto. Como buen empresario, y conociendo lo que vale una piel de tigre en buen estado, Gardner jamás la hubiera quemado. Simplemente se les escapó. O sabríamos de él por una nueva víctima, o ha muerto bajo el rifle de alguien que lo venderá o lo tendrá como su tesoro personal.

Me comprometo a contar a Pardo los antecedentes para que la justicia actúe y se tomen las precauciones del caso.

—La voy a tener informada —le aseguro.

—Si encuentra el cadáver, recuerde que como ha muerto en territorio chileno, el Museo de Historia Natural se puede quedar con el cuerpo. Gardner querrá quedarse con él para ocupar la piel o embalsamarlo, pero, considerando las circunstancias, creo que no tendrá problema en cederlo gentilmente a la ciencia.

Le deseo suerte con la preparación de la ballena para el rearmado de su esqueleto.

—Sea como sea, ya ha resuelto su primer caso, señor sangrador —dice.

Luego se produce un silencio incómodo, donde ninguno de los dos sabe qué hacer ni qué decir, y entonces el silbato anuncia la partida del tren. Me bajo sin despedirme.

Camino por la estación un poco desolado. Lo atribuyo a que la aventura me ha entusiasmado y al recordar el listado de pacientes que debo atender en la tarde, comprendo que no encontraré mucho consuelo en los tratamientos, orificaciones, y prótesis de caucho. Luego pienso que debí haberle pedido permiso a la zoóloga para ir a visitarla a Santiago, e invitarla, por ejemplo, al teatro municipal. Pero enseguida considero absurdo ese rito social. Sin embargo, después, no lo considero en absoluto absurdo, y me devuelvo presuroso para efectuar la invitación. Me subo al tren, pero este ya comienza a agarrar velocidad y me bajo torpemente, de un salto ridículo.

«Espero que nadie me haya visto», pienso.

Solo ahora que escribo esto y que tengo calma tras este día fatigoso, que parecen haber sido muchos, caigo en la cuenta de que esa mujer fue en extremo generosa con su tiempo. Debo encontrar el modo de agradecérselo. Es, sin duda, una mujer a todas luces interesante.

4 de abril de 1889

Informe de Aduana

De acuerdo a lo solicitado por el comisionado señor Pedro Pardo Farfax, informo a usted que de las setenta y dos velas que durante el 15 del presente a la fecha han recalado en Valparaíso, ninguna ha catastrado en su carga animales exóticos. Sobre otro tipo de animales, podemos consignar en la goleta Montevideo un perro, de raza terrier, de propiedad del contramaestre de la embarcación, el cual no ha descendido ni solo ni en compañía de su dueño.

Atte. se despide de usted,

MAXIMILIANO HURTADO JEREZ
Agente aduana Valparaíso,
Valparaíso, 4 de abril de 1889

4 de abril de 1889

Relación del comisionado Pedro Pardo
El cielo está rojo

A esta hora de la mañana el día aún no abre, y una niebla fría baja por los cerros. Quizá por alguna quema lejana o, nuevamente debido a las cenizas del volcán, el sol entre la niebla parece un disco ocre que tiñe todo: cerros, niebla, escaleras, hombres, de un color rojo velado. El empedrado húmedo hace que los pasos se vuelvan resbalosos por las empinadas escaleras que bajan desde la iglesia de la Matriz.

Pardo, Urra y dos hombres, Jacinto Pino y Juan Soto, esperan a alguien. Soto fuma.

Pardo se impacienta

—¿Seguro que dijeron aquí?

—Sí. Ahí vienen —indica Urra.

Del otro extremo de la calle se acerca un hombre de grandes bigotes. Urra lo reconoce. Le dicen el húngaro, un gitano de los altos que a veces deambula por los muelles vendiendo y comprando mercadería robada. El húngaro viene con dos gitanos portando un puma muerto colgado de sus patas por un palo. La niebla, la iglesia al fondo y los gitanos, con sus ropas típicas, transportando el animal, dibujan una escena extraña e inquietante. Los gitanos lanzan el puma a los pies de los hombres.

—Aquí está su asesino. Lo encontramos cerro arriba. Cebado, como el que se llevó a los niños el año pasado.

Los hombres rodean el animal. Pardo se abre paso. Urra mira a su jefe:

—Dice que es el que mató a la mujer.

El húngaro lanza una orden que más parece un rugido.

—Sabo, ábrelo —ladra.

Uno de los gitanos saca un corvo y con un corte limpio y seguro abre el vientre del puma vaciando el contenido de su estómago. El olor hace que los hombres se cubran las narices. Sobre la tierra han quedado trozos orgánicos, un zapato de niñita, un perro, un gato y unas cuerdas marineras.

—Veinte libras —dice el gitano.

Pardo toma un palo y revuelve el contenido del estómago del animal. Mira a Urra y le pasa el palo.

—Págale cinco, y que Pino revise si hay algo que nos sirva —ordena el comisionado.

Pardo se aleja y, en un portal, se apoya tocándose la pierna. Se repone y mira con preocupación el cielo. Urra se acerca.

—¿Qué pasa, jefe?

—Rojo. El cielo está rojo. No me gusta —murmura Pardo.

5 de abril de 1889

Diario de Nolasco Black
Era una simple mujerzuela

En la mañana tocan a mi puerta con fuertes golpes. Es Soto, uno de los hombres de Pardo.

—Finalmente encontramos a su gato —indica triunfante.

En la perrera municipal, en una mesa de baldosas, miro el cuerpo de un puma un poco más grande que un perro.

—Usted tenía razón. —El forense aparece desde adentro, con una bandeja que contiene lo que parecen ser vísceras.

—Tuvo toda la razón en disparar —retoma el forense—. Este león era el culpable. Encontramos tejido humano en su estómago.

—¿Qué tipo de tejido?

—Páncreas —señala.

Miro la mordida del animal. Su arcada es más pequeña. Más fina.

—Ese pobre animal jamás podría haber matado a un hombre —indico.

—La naturaleza está revuelta —dice el forense—. Leí que la ceniza del Krakatoa seguirá flotando en la atmósfera, y durante mucho tiempo más gozaremos de esa luz, que desconcierta a bestias y hombres.

—Use el sentido común —objeto—. Ni siquiera coinciden las mordidas.

Pardo se acerca a mí.

—¿Podemos hablar afuera?

—Por supuesto —contesto.

Salimos. Alrededor nuestro está lleno de moscas, carruajes y caballos. Y ladridos, cientos de ladridos de perros. La cojera de Pardo es mayor. Fuma y parece molesto. Actúa como si ya no quisiera oír más al respecto, o como si lo hubieran reprendido y su cargo pendiera de un hilo.

—Tenemos al gato. El intendente está contento. ¿De qué otra forma quiere que se lo diga?

—Si lo deja más tranquilo pensar que ese pobre gato desgarró el peritoneo y se abrió paso entre cartílagos y huesos, allá usted. Ambos sabemos que es un montaje que a todos conviene. A mí no.

—Se equivoca. A usted sí —amenaza Pardo—. No está en la cárcel gracias a ese gato. Mire, Nolasco, el caso está cerrado por el intendente. Así es que no le demos más vueltas, era una simple mujerzuela. Si le pedí su ayuda fue porque Pino y el intendente me pidieron validar científicamente los crímenes. Le demostramos que se puede. Ahora vaya a descansar. Hay cosas más importantes que esto. Se habla de un posible golpe de Estado contra Balmaceda. North y el presidente están en pie de guerra.

Nos despedimos molestos. Creí que nunca más lo vería.

Hasta que apareció un segundo cadáver.

TERCERA PARTE

La búsqueda del alma

Testimonio de sor Teresa, rectora del convento de Hijas de
Nuestra Señora de la Misericordia
Nunca verá a un hombre en su vida

El convento de Hijas de Nuestra Señora de la Misericordia
aún está oscuro. En un oratorio en construcción, un hombre
pinta en silencio un Cristo crucificado. Por momentos parece
que aquel hombre hubiera quedado congelado, en una posición penitente e incómoda, pero es solo producto de la intensa concentración para percibir hasta el más mínimo detalle:
las seis líneas de sangre, que bajan como ríos de la herida en
forma de almendra en el segundo espacio intercostal; la quieta línea de sangre que baja y se aloja en la clavícula, en el
manubrio del esternón; la furiosa tensión del esternocleido-
mastoideo; el diafragma contraído elevando el tórax, como si
la presión negativa hubiera ya colapsado los pulmones; la cabeza, caída de costado; los detalles de la musculatura con la
hipertonicidad agónica; las venas, pletóricas de sangre sin
oxígeno.

De todo eso sabe ese hombre y es meticuloso; conoce el
cuerpo a la perfección, sabe que cada cuerpo es diferente y
encierra claves y preguntas que solo él pareciera percibir, e incluso mejorar respecto al original, una pequeña miniatura res-
taurada que los curas del Sagrado Corazón trajeron de España
y que dormía arrumbada con sus brazos rotos y su madera

astillada. Nadie diría que el gran mural que aborda el pintor fue obtenido de tan modesta fuente.

Una monja entra en silencio. Le lleva mate con leche y canela en una tetera de plata. No sabe si hablarle o no. Finalmente se decide a hacerlo, advirtiendo su presencia con una minúscula tos.

—No lo sentí llegar.

—Me gusta trabajar temprano —comenta él.

—Es maravilloso que nos ayude con la restauración. Hombres piadosos como usted no se encuentran en estos tiempos convulsos. Entre los espiritualistas, los masones y la herejía que parece haberse instalado en cada cerro, encontrar a alguien como usted es un regalo del Altísimo.

El hombre no responde y sigue pintando con precisión. Cuando se detiene para limpiar los pinceles, habla:

—Escuché que tienen una santa.

—Sor María Juventina. Es nuestro tesoro. Está aquí desde los doce años.

—¿Ha tenido éxtasis místicos?

La monja se detiene. No sabe si es apropiado hablar de ello, aun con alguien que pareciera ser un respetuoso hombre de fe. Prefiere guardar silencio, y el hombre sabe que de ahí en adelante deberá manejar con cuidado lo que dice.

—Este es un lugar santo, se puede sentir el amor a Dios —agrega el hombre.

Ambos, el restaurador y la monja, miran al Crucificado. Por primera vez, la mujer se da cuenta de que el trabajo que está haciendo el desconocido pintor es hermoso, pero inquietante. Es demasiado real. El color, la tensión, la sangre, el dolor.

—Los ha tenido. Ha tenido arrebatos... —confiesa finalmente la religiosa—. Dios la ayude. Ha levitado rezando el rosario. La he visto con mis propios ojos. Nadie puede consagrarse más a Jesucristo y estar más cerca de Él, que ella. Su presencia nos bendice.

—Espero que esta pintura la satisfaga —dice él.

—Estoy segura que sí.

—Estoy de paso en este puerto, y me gustaría quizá verla —deja caer el hombre.

—Me temo que eso es imposible, mi señor. María Juventina es una hermana de claustro. Nunca verá a un hombre en su vida.

—Solo a Él —corrige el hombre—. Pero Él no es un hombre.

—No. No lo es —reafirma la monja, que de alguna manera siente que hay algo malo, algo demasiado humano en esa pintura. Quiere decir algo más, pero el hombre de ojos oscuros y porte de príncipe (o de mago) no contesta. Ha caído nuevamente en ese estado de concentración dura y exigente de alguien que no admite ningún error, como si no estuviera pintando, como si estuviera luchando para alcanzar la perfección, y en eso se le fuera la vida.

10 de abril de 1889

Diario de Nolasco Black
El interior espléndido, pero la vida marital, imposible

Mi consulta se encuentra en el 101 de la calle Esmeralda, en el
segundo piso del hotel de La Unión. No extraer, sanar, es la
política de la nueva odontología. Para eso he traído de París
una silla hidráulica Wilkerson, del tipo bomba, con una inno-
vación: un respaldo compensado que se mueve para mantener
la misma posición relativa a la espalda del paciente, una máquina de luz radiante de altura, para acelerar las cicatrizacio-
nes. Es el primero de los motores S.S. White Company, que
superan en mucho el torque del motor más nuevo. Esto permite hacer trepanaciones, y remover el tejido putrefacto en menos
tiempo y, yo diría, de manera casi indolora. Dispongo también
de un mueble que mandé hacer a un maestro carpintero de los
muelles, donde guardo el óxido nitroso. El gas lo preparo yo
mismo, mediante retortas de vidrio que consigo en un par de
casas de suministros y que almaceno en unos gasómetros ni-
quelados sobre agua. El óxido nitroso es parte de mi práctica
habitual y por él llegan, atraídos, curiosos y pacientes. Hoy he
atendido, gracias a la recomendación de Lyon, a una dama de
Italia, la condesa Antoinette Malvezzi, que acaba de llegar con
su marido, el periodista y escritor William Rusell, en una comisión que el coronel North, el rey del salitre como suele llamar-

lo el pueblo, ha traído desde Inglaterra. La condesa ha venido en un viaje no exento de aventuras, en el vapor *Galicia*. Lo primero que ha hecho al bajar, después de tres meses de navegación, ha sido buscar a un dentista. Hay en el puerto, que yo sepa, unos quince profesionales acreditados, y cada colonia se atiende con el suyo, pero la recomendación de Lyon bastó para que acudiera a mí. Efectivamente, la corona de un premolar ha perdido el cemento, dejando expuesta la dentina. Mientras lo reparo, conversamos. O mejor dicho, ella habla animadamente. Me cuenta que en la comisión viaja con el dibujante de *The Illustrated London* mister Prior, con la esposa de North, con la encantadora pareja formada por mister y miss Gilling, pero no retengo los detalles. Me dice que bastaron unos minutos de conversación con mister North, para que su marido cambiara un viaje a El Cairo para conocer el puerto de Valparaíso y las salitreras. Relata —terrible ironía— su temor al cruzar el Estrecho de Magallanes. Me cuenta cómo el capitán, un tal Brough, con mucha experiencia en todas las costas del mundo, había advertido que, como protocolo, en caso de naufragio es mejor esperar en el mar el rescate que intentar desembarcar, porque los patagones, ya casi diezmados por la tisis, asesinan a los náufragos para demostrar que no le temen al hombre blanco ni a Dios. Me pregunta por mi esposa, y relato brevemente (cada vez soy más genérico) la situación. Ella se lamenta profundamente. No sabe qué decir. Los ojos se le llenan de lágrimas. El óxido nitroso termina de hacer su efecto y, como es natural, produce una excitación benévola a los pacientes, lo que mitiga el dolor y la tensión del tratamiento. Me dice, entre risas, que soy muy apuesto y que está muy mal que un hombre como yo se quede en el luto de la viudez por mucho tiempo. Intenta, como es usual en esos casos, debido a que el anestésico despierta la sensualidad, besarme, pero la contengo con amabilidad. Luego llora y declara su preocupación: en el viaje, su marido no le ha prestado demasiado interés.

—Comprenda usted que tres meses a bordo es demasiado, incluso para una condesa como yo —confidencia.

Mientras habla, observo que tiene un anillo muy curioso. Le pregunto dónde lo obtuvo y qué representa.

—Es un regalo del señor North —explica—. Ha obsequiado a su tripulación unos anillos y bronces conmemorativos del cruce del Estrecho de Magallanes. Es un símbolo de cruzar de un mar a otro por el extremo final del mundo. —Luego comienza a criticar al vapor *Galicia*—: Lo odio con todas mis fuerzas. El interior, espléndido, pero la vida marital, imposible, sin que todos se enteren —reclama—. *Una donna romana è una donna esigente. Mi capisci?* —termina en italiano.

También dice que no ha probado comida peor y que ahora comprende por qué a las siglas PSNC, de la Pacific Steam Navigation Company, se les ha dado el significado de Pésimas Son Nuestras Comidas.

En un momento en que el sopor vence a la condesa, hago una impresión en un poco de yeso de su anillo. En una hora, ella no se acordará de nada. Ya reparado su problema, la cito a un control y termino la sesión. Quedo muy invitado a compartir una velada con ella y su esposo.

10 de abril de 1889

Diario de Nolasco Black
Cortes que han sido hechos por un hombre

Comparo ambos anillos, el que me dio la amiga de Elena Krivoss y el que porta la condesa. Son iguales. Luego miro la pipa. Tomo el modelo en yeso y la hago coincidir en el espacio entre caninos e incisivos laterales. Coinciden como la llave a una cerradura. El hombre que mordió a Elena, el último hombre con que estuvo antes de morir, usó esa pipa y portó ese anillo. Entonces me asalta una duda. Voy a mis bocetos. Miro las heridas dibujadas y las secciones que arrebataron el corazón.

Ahí estaban, todo el tiempo, y no las había notado.

Aparte del desgarro animal, sucio, caótico, desesperado, el corazón fue retirado por cinco cortes limpios, rectos, anatómicamente perfectos. Cortes que un animal no podría haber hecho. Cortes que han sido hechos por un hombre.

11 de abril de 1889

Diario de Nolasco Black
Los barcos trajeron algo

Como cada jueves, hoy hay reunión de la Sociedad Científica. Esta noche está Gasalli, Ibacache, Rojas, Saavedra, Lucas Espronceda y nos visita Dachell, nuestro dandi a ultranza que acaba de bajarse del vapor *Galicia*. Él es el centro de la reunión. Dice que Valparaíso está condenada a la barbarie, que sus edificios europeos en medio de pantanos son una triste parodia de los de Europa, que el puerto se ve como una pobre escenografía de teatro, donde se advierten las tablas, andamiajes y costuras de la impostura. Se queja de todo. Antes de abrir la reunión, nos cuenta lo que ha sido la Exposición Mundial de París. Dice que es la más grande empresa del ser humano, y solo entrar por el pórtico en el Campo de Marte —que es la base de la gran aguja de 300 metros que Eiffel ha levantado, y que es la construcción más alta hecha por el hombre— es sentir que el futuro ha llegado y que los límites del ingenio humano han sobrepasado la imaginación. Dachell cuenta que no ha podido subir, porque solo a partir del quince de mayo comenzará la recepción de público. Dice que se ha sentido abrumado en la sala de máquinas, la más grande expresión de la ingeniería, de la fuerza del vapor y de la electricidad. En la entrada, describe, cuatro locomotoras aguardan, como leones gigantes de acero. Los sentidos no se acostumbran a las magnitudes, los oídos quedan ensordecidos y los ojos deslumbrados. Vivimos el futuro, aclara. Los visitantes son transportados por aceras automáticas que les evitan la fatiga, pues se mueven bajo sus pies, transportándolos.

Nos cuenta después la decepción que le produjo visitar el pabellón de Chile y constatar su vacío.

—En él solo está la gran pintura de Pedro Lira, la fundación de Santiago, que a nadie más que a los chilenos interesa —opina.

Luego se dilata en explicaciones sobre cómo se han repartido los estands, por orden de materias, a través de ocho galerías concéntricas: son doce las avenidas que parten del gran eje, y las naciones principales ocupan los sectores limitados por aquellas líneas. De aquella manera, recorriendo los distintos pasillos, el espectador podrá percibir claramente el estado concreto de una industria en varias naciones. En cambio, si recorre las alamedas transversales, se hará una acabada idea, en un país, del estado de las diversas ramas de la industria y de la ciencia.

León Gasalli manifiesta que la feria es una farsa y que la ciencia está muerta y ya nada más puede inventarse *ab initio*. Lo respalda Ibacache.

—Ya todo está descubierto —proclaman—. Ahora solo queda describir las diferentes aplicaciones de los inventos, y esto es labor de los técnicos. Nada puede ser más puro y perfecto que las ecuaciones de la termodinámica. Con ellas ya tenemos todo —terminan, enfáticos.

—La electricidad es una farsa. Un juego de mago. Nada útil puede salir de esas chispas. Esto lo ha dicho el mismísimo Heinrich Rudolf Hertz, en París —declara Gasalli.

Inmediatamente el grupo se traba en una discusión, la que, si no es por la prudencia de Saavedra, hubiera terminado a golpes. Luego, en un momento, cuando destapan la primera botella, todos se agolpan para dar sus hipótesis acerca de la muerta. Ya ha pasado un mes y el caso está cerrado. Yo comparto con ellos mi hipótesis de los cortes del corazón realizados por una mano experta, humana.

Gasalli se adelanta. Levanta la mano, imponiendo silencio.

—Creo que al hablar del asesino estamos hablando de un extranjero —asegura—. De un hombre de carne y hueso. Un turista. Un hombre de paso. Ha traído su afición a este lugar y debemos suponer que es un hecho puntual. En estos momentos, ya debe de estar en un vapor hacia algún lugar donde se encontrará con su familia y guardará en su mente el pequeño secreto de su estadía en Valparaíso.

—No me extrañaría que fuera un oriental —afirma otro socio.

—Si la policía hiciera bien su trabajo y no dejara todo en manos de un dentista —oigo otra voz.

—Habría que revisar el listado de las tripulaciones y los desembarcos —acota un tercero.

Ibacache irrumpe diciendo:

—Todos conocemos el principio del franciscano William de Ockham. No debería haber pluralidad sin necesidad. Simpleza señores. Nuestro dentista, que ve en los dientes más misterios que los que realmente tienen, imagina que un hombre la envenenó y luego le sacó el corazón. ¡Eso es absurdo! No es necesaria esa hipótesis peregrina con la que confundes a la policía, Nolasco. Ya tienen bastante, los pobres, con su ignorancia. Todos sabemos que las bestias cebadas tienen preferencia por ciertos miembros y repelen otros, como cabezas y manos.

—Incluso sin afinidad o preferencia. Un animal le comió el puto corazón y ya está. El tigre extraviado, punto —oigo otra voz.

—¿Y los cortes perfectos? —interpongo—. Me resisto a la poca imaginación que demuestran sus opiniones.

—Dientes nuevamente. Ningún bisturí, ninguna disección, dientes. ¿Has tenido en tus manos el diente de un animal? Diles, Nolasco. Cortan como cuchillos. Hasta mi inofensiva gata Pucky me cortó la semana pasada con sus caninos, como si tuviera una navaja en la boca —interviene Torres.

Ibacache alza la mano.

—No es que quiera ganarme la medalla linneana por descubrir una nueva especie, pero no hay que descartar nada. Escuchen bien, queridos, esta palabra: chivato.

Entonces comienza una gran confusión. Todos alzan la voz al mismo tiempo.

—Un borracho.

—Un cliente, es obvio, ¿no?

—Otras mujeres del oficio, celosas.

—Obviamente, estamos frente a un espécimen intruso —oigo otra voz—. Valparaíso recibe carga de todo el mundo. Es como las bacterias de Pasteur, que colonizan un cuerpo. Los barcos trajeron algo, es indudable.

Dachell ha permanecido en silencio durante toda la discusión. Alza la mano y habla premeditadamente en voz baja y efectista, para conseguir toda nuestra atención

—Los escucho y suenan como sonaría un grupo de pueblerinos. No seamos tan sudamericanos, por favor —expresa—. Nos encontramos, sencillamente, ante una versión local, un *copycat* del asesino que ha aterrorizado a todo Londres el año pasado hasta hace algún tiempo. Un sujeto, chileno o extranjero, ha viajado, ha estado en conocimiento con lo que pasó en Londres, y ha decidido emular las obras del asesino de Whitechapel, es obvio.

—¿Qué asesino? —pregunta Gasalli.

—Uf —manifiesta con incredulidad Dachell—. Parece que el telégrafo y las noticias siguen atrasadas en este villorrio polvoriento. El asesino ha tenido aterrorizado a Londres desde hace unos meses atrás. Cinco crímenes. Aún no comete el sexto, pero estuve allá en noviembre y ninguna mujer se atrevía a salir al oscurecer. Tiene locos a la prensa y a Scotland Yard.

—¿Cómo se llama ese alienado?

No tiene nombre, pero la prensa necesitaba bautizarlo. Le ha puesto Jack. Jack el Destripador.

—Entonces eres tú, Dachell —oigo voces, riendo—. Tú llegaste recién, amas todo lo que sea europeo y lo copias al pie de la letra.

Todos ríen. Yo no.

Acabo de escuchar ese nombre por segunda vez en mi vida.

11 de abril de 1889

Diario de Nolasco Black
El verdadero Jack el Destripador

Llego al hotel a medianoche. No puedo dormir. En mi mente, las teorías de todos los miembros de la sociedad siguen resonando, descartándose, alzándose otras nuevas, compitiendo.
Escribo un primer apunte:

1. Un agente animal, ya sea conocido o exótico (presunto tigre).
2. Un agente humano (un homicida, digamos lombrosiano).
3. Un agente metafísico (ya sea una entidad desconocida por la ciencia u otra, explicable por la religión, la superstición, verbigracia un vampiro, un demonio, el chivato, etcétera).

(Nota: uno de los principios de la Sociedad Científica de Historia Natural, a la que pertenezco, es no descartar nada. Cada mito, hasta el más insólito, puede aportar la chispa que encienda el descubrimiento. La sociedad real, cotidiana, está llena de casos donde una historia tenida por habladuría, lleva a descubrir elementos verdaderos: el hallazgo del calamar gigante, del narval, del demonio de Tasmania, todos ellos, se han realizado de esta manera. ¿Por qué el chivato no? La mayoría de los mitos tienen un soporte realista. En unos años más, el león de Atlas, que ya está extinto en Túnez, desaparecerá de la faz de la tierra y quizá se convierta en un mito. Revisar esto.)

Luego comprendo que el esquema es demasiado amplio, y abro la clasificación a una más operativa:

—*HIPÓTESIS:*

—*Endógena*
Humana.
Un marinero borracho celoso.
Un cliente.
Una colega de profesión que, celosa, la saca del mercado.
Un animal.
Un tigre.
Linneana o anomalía zoológica o mito.
El espécimen llamado el chivato.

—*Exógena*
Humana.
Un visitante extranjero homicida desconocido.
Un visitante extranjero, imitador de Jack el Destripador.
Un ser anómalo (teoría linneana o mito).
Un espécimen nuevo desembarcado.

Luego me quedo un rato pensando y anoto una última.

El verdadero Jack el Destripador.

La tinta fresca hace que esa línea resalte entre las otras.

15 de abril de 1889

Diario de Nolasco Black
Es solo una niña

Comienzo a revisar mis notas. Miro, algo nervioso, a los alumnos sentados en silencio en el auditorio.

Tácito, en sus *Anales*, describe la identificación de un cadáver por sus incisivos. En el año 49 a.c., Agripina ordenó por celos el asesinato de su tía Lollia Paulina. Cuando le trajeron una cabeza irreconocible, Agripina la tomó, le abrió los labios y mirando sus dientes, reconoció el diastema central de su tía como prueba de su identidad. En 1477, el cadáver de Carlos el Temerario, quien murió en la batalla de Nances, fue reconocido por la ausencia de sus dientes superiores. En 1775, el físico y militar Joseph Warren, quien murió en batalla, fue reconocido por su puente de plata con colmillos de hipopótamo, hecho por Paul Revere. En 1879, el cadáver de Napoleón V fue identificado por su odontólogo. Hace menos de veinte años, en 1870, Ansil L. Robinson, en Estados Unidos fue acusado de asesinato, y sobre el principio de unicidad y con modelos dentales, tres odontólogos identificaron a Robinson como el único culpable de haber mordido a la víctima.

Los dientes son únicos en cada individuo y Mellam ha estimado que las combinaciones de sus características son superiores a las estrellas de una noche despejada. Es el órgano más resistente de nuestra anatomía y está presente en la mayoría de las agresiones con resultado de muerte.

En ese momento, noto que dentro de la concurrencia que suele asistir como oyente, está nuevamente Pardo, en compañía de Urra y de Soto en la última fila del hemiciclo.

—Quiero que tallen en jabón toda la arcada dentaria una y otra vez —les encargo a los alumnos—. Nos acompañará toda nuestra vida, así es que más vale conocerla, como si en eso se nos fuera la vida.

Finalmente, los estudiantes se despiden. Se oye el ruido de libretas y cuadernos guardándose. Espero que todos salgan, y subo donde los policías.

—Traiga sus yesos y sus espátulas, doctor —oigo decir, serio, a Pardo—. Tengo órdenes específicas del intendente acerca de que solo usted y un reducido grupo de personas maneje esta información. Ha habido un segundo ataque.

En el carruaje, Pardo no habla. Es un hombre simple y de un pasado rural, pero ha sublimado su predisposición a la violencia mediante un genuino interés en que la ciencia ayude a lo que él llama «la batalla contra el mal».

He averiguado sobre Pardo. Es mi defecto profesional: conocer todos los ángulos del objeto en observación. Su jefe, Jacinto Pino, ha estado trabajando arduamente en un sistema de identificación universal, idea muy progresista, sobre la que, incluso en Europa, no terminan por ponerse de acuerdo. Un médico de la capital, convocado por Pino, me ha confidenciado que tienen cinco mil fotografías de cadáveres en Santiago, y que están midiendo los cráneos de los delincuentes, siguiendo el método de Bermellón. Le indico que pierde el tiempo. La fotografía es costosa y no hay pruebas de que la frenología funcione como elemento identificatorio. Además, el instrumental de medición que no ha sido previamente esterilizado, será portador de diversas enfermedades. Los pulpejos de los dedos, cuyas huellas son únicas, se convertirán, si no me equivoco, en el estándar, ya que solemos copiar a los americanos en todo, aunque sea deficiente. Si hay un elemento clave para determinar la identidad de una persona que sea realmente fiable, es las *rugae transversaes* o rugas palatinas. Las arrugas del paladar tienen forma de árbol, son un árbol de la vida, verdaderas firmas individuales modeladas por la evolución desde el tercer mes de vida intrauterina hasta mucho después de nuestra muerte. Son inmutables. Son permanentes y no existen dos individuos con la misma disposición de rugosidades en el paladar. Ni siquiera en los gemelos que comparten el mismo huevo. Una placa de cera o papel entintado basta. He visto algunas que serían la envidia del más exigente calígrafo, así de perfectos son sus séfiros.

De esa manera supe de Pino y de su intención de hacer de la policía un organismo científico. En Valparaíso hay demasiados hombres con dinero y poder; necesitan mantener el crimen lejos de sus casas, allá atrás, en los cerros. Necesitan una policía en función de ellos. Así surge la mano derecha de Pino: Pardo. Al observar a este, me sorprendo: no había notado que él presenta una asimetría. Su labio superior corto, producto de alguna oclusión nasal en su niñez, deja entrever una línea gingival que expone al aire dos incisivos centrales en forma de granos de arroz. Me sorprende que no tenga algún tipo de enfermedad a la gíngiva, como, me he fijado, es costumbre en los policías. Al contrario, la encía de Pardo es lo que los anatomistas como Testut y Black definen como del color rosa coral pálido, señal inconfundible de salud. Una vieja caída a caballo lo hace renguear, por lo que le han dado el apodo de El Cojo Pardo. Esto le confiere un aura de respeto ante sus muchachos. Al final llego a una conclusión: es un buen hombre que desconfía de mí y que me necesita. Y yo no quiero ni que desconfíe de mí ni que me necesite.

Tomamos un coche y no hablamos durante el viaje. Noto que Pardo no deja de cruzar una mano bajo la otra, como si no pudiera dejar de temblar.

Cuando nos bajamos, la lluvia arrecia. Un viento tibio anuncia que la tormenta está iniciándose. En la bahía han resguardado las embarcaciones mar adentro. Nos espera Urra. Está junto a la iglesia del convento de Hijas de Nuestra Señora de la Misericordia.

Urra nos saluda con un movimiento de cabeza, pero no nos mira, como si lo que hubiera visto lo contaminara y temiera propagar el mal que han visto sus ojos. Pienso que es la primera vez, desde lo de Elizabeth, que piso el suelo de una iglesia. Dios se ha convertido en un concepto lejano, incómodo. No explica la evolución. No tiene cabida en este siglo. Nos culpa. Nos minimiza como especie. Si Dios es real, ¿por qué me privó de la sonrisa de mi mujer? ¿Por qué el dolor? Una trampa para los ignorantes y los débiles. Y, sin embargo, aún siento esa vibración calmada y diferente, esa fría paz de hallarse en una gran nave, con el sol entrando por los vitrales, dejando afuera todas las penas del mundo. Un refugio. Un fraude y un refugio.

Pardo se acerca a mí.

—Trasladaron a todas las monjas. Despejamos todo. La encontró la madre superiora. Está en la sacristía.

Y como si quisiera advertirnos, anuncia:

—Es solo una niña.

Cruzamos los pasillos con figuras sangrantes. Mártires policromados nos miran desde la oscuridad. Al llegar, en el centro, en el suelo de la nave central, hay una figura pequeña, como de madera o cera. Solo al acercarnos a ella, uno comprende que se trata realmente de una joven desnuda, con los brazos en cruz. El pudor nos detiene. Instintivamente, miro hacia atrás para que nadie mire lo que acabo de ver, para que seamos pocos los que participemos de esta feroz escena.

Pardo se acerca y se agacha.

—La parte superior del cráneo está ausente, como si alguien la hubiese aserrado y se hubiera llevado, algo así como una tapa —expone con la voz tragada.

Luego, observa como buscando una explicación, pero solo está rodeado de santos, testigos silenciosos de lo que ha ocurrido. Frente a él, un gran lienzo de un Cristo crucificado.

—Esto no lo hizo un tigre —sentencia.

Me cuesta hablar, mi boca se ha secado por completo.

—No, Pardo. Esto lo hizo un hombre —confirmo.

Sobre el mármol, la joven pareciera estar dormida. Su cuerpo presenta una tonalidad anaranjada debido a las lámparas de gas. A primera vista, nadie diría que ha sido víctima de un homicidio brutal. Su cuerpo parece indemne, y un observador descuidado diría que su muerte se debió al uso de algún veneno. Shultz observa en silencio. Luego llega Manterola, el director del hospital, a quien esperábamos. Nos saluda y observa el cadáver.

—¿Y bien? —oigo preguntar a Pardo.

Shultz se acerca, y con un movimiento brusco saca el paño que oculta el cráneo de la mujer.

—¡Dios santo! —exclama, mientras se echa hacia atrás.

Manterola necesita apoyarse en la mesa contigua para no caer.

—Por eso insistí en que estuviera presente —declara Pardo.

Manterola analiza el cráneo.

—¿El resto? —inquiere en voz baja.

—No está —responde Urra—. En el pequeño huerto encontramos sangre y líquido... —lee en su libreta la palabra— cefálico..., pero nada más.

Manterola nos mira, preocupado.

—Esto no fue un simple trauma —aclara—. El que hizo esta craneotomía sabía lo que hacía.

Pardo se adelanta.

—Necesito que nos explique, en simple.

—El homicida, quienquiera que haya hecho esto, realizó un corte limpio desde el occipital, pasando por el parietal y terminando limpiamente en el frontal, a un centímetro sobre el borde orbicular.

—Sacó la tapa de los sesos, Pardo —intervengo—. Eso dice el doctor Manterola.

—Lo que no es nada fácil —sigue este—. Solo para que entienda, estamos preparando el Primer Congreso Médico, y dentro de las últimas publicaciones, hay un informe del Hospital General de Massachusetts, donde acaban de realizar la primera craneotomía documentada, hace apenas unos meses.

—Esta es la segunda —dice Shultz—. Larga vida a Valparaíso.

—Si se fijan en las indentaciones, y en el borde óseo, se nota que se utilizó una sierra de cadena —dice Manterola—. No deben existir más de tres en la ciudad y cinco en todo Chile. Es un proceso complicado.

—Considerando que la víctima estaba viva, obviamente lo hizo en el jardín y la trasladó a la iglesia. La pregunta es, ¿con qué fin? —agrega.

Entonces, me adelanto.

—Para no dañar el esfenoides —declaro.

Todos me miran.

—El hombre realizó una delicada apertura del cráneo para no dañar el hueso esfenoides. Me pregunto por su objetivo. El hombre mató a esta mujer buscando algo. No está la silla turca. No le interesaba el cerebro. Le interesaba la glándula pineal.

Pardo me mira.

—Es una pequeña glándula, ovoide, llamada hipófisis o glándula pineal. Nadie se toma tal trabajo y luego se descuida como para destruir el etmoides y no llevarse ese tesoro —le explico.

—¿De qué aberración habla, dentista? —pregunta Shultz.

Me mira con desprecio, pero sabe que tengo razón.

—Estamos hablando de un coleccionista —informo—. Alguien que está extrayendo trozos de órganos de las infortunadas. Hay un individuo bastante tenaz en su afición, y va a volver a atacar.

En el pasillo, camino hacia la salida, Pardo nos detiene. Se dirige al grupo con seriedad. Es la primera vez que Pardo parece mostrar la autoridad fría y concreta que, supongo, lo ha llevado al puesto que tiene y lo ha librado de quedarse cuidando bodegas en la Aduana.

—Como comisionado de pesquisas, reporto directamente al juez, caballeros —proclama—. Quiero advertirles que solo los que están en esta habitación conocen lo ocurrido. No quiero que ni la prensa ni los rumores ni vecinos connotados la conozcan y vayan a entorpecer esta investigación. ¿Cuento con su discreción?

—Hay una orden de defunción que tengo que extender —protesta Manterola.

—Anote que murió debido a los golpes que se le propinaron para robarle. Un trauma, como le dicen ustedes, un trauma craneal por objeto contundente. Se robaron unos candelabros. Será nuestra versión oficial hasta saber qué está pasando.

—¿Y la gente del convento?

—Ya hablamos con la madre superiora.

Quedamos todos en silencio.

De pronto, se oye la voz insistente de Shultz.

—Si, quienquiera que sea el que haya hecho esto, realizó una intervención quirúrgica y consiguió lo que quería, entonces ¿por qué tomarse la molestia de transportar el cuerpo, desnudarlo y ponerlo en la posición en que lo encontramos? Una posición blasfema, frente al altar.

—Hay tres posibilidades —especulo—. Porque no cree en Dios, porque cree en Él y lo desafía, o porque quiere que sepamos lo que está haciendo. En los tres casos se trata de un tipo con un elegante sentido de superioridad y un arrogante desprecio.

—¿Cómo puede estar tan seguro? —pregunta Shultz.

«Porque yo hubiera hecho lo mismo», pienso en contestarle, pero después, me freno. No es conveniente mencionar lo que siento.

—Por una simple suposición, doctor. Solo por eso.

17 de abril de 1889

Carta de Nolasco Black a Sir James Paget, M.D, escrita en el hotel de La Unión
Mi amigo, necesito su ayuda

Mi querido amigo:

Escribo desde mi habitación en los altos del hotel de La Unión, en Valparaíso. A veces, cuando me veo muy abrumado, asaltado por malos recuerdos, evoco la risa de Elizabeth y cómo paseábamos por el borde del Támesis en los jardines de Greenwich.

Mi amigo, necesito su ayuda. Le ruego me remita toda la información posible sobre el asesino de prostitutas del barrio de Whitechapel. Recuerdo que usted ha prestado valiosos servicios para Scotland Yard. La poca información que he tenido, ha llegado deformada por el sensacionalismo de algún pasquín atrasado u omitido de los periodistas chilenos. En concreto, necesito saber si en alguna de las víctimas se advierte desgarro de vísceras o pérdida de algún órgano; y —si esto fuera efectivo—, si el miembro u órgano se ha eviscerado de manera anatómica o si ha sido un ultraje tisural grueso.

Estoy siguiendo sus declaraciones y ejemplos, y la Policía de Pesquisas de Valparaíso ha pedido mi apoyo. Le adjunto unos deficientes dibujos del cuerpo de una desafortunada, con mis anotaciones y todos los detalles anatómicos correspondientes. Ruego disculpe mi poca pericia en la línea del dibujo anatómico. Hasta el momento, tenemos dos víctimas, ambas mujeres: la primera, sin su corazón y la segunda, sin el hueso esfenoides. Hay una tercera mujer desaparecida, pero el *modus operandi* general no pareciera corresponder al mismo homicida. Sobre la segunda víctima: se trata de una joven religiosa de claustro que sufrió un severo traumatismo craneal y que, en el momento de la inspección, había sufrido —no puedo precisar si debido al trauma o no— la desaparición del hueso esfenoides, como si alguien hubiera desarticulado con precisión el cráneo, con tal grado de sutileza que aún se conservan las celdas etmoidales, las que, ambos sabemos, son del todo delicadas.

Espero volver a verlo pronto. Extraño Londres, sus parques y nuestras dilatadas conversaciones.

P.D. Gracias por su carta de pésame. Me ha reconfortado, sobre todo porque Elizabeth siempre disfrutó mucho de su amable compañía.

16 de mayo de 1889

Carta de Sir James Paget, M. D. a Nolasco Black
¿Será que la civilización copia también las mismas oscuridades?

Estimado y descorazonado amigo:

Aun dedicarse a resolver un misterio brutal puede ser más reconfortante que sumirse en la desolación de los recuerdos. Me alegra, por así decirlo, que haya vuelto a escribirme y a hacer clases. Créame que tengo vívido el recuerdo de su amada Elizabeth y esa maravillosa tarde que pasamos en Greenwich, esa tarde amarilla de hojas brillantes. Aférrese a esas imágenes, mi amigo, y que su risa lo conforte.

Pasemos a temas más sombríos. Hasta el momento en que escribo esta carta tenemos aquí en Londres cinco víctimas, todas del año pasado. La última fue encontrada en noviembre del 88, pero esperamos en cualquier momento la próxima, porque alguien como el individuo que nos convoca no parece ser del tipo que interrumpa su afición.

Recientemente ha aparecido una sexta víctima, pero esta última parece ser obra de alguien que ha querido imitar a «Jack», como llamamos al sujeto en cuestión. Las desafortunadas son: una mujer Chapman, Elizabeth Stride, otra de apellido Nichols, Catherine Eddowes y Mary Kelly.

El cuerpo de la primera fue descubierto el 31 de agosto, en Buck's Row, Whitechapel. Sufrió la sección sagital de la tráquea y laringe, mientras que la parte inferior del abdomen se hallaba parcialmente desgarrada por una herida profunda e irregular. Muchas otras de las incisiones en la región abdominal fueron hechas con un objeto cortante con bastante precisión. El cadáver de Champman, la segunda víctima canónica, del sábado 8 de septiembre, tenía dos cortes en la garganta, y evisceración completa de órganos abdominales. El útero había sido extraído del cuerpo. Stride y Eddowes fueron asesinadas en la madrugada del domingo 30 de septiembre. La primera con sección carotídea respetando el paquete vasculonervioso adyacente, lo cual es muy difícil para alguien sin conocimientos anatómicos. Eddowes fue atacada 45 minutos después. Como verá en los dibujos que le adjunto, la garganta había sido seccionada a la altura del hioides y el saco peritoneal se hallaba rasgado completamente por una larga, profunda e irregular herida; a través de ella se extrajeron el riñón izquierdo y la mayor parte del útero. Mi amigo, el jefe de la Policía, Charles Warren, me informó que el cuerpo de Kelly, horriblemente mutilado, se encontró en la cama de la habitación donde vivía, a las 10.45 horas del 9 de noviembre. Había sido descuartizada y su rostro totalmente desfigurado. El cuerpo mostraba un corte que iba desde la garganta hasta la columna vertebral y al abdomen, y se constató que se le habían retirado completamente sus órganos. No se encontró el corazón de la víctima.

Mi impresión es que el trabajo de disección debió ser realizado por un médico, un cirujano o un carnicero, con sólidos conocimientos de anatomía. No dudo que los cinco asesinatos fueron cometidos por la misma mano. En los primeros cuatro, las gargantas parecieran haber sido cortadas de izquierda a derecha, mientras que en el último caso, debido a la considerable mutilación, es imposible señalar en qué dirección se hizo la cortada, aunque se hallaron rastros de la sangre arterial sobre la pared en forma de salpicaduras, muy cerca de donde la cabeza de la mujer debió haber estado.

Todas las circunstancias en torno a estos homicidios me

llevan a deducir que las mujeres fueron asesinadas cuando se encontraban recostadas y, en todos los casos, la garganta fue cortada en primer lugar. Sobre sus dibujos, créame que me sorprende su precisión y estilo. Si alguien me dijera que esta es una nueva víctima de Jack y no me hiciera saber que ocurrió en un país tan distante como Chile, y en un puerto tan lejano como Valparaíso, daría por sentado que es obra del mismo asesino.

¿Será que la civilización copia también las mismas oscuridades? Si es así, Valparaíso ya puede vanagloriarse de tener su propio destripador. Eso sí, hay mucha más elegancia en los cortes realizados allá. La sección de la silla turca me sugiere un trofeo: la hipófisis de la que Aristóteles decía ser el asiento del alma.

Espero que tenga buena suerte en su cacería y, por el amor de Dios, cuídese.

Abrazos,

JAMES

1 de julio de 1889

Diario de Nolasco Black
Endemoniado puerto del fin del mundo

Recibo la carta de respuesta de Paget. Al leerla, me siento golpeado como con la descarga de un rayo. He debido leerla varias veces, tomar apuntes, calmarme un poco. Luego he abierto mi viejo Old Kirk y he tomado tanto bourbon, que casi no he podido cruzar las nueve cuadras que me separan de la casa de Gasalli. Llego empapado y algo ebrio. Me abre y con preocupación me hace pasar. No le doy tiempo a comenzar una conversación. Lo abordo en la puerta.

—¿Si estuvieras en Londres, si fueras Jack, el verdadero Jack el Destripador, y te encontraras rodeado por la policía, dónde huirías?

—No entiendo lo que dices. —Me mira desconcertado.

—Si tú fueras Jack el Destripador y la policía te cercara los talones, ¿qué harías?

—Tomaría un vapor.

—Hacia dónde.

—No lo sé. Lejos.

—Yo te voy a decir dónde —le anuncio con la voz temblándome—. Tomaría un vapor hacia el único lugar que el mismo *Times*, que tan bien ha seguido los pormenores de la figura de este asesino, ha recomendado visitar durante todo noviembre y diciembre, con publicidad financiada en Londres por el propio North, con tanto énfasis y dinero que el periodista más prestigiado y el dibujante estrella del periódico han tomado un vapor para ese lugar.

—¿Te refieres a...?

—Acá mismo —confirmo—. A este mismo endemoniado puerto del fin del mundo.

Gasalli queda de una pieza. Me hace entrar. Luego, ya al lado de la chimenea, seguimos bebiendo mientras él lee una y otra vez la carta del profesor Paget. En un momento, deja de leer y parece derrumbarse en su sillón.

—¿Qué opinas?

Gasalli apura su trago y se limpia con la manga, como si estuviera en un bar.

—Creo que Jack está en Valparaíso —dice.

2 de julio de 1889

Diario de Nolasco Black
Tipu

Esa noche vuelvo a soñar. Camino por los pasillos del museo. Recuerdo cuál era el artefacto del sueño. No estaba en el Museo Británico, sino en el Victoria & Albert. Es ingenioso, muy interesante. Un mecanismo donde un soldado británico está siendo atacado por un tigre. El tigre de Tipu. Un tigre de mentira, un autómata perfecto.

3 de julio de 1889

Diario de Nolasco Black
¿Esa historia la dedujo con ese trozo de yeso?

En el gran despacho del intendente, coronado por una gran marina del bombardeo a Valparaíso de 1866, Pardo, junto a sus hombres, Pino, Soto, Urra y el mismo Uribe, fuman, mientras escuchan con atención. Unos minutos antes he pedido verlos con tanta urgencia que en realidad no les ha quedado otro remedio que escucharme.

La atención de los hombres se centra en mi bloc de dibujos. Se ha sumado el alcalde, que al contrario de la primera vez, no oculta su molestia por mi presencia.

—Lo escuchamos —señala seco.

—Sea cual sea el animal que comió ávidamente de las entrañas de Elena Krivoss, eso nos ocultó lo realmente importante —indico, sin quitarles la vista de encima—. Un hombre realizó cortes precisos en las arterias y venas mayores para sacar el corazón. Ese es el verdadero asesino. Y ahora podemos saber quién fue.

Antes que comiencen a rebatir mis argumentos saco mi bloc de dibujos y les muestro los esquemas, que he pintado una y otra vez, y que aún no me satisfacen.

—Son cuatro los tipos de mordidas que podemos encontrar en un cadáver —comienzo.

—Doctor...

—Intendente, deme solo tres minutos. Se lo suplico —lo interrumpo.

—Son cuatro los tipos de mordidas que podemos encontrar en un cadáver —prosigo—. Las primeras son las mordidas de pasión o eróticas, con su característica forma, más alargada, su apariencia de «V» —muestro mi dibujo del pecho de Elena.

»Las segundas abarcan las mordeduras de ataque, que son lesiones extensas, sin un patrón definido, erráticas, causadas por la cólera, en los lunáticos, en los lombrosianos y que nos remiten, como declara Darwin, a nuestros más atávicos orígenes animales.

Veo que los hombres me observan con impaciencia.

—Las terceras son las mordeduras de defensa, que se dan en los sujetos que están siendo estrangulados y que suelen delatar al homicida con cicatrices en la porción sagital del antebrazo. Y por último, tenemos las mordeduras de masoquismo, donde las pasiones de Venus embriagan el espíritu. Estas se dan con mayor frecuencia en las mujeres que, sabemos, son más proclives a esta alteración debido a ese órgano móvil, el útero, durante la locura mórbida causada por el estro. Todas estas son mordidas con impronta marcada, generalmente en partes visibles del cuerpo. Su función es marcar territorio —explico.

—¿Adónde quiere llegar Nolasco? —oigo la voz impaciente de Pardo.

Uribe carraspea.

—Veamos ahora las víctimas, ambas mujeres. En Elena Krivoss, la ausencia de huellas de succión con indentaciones más profundas y laceraciones en el sector de su pecho, remite a una mordida erótica pre mortem. Eso en cuanto a sus mordidas, no a la causa de su muerte. La mujer fue envenenada por un conocido, ya que no hay señales de resistencia.

Muestro ahora unos esquemas de la planta del prostíbulo, con flechas de trayecto.

—Por su oficio, estimo que se trató del último cliente de esa noche.

Los policías me escuchan con atención.

—Lo conocía, ella lo hizo pasar. Bebieron. Tuvieron intimidad. Él la mordió. No es improbable que ella hiciera lo mismo. En un cuarenta por ciento de los casos las mordeduras eróticas son recíprocas y contralaterales.

El intendente enciende su pipa y se acomoda. La audiencia está capturada.

—Después del amor, o la impostura del amor, que en este caso es lo mismo, salieron a caminar o la esperó y la siguió hasta que el veneno hizo su efecto.

Muestro un mapa de Valparaíso.

—En el pequeño pasaje de tierra entre la calle Cajilla y la Matriz, la recostó. Ella ya había perdido el sentido y era un peso muerto. Pienso, por el olor a almendras, que utilizó una mezcla de cianuro de sodio mezclado con belladona y bicarbonato. Eso evitó que el contacto con el ácido clorhídrico del estómago produjera una muerte inmediata. El hombre necesitaba que estuviera viva. El hombre necesitaba observar... ¿Observar qué? Quizá los órganos en pleno funcionamiento. Luego le extirpó el corazón y la abandonó.

Muestro ahora un esquema del ataque animal y las mordidas secundarias.

—Luego la escena del crimen fue... contaminada. Intervenida por segunda vez, ahora por un felino...

—¿Otra vez con lo mismo? ¡Vamos, Nolasco! —Pardo golpea con el puño la mesa y se levanta con tal violencia de la silla, que esta está a punto de caer.

—Un felino, señor. Una coincidencia extraña. Pero no por

eso descartable. Ambos son eventos únicos. Eso nos hizo anular-los. Hasta que apareció la segunda víctima. En la occisa María Juventina Salas Varas, monja de claustro, el patrón de corte es el mismo. Instrumental quirúrgico. Conocimientos de anatomía.

—¿Entonces? —apura el intendente, impaciente por escuchar mis conclusiones.

Tomo aire y digo con la mayor calma posible:

—Tengo razones para creer que el mismo asesino de Londres, habrán escuchado hablar de él, Jack el Destripador, está replicando su afición, si podemos llamarla así, aquí y ahora. Y que ya ha tenido éxito dos veces.

El alcalde no puede evitar lanzar una carcajada, pero el intendente está demasiado molesto para tomarlo con humor.

Entonces les leo la carta de Paget y sus conclusiones. Aprovechando el silencio que deja esa lectura por el prestigio de la fuente, arremeto de inmediato:

—Hay que escribir un telegrama a Scotland Yard de inmediato y pedir todos los antecedentes. Estamos contra el tiempo, pero podemos capturarlo. En los espacios interdentales de la monja encontré la presencia de epitelio humano, lo que indica que la joven intentó defenderse mordiendo a su agresor. En estos momentos, en Valparaíso, un hombre anda con la huella de su crimen grabada en su brazo. Señores, es necesario realizar un catastro de los turistas y hombres de negocios que han desembarcado en estos últimos cuatro meses. Hombres de entre veinte y cuarenta y cinco años, ingleses.

Los que están en la habitación se quedan en silencio. Se miran entre sí.

El intendente se pone de pie y camina sin decir una palabra. Todos lo observan.

Luego toma entre sus manos la impresión de yeso de la arcada del sospechoso.

—¿Esa historia, doctor, la descubrió gracias a este trozo de yeso?

—Es un poco más complejo, señor intendente —respondo.

Uribe respira pesadamente.

—Yo soy un hombre sin complicaciones —larga—. No habré estado, como usted, en Londres o París, pero conozco este puerto a la perfección, desde que era una aldea con solo una calle y hombres que se la ganaron al mar con tablas y arena. Y sé que hay algo que sí se da en este lugar: la tranquilidad. Aquí no existe ese tipo de homicidas y no sucede ese tipo de cosas. De una vez por todas, vamos a sellar este asunto siguiendo el informe del doctor Bartolomé Shultz. Muerte por anemia aguda por un puma cebado, animal que ya fue hallado.

—Eso es un fraude, señor, que yo no... —intento replicar.

—¡Que ya encontramos!, ¡no me interrumpa, carajo! Con evidencia sólida. —Uribe golpea la mesa violentamente. Luego se tranquiliza y trata de hablar contenidamente.

»Sobre la monja —continuó mirando a todos los presentes—, estamos en la pista de un asesino con arma blanca donde el ladrón huye con un cáliz de oro y unos relicarios. Tenemos ya varias pistas para atraparlo. Voy a volver a leer un telegrama que ya le leí a Pardo en la mañana. Un telegrama del gabinete del presidente Balmaceda, donde se señala: «Que mientras se encuentre en visita de observación a Chile la Comisión Británica, no se informará a la prensa sobre los acontecimientos de sangre ocurridos para no mancillar el claro imperio de la pujanza, tranquilidad y civilidad de nuestro orgulloso y tradicional puerto».

»North es un conspirador que trabaja para sí mismo y no le daremos ninguna razón para dudar del modo como administramos este puerto. ¿Está claro? —enfatiza el intendente.

Luego guarda el telegrama y sin esperar mi respuesta, sale.

Recibo las miradas de todos y comienzo a guardar mis croquis de la mujer. El resto de los hombres se va. Solo Pardo se queda sentado, y aprovecha para encender un habano.

—Solo por curiosidad, doctor. Si esta investigación siguiera abierta, ¿qué tipo de hombre buscaríamos?

Lo miro y le alcanzo mis papeles.

—Un inglés. Cuarenta años, de clase alta. Médico quizá, por el diseño de los cortes. Se requiere que presente destreza con el bisturí y nociones de anatomía. Un leve diastema entre los incisivos centrales. Incisivos laterales alados, un síndrome de la línea genética de la realeza. Con una mordida profunda en forma de medialuna en el brazo que se reparó de dos a cinco días, y que será visible como cicatriz hasta uno o dos meses y más, si tenemos suerte y se hace un queloide.

Guardo mis cosas y me dirijo hacia la puerta.

—Si se llegara a reabrir el caso, y tuviéramos algún sospechoso, lo llamaré.

Me vuelvo hacia él.

—No es necesario, no vendré. No me interesa y no quiero tener nada más que ver con esto. Con estos papeles termina mi ayuda. Ya le he dicho todo lo que necesita. Si no lo captura, la próxima muerte será su responsabilidad.

Eso último lo ha molestado.

Llego a mi hotel. Lleno una copa de bourbon y me lo bebo mientras miro por la ventana que da a la calle Esmeralda. Ya no llueve. La tormenta se ha ido tan rápido como llegó y el cielo es de un azul profundo, casi negro, de unos 36 grados de colorimetría, si tuviera un cianógrafo de Humboldt en mi mano. En mi pared, el barómetro marca buen tiempo. En el reporte de llegadas que el hotel deja a sus huéspedes indica que los vapores *Chiloé* y *Valeria* entraron a recalar a las dos de la tarde. En el teatro Victoria se presenta una zarzuela y en el Odeón, unas piezas de Verlaine y Wagner.

La ciudad sigue siendo la misma, pero no lo es. Allá afuera en algún lugar se encuentra un hombre que va a matar, y una mujer que va a ser asesinada. Ambos aún no se conocen. O sí, pero ella desconoce el peligro. Se ha activado un contrarreloj invisible y monstruoso.

Leo nuevamente mis hipótesis. Las tarjo todas, menos la hipótesis de Jack. Entonces, sucede algo absolutamente imprevisto.

El Chivato.

CUARTA PARTE
Época de maravillas

Basado en el relato de Céneo Roth
¿Es su hijo?

Llueve copiosamente. Un carro está atascado en el barro y unos hombres intentan sacarlo. Más allá, en los grandes almacenes del barco, han puesto unas tablas para que los clientes puedan sortear el riachuelo de barro y ramas que baja por la calle. Un joven oculto por una capa se desliza por las calles sorteando charcos, carros y transeúntes. El hombre llega a un portal y se guarece. Céneo, el ágil ayudante de la señora Carvajal, sube las escaleras hasta el segundo piso, donde una mujer le abre la puerta.

La ciudad sigue siendo la misma, pero no lo es.

—El temporal se pone peor. Vi un par de goletas que soltaron amarras. El agua está llegando hasta la plaza. Traje queso de cabra y leche. Y pan —indica.

Un niño enfermo de unos cuatro años, yace en una cama, con fiebre.

—También traje sulfas. He estado investigando. Esto puede hacerle bien.

La mujer, muda, le hace señas. Él responde del mismo modo.

—Y tú. Debes cuidarte —gesticula.

La muda, una hermosa mujer, corre y lo abraza.

—Debo irme —anuncia.

La mujer lo detiene y le indica con señas que quiere leerle la mano. Él la mira y sonríe.

—No —dice—. El destino no está impreso en las líneas de las manos. Es imposible. Las líneas se forman al formarse las capas del embrión. Es imposible que un pliegue, que fue hecho años antes, por el azar de la biología y la química, defina mi futuro.

La muda le indica algo.

—No —replica Céneo—. Tú eres la porfiada.

La mujer lo toma de la mano y lo lleva hasta una lámpara en una mesa cerca de la ventana. La lluvia dibuja caminos y el viento brama a través de los cristales. La mano de Céneo es pequeña y delgada. La mujer la mira y le va diciendo, con su lenguaje de señas, el resultado de lo que ve. Céneo va hablando en voz alta lo que la mujer va descubriendo:

—Una mujer que se oculta. Alguien va a morir —interpreta lo que ella le va indicando.

La muda lo mira. Prosigue.

—¿Por qué hago esto? No quiero seguir. ¿Estamos en peligro? —Céneo oye su propia voz.

Los ojos de la mujer se llenan de lágrimas.

—No creas en esas cosas —le comenta.

Por primera vez, la mujer habla. Es una voz extraña, profunda, gutural.

—El... hom-bre... malo... Los... ma-ta... a... to-dos... us-te-des.

Céneo la mira. No sabe qué decir. Sale. Corre escaleras abajo.

Al salir a la calle un hombre lo toma violentamente del brazo. Es Pedro Urra. Lo ha estado esperando.

—¿Qué dijo? —pregunta ansioso.

—Nada —responde—. Le di lo que me indicó.

—¿Y el niño?, ¿cómo está? —lo vuelve a interrogar Urra, con apremio.

—Aún no lo sé. Quizá sea tuberculosis... Le di el tratamiento.

—¿Y ella? ¿Qué más hicieron?

—Nada.

—¿Te leyó la mano?

—¿La mano? —disimula Céneo.

—La mano, sí. Ella lee las líneas de la mano. Se llama quiromancia, y lo aprendió de su abuela.

—Yo solamente le entregué las cosas. ¿Por qué no sube usted y le pregunta?... ¿Quién es esa mujer? Y el niño, ¿es su hijo? Si es su hijo, debería subir y...

Pedro Urra toma al hombre, de contextura delgada, y lo alza contra el umbral. Por primera vez, el asistente de la señora Carvajal repara en que Urra tiene los ojos inundados de lágrimas.

—No se meta en lo que no le importa —rechina la voz del policía.

Luego lo suelta.

—Un trato es un trato —expone Céneo—. ¿Trajo lo que le pedí?

Urra se arregla el traje, el sombrero. Saca un papel de su bolsillo y se lo arroja. Luego se va.

El joven queda respirando agitado, bajo la lluvia. Toma el papel que ha empezado a mojarse y lee:

Aduanas e Inmigración.
Extranjeros llegados a Valparaíso.

Y una lista.

14 de julio de 1889

Diario de Nolasco Black
Su francés es muy malo

La gente, que maneja información con tres meses de retraso, comenzó a rumorear que una bestia había desembarcado en Valparaíso. Los diarios guardaron silencio, influenciados posiblemente por los empresarios que temían que North y su comitiva se llevaran una mala imagen de la ciudad.

Pero el rumor se abrió paso y se exageró, complementado, matizado y transformado con la efervescente mitología del puerto. Un animal exótico, traído en alguna bodega de alguno de los vapores de la Pacific Steam Navigation Company, había saltado a tierra, había devorado a un par de mujeres, y ahora esperaba en las sombras para volver a atacar.

Un grupo de civiles comenzó su propia cacería. Pero el rumor tomó las formas de los miedos personales y luego la hipótesis del animal fue descartada por otra más sutil y aterradora: un hombre.

Los dardos comenzaron a apuntar hacia cualquiera que no fuera considerado *normal*. Los primeros en caer fueron los infortunados fenómenos del circo Gardner, que eran exhibidos en sus jaulas para el estupor de los espectadores. Además de los que vimos aquella tarde con Teresa, había otros dos. Según el informe de Pardo, uno de ellos era un hombre que tenía su cuerpo completamente cubierto de pelo; un licántropo, al que un dentista de Nueva York había afilado sus incisivos laterales, hasta dejarlos como caninos, que daban al desdichado un aspecto temible y predador. El otro era un hombre con dos cabezas, si el tubérculo que asomaba en la espalda, con ojos cubiertos de cataratas, y que parecía mirar sin ver, era posible de ser considerado una cabeza y no una anomalía ectópica de la naturaleza. Este último, según Gardner, tenía a la vez la cortesía y la civilidad de un gentleman; pero si la segunda cabeza se apoderaba del control corporal, se mostraba vulgar, abyecto y sensual. Mientras la primera cabeza, la de Rupert Smith —tal era el nombre del desdichado— era la dominante, el sujeto no recordaba nada. Ambos hombres fueron interrogados por Pardo. Ambos tenían una coartada perfecta. El licántropo —que resultó ser un encantador joven escocés— se encontraba actuando en plena función de circo. Por su parte, el hombre de dos cabezas estaba jugando a la baraja con Gardner mismo y una serie de personajes circenses que no vale la pena mencionar; o como diría Pardo, con gente alejada de Dios y de la justicia. Los tigres estaban en su sitio, pero uno de los trabajadores dijo que las bestias se mostraban inquietas, nerviosas, furiosas, como cuando están oliendo sangre, y se movían continuamente, inquietas dentro de sus miserables jaulas.

Nada se dijo del tercer tigre. No figuraba en los papeles y, como se sabe, cuando la gente del circo hace un pacto de silencio, ese pacto no se rompe.

El que no tenía coartada alguna y fue cercado por civiles, fue el espécimen que el vulgo dio en llamar El Chivato.

Pocos terrores han perdurado más en la mente de los porteños que la presencia de este monstruo. Se decía que era una cruza entre un chivo y una loba marina, mientras que otros afirmaban que era el mismísimo diablo. Se le oía gritar en las tormentas y anunciaba a los navegantes catástrofes y naufragios. Todo desde una profunda gruta que se adentraba cerro adentro, ubicada en las mismísimas entrañas del cerro de La Concepción y que hacía que los transeúntes que circulaban por aquel lugar apuraran el paso, mientras los caballos se encabritaban y los espejos se empañaban por completo. La plata perdía su color y muchas mujeres cerraban los ojos y evitaban mirar dentro de la cueva por temor a encontrarse con esos ojos rojos brillando en la oscuridad y que despertaran sus propias negruras. Con la construcción del ascensor del cerro en el 83, la cueva del Chivato fue dinamitada, pero se dijo que Liborio Brieba, el constructor, injustamente tildado de satanista, había protegido a la criatura. Después de sellada la cueva, el tráfico de Valparaíso se hizo más fluido y el Chivato pasó a ser una expresión para asustar a los niños. Pero existía un grupo de vecinos incrédulos para quienes aquellos crímenes —a los que la calle y el rumor de boca en boca habían amplificado de manera legendaria— no podían haber sido cometidos por manos humanas. Entonces se unieron y partieron a la búsqueda del único monstruo endémico de la ciudad. Efectivamente, Mckay, Lerson y Rojas descubrieron que bajo el tupido follaje de unas madreselvas que habían nacido alimentadas por la vertiente que emana bajo el ascensor, había una entrada a la cueva. Esperaron allí hasta que vieron entrar al animal y lo capturaron. «Capturaron», según Pardo, era un término algo impreciso para graficar lo ocurrido. La verdad es que al verlo, su reacción fue salir huyendo, presos del pánico y el vértigo, y dirigirse hacia el cuartel de policía, donde dieron la noticia de la existencia del mítico Chivato. Pardo, Urra y sus hombres fueron a verlo. Y Juan Soto, por orden de Pardo, fue a buscarme.

A eso de las once de la noche del 3 de mayo, Pardo, Soto, Urra y yo fuimos a esperar y observar, escondidos, quién entraba y quién salía de la cueva. No sucedió nada fuera de lo normal. Las nubes pasaban, fosforescentes, dejando caer ráfagas de lluvia y, al segundo, despejaban el cielo de un negro intenso con estrellas brillantes. Observé una ráfaga de meteoros, uno de los cuales cayó tras el cerro La Campana. La noche era silenciosa y solo el rumor de la rompiente parecía invadir los pensamientos de todos nosotros.

Para matar el tiempo intenté analizar a mis compañeros según su dentadura. Supongo que se trata de una deformación profesional, pero puedo fácilmente reconocer a los hombres por su disposición dentaria. Pardo tiene dientes cortos y abrasionados, maseteros prominentes e incisivos cuadrados, lo que indica una afinidad por lo concreto y la acción. Juan Soto obedece a la categoría de ectodérmico. Sus dientes son alargados y su labio superior es corto. Es impaciente y no muy perspicaz, violento e impredecible. Urra, sin embargo, es un misterio. Sus dientes son cónicos, alineados, es un hombre inteligente y apacible. Pero sus caninos marcan una tendencia a la pasión y cuando habla adelanta la mandíbula, como si le molestara, como si quisiera ser alguien que no es, alguien más violento, más libre, más poderoso. En todo caso, no ser el mismo. En eso me entretuve hasta que un ruido me puso sobre aviso. Algo se deslizaba entre las rocas de la rompiente y, con agilidad, trepó algunas rocas, subió al malecón, alcanzó la calle Errázuriz y, corriendo en cuatro patas, se metió a la cueva. Inmediatamente pensé en un bípedo, aunque Urra aseguraba que era un perro, un perro de tamaño considerable. ¿Un simio?

De inmediato los hombres iniciaron la carrera y yo los seguí. Prendieron lámparas de queroseno y Pardo, por señas, indicó a Soto que él sería el primero en ingresar. Soto lo miró, pero era inútil. Respiró hondo y entró. Después ingresamos los demás. Me sorprendió el tamaño considerable de la cueva. Por todos lados caía agua y el suelo era de arena o piedrecilla. Su altura sería de tres metros y se adelantaba por unos ocho metros, hasta angostarse, como un embudo sumergido en la oscuridad. Avanzamos dejando una huella consistente en la arena húmeda.

Al fondo, en una abertura que no tendría más de 50 centímetros, se abría otra cueva, más oscura y profunda. Calculé que por la trayectoria sureste que tenía la cueva, que deberíamos encontrarnos a la altura de la Cruz de Reyes, aunque el ruido de la rompiente era tan grande, que más de una vez temí que una ola formidable entrara y nos sepultara. Soto seguía en la vanguardia y, por tanto, también era el primero en inspeccionar la segunda cavidad. Se arrastró en decúbito dorsal y se perdió, poco a poco, en la oscuridad. Lo mismo hicimos nosotros. Cuando llegué al otro lado, me incorporé y sentí un estremecimiento. Algunos animales coleccionan trozos de sus presas, objetos, capturas de batallas. Son trofeos de guerra. La cueva estaba llena de trofeos de guerra, solo que no eran restos óseos, sino objetos, apropiaciones humanas: muñecas, algunos libros, un paraguas roto, botellas, un globo terráqueo, un vestido de mujer, un diccionario de la Real Academia Española. Era como si alguien hubiera rescatado esos objetos de un naufragio, o de muchos naufragios. Era como si todas esas cosas hubieran sobrevivido y navegado largo tiempo por el mar hasta llegar a las costas.

—Esto no lo hizo un animal —señalé.

Iba a repetir la frase, cuando un grito agudo nos hizo taparnos los oídos. En ese instante, un bulto saltó y atacó a Juan Soto. Una patada certera de Pardo lo hizo retroceder y se perdió en la oscuridad.

—¿Qué fue eso? —oí decir a alguien.

—Está en el rincón —indiqué, sintiendo su presencia—. Ahí, en la oscuridad, observándonos.

En la única porción de penumbras que las lámparas no podían alcanzar, había algo. Sentí su olor. Ese olor. Más allá del hedor a excremento, moho, comida. Era característico. Era el olor a piorrea necrótica. Encías. Encías humanas oliendo. Esparciendo su olor inconcebible.

—Es un hombre —aseguré.

Pero los policías ya se acercaban con sus armas.

—Es un hombre, no disparen —insistí.

Aunque lo que salió a la luz amarillenta y ondulante de las lámparas desde la oscuridad, no parecía un hombre. Su cara presentaba dos lóbulos frontales, sus manos eran desproporcionadamente grandes. Toda su piel estaba cubierta por una especie de corteza que, en ciertas zonas, parecía sobresalir en forma de coliflor. Pero bajo toda esa profusión de alteraciones óseas y dérmicas, bajo esa monstruosidad, salvaje y ofensiva, estaba la mirada de un ser humano.

—No disparen —repitió Pardo—. Es un hombre.

El Chivato, o más bien el hombre que había bajo la piel del Chivato, fue trasladado al lazareto de Playa Ancha, a una sala que estaba destinada a los pacientes con lepra. Pardo arregló todo con Martín Manero, el encargado, para que se mantuviera aislado de los curiosos y también de los mismos funcionarios. Solo podría ser visitado por la policía, por el doctor Shultz y por mí. Pardo me pidió confirmar científicamente la participación o inocencia del sujeto en los eventos recientes. Tenía que tomarle una impresión dental y determinar si él era el homicida de Elena Krivoss y de María Juventina Salas Varas. Unas monjas de La Caridad lo habían bañado y vestido con unos sacos. Sin embargo, los médicos lo habían amarrado.

A las cuatro llega Shultz pero ni siquiera lo examina. Se limita a mirarlo a mi lado y tomar nota en su cuaderno. El paciente parece atento a todo lo que se dice. Pardo lo mira con recelo.

—Una enfermedad del colágeno —menciona Shultz en tono despectivo. Luego continúa hablando—: Displasia congénita, más esclerosis dérmica. No se moleste en hablarle. El espécimen está más cerca de la categoría animal que de la humana. Su cerebro, desde el cuerpo calloso hasta la cisura de Rolando, es una masa fibrosa que solo mantiene operativos el centro del hambre y su lascivia. Solo funciona con su cerebro primigenio. Instinto, sexualidad, depravación, violencia. Cuélguelo, Pardo. Y luego, deme ese cuerpo para la facultad de Medicina. Será lo mejor.

—Ni siquiera lo ha examinado, doctor. Veo que su pericia diagnóstica es cada vez más aguda —lanzo, irónico.

Shultz no me mira y se dirige directamente al inspector.

—Si va a creer más en un flebótomo de turno que en mi ojo clínico, entonces no me haga perder el tiempo —expone.

—Es parte de mi equipo —le responde Pardo.

—Aparentemente, ahora los dientes y la opinión de un sangrador tienen la última palabra. Sorprendente —replica Shultz.

—Estoy abierto a todas las posibilidades —menciona Pardo.

Shultz abandona la habitación. Me sorprende saber que Pardo me considera parte de su grupo, y no sé determinar si eso me agrada o se trata de una nueva jugada del policía para tenerme en la mira. Pero al quedar solos en el recinto, con el paciente, me acerco con cuidado. Noto con el rabillo del ojo que Pardo, como precaución, ha desenfundado su Colt 1851 Navy, un arma desproporcionada que él lleva siempre consigo sin importar que no sea la reglamentaria. Es un regalo, me ha contado, de un turco que había peleado contra los rusos con esa arma en la guerra de Oriente del año 77 y que había terminado sus días en Valparaíso, como vendedor de telas. Con un tambor de seis recámaras, era, según Pardo, la mejor arma hecha por los yanquis. Y podía detener, sin problema, la carrera de embestida de un rinoceronte furioso, aseguraba.

—No queremos hacerle daño —miro al hombre tendido—.
¿Entiende español?

No hay respuesta.

Intento un par de idiomas:

—*Nous ne vouler pas te faire de mal. Comprenez-vous
l'espagnol?*

Nada.

—*We don't want to hurt you. Do you understand spanish?*

Nada otra vez.

Me acerco más. Pardo se intranquiliza.

—¿Qué hace, Nolasco?

—Voy a desatarlo, señor —le hablo al desgraciado. Y luego
giro la cabeza—. Tranquilo, Pardo —señalo—. No pasará
nada.

El hombre me mira sin expresión. Me acerco y le quito las
correas. En ese momento, se mira sus manos, se curva y llora.
Entre lágrimas, me dice:

—*Seu francês é muito péssimo.*

Pardo me mira.

—¿Qué dijo?

—«Su francés es muy malo», en portugués.

19 de julio de 1889

Diario de Nolasco Black
Toda su vida ha sido tratado como un monstruo

Informe de Campo del sujeto denominado el Chivato.
El paciente presenta la enfermedad esclerótica de Reumamn, y parece comprender bien, no solamente el español y el portugués, sino también el inglés y el francés. Era niño de faena de *La Pondichery*, embarcación procedente de Port Townsend, cerca de Seattle, y que recaló en Valparaíso tiempo atrás. El 11 de junio de 1886, hallándose frente a este puerto, se hundió en una tormenta quedando a merced de la marejada, siendo lanzado a la costa, para, finalmente, estrellarse, un poco después del mediodía, contra la punta del fuerte Andes, lugar en el cual se destrozó por completo. En el hecho murió su superior y protector, el capitán Valk, que se encontraba sobre cubierta dirigiendo la maniobra y que fue barrido por una ola, junto a ocho de los tripulantes. El joven se lanzó a las olas y se agarró a un madero. Supo que por su condición de casi polizón (aceptada por la tripulación, pero solo mientras se hallaba en el mar, y no en tierra) no sería bienvenido y, temiendo que lo culparan del desastre, decidió esconderse. Una vez en tierra firme, se vio obligado a alimentarse de sobras y basura, así como a permanecer en su escondite de la cueva. Una anciana ciega de las inmediaciones ha sido su principal proveedora de comida. Supo

de la historia del Chivato y, viendo que era conveniente, porque nadie se aventuraba por la cueva, convirtió ese refugio en su vivienda permanente. Dice que nunca ha matado a nadie, aunque comenta que ve con nostalgia a las jóvenes que pasan caminando por las inmediaciones o suben a los ascensores. Las impresiones preliminares demuestran que el individuo en cuestión es desdentado superior e inferior y que su estado de debilidad es tal, que es imposible que sea un peligro para la sociedad y menos un homicida. Shultz y un grupo de médicos de Santiago procedieron finalmente a examinarlo por la gestión del doctor Recabarren, y encontraron que estaba en un estado de raquitismo, desnutrición y debilidad extremos. Es portador de numerosas enfermedades, entre las cuales, posiblemente, se encuentre el bacilo de Koch.

Dice llamarse Joao Caicedo. Toda su vida ha sido tratado como un monstruo y, sin embargo, advierte que la tripulación de *La Pondichery* lo quería, pero como una mascota portadora de buena suerte. No ha tenido comercio con mujer, ni se desarrollaron, según leo en la ficha médica, sus caracteres sexuales secundarios.

¿Qué sueña Caicedo? ¿Cómo percibe la sucesión de eventos que transcurren frente a sus ojos, la modernidad y el progreso? La paradoja es que no parece darse cuenta de su situación, pero es capaz de hacer abstracciones, divagar y es un fiel creyente de la Virgen María.

Por su parte, Gardner —debo averiguar cómo supo de su existencia, quizá por intermedio de Pino— quiere esperar a que se cure y contratarlo como «El Hombre Árbol». O como el mismísimo Chivato, claro.

20 de julio de 1889

Diario de Nolasco Black
Una señora azul, con estrellas en la frente

Hoy me han avisado del lazareto que el paciente Joao Caicedo, alias, el Chivato, ha muerto. La paradoja es que resistió a su entorno anterior, frío, húmedo y maloliente, como un animal, por casi cuatro años, pero, al cambiarlo de hábitat, procurarle abrigo, habitación, limpieza y medicamentos, se deterioró rápidamente.

¿Es tan rápida la evolución? ¿Se habrá adaptado a esas condiciones hostiles y, como los animales en cautiverio, su energía vital se apaga hasta extinguirse en la tristeza y la apatía cuando no debe esforzarse por sobrevivir?

Según una monja —tiendo a creer que es más por mediación de la religiosa que por un hecho espontáneo— pareció estar tranquilo en sus últimos momentos y dijo que una señora azul, con estrellas en la frente —mezcla entre las apariencias tanto de la Virgen María como de la esposa del capitán Valk— lo había venido a buscar para llevarlo al más allá. Murió a las 12.44 del día de hoy. Por la posibilidad de que su cuerpo contenga infecciones desconocidas, lo cremarán.

20 de julio de 1889

Diario de Nolasco Black
Una pila de dientes calcinados

En la limpieza de la caldera del Hospital San José se han encontrado una pila de dientes calcinados. Las autoridades me han pedido que haga la datación y análisis. Un grupo de funcionarios municipales ha dinamitado la cueva del Chivato. Antes de eso, Urra y sus hombres entraron por última vez y encontraron ropa de la monja y un escapulario robado del convento. Esto selló el destino del Chivato y de la investigación acerca de la niña santa. Estamos de nuevo en cero y ahora no hay sospechosos.

Soto me trajo un libro que estaba en la cueva y que, aparentemente, el Chivato leía. Es un manuscrito de poemas. Tardé un tiempo en darme cuenta que el autor del poemario era un tal Joao Caicedo. Debo pensar sobre esto.

QUINTA PARTE

La sociedad Flammarion

23 de julio de 1889

Diario de Nolasco Black
Un escéptico tiene pánico

Hoy he esperado a Carmen Carvajal sin atreverme a tocar su puerta. ¿Qué quiero saber realmente? ¿Por qué estoy aquí?

Respuestas, pienso. Alguna respuesta.

La puerta se abre de improviso. Ella sale, me mira y se acerca, cruzando la calle.

—Deje de estar parado ahí y tómese un té conmigo. Mis *scones* son los mejores del puerto —asegura.

Sin esperar respuesta, se vuelve y camina hacia su casa. La sigo sin decir nada.

En el lugar donde vive Carmen no hay nada que delate la energía y convicción que ella tiene en el mundo misterioso o en los asuntos del espíritu. Mi habitación de hotel es mucho más lúgubre que el amplio y soleado salón de verano donde tomamos té y sus sobresalientes *scones*.

—Bueno, vamos al grano —señala de improviso—. Usted quiere saber si soy un fraude. El dilema es interesante. Si soy una impostora, pierde usted la posibilidad de contactar a su mujer y se encuentra en un universo vacío, solo con su ciencia inerte y desesperanzada. Si por el contrario, no lo soy, entonces, a usted le consta que me he comunicado con Elizabeth, se derrumba su mundo tan cuidadosamente diseñado y debe comenzar a hacerse preguntas. Preguntas que no se ajustan a ninguna de las leyes naturales. Y esto es incómodo. ¿Me he expresado bien?

—Perfectamente —asiento.

—Entonces, solo hay una manera de comprobarlo. Asista a una reunión. Será hoy mismo, a las siete. Estarán todos. A propósito, le debe usted una disculpa a Virginia.

—Sobre el presunto homicida que usted mencionó... —comienzo a decir.

—No —me interrumpe ella—. Primero crea. No puedo decir nada si tengo a un escéptico frente a mí, porque no hay tiempo. Como no hay tiempo, debemos irnos con calma —sonríe.

—No me pida que no sea escéptico, cuando me propone una cita con... una muerta.

—Con un cuerpo muerto. ¿Sabe la diferencia entre un creyente y un escéptico? Un creyente tiene miedo. Un escéptico tiene pánico. Nos vemos a las siete. Ahora, si me disculpa, debo hacer unas compras urgentes. Hay una liquidación de sombreros en los almacenes Garchoff que no quiero perderme. A las siete, Nolasco. Coma algo contundente antes. Las sesiones consumen mucha energía.

Me acompaña a la puerta y salgo al sol, como si súbitamente hubiera salido hacia otro universo. Tardo unas cuadras en comprender que, en la tarde, de una u otra manera, estaré frente a Elizabeth.

Camille Flammarion es el científico apóstata. Es astrónomo, explorador, escritor y algunos lo llaman el Humboldt francés. He leído, como todos los de la Sociedad Científica, todos sus libros. El año pasado fundó la Société Astronomique de France. Ha hecho mapas de Marte, y ha puesto nombres a varios planetas. Ha escrito libros de astronomía (uno de ellos, *Astronomía para mujeres*, era el libro de cabecera de Elizabeth), ha descrito fenómenos celestes y prodigios atmosféricos, en esplendidas láminas. Ha imaginado mundos diferentes al nuestro, mundos habitados en medio de las estrellas. Pero de pronto, como si la ciencia no diera todas las respuestas, trata de usar sus mediciones, sus tablas, sus aparatos, su metodología en capturar fantasmas y espíritus, en cazar sustancias sutiles, etéricas. Y está a punto de tomar la presidencia de la Société Spirite de París. La criolla sociedad Flammarion, de Carmen Carvajal, toma su nombre, pero desde esa segunda arista. Por tanto, no es una sociedad científica. Es una agrupación espiritista, y por lo mismo, no debo engañarme.

23 de julio de 1889

Registro de Campo. Sesión sociedad espiritista Flammarion
¿Estás ahí?

La mesa es redonda, de tres patas, de madera sin nudos. A su alrededor, destacan unas cortinas cerradas, rojas, pesadas, de terciopelo. En la habitación hay también una lámpara de gas, de copa verde, con motivos árabes. Sobre nosotros, una lámpara de lágrimas de doble bisel, del tipo francés.

Carmen, con los ojos cerrados, nos obliga a que nos tomemos las manos. Ahora reina el silencio. Primero, aparece un silencio normal, cotidiano. Un silencio de toses, ruidos de la calle, carruajes lejanos, ladridos.

Luego se expande otro tipo de silencio.

Un silencio que llega como una manta, como si ya no hubiera solo cuatro en la habitación, sino cinco. Hay un quinto integrante, que llega con su propia presencia al recinto, ocupando espacio y volumen. Siento eso claramente. Me parece que no estamos solos, que hay alguien que acaba de entrar a la sala. Entonces, la lámpara de lágrimas comienza a vibrar; la electricidad estática carga los objetos, la vara de ámbar, los cabellos de Virginia, de Céneo, de la misma Carmen Carvajal.

Siento el vacío, una implosión.

Lo he visto en ciertas reacciones químicas, la contracción y el vacío antes de la explosión, como si toda la habitación se hubiera quedado sin aire, como una campana, una jaula de Faraday; los oídos se tapan y hay reacciones orgánicas. Vértigo. Una especie de fatiga y náusea. La sensación de desequilibrio del oído medio. La sensación de que el suelo, el horizonte, no es consistente. Luego un frío seco y la temperatura desciende inexplicablemente al menos cinco grados Celsius (deseo tener un termómetro para registrarla) y puedo ver el vaho saliendo por las bocas y narices de todos.

Entonces sucede. Carmen Carvajal ya no es Carmen Carvajal. Habla con una voz masculina, grave, imposible para su garganta, en un inglés seco, de algún puerto del sur de Irlanda. Carmen Carvajal es, según declara, Caoimhghin Murphy, un viejo capitán irlandés, que suele aparecerse y predecir el tiempo. Es «de los Caoimhghin de la bahía de Cork, no de los pusilánimes traidores del Norte», aclara, y además señala «que no le gusta la presencia del intruso». Luego una convulsión y nada. El silencio otra vez. Volvemos a la realidad. Carmen toma agua. Hablamos en susurros, como temiendo despertar a alguien.

Luego llega alguien más. Al principio es la voz de Carmen. Luego, algo pasa en sus cuerdas vocales, noto un reacomodo. Percibo que toda su musculatura facial se tensa, pero selectivamente, como si esto fuera posible. El músculo masetero se contrae, los nervudos faciales y periorbiculares se tensan, como si Carmen quisiera cambiar la morfología de su cara a costa de contracciones musculares, lo que es biológicamente imposible. Pero lo logra. Su cara es la cara de Carmen, pero al mismo tiempo, ya no lo es. Ahora se ha perfilado; genera dos hoyuelos marcados en sus mejillas (que antes no tenía), los que solo pueden ser causados por una variación del cigomático mayor. Y entonces, la reconozco.

Carmen, ahora, es Elena Krivoss.

Céneo me mira. Toma el control de la sesión.

—Dinos quién eres.

Silencio.

—Dinos tu nombre

—*Uno aquí sabe quién soy* —oigo que dice la voz.

—¿Quién?

—*La mujer que baila frente al hombre triste. La mujer que duerme frente al hombre triste. La mujer que simula ser otra.*

Todos me miran. Yo asiento.

—Elena —digo—. ¿Eres tú, realmente?

Carmen comienza a cantar una canción que parece una canción de niños. Una canción rusa, una especie de ronda infantil. Luego llora. Céneo se impone y pregunta sin tono de interrogación, más bien, ordena.

—¡Quién te asesinó!

Se produce un silencio. La habitación parece oscurecerse, es decir, la luz baja de intensidad. Tengo la sensación de que la oscuridad, como una tela opaca, ha caído sobre nosotros.

—¿Quién te asesinó, Elena?

Virginia me mira. Quizá se prepara para escuchar mi nombre.

La lámpara de lágrimas comienza a vibrar. Los adornos, los cuadros, los cristales, todo comienza a vibrar como si estuviera a punto de desatarse un terremoto.

—Dinos quién fue —oigo a Céneo.

Carmen-Elena cierra los ojos. De pronto, sobre el vestido de Carmen, aparece una mancha roja que se esparce rápidamente desde su pecho, y comienza a empaparlo.

Quedo estupefacto. Luego, reacciono.

—Carmen está herida —señalo en voz alta—. ¡Detenga esto!

—No se le ocurra —ordena Virginia, con certeza.

Entonces Carmen abre los ojos.

—¡*Todos ustedes están en peligro mortal! Él los matará a todos. ¡Está creando un mundo de sangre!*

En ese momento, estallan unas copas detrás de nosotros. La ventana se abre con estrépito, las luces se apagan y un grito que llega hasta los huesos hiela mi sangre. Carmen se desvanece. Inmediatamente la llevo a un sillón. Su vestido está empapado de sangre. Sin importar los pudores, la desvisto y comienzo, afanoso, a buscar la herida para efectuar una compresión. Pero no hay herida. Ni siquiera una pequeña lesión. No hay nada en su piel. Carmen se cubre con sus manos.

—Estoy bien. Solo es ectoplasma... Estoy bien. Terminemos esto —indica.

—No —replico—. Necesito hablar con Elizabeth.

Mientras Carmen se cambia, Virginia ha preparado té. Me cuenta que con su fonógrafo ha logrado pesquisar voces del otro lado.

—Hay un mundo espiritual pletórico de vida, y la ciencia está a punto de conectarse con él. El mismo Edison tiene registros de espíritus hablándole, y la fotografía ha revelado impresiones de fantasmas en dos de cada diez exposiciones. El mundo se transforma, pero no en la dirección que usted cree, Nolasco. ¿Qué es más importante?, ¿la química, la electricidad, el vapor o descubrir que hay un mundo después de la muerte, donde la conciencia continúa su viaje? ¿Cómo explica usted lo que acaba de vivir? He participado en no menos de cincuenta sesiones y siempre es como la primera vez.

Noto que hablamos en voz baja, como si no quisiéramos que nadie nos escuchara. Céneo ha preparado todo nuevamente, y ha recogido los cristales. Aparece Carmen, compuesta, con una sonrisa que no puede ocultar su preocupación.

—Continuemos.

Nuevamente, Virginia baja las luces, nos tomamos las manos y esperamos. Únicamente se escucha el suave camino de la cera y la aguja del gramófono, ya que Virginia ha querido grabar la sesión.

—Queremos contactar a alguien en particular —oigo proclamar a Céneo—. Elizabeth, ¿estás ahí?

Silencio. Perros. Un pájaro desorientado cantando en la noche.

Nada.

Carmen nos pide que no nos desconcentremos.

—Elizabeth Carrera de Black. ¿Estás ahí?

Siento cómo mi corazón retumba entre mis sienes.

Espero.

—Elizabeth Carrera de Black. ¿Puedes presentarte?

Nada. Nuevamente somos solo nosotros cuatro y el universo presente, con sus ladridos, carruajes a lo lejos y una música en un salón lejano.

Tengo la boca seca. ¿Qué hago aquí? De pronto comprendo que lo que acaba de pasar puede ser explicado punto por punto, de manera lógica. Cualquier mago de segunda podría crear esta puesta en escena. Cualquier mago como el que tengo al frente. La sangre, la mujer rusa. Son nada. Realmente no tienen nada. Están jugando con mis percepciones y, lo más grave, ahora juegan con lo único que tengo. Que tuve. La sociedad Flammarion se alimenta de su misma paranoia o euforia. Harán lo que sea para que yo me convenza, para que adscriba a sus fantasías. Ahora yo he ofrecido en bandeja el nombre de Elizabeth a esta corte de personajes extraños.

—No —casi grito. Súbitamente suelto mis manos. Me levanto—. ¡No!

Estoy a punto de dejar la habitación cuando, de la boca de Carmen, escucho esa voz. Esa. Es la voz inconfundible de Elizabeth, la voz que solo una persona en el mundo, yo, puede reconocer.

—¿De Black? Yo no soy de nadie. Corrija mi nombre por favor.

Me vuelvo. Virginia me hace una seña para que vuelva a mi silla.

—Elizabeth Carrera. ¿Sabes quién está con nosotros?

—No, no conozco a ese hombre. Creo que una vez lo vi, intentando besarme en la puerta de mi casa. Intentaba desnudarme.

Río, y las lágrimas saltan de mis ojos.

—Eres tú —me oigo decir.

Ella se queda en silencio.

—Él quiere comunicarse contigo. Él quiere…

—Yo volví lo más pronto que pude… —interrumpo—. No debí dejarte…

—Yo decidí quedarme.

—Perdóname —creo que digo. Apenas puedo hablar.

Céneo me mira con seriedad.

—Pídale una prueba. Una prueba contundente.

—Yo no necesito ninguna prueba —afirmo—. Yo escucho, siento, percibo a Elizabeth en esta habitación.

—Para el registro —oigo que pide Céneo.

Me seco las lágrimas.

—Necesito que me digas algo que solo yo sepa.

Carmen cierra los ojos, parece buscar, se mueve.

—Stormo —dice después de un momento—. Stormo —vuelve a repetir, como si necesitara precisar que esa palabra en esperanto, es lo que se avecina.

—Stormo. Tormenta. Stormo, stormo, tú.

Lloro en silencio, pero no es suficiente. Esa palabra ya la había dicho. Requiero algo más.

—Necesito que me digas algo que solo yo sepa. Otra cosa.

Carmen se queda en silencio. Se mueve con incomodidad. Su cabeza, su cuello. Estira su cuello para alcanzar a dibujar el cuello largo y delicado de Elizabeth.

—*Perdí a nuestra Florencia cuando dejamos Portugal. No quise decírtelo. Estabas tan ilusionado.*

Florencia. El nombre de la ciudad que visitamos en primavera. El nombre de la ciudad de la escultura que aterraba a Elizabeth y la llenaba de placer y sensualidad, *El rapto de Proserpina*. El nombre de la ciudad donde me dijo que estaba embarazada. Y el nombre de nuestra hija. El nombre secreto de nuestra hija.

Me desmorono. Virginia me aferra la mano. Algo caliente y volcánico, algo amargo y de fuego, sube por mi garganta y simplemente lloro, en un estertor incontenible. Lloro todo lo que no lloré nunca. Lloro a oleadas, de manera salvaje, sin pudor. Qué me importa ese grupo de extraños. Estoy yo y mi Elizabeth, y mi Florencia.

Céneo mira a Carmen.

—Ahora, Elizabeth, dinos lo que nos dijiste la última vez. Sobre el hombre de las sombras.

Ella murmura algo, incómoda.

—El hombre de las sombras. Lo que nos dijiste —insiste el ayudante de Carmen.

—*Amenaza sus vidas.*

La voz es extraña, aguda. Es una voz adormilada. Habla en francés, pero luego pasa a un español delicado, neutro, como si proviniera de una máquina, como la voz de los espectáculos de fantasmagoría. Y esa voz, que ya no es la voz de Elizabeth y de alguna manera también lo es, como si fuera un coro concretado en una sola voz neutra, nos expone:

—*El gran mentiroso.*

Inmediatamente Carmen comienza a mover la mano, como

si escribiera en el aire. Rápidamente Virginia le pone un lápiz y un papel y comienza a escribir como si el brazo tuviera un movimiento independiente. Luego se detiene. Virginia toma el papel y lee:

«Una mancha de oscuridad que llega con el nuevo siglo, una peste que debilita nuestra voluntad. Esa muerte pestilente ya comenzó. Y comenzó aquí, y aquí debe detenerse, porque está de paso un visitante extranjero, que es el embajador de la muerte. No de la muerte del cuerpo, sino una mucho más profunda, la verdadera muerte. Es el gran adormecedor».

—Elizabeth, ¿eres tú? —me escucho preguntar, trémulo.

—*Solo uno de esta mesa podrá detenerlo. Nadie más, en todo el ancho mundo. Pero hay demasiada sangre para llegar a eso. Y aun así... lo perderás todo.*

Esa es la voz de mi Elizabeth. Esta voz solloza. Pero no es la voz la que solloza. Es Carmen, quien no puede con el dolor de la revelación.

De pronto, el vacío de nuevo. De pronto, volvemos a ser solo los cuatro. Vuelve el universo presente con sus sonidos, pero yo no quiero moverme. Siento el olor de Elizabeth, siento que su energía sutil se ha colado en mi ropa, en mis manos, está disolviéndose como la vigilia que derrite un sueño. Comprendo que ella está tratando de protegerme de una tormenta, y al mismo tiempo, me está arrojando completamente al vórtice, al centro de ella.

Céneo y Virginia se llevan a Carmen, que parece haber envejecido súbitamente, hasta el dormitorio. Ella tose, débil. ¿Está enferma? Cuando pasa a mi lado, me mira.

—Ahora que cree, debe ayudarnos, Nolasco. Céneo ha hecho un gran trabajo. Él lo verá mañana. Ahora, si me disculpa...

Luego de caminar unos pasos se devuelve y me toca la cara.

—¿Se ha fijado en lo terapéutico que puede ser el llanto?

SEXTA PARTE

Céneo

25 de julio de 1889

Diario de Nolasco Black
Nunca pensé que fuera tan frágil

Tal como Carmen me anunció, Céneo se aparece por mi gabinete. Como estoy atendiendo, espera pacientemente en la salita. Una vez que he terminado lo hago pasar. Lo noto apremiado por contarme. Le pregunto si quiere bajar al comedor y comer algo, pero agradece y me pregunta si atenderé más pacientes.

—Ese fue el último.

—Perfecto —comenta.

Luego se queda mirando los aparatos dentales, como si no hubiera esperado entrar a un universo tan lleno de distracciones para una mente concentrada como la suya.

—¿Y bien? ¿Qué tiene que decirme?

Céneo abre un maletín y ordenadamente despliega sobre la mesa un montón de papeles, una tabla de horas, un mapa de Valparaíso y un cuaderno de notas.

—Tengo un listado con todos los posibles Jack. Una lista con los extranjeros de entre treinta y cincuenta años. He descartado los que han llegado antes del 9 de noviembre de 1888 —me aclara—. Ese fue el día del asesinato de Marie Jeanette Kelly, y el último de Jack en Londres. Por lo tanto, le habría sido imposible estar en dos continentes al mismo tiempo. Consideré que, en el caso de que inmediatamente después de ese crimen, Jack hubiera tomado cualquiera de las rutas de vapores para conectar con uno de la Compañía Inglesa de Vapores, no podría haber partido antes del 13 de noviembre, que es la fecha regular de zarpe, y no pudo haber llegar a Chile antes del 17 de enero. Ese rango de fechas limpió bastante mi lista. Extraje a las mujeres, incluí a los que tienen conocimientos de anatomía y a los que tienen que ver con el manejo de armas blancas.

Le pregunto asombrado cómo consiguió la lista. Me dice que un policía intercambió con él un favor y el resto fueron «pesquisas y observaciones personales». Me impresiona su entusiasmo y dedicación.

—En fin —concluye—, la lista se ha rebajado bastante. Hay quien no estaba en la ciudad, o tenía buenas coartadas.

—¿Acaso los interrogó?

Pienso que Céneo es un hombre sorprendente.

—No, no. Solo… solo averigüé. Tengo… suerte de conocer gente —dice, sin querer dar más detalles.

—¿Cuántos son?

—Cinco. Aquí está la lista. Seis, realmente con usted, pero decidí sacarlo de la ecuación. Por ahora… —ríe nerviosamente.

—Gracias.

—Y hay uno del que tengo la seguridad de que se trata de él. El número uno. Mírelo usted mismo.

—Raphaël Leitner —leo.

—Es un austríaco. Un pianista o profesor de piano. Acaba de llegar después de un año, donde ha cursado algún perfeccionamiento. En el 88 vivió en Valparaíso, estuvo fuera un año y regresó el 3 de enero. Lo he seguido durante un par de semanas. Vive cerca de aquí. Tengo una cartilla de sus horarios de clases y sus rutinas. Esas cruces son los días que destina a sus clases, y estos, cuando va a misa, adivine adónde. A la misma iglesia a la que pertenecía la monja muerta, la del convento de las Hijas de Nuestra Señora de la Misericordia.

Me quedo en silencio, impactado. Su lógica y sistema son impecables.

—Y tengo la llave de su casa —remata, triunfante.

Voy a preguntar cómo la obtuvo, pero comprendo que es mejor no indagar. Es un joven con recursos.

Tomo mi sombrero y voy hacia la puerta.

—¿No me cree? —alza la voz.

—Al contrario, quiero ver los dientes de ese hombre. Una última pregunta, Céneo: ¿por qué descartó a las mujeres?

—Porque ninguna mujer odiaría tanto a otra. Solo los hombres tienen ese atributo.

La casa del austríaco está muy cerca del jardín municipal. To-camos la puerta y esperamos. Ahora que escribo esto, pienso que si el hombre hubiera abierto, no teníamos ni siquiera una excusa preparada.

Después de asegurarnos que la casa está vacía, decidimos entrar.

—Lo que haremos es ilegal, ¿está consciente de eso? —le pregunto.

—No hay tiempo para eso, doctor —responde.

Saca la llave. Un movimiento y entramos a su casa.

Recorremos el pasillo. Un gran piano Steinway reluciente, los gobelinos de un tigre siendo cazado, y en el otro extremo, un unicornio que al ser atrapado arremete furiosamente contra uno de los perros de caza.

—Un hombre con recursos —observo mirando a mi alre-dedor.

—Heredó una pequeña fortuna de su padre, un vendedor

de pianos en Viena. Toda su familia está allá. Vaya uno a saber qué lo trajo a Chile.

En el pasillo, algunas medallas de atletismo y unas fotografías de Leitner haciendo diversos deportes.

—Vive solo.

—Completamente —afirma—. Me consta.

Luego entramos a la biblioteca. Pero no es una biblioteca, más parece un museo. En todas las paredes, y dispuestos a modo de gabinetes de curiosidades, veo recipientes de cristal, cada uno con un animal disecado, con un espécimen marino o una forma vegetal. Todos, sin excepción, se alejan de la norma. Son anomalías. En algunos hay fetos bicéfalos, dientes de dinosaurio con inclusiones, huevos amorfos, plumas con súbitas alteraciones de color, cuernos trífidos. Hay muchos libros de anatomía.

En un cuarto continuo vemos una colección de vírgenes. Romanas, ortodoxas, renacentistas. Un coleccionista piadoso. Una colección así no es un hobby pasajero. Es un trabajo de años. Me detengo en una esquina. Un diente de narval, que los antiguos vendían como cuernos de unicornios.

Céneo me llama. Está mirando por el visillo de la ventana.

—¿Ya viene? —consulto alerta.

—No. Mire.

Por la ventana, se recorta la iglesia donde la monja fue asesinada.

—Salgamos de aquí y vamos a la policía —apremia.

Salimos, y siento un abrupto alivio. La atmósfera de la casa me ha oprimido, o quizá haya sido la turbación por estar cometiendo un ingreso prohibido, sea cual sea el fin. Consultamos entre los vecinos a qué hora llega el tal Leitner. La idea es buscar a la policía y detenerlo antes de que sospechara de nuestras intenciones. Una mujer, que le sirve a veces como criada, nos dice que el señor acaba de salir a la estación Bellavista rumbo a Santiago.

—¿En qué tren? —preguntamos al unísono.

—En el de las cinco.

Mando a Céneo a buscar a Pardo o a alguno de sus hombres, y yo me voy hacia la estación. Al llegar, me encuentro con que el andén está lleno. Un grupo considerable de gente, con valijas y bultos de toda clase, colma los espléndidos terraplenes. Todos se suben al último tren con dirección a Santiago. Trato de recorrer desde el primero hasta el último carro, tratando de reconocer al individuo de la fotografía. Pero pronto abandono esa idea, ya que es imposible saber cómo luce ahora. Un empleado pasa golpeando las ruedas con un martillo en busca de cambios de sonido que denoten fracturas o fatigas de material, y me pide situarme lejos de su trabajo. Más allá, el jefe de estación da instrucciones a los mozos de equipaje para que apuren los embarques. La locomotora lanza dos largos pitazos y los mozos comienzan a cargar los últimos bultos. El jefe de estación empieza a cerrar las puertas del carro.

—¡Todos a bordo! —grita.

Con alivio veo llegar a Céneo junto a Pardo y su ayudante, Urra. Pardo suda como un caballo y viene furioso. Después de una inútil charla con Céneo, que lo intentaba convencer de la necesidad de detener a Leitner, el inspector se enfocó en el hecho —indudable—, de que habíamos entrado ilegalmente a una propiedad, y que cuando los ciudadanos se toman la justicia en sus manos, se derrumba el estado de derecho y el sistema democrático, etcétera.

Finalmente, Pardo autoriza la detención del sospechoso en los momentos en que el tren comienza a moverse. Nos subimos todos sobre la marcha. Pardo informa de la situación al maquinista jefe, pero este, de mal modo, declara enfático que el tren no se puede detener «así venga el mismísimo Balmaceda». Deberemos desembarcar en Limache. Mientras discuten sobre quién tiene poder sobre qué jurisdicción, y sus respectivas excepciones, yo me adelanto con Céneo, que es el único que conoce el aspecto de nuestro hombre.

La gran locomotora Lever, Murphy 128, tipo 32, de cuatro ejes, ha comenzado a agarrar velocidad. El mar ya no se ve por la ventanilla izquierda. El tren va dejando la línea de la costa para adentrarse en el campo. Por las ventanas se ven grandes extensiones de trigo y viñas. De improviso, Céneo palidece y apunta hacia un hombre delgado de unos treinta años, colorín y de aspecto atlético. Está sentado en el segundo asiento del coche cuatro de primera clase.

No me parece un profesor de piano.

Esperamos al fondo del vagón a que llegue Pardo y sus hombres. Al abrir él la puerta, le indicamos el asiento del sospechoso. En ese momento, él mira hacia atrás y nos ve. Es imposible evadir el hecho de que lo buscamos a él. Leitner se levanta y camina hacia el carro de delante. Nos ve caminar hacia él.

—Señor Leitner.

El sospechoso se detiene y se da vuelta hacia nosotros.

—¿Sí?, ¿qué necesitan caballeros?

—Hablar con usted. Será solo un momento.

—Con gusto —dice.

Entonces, súbitamente, con un movimiento muy rápido, nuestro sospechoso toma unas valijas del maletero y las lanza con fuerza hacia Céneo, quien cae de espaldas bloqueando el pasillo. Se produce una confusión mayúscula, que el hombre aprovecha para escapar hacia el vagón de más adelante, abriendo la puerta y saltando hacia el siguiente carro. Por mi posición, delante del resto, que ya van entrando, soy el único que tengo el pasillo despejado. Sin dudarlo, comienzo a correr tras de él. Salto hacia el carro siguiente, pero en su huida ha bloqueado la puerta. Golpeo con fuerza y un pasajero la abre. Corro por el pasillo mientras veo cómo el individuo abre la siguiente puerta dejando maletas y valijas a su paso que dificultan mi persecución. Lo último que alcanzo a ver es a Leitner, saliendo, y dando un brinco hacia el siguiente vagón. Cuando llego a la puerta, la abro con esfuerzo y entro de sopetón, casi corriendo.

En el nuevo carro está todo en orden. Ni maletas en el suelo, ni gente alterada.

Camino con cautela por el pasillo, mirando a los pasajeros sentados. El tren ha agarrado velocidad y comienza a sentirse la pendiente de la cuesta El Tabón, una de las más empinadas de Sudamérica. De pronto, comprendo que el hombre al que persigo nunca ha llegado a ese vagón, y que solamente hay una ruta posible de escape.

Arriba.

Sigo avanzando hasta alcanzar la puerta delantera y salgo al exterior. Ahí, respiro hondo y subo por la escalera hasta el techo del vagón. Tengo que verificar si el hombre está ahí. Estoy casi seguro de ello.

El humo del vapor de la locomotora me impide ver bien. Tres grandes pitazos que suenan a mi espalda, informan al guardafrenos que tiene que ir soltando los frenos para el fatigoso ascenso de la cuesta. Todavía sigo sin ver nada, pero en ese momento, una ráfaga de viento cambia y veo a contraluz a Leitner agazapado en el techo. No me considero un hombre valiente ni me siento cómodo en las alturas, pero pienso extrañamente en Elizabeth y también en Elena y en la joven monja. Un hombre que no es culpable no escapa y se sube al techo de un tren. El ferrocarril disminuye su velocidad debido al esfuerzo por subir 1.250.000 libras de hierro por una pendiente de veinte grados. Abajo, las piedras enormes de la cuesta de El Tabón están teñidas de rojo por el crepúsculo. Más allá, brilla un arroyo como una serpiente de plata. A mi derecha, en una curva, una piedra gigante, la Piedra del Diablo, aparece con toda su majestad, indicando que se aproxima el túnel de los Maquis y que es una muy mala idea lo que estoy a punto de hacer, pero tomo aliento, me incorporo y comienzo a caminar por el techo. Leitner a unos metros de mí, camina, tan temeroso como yo. Le grito:

—¡Baje ahora! ¡Sea sensato, hombre!

Por toda respuesta, el hombre se vuelve y veo que brilla un fierro en sus manos. Su aspecto refinado parece ahora invadido por una extraña cólera. Contrario a lo que pienso, se acerca hacia mí golpeando el fierro en el metal del techo tratando de intimidarme. Lo logra. Le grito con miedo:

—¡Sabemos lo que hizo! ¡Tiene que entregarse, no lo haga más difícil!

El tren realiza una sacudida que indica el cambio de rieles, y que ha alcanzado la meseta de la cuesta, el punto más alto del trayecto entre Valparaíso y Santiago. Ahí abajo está el puente de los Maquis, y a unos quinientos metros se divisa el túnel del mismo nombre. El tren empieza a ganar velocidad ahora, con su pendiente, y por tener la gravedad a su favor. En el techo del tren, yo intento mantenerme en pie, mientras el hombre, aprovechando mi desconcierto, comienza a alejarse. Otro cambio de vías remece tanto el carro, que pierdo sustento, me resbalo y quedo colgando.

Intento que mis pies encuentren algo de apoyo, pero no hay nada cerca y tengo todo el peso de mi cuerpo sobre mis manos, que van cediendo lentamente. En ese momento, siento un ruido a pocos centímetros de mis puños. Es Leitner, que ha vuelto sobre sus pasos, y está intentando golpearme con el fierro. Solo la suerte hace que pueda esquivar el primer fierrazo. Saltan chispas en el metal. El tren avanza con velocidad por los altos de Montenegro, entre riscos escarpados y veo la oscura boca del túnel Los Loros que nos espera al final de la pendiente.

En unos pocos minutos, nada superior a 20 centímetros de alto podrá mantenerse sobre el techo.

En ese momento, el fugitivo ve el túnel aproximarse. Comienza a andar a tientas por el techo hacia atrás, escapando. Aprovecho esto para apoyar mi zapato en una ventanilla y generar impulso para poder subir nuevamente.

Una vez arriba, corro por el techo del carro y me abalanzo para tomarlo de su chaqueta. El hombre lanza manotazos y golpes de puños que yo logro esquivar. Comenzamos a golpearnos, tratando de permanecer en equilibrio mientras el descenso es aún mayor y el tren adquiere cada vez más velocidad. El vapor nos ciega. Logro atestarle un *uppercut* que lo tumba, pero esto le permite recoger el fierro que ha quedado atascado en un borde.

Leitner se incorpora y comienza a lanzar fierrazos al aire que apenas logro esquivar. Siento un sacudón del tren que no identifico. De pronto, el fierro raja mi camisa y penetra en mi carne. Brota sangre. Caigo sobre el techo. El túnel ya está a unos cien metros. El hombre se acerca, pero en ese momento hay un sacudón fortísimo, escuchamos un ruido final ensordecedor de fierros y chispas, y el tren se va deteniendo con gran ruido de metales en choque. La inercia hace que el atacante caiga pesadamente hacia el lado del cerro. El tren se demora unos metros más en detenerse y la locomotora entra al túnel que se yergue como una boca monstruosa engullendo uno a uno los primeros vagones. Comienzo a correr en sentido contrario, escapando de la boca negra y caigo, sin posibilidad de alcanzar el borde del andén o saltar, pero entonces, el tren se detiene apenas unos centímetros antes de que la boca del túnel me triture. Me arrastro hacia la escalerilla por donde ya está subiendo Pardo, quien me sostiene y me ayuda a bajar. Nuestro hombre ha sido capturado abajo por el resto de los policías, cuando estaba intentando escapar por la quebrada.

A pocos metros de la estación de Llai-Llai, en el restaurante del señor Godferdom, un flamenco natural de Molenbeak, nos reunimos todos para interrogar a Leitner. El lugar ha sido cerrado y la mujer de Godferdom ha puesto un vendaje en mi hombro. Nos han dado algo para comer y refrescarnos. En el centro de la sala, esposado, se encuentra nuestro hombre, el que me mira con tranquilidad, como si la persona del techo del tren hubiera desaparecido para dejar paso a un hombre plácido, discreto, inofensivo.

En cambio a mí me invade una cólera creciente. Me acerco y lo sacudo.

—¡Intentó matarme, Leitner! ¡Está completamente loco! —le grito.

Pero él sigue sin perder la calma recién aparecida.

—Un grupo de hombres, con clara intención de dañarme, me perseguían. ¿Qué quería que hiciera? ¿Andan con uniforme acaso? ¿Cómo podía yo saber quiénes eran?

—¡Que lo encuentre en la calle, señor! —exclamo—. ¡Ahí, usted y yo nos veremos!

Pardo alza la voz.

—Nolasco, basta. Señor Leitner, nosotros sí somos policías y este es formalmente un interrogatorio. Haga el favor de mirarnos a la cara y contestar.

—¿De qué se me acusa? —pregunta tranquilamente.

—¿Tiene usted conocimientos de medicina?

—Estudié dos años de medicina veterinaria en la Universität Wien. Luego estudié música. ¿Por qué?

—Nosotros hacemos las preguntas. ¿A qué se dedica ahora?

—Soy profesor de piano, en el colegio Mackay.

—¿Es usted coleccionista?

—Sí.

—Específicamente, díganos, qué colecciona.

—Cosas...

—No trate de hacerse el vivo. ¿Qué cosas?

—Las usuales que se ven en un gabinete de curiosidades.

Leitner parece confundido por las preguntas. Luego se endereza y nos mira.

—¿Es legal esta detención? Tengo influencias, ¿sabe? ¿Me puede decir de qué estoy siendo acusado? ¿Dónde está la orden de...?

—¡Silencio! —lanza Pardo, imperativo, mientras me mira.

Yo me adelanto.

—¿Qué tipo de elementos tiene en su gabinete, señor Leitner?

El interrogado mira a Pardo.

—¿Debo responderle a él? —me indica con la barbilla.

—¡Conteste! —lo conmina Pardo.

—¿Qué tipo de elementos tiene en su gabinete? —repito lentamente.

—Nada en especial: algunos artefactos, herramientas, puntas de flecha, animales disecados.

—¿Algo de origen humano?

Leitner parece pensar.

—Un par de manos de nativos del Ecuador. Unas cabezas reducidas. Y vaya que me ha costado conseguirlas. Unos testículos de fueguinos. ¿Qué? ¿Coleccionar es ilegal en Chile? ¿Qué tienen que ver mis piezas de colección con esto? ¿De qué diablos se me acusa, si se puede saber?

—¿Órganos humanos? —le pregunto, mirándolo fijamente.

El hombre comienza a transpirar. Parece confundido. Queda en silencio y mira al suelo.

—Necesitamos... revisar sus dientes —le anuncio.

Se queda mirándome con asombro y rabia.

—¿Qué? Por favor, ¿qué significa todo esto? Yo no...

Pardo cambia su actitud a una más conciliadora.

—Señor Leitner, esto es una indagación pericial —le explica—. Estamos recabando evidencias. Se trata de una prueba simple. Si no accede, me temo que nos tendrá que acompañar a Valparaíso hasta la delegación, donde conseguiremos una orden del juez y lo encerraremos por desacato. ¿Entiende la situación?

—¿Desacato? ¡Esto es absolutamente insólito, señor! ¡Sepa usted que en Santiago llevaré este agravio a sus superiores, y cuando digo superiores estoy hablando realmente de autoridades, ¿entiende? ¿Le suenan estos nombres: el general Estanislao Del Canto, el capitán Jorge Montt? ¡Ambos conocidos míos y amigos de mi padre! ¡Con certeza este agravio que se me hace no va a quedar así! Yo soy muy...

Pardo interrumpe.

—Señor Leitner, puede hacer lo que estime conveniente, pero no podemos seguir esperando. Si quiere salir de aquí, y no tiene nada que ocultar, podrá irse y tomar el próximo tren. Pero para eso, primero... necesitamos su mordida.

—¿Mi qué?

—La marca de sus dientes en una mordida —expongo.

Leitner me observa con odio. Luego se repone y recupera la calma.

—Por supuesto, no tengo nada que ocultar —indica—. Vamos, hagan la maldita prueba y déjenme en paz.

Saco de mi maletín un mechero con alcohol, y caliento una lámina de cera pasándola por la llama. Hago un cilindro y lo doblo en forma de medialuna.

—Muerda por favor esta placa —solicito inexpresiva-
mente.

De mala gana, abre su boca. Pongo la cera entre sus dientes
y tomo la mandíbula para hacer la impresión de la indenta-
ción. Lo hago varias veces, hasta que en la cera quedan sus
incisivos, premolares y caninos impresos de manera uniforme.
Al terminar, Leitner se limpia la boca con un pañuelo. Luego se
seca los ojos. Está llorando.

—Qué humillación. ¿Ya está conforme? —dice. Su voz está
llena de rabia.

—En unos minutos —respondo.

Voy hacia una de las mesas del comedor, preparo yeso que
vacío en la cera. Luego, tomo el tiempo en mi reloj.

—Serán tan solo unos minutos —explico.

Mientras esperamos que fragüe el yeso, se produce un espeso silencio. El hombre sigue sollozando.

—¿Mandarán esta identificación a Santiago? —consulta.

—Es una posibilidad —afirmo.

—Trabajo con los hijos de las familias más prestigiosas del
puerto. Mi reputación es todo mi capital ¿entiende?

Pardo detecta algo en la voz del sospechoso. Tal como los
gatos que están en reposo y de pronto detectan un movimiento
inesperado en un rincón, su cuerpo se pone en alerta y sus ojos
comienzan a brillar.

Se acerca a Leitner.

—Díganos si seguimos con esto, o prefiere contarnos algo
más —indaga.

Cuando lo miro, veo por qué ha llegado hasta donde está.
Ha dejado súbitamente su expresión de Buda, y se ha vuelto un
cazador. Un cazador certero.

—Sabemos todo sobre usted, Leitner. No llegamos a esto
sin saber cada detalle de su vida.

Ahora, el hombre solo susurra:

—¿Alguno de ustedes siquiera sabe o imagina lo que me ha costado mantener mi nombre en alto?

Urra y Pino me miran. Saben que Pardo ya ha encontrado un hueso, que no va a soltar.

El policía mira directamente a los ojos al sospechoso.

—Díganos cómo la mató.

El inculpado llora.

—Cuéntenos qué lo llevó a esto —requiere Pardo.

Miro al resto. Pino se levanta, camina al fondo del corredor, y le pide al señor Godferdom, a su esposa y a una cocinera que observan admirados la extraña situación, que abandonen el lugar. Luego, cierra con cuidado las puertas.

Entonces Pino se vuelve hacia Leitner.

—Confiese ahora —manda.

El silencio solo es roto por los graznidos de unos queltehues. Las moscas zumban a nuestro alrededor. Noto que el calor es insoportable. Noto que Céneo traga saliva y empuña sus manos.

—Vamos señor, cuéntenos. Ya lo sabemos, pero ahora necesitamos que usted nos lo diga.

El austríaco toma aire y susurra, como si el decirlo en voz baja fuera disminuyendo la magnitud de los hechos.

—Ella iba a mi casa a las tres. Ese día llegó sola con el cochero, ya que su institutriz estaba con gripe. En el salón, mientras tocaba a Chopin... la *Polonaise N.° 6 L'Héroïque...* de gran complejidad... pero lo hizo con tal maestría que las lágrimas saltaron de mis ojos. Entonces le dije que la amaba. Quise besarla y se resistió. Pensé que estaba asustada, pero se rio. Reía a carcajadas. Me dijo que jamás querría besar a un viejo. Luego dijo que le contaría a su padre lo que yo había hecho y le diría, además, cómo yo la tocaba cuando ella daba sus lecciones de piano. Me recalcó que lo haría para que me despidieran del colegio. ¡Luego volvió a reírse!

Rompe a llorar.

—Me dio miedo. Traté de callar su burla con mi mano. No quería escuchar su risa. La tomé con mis manos. Su cuello se deshizo entre mis dedos. Nunca pensé que fuera tan frágil. Ella... Yo... Ella tocaba muy bien. Tan bien... que nunca la vi cómo era... vanidosa... cruel... Tan cruel, Dios mío... Sus manos volaban sobre las teclas... Una vez tocó el *Islamey* de Balákirev casi sin fallar. Y luego se levantó para irse a jugar... con sus muñecas. Era casi una niña... Pero no, no lo era... Ya era una mujer... miraba como una mujer... olía como una mujer. Para mí era una mujer. Era la mujer. Yo...

Las moscas han llenado toda la mesa y la cara de aquel hombre, pero este tiene los ojos abiertos y ya no se encuentra en el comedor. Se encuentra muy atrás, en el patio de su casa en El Almendral. Se encuentra cavando y llorando. No aquí. No ahora.

—La enterré en mi patio. El martes próximo serán tres años —susurra con voz sorda.

Se seca las lágrimas con un pañuelo de hilo blanco, impecable. Y no dice nada más. Ha terminado. Pero Pardo no. Su instinto, intuición, olfato, le dice que aún hay más. Sabe que aún hay más. Las ventanillas de su nariz se dilatan. Pardo se pasa la lengua por los labios. Está desgarrando, desarmando a su víctima. Sabe que aún queda más, mucho más, en esos huesos desolados, en esa mirada perdida.

—Pero las otras. ¿Qué hizo con las otras? —lo urge.

—Las otras... —oigo la voz ida de Leitner.

De pronto vuelve de sus recuerdos y se extraña de encontrarse allí, con nosotros. Nos mira como si no nos reconociera.

—Las otras niñas. Las otras niñas que forzó —hinca el diente Pardo.

—Oh, no —se oye la voz, aunque casi se oye la sonrisa alienada del asesino—. Ellas lo querían así. Ellas me seducían. Esas niñas fueron las que jugaban conmigo. Ellas eran... hijas del demonio... tentadoras... todas son iguales... como Eva.

Céneo se levanta y se aleja hasta una ventana.

Miro al criminal. Respira con una calma pesada, como si hubiera escondido sus garras. Por primera vez comprendo que ese hombre sentado y esposado en aquel restaurante en Llai-Llai, tiene la misma mirada que tenía en el techo del tren. La mirada de un predador.

En ese momento se levanta, lentamente.

—¿Puedo ir a la letrina unos minutos? ¿O también me van a negar eso?

Pino va a buscar al dueño del restaurante, quien le abre una puerta.

Leitner entra a un cuarto adyacente. El dueño se vuelve hacia nosotros y nos asegura que la ventana tiene barrotes.

Al cerrar la puerta, Pardo mira a Urra.

—Asegúrate de que esté bien —le solicita.

Urra mira a Pardo con seriedad y se aleja de nosotros.

Esperamos. Pasan los minutos. Céneo se acerca y noto en su cara, más de niño que de hombre, una cara pálida, muy frágil, que está profundamente afectado por lo que ha escuchado. Todos lo estamos.

—Va a salir libre. Tiene contactos. Ya lo dijo. Jamás lo van a colgar. Ustedes lo saben —reclama.

Pardo parece perdido en sus pensamientos. Céneo continúa hablando:

—¿Comisionado? Usted sabe cómo es esto.

Hay un grueso silencio.

—¿Comisionado? —vuelve a insistir—. Ese hombre nunca va a ir a la cárcel. Nunca...

—Sí. Lo sé —reconoce Pardo.

—¿Y qué pretende hacer?

Urra vuelve y enciende un cigarro. Pardo pide una caña de vino. Cuando se la traen, se la toma casi al seco. Luego se seca la boca con la manga y se levanta. Nos mira.

—Leitner no va a salir —asegura—. Vamos.

La puerta de la letrina está entreabierta. El cadáver se mece como esas carnes que cuelgan para el secado. Se ha ahorcado con su cinturón desde una reja que cuelga de la ventana.

Con dificultad lo destrabamos. Al tenderlo sobre el camarote y luego de constatar la muerte, reviso sus brazos. Ninguna mordida. Noto que Pardo mira a Urra y a Pino.

Ninguno de los tres parece sorprendido. Noto que no había ningún lugar donde Leitner pudiera trepar para quitarse la vida por sí solo. Ninguno.

El viaje de regreso en el tren es silencioso. Urra y el resto de los hombres dormita. Los únicos que estamos despiertos somos Céneo y yo. El joven mira por la ventana en silencio y parece aliviado. Yo, de alguna manera, también lo estoy.

Llego al gabinete a medianoche. De pronto recuerdo algo. Saco de mi maletín las impresiones. Rompo la cera y saco de su interior un molde de la dentadura del hombre al que hemos perseguido y ahora está muerto. Luego tomo de un estante un molde de las mordidas en el pecho a Elena Krivoss y la superpongo.

No coinciden en absoluto.

SÉPTIMA PARTE

El dentista de Darwin

27 de julio de 1889

Diario de Nolasco Black
Mire, disfrute y calle

Alguien ha deslizado una carta bajo la puerta de mi habitación. Es un sobre blanco con una letra efe dorada. En el interior, una hora y una dirección. La fuente de Neptuno en pleno centro de la ciudad. No creo que ahí pueda haber algo interesante; sin embargo, el tipo de papel, la inscripción y la filigrana grabada han sido hechos en una imprenta moderna, por lo que presumo que será un espectáculo secreto, un tipo de juego común que ha llegado al puerto, donde la alta sociedad usa contraseñas para llegar a fiestas que van cambiando de lugar y de día, y que solo algunos pueden descifrar. Todo puede suceder en estos días.

Son las ocho de la noche, y espero en la fuente de Neptuno. Estoy a punto de irme cuando una mujer se acerca, me pregunta si tengo el sobre, lo comprueba y me pide que la acompañe a un pasaje.

—¿Cuánto debo pagar? —pregunto.

—La invitación está pagada... Lamento molestarlo con esto —expresa, y me pasa una venda.

—¿Es necesario? —pregunto.

—Completamente.

Me vendo a mí mismo, pero ella comprueba el ajuste y

aprieta el pañuelo aún más. Luego escucho un carruaje que llega. Ella me conduce, me indica la escalerilla, me abre la puerta y subo. En el carruaje van por lo menos otros tres pasajeros. El aroma a polvos La Veloutine indica que hay, por lo menos, una mujer. El tramo dura unos treinta minutos, por lo que deduzco que hemos tomado el camino hacia las nuevas quintas de Playa Ancha. El olor y el ruido del mar a mi izquierda, junto al penetrante aroma de murtas, me lo confirman. Luego subimos y nos devolvemos al mismo punto. Sospecho que es para despistarnos y para que no podamos concluir que vamos a alguna de las imponentes residencias de marinos ingleses, recién construidas.

Una vez que el carruaje se detiene, no nos bajamos. Escucho una discusión en francés. Alguien indica que el espectáculo ya comenzó y que no podemos entrar a estas alturas. Nuestro conductor invoca nombres importantes y, finalmente, una mano femenina viene a sacarme del coche y a conducirme. Pregunto si me puedo sacar la venda, pero me indica que aún no. Siento música y un aroma que no puedo identificar bien qué es: ¿ámbar? ¿hachís? Después de deambular por algunos corredores interminables, nos detenemos. La conductora se acerca a mi oído, y escucho su voz que me señala:

—Mire, disfrute y calle.

Me saca la venda y ella desaparece en la oscuridad.

Al comienzo no veo nada, hay muy poca luz. El espacio es amplio, y mi primera impresión es que me encuentro en la nave de una iglesia. Luego, a medida que mis ojos se acostumbran a la penumbra, percibo que es un techo falso y que ha sido construido en base a toldos y telas, con lámparas opacas. A mi alrededor, hay varios hombres vestidos de frac y mujeres con máscaras, espléndidamente vestidas. Todos rodean lo que parece ser un anfiteatro. Nadie habla. Efectivamente el espectáculo ya ha comenzado, y todos parecen suspendidos, absortos en lo que está ocurriendo. En el centro del escenario, que no es sino una plataforma tapizada de magníficos motivos orientales y hábilmente iluminada, hay una mujer de pie, inmóvil, completamente desnuda. El pelo rojo le llega hasta la cintura y adivino en ella un aire celta, sino sajón. Varias clases de fisiología me indican que está bajo los efectos de algún tipo de fármaco que le permite estar en esa posición sin moverse por tiempo indefinido. No puedo adivinar de dónde viene la música, pero supongo que hay una orquesta oculta, quizá en un foso posterior. De pronto, la mujer estira su brazo y apunta. Me parece que imita a ciertos mascarones de proa, identificando el destino de la nave con su índice, hacia el horizonte. Comienza a girar como si un alma la cruzara y pudiera, en un eje imaginario, rotar sin perder su centro. Ella gira, y su dedo nos va apuntando a todos, hasta que, abruptamente, se detiene. Decidida. Una mujer, a mi lado, es la elegida. Ella parece tener miedo, pero el hombre que la acompaña (aparentemente su marido), con un gesto aprueba su participación y ella se adelanta. Al cruzar el haz de luz que la separa de las tinieblas en la que nos encontramos, puedo verla bien. Es una mujer bella y de aspecto dulce. Americana. No tiene más de veinte años. Por los comentarios descubro que, a diferencia de lo que sucede en los clubes, donde cada colonia se reúne y excluye a las demás, aquí se encuentran reunidos ingleses, alemanes, franceses, algunos yanquis y muchos criollos, y nadie parece molestarse por la mezcla de nacionalidades. Todos son testigos de lo que pasa en el centro de luz, donde la vikinga desnuda recibe a la muchacha americana y la sienta en una pequeña silla que ha aparecido sin que se sepa cómo. La luz cambia, y vemos una réplica de la gran torre Eiffel de París y unos panoramas, como los vistos en el gabinete de óptica del señor Laffer, que dan cuenta del alzamiento del pueblo contra la monarquía, y cómo la feria constituye la celebración de esa victoria. Es como si la mujer que acabara de llegar estuviera viajando en el tiempo y la historia pasara junto a ella. La mujer desnuda —ahora lo entiendo—. Es la alegoría de la Libertad. Puedo ver los grilletes rotos en sus muñecas y tobillos. Le susurra algo a la mujer sentada, y ella asiente. Un ayudante le pasa a la voluntaria una bandeja de plata y la mujer aspira clorhidrato de cocaína o algún compuesto similar. En ese momento, dos actores disfrazados de guardias romanos, traen a un nativo, desnudo, su cuerpo pintado con rayas blancas. Por su quijada y su contextura, adivino que es un kawéskar, un nómade costero de Tierra del Fuego. Las luces inciden sobre él. Su pintura, sus ojos rojos, le confieren un aspecto feroz. En la sociedad, pienso, hemos hecho un levantamiento sobre las costumbres de estos desafortunados. Se los llama incorrectamente alacalufes. Esa palabra significa realmente *halakwúlup*, es decir, «hombre que come mejillones», por lo que preferimos el nombre originario correcto.

El hombre, encadenado, queda de pie. Ahora, el panorama recrea, de manera efectiva, un naufragio.

La mujer desnuda se acerca y baila frente al patagón. Lo hace de tal manera que el hombre, excitado por la luz, por el alcohol u otro tipo de pócima, siente o deja sentir el instinto. Veo cómo él se acerca para poseerla: su miembro poderoso, desplegado, su boca abierta, babeante. Es un demonio, que, con su actuación, improvisación y simetría, calza perfectamente con la música y con el panorama óptico que despliega el barco destruido por el naufragio y las dos sobrevivientes. A mi lado, un hombre susurra a una mujer el origen de ese miedo:

—Después de un naufragio, el terror es tocar tierra, porque los patagones asesinan a los hombres y violan, y luego canibalizan, a las mujeres.

Estoy empapado en sudor, tengo frío y náuseas. Las lágrimas me brotan sin que pueda hacer nada para evitarlo. La muchedumbre observa con estupor cómo aquel nativo está a punto de poseer a la mujer desnuda, que yace caída. Él trata de abalanzarse sobre ella, y si no fuera por las cadenas, lo lograría.

Ella grita horrorizada. De pronto, una de las cadenas parece ceder (¿artificio mecánico, preparación, embuste?), y la mujer desnuda simula estar perdida. El patagón va a tomarla, pero una ninfa enmascarada le pasa un látigo a la voluntaria elegida de entre el público. Ella no sabe qué hacer, pero la gente le lanza indicaciones.

—Usa el látigo, fustígalo, fustígalo —vocifera el público.

La mujer lo hace débilmente, pero la gente le grita, cada vez con más vehemencia. Entonces, ella cambia. Aparece su ser interior, fuerte, violento, distinto a la actitud que ha personificado la decorativa mujer desnuda. Es ella contra la bestia, contra ese hijo perdido de Dios que no puede ser bautizado, porque las misiones son estériles para tal propósito, y los curas terminan asesinados y las cabezas de los jesuitas colgadas para el espanto y escarmiento de las tripulaciones que osan desembarcar en aquellas tierras.

La joven americana comienza a dar latigazos cada vez más fuertes al hombre de la Patagonia. El látigo provoca heridas en los hombros, espalda y pecho del infiel. Mana, brusca, la sangre.

Por un momento miro a la concurrencia: aquí, la civilización; allá la barbarie.

—No —susurro—. ¡Basta!

El indígena cae de rodillas. La gente ríe.

—No —repito. Trato de avanzar, pero me detienen dos franceses. Una mujer se desmaya, la orquesta sigue sonando, la americana ríe y fustiga al kawéskar, hasta que un gran aplauso cierra el espectáculo, y una mujer susurrante me ofrece opio; hay un salón para su consumo en el segundo piso, pero yo quiero salir. Necesito respirar. Avanzo entre los caballeros del público que, por efectos de la luz, se ven como si estuviéramos en uno de los círculos del infierno, rojos, sus ojos centellantes. Las mujeres detrás de las máscaras, ríen.

Logro llegar a la salida. Un cochero, siguiendo las instrucciones, me lleva a casa. En el viaje de vuelta, no puedo dejar de pensar en aquel hombre, y en su alma, en su alma perdida intentando comprender un mundo civilizado. Ellos, los amos de los Mares del Sur, los últimos especímenes de una raza magnífica, intentan comprender quiénes somos, qué queremos y cuál es el lugar de ellos en este nuevo mundo.

28 de julio de 1889

Diario de Nolasco Black
El delito es igual en todas partes

Margarita, que sabe exactamente lo que ocurre en la ciudad, mejor que cualquier comisario de pesquisas, me informa que uno de los hombres que llegaron a Valparaíso con el coronel North, es el hombre más apuesto que ella ha conocido en toda su vida.

—Quiero pedirte un favor —me dice.

Necesita no solo que yo la acompañe, sino que la ayude para que pueda encontrarse «casualmente» con él.

—Como si una coincidencia hiciera que él se cruzara en nuestro camino —me solicita, suplicante.

Seré su chaperón. Me cuenta que el grupo de North estará tomando fotografías y dibujos del puerto para un periódico londinense, en la cuesta del camino a Santiago. Si le hago el favor de acompañarla, me estará agradecida para siempre.

Margarita padece de una enfermedad llamada «romanticismo», cuyos síntomas son siempre los mismos: descubre inevitablemente que «su verdadero amor», cada cierto tiempo, se halla entre los nuevos extranjeros llegados al puerto. Junto a esto, despliega un abanico de sintomatología que incluye euforia, ahogos, melancolía y una profusión de signos que se curan, espontáneamente, con la aparición de un nuevo candidato.

Pienso que un poco de aire fresco me hará bien, y comprendo que en ese grupo de extranjeros, es muy probable que encuentre algún individuo que pueda ayudarme en mi investigación, como ningún otro en todo Valparaíso.

Una hora más tarde, a eso de las once, nuestro carruaje se dirige por calles de tierra, hasta dejar atrás el puerto. Pronto van desapareciendo las últimas fondas y ranchos, y llegamos a un gran palmar.

Cuando nos bajamos, el sol hiere nuestros ojos con intensidad. La atmósfera es pura y brillante. La bahía se visualiza en todo su esplendor, y se ven con claridad las desoladas costas del norte y la bahía de Quintero. Al fondo, en una explanada, un grupo de hombres observa la ensenada.

Caminamos hacia ellos y nos presentan. Margarita comienza a conversar con un antiguo amigo, que hace de guía para el grupo y que es quien le informó donde estarían. Se trata de Maturana, un tipo afectado e insoportable que Margarita ama y que yo detesto. Ambos se van del brazo en busca del nuevo pretendiente de mi prima, y eso me deja en libertad para buscar a mi propio informante. Me indican que el hombre que busco está en una explanada, alejado del resto. Me acerco. Es un hombre crespo y pálido, que pinta un dibujo de la bahía y el puerto. Su línea es muy precisa, minuciosa.

—¿Señor Melton Prior? —me acerco—. Lamento interrumpirlo...

—No me interrumpe —responde él, sin levantar la mirada de su dibujo—. No estoy en un momento artístico. Me gusta hablar con alguien cuando dibujo.

—¿No lo distraigo?

—En absoluto. La gente confunde la ilustración con el arte. El arte es odioso, pomposo y, a veces, incomprensible. Mi trabajo consiste, más bien, en atrapar un momento de luz, sombra, borde, textura. Puede hablarme —sonríe—. Solo estoy trabajando para el *Illustrated London News.*

—Me dicen que es un periódico que ahora compite, y le gana, al mismo *Times.* Es un honor que se interese en este país tan lejano —comento.

—La gente cada vez lee menos —afirma—. Usted lo habrá notado. Por eso, hacer un periódico con imágenes fue un acierto. Por otra parte, mister North ha hecho un magnífico trabajo de divulgación de su país —agrega, mirando a North que pasea más allá—. Él vende a Chile como una potencia salitrera. Mucha gente de Europa tiene dudas de que esto sea realmente así. Fue necesario que se creara una comisión que diera fe sobre este país y de lo que verdaderamente es. Que ofrezca la seguridad necesaria para las inversiones. Y en este grupo, mi señor, soy el último de la fila, el mero ilustrador que se asegure de que muchos ojos vean lo que North y los inversionistas están mirando en este instante.

—¿Qué le ha parecido Sudamérica?

—En Brasil no tuvimos mucha fortuna. En Río de Janeiro, la fiebre amarilla nos obligó a alojarnos en un hotel lejos de la ciudad. Unos inspectores de Sanidad nos revisaron. Tardamos horas en desembarcar. La pestilencia del trópico en descomposición, en todas las calles importantes, la barbarie, los dandis, las tiendas francesas intentando inútilmente dominar las fuerzas de la naturaleza. Me extrañó que no hubiera más gente enferma. Luego, navegamos desde el estrecho hasta acá y... bueno, y luego llegamos a Chile. Chile me parece próspero y ordenado. Pero usted no vino a hablar de eso —cambia de tono bruscamente—. Usted es el dentista que estaba en la velada de mister Lyon. Nos conocimos ahí. Tengo entendido que trabaja ayudando a la fuerza policial.

—No —aclaro—. Solo estoy ayudando en un caso, impulsado por mi propia curiosidad. Pensé que como ilustrador del London, podría ayudarme. ¿Le tocó dibujar los crímenes del Destripador?

El hombre queda un momento en silencio. Su lápiz, que no se había detenido un solo instante mientras hemos estado conversando, ahora permanece inmóvil.

—Así es —responde—. Los primeros cinco crímenes, a lo menos. De los otros no puedo dar fe. Salieron algunos imitadores, como si buscaran colgarse de la fama del original.

—Los cables noticiosos dicen que dejó de asesinar —comento.

—¿En qué puedo ayudarlo, concretamente? —inquiere Prior, mirándome con sus ojos penetrantes.

—No soy un dibujante profesional, como usted, pero quiero mostrarle algo —señalo.

Le paso los bocetos y croquis de los ataques. Son dibujos a mano alzada que he realizado del crimen de Elena Krivoss y de la monja María Juventina Salas Varas.

Prior los mira. Después levanta su mirada hacia mí y detiene su trabajo.

—Tiene toda mi atención —indica, recogiendo sus cosas.

Luego enciende su pipa, saca unos anteojos y vuelve a mirar los dibujos.

—Dos mujeres asesinadas. Desconocía que Valparaíso fuera un lugar tan peligroso —comenta.

—No lo es —le aseguro—. No lo era, al menos.

Y luego, lanzo la pregunta por la que he venido hasta aquí.

—Prior, ¿puede decirme si alguno de estos dibujos coincide, o tiene por lo menos, alguna semejanza con su experiencia con los crímenes de Jack?

Prior examina los bocetos con atención.

—Veamos —murmura—, el primero parece un trabajo descuidado, casi animal. El segundo, lo descarto de plano: Jack no mata monjas; mata prostitutas, y nunca ha tocado una cabeza. Pero supongo que el delito es igual en todas partes —reflexiona—. No sé si sea correcto jactarme de eso, pero nuestro monstruo es... único. ¿Tiene la policía alguna pista de este o estos criminales? —me pregunta.

—Ninguna —respondo—, solo teorías vagas: un marino borracho... un crimen pasional.

—¿Y usted, personalmente, ha elaborado alguna otra teoría, doctor? ¿O algo más que quiera mostrarme? —consulta.

Noto en él una sutil mezcla entre resistencia e interés.

—Nada —digo—, solamente una tonta demostración de vanidad al enseñarle mis dibujos a un profesional.

—Sus dibujos son espléndidos —señala Prior—. Realmente usted tiene mucho talento.

Hago un gesto con la mano, denegando. Falsa modestia. Nos despedimos y me alejo hacia el grupo donde está Margarita. Prior hace ademán de volver a su dibujo, pero noto que solo mira el paisaje, sin coger el lápiz nuevamente.

29 de julio de 1889

Diario de Nolasco Black
Céneo no come casi nada

En la tarde, Céneo viene a verme y en el comedor del hotel, extendemos papeles, plumas y revisamos nuestros apuntes. Después de la muerte de Leitner, nos quedan aún cinco sospechosos. Céneo es deductivo. Yo soy baconianamente inductivo. Con él es fácil seguir una línea lógica de causas y efectos. Como no he almorzado, pido una carbonada y un bistec, pero mi acompañante no come nada. Me preocupa que así, tan minúsculo, tan frágil, pueda agarrar una enfermedad debilitante. Según él, con agua y un buen almuerzo sobrevive todo el día. Durante la conversación, inmediatamente descartamos a un italiano, comerciante de telas, cuyo temblor a causa de una parálisis agitante, que tan bien ha descrito el doctor Parkinson, lo invalida como ejecutor. También dejamos fuera a un sueco, prestidigitador, un tal John Miller, que ha realizado un show de ilusionismo y de cuadros disolventes en el teatro Apolo, en Santiago, el fin de semana en que Krivoss fue asesinada.

El siguiente en la lista es un inglés de apellido Parker. Céneo lo describe como de contextura fuerte, negocios varios, viajante frecuente a Santiago. Lo ha visto merodear por los muelles, preguntando insistentemente por Elena Krivoss. También se ha entrevistado con otras mujeres del oficio. Céneo, que tiene tratos con Urra por no sé qué favor anterior, ha averiguado que Parker ya mató a un hombre en defensa propia, pero cuando fueron a apresarlo por ese hecho, el inglés desapareció. Urra dice que el tipo tiene «santos en la corte». Es el tipo que más sospechas nos da, pero no podemos dar con él. No ha tomado ningún vapor y no ha abordado ningún tren. Al tipo, simplemente se lo tragó la tierra. Mi hábil colaborador queda de conseguir una transcripción del interrogatorio de uno de los testigos que vio a Parker la noche de la muerte de un hombre en los muelles.

Descartamos de plano a los ingleses presentes en la comisión de North, ya que el vapor *Galicia*, que había zarpado de Lisboa el día 13, llegó a Valparaíso un día después del primer crimen.

El siguiente en la lista es un pintor inglés, un tal Williams, que ha llegado a Chile adelantándose a la comisión de North. Ese Williams, según la mujer del dueño del hotel donde se aloja, es «un príncipe de bondad y educación». Céneo averiguó que rentó una casa más grande para sus telas en El Almendral. Ya lo investigaremos en profundidad. No lo descartamos, pero tiene muchos conocidos que atestiguan sus credenciales y honorabilidad. El último de nuestros «Jack», es un carnicero inglés que ha dejado todo para embarcarse en el *Jane Martin*, de la Compañía Chilena de Balleneros de Valparaíso, en cuanto el barco esté listo para zarpar. Si es así, no lo veremos por tres años. Según el ayudante de Carmen, se trata de un hombre agrio, matarife, de pocas palabras y cuchillo fácil. Según él ha investigado, la primera noche que llegó al puerto tuvo un problema con una dama en una quinta de recreo. Subió con ella a los altos, y después de la pelea, la mujer terminó sin sus dientes. Céneo apuesta por él en segundo lugar, pero es demasiado simple. ¿Un carnicero, golpeador de mujeres, ballenero?

No puede ser Jack. No debería ser Jack.

30 de julio de 1889

Informe de la Policía de Pesquisas
Acontecimientos relacionados con el inglés Landon Parker

Según relata el joven ayudante de estiba Pedro Mancilla Mancilla, alias Cobre, la noche del 12 de junio del 89 vio llegar a los muelles a un hombre alto y elegante, de andar seguro y actitud serena, de unos cuarenta años, inglés, quien se abrió paso entre una muchedumbre de hombres —la mayoría changos, marinos, gente ruda, comerciantes— reunidos en el fondo de la bodega N.º 7 de los almacenes fiscales.

Según Cobre, Parker tiene una apariencia física apuesta, es de rostro anguloso y no parece importarle el peligro de encontrarse en ese lugar: «Un gringo encachado, con cara de águila, y al que no le importó pasar entre los malos, abriéndose paso como Pedro por su casa». En el centro, en una improvisada plataforma de madera había una pelea entre un hombre grueso, llamado el Italiano, gordo y tatuado, y otro, un negro, con marcas tribales en su piel. Ambos vestían el típico pantalón de lino de los cargadores del puerto. Cobre relata que Parker contempló la pelea, fascinado. En ese momento, se acercó a él un chileno de apellido Cárdenas, conocido bandido y proxeneta del puerto, que tuvo con el extranjero el siguiente diálogo:

—Mister. Yo. Soy yo.

—¿La encontraste?

—Sí. Es la amiga de la rusa. Nos espera atrás. Trajo también a una amiga por si quiere «palabrear» con ambas.

Según el testigo, Parker sacó su billetera y le pasó unos peniques al señor Cárdenas. Mientras tanto, el Italiano golpeó y reventó la nariz de un puñetazo al contrincante, y el hombre de color cayó pesadamente. Parker se quedó mirando a ver si el hombre caído reaccionaba, pero este quedó inmóvil.

Cárdenas esperó con Parker la conclusión de la pelea, que dio por vencedor al Italiano. Luego, los dos se marcharon fuera de los almacenes. Cobre los siguió. Parker y Cárdenas llegaron a un lugar apartado, cerca del muelle Prat, entre grandes cajas de madera y aparejos de pesca. Un par de navíos, con sus cadenas enormes y gruesos cabos amarradas a grandes norayes de fierro, se mecían, fondeados como gigantes. Cobre, que de niño se crio en los muelles, sabía cómo esconderse. Estaba en un lugar donde podía ver y escuchar todo con facilidad. Entre ambos, se llevó a cabo el siguiente diálogo:

—Están por acá —aseguró Cárdenas—. Si quiere, puede subir con las damas al *Dalmacia*. Está vacío y tengo la llave del camarote del capitán.

—Gracias por su ofrecimiento, pero estoy apurado —respondió Parker—. ¿Dónde están?

—Ahí vienen —señaló Cárdenas, llevándose la mano al cinturón.

En ese momento, de un pasillo entre las inmensas cajas, salieron, no las mujeres prometidas, sino el Italiano y otros tres hombres.

—Lo siento, mister —se lamentó Cárdenas—, algunas veces se gana, y otras se pierde.

Todos los hombres sacaron sus cuchillos. Era una trampa.

—Su cartera y sus zapatos —ordenó Cárdenas—. Rápido.

Según Cobre, en ese momento, el gringo pareció súbitamente temeroso.

—Oigan, cuidado con esos cuchillos. Tomen, llévense todo —les rogó.

Parker entregó su billetera y se agachó para sacarse el zapato, pero perdió torpemente el equilibrio, cayó y se encogió en posición fetal, comenzando a llorar con el cuerpo encogido. El Italiano se acercó para patearlo, pero cuando lo hizo, Parker tomó su pierna, la detuvo, y con un movimiento rápido hizo un corte en la ingle, de la que saltó un violento chorro de sangre. Resultó que Parker tenía una pequeña daga en la mano. El Italiano se desplomó gritando de dolor, intentando detener la sangre que salía de su entrepierna. Los otros, sorprendidos, huyeron. Parker, tranquilamente, se agachó a recoger su billetera, se sacudió el polvo y, mientras el Italiano gritaba de dolor, Parker se abrochó su zapato con cuidado. Cuando lo tuvo bien amarrado, se incorporó, se acercó al hombre que se revolcaba en el suelo y le pegó una patada que le voló los dientes. Luego se fue caminando tranquilamente, dejando que el malhechor se desangrara. Nuestro testigo afirma que nunca había visto a alguien actuar con tal sangre fría.

Cuando leemos el informe, no nos cabe duda de que estamos ante nuestro sospechoso. Las fichas están puestas en Landon Parker. Si tenemos razón, lo comprobaremos en cuanto Céneo consiga el nombre del hotel o la pensión en que se está quedando.

31 de julio de 1889

Diario de Nolasco Black
Fata Morgana

Esta noche fui a la Sociedad Científica. Mientras tomamos un brandy, ocurre un curioso fenómeno atmosférico que nos obliga a salir a la terraza. Es una hermosa noche de luna y se ha visto un magnífico espejismo superior. El cielo está cruzado por nubes que proyectan como si de un telón se tratara, y con preciosa geometría, el muelle, el hotel, las luminarias de la calle Esmeralda y los barcos en la bahía. Parece como si se tratara de un colosal panorama escénico, tan de moda en estos días. El fenómeno —nuestro espectro del Brocken criollo— hace salir a la gente a la calle y atormenta a los simples y supersticiosos, los que empiezan a proclamar que el fin del mundo está cerca.

En la sociedad, Telésforo Mandiola ha declarado que es una forma de Fata Morgana nocturna, de igual naturaleza que los parelios lunares, y aporta que ya en las relaciones de Américo Vespucio, aparece que en 1501 el navegante «observó varias veces el iris durante la noche».

El fenómeno se disuelve a eso de la medianoche.

3 de agosto de 1889

Diario de Nolasco Black
Insolación

Acabo de conocer a Williams, nuestro tercer sospechoso. Pero vamos por partes. He sido invitado por el coronel North a una cacería de zorro chileno, que convoca mister Berry. No dudo que tal honor me es conferido por la conversación que he tenido con mister Prior. Llego a eso de las 9 de la mañana y ya están todos preparando los caballos.

La villa que tiene mister Berry en Las Zorras podría ser fácilmente una villa de campo en las afueras de Londres. Múltiples arroyos corren entre tupidas madreselvas y zarzamoras. Se ven jardines plantados con caminillos entre palmas y árboles exóticos. Para llegar a ella tuvimos que pasar por las barriadas de los altos de Valparaíso. Marineros, vagabundos, cantinas o fondas albergan lo que el puerto ha ido dejando, como el sedimento de una playa después de una tormenta, una resaca humana donde no faltan los gitanos, los indios, los tahúres, las mujeres de mala vida que se acercan a las carretas a mostrar sus encantos como sirenas y que, a la vez, como sirenas también, atraen y pierden a los desprevenidos. Al ver nuestros carruajes, la gente se agolpa en busca de algún peso, alguna libra y algunos suelen lanzarse a los caballos. Me sorprendió que nuestro cochero, un húngaro de pocas palabras, no dudara en azuzar los carruajes por sobre los infortunados.

En los largos veranos sin noche de mi infancia en Punta Arenas, mi abuela me inculcó el amor por el idioma inglés y, a pesar de mi pobre acento, no he tenido problemas cuando North se ha acercado él mismo a recibirme con su acento Yorkshire, tan propio del «condado de Dios».

—Espero no tener que usar sus servicios ni ser su paciente —comenta, con su voz ronca—. Prefiero solo asistirlo como amigo e invitado. Prior me cuenta que usted cree que Valparaíso, que siempre ha querido ser el Londres de Sudamérica, también tiene su propio Jack el Destripador. Dios mío. He tardado toda la noche en convencer a Edwards y a Errázuriz de que no pongan esa barbaridad en sus diarios. Espero —agrega, riendo— que durante esta cacería también lo convenza a usted de que, por muy atractivo que sea, no puede existir nada que haga peligrar el buen nombre de Valparaíso.

Salimos a las diez menos cuarto, y North encabeza la caravana, con Berry siguiéndolo y William Howard Rusell, un magnífico y culto caballero, a su derecha. Durante nuestro recorrido, pasamos por la villa del Hermoso Retiro, un encantador *château*, con sillones y hamacas, donde se nos une mister Raby, otro comerciante de la zona.

Ellos me cuentan que, efectivamente, hace dos semanas atrás, dos finos ponis fueron devorados por un puma gigante.

—Fue herido por los disparos de carabina de uno de mis empleados —relata mister Raby—. Si no murió, lo herimos de muerte. Estaba camuflado en un bosque de quillayes. Parecía anaranjado y con rayas. Los campesinos me dijeron que es tan grande que no puede pesar menos de quinientas libras. Pero usted sabe cómo es la gente de campo. Son como los pescadores, considere la mitad y a eso réstele un poco —ríe.

Los bosques atrás de Valparaíso son tupidos y abundan los coigües, robles, canelos y arrayanes. En un punto, el bosque se acaba y comenzamos a descender por unas quebradas rojas, secas, llenas de pedruscos filosos, y donde más de algún animal debe haberse despeñado. El zorro chileno es astuto y burla con frecuencia a los perros. En un momento, estos, desconcertados, se ponen a correr en círculo, hasta que dos jinetes van a recobrar la pista, ocasión que aprovechamos para descansar y comer algo. Sin saberlo, yo soy el centro de la atención. Rusell, North, y otros me rodean. Comemos, hablando de trivialidades, hasta que North me aborda, directo.

—No hay que buscar fantasmas donde no los hay —declara—. Pensamos que Valparaíso es civilizado, pero basta que hurguemos un poco y comenzaremos a encontrar espiritistas, magos y malandrines. Yo lo veo a cada instante. De cien peticiones de dinero que recibo, setenta son mentiras. Usted es un joven científico, tengo entendido que de los mejores. Y yo soy un entusiasta de la ciencia. Dígame si necesita dinero para continuar con sus estudios —dice—. La ciencia no debe detenerse en cosas tan pueriles como el dinero. Pero le doy un consejo, Black: no vea fantasmas donde no los hay. Ya suficiente tenemos con Balmaceda como para que, además, la confianza de los inversionistas venga a ensuciarse con la fantasía de un caníbal.

Consideré muy bien sus palabras. No cualquier día, el rey del salitre ofrece financiar tus investigaciones. Declino amablemente su oferta, y me comprometo a mantenerlo informado.

—Si lo deja más tranquilo —continúa North— mis contactos me dicen que Pardo ya está a punto de capturar al culpable. Es increíble cómo un poco de presión aumenta la eficiencia hasta del más empantanado. Pareciera ser que hay un indio, un patagón, que escapó de un espectáculo. Usted más que nadie sabe lo que se puede esperar de esos salvajes.

Entonces comprendo.

Comprendo que, al igual que en el océano, en Valparaíso existen todo tipo de corrientes invisibles: flujos poderosos, comunicando otros sutiles, capas de información, miedos, corrientes por donde nos deslizábamos sin darnos cuenta… Eso había sido simplemente una amenaza para hacerme dudar de la solución al misterio. O la constatación de que la verdad es solo una pintura que nos confunde, como los panoramas que se asemejan al pasar por un puente sobre el Sena, o estar frente al Coliseo. Solamente son tinturas, formas, luces, palabras para engañar a los sentidos.

En eso nos llamaron para continuar la cacería. North no volvió a hablarme. Sabría de él mucho después, en otras circunstancias, mucho más urgentes.

Al intentar regresar, erré el camino y me perdí. Al principio pensé que sería algo de minutos, pero noté que estaba dando vuelta en círculos y que no podía encontrar la senda. El tiempo está totalmente perturbado. En pleno invierno hemos tenido días de calores intensos y la gente ya habla de un inminente terremoto. El sol caía de lleno sobre mi cabeza y noté que tenía la boca seca y la transpiración pegajosa, signos inconfundibles de deshidratación. Me arrepentí de no haber tomado suficiente agua. Un jinete, de los que había salido con el primer grupo, se acercó a ayudar. Me preguntó si estaba bien. Debía tener cuidado con los golpes de calor. Me recomendó que me pusiera sal bajo la lengua, un truco que había aprendido en la guerra egipcia con Sudán, donde él había sido oficial de Sanidad. Me dio agua de su cantimplora y me ayudó a sacar el caballo del abismo. Una vez recuperada la ruta, donde vimos al resto de la comitiva, se despidió con amabilidad y se fue. Cuando llegué a Las Zorras, pregunté por el jinete. Me resultó más fácil referirme a su caballo. Quizá el golpe de calor me había afectado más de lo que yo creía. Había olvidado sus facciones, incluso lo primero en que me fijo, los dientes, no podía recordarlos.

—Williams. Se refiere a Williams —me dicen.

—¿Es pintor? —pregunto.

—Sí, entre muchas otras cosas.

4 de agosto de 1889

Diario de Nolasco Black
El novio de Margarita

Llego de la excursión a eso de las cuatro y paso el resto de la tarde en mi gabinete. He limpiado, medido y analizado cuidadosamente las piezas dentales encontradas en la caldera del hospital. Son piezas jóvenes, redondeadas. La flor de lis, marcada. Las curvas pronunciadas y suaves. La línea de la dentina y el tamaño de la cámara pulpar y del agujero apical me indican una joven de entre veinte y veinticinco años. No hay descalcificación y advierto una restauración cuidadosa en un premolar. No hay tinciones. Hago un dentograma minucioso. Son los dientes de una joven de clase alta.

Al llegar a mi hotel, Margarita me está esperando en el vestíbulo. Una Margarita, espléndidamente vestida. Me dice que irá a ver el último concierto ofrecido por el señor Friedenthal.

—Tocará a Chopin, el *Souvenir de Russie* de Sor y luego, *Las danzas españolas* de Mcazkouaki.

Le digo que no podré acompañarla

—No seas tonto. No iré contigo. Iré con el inglés del que te hablé, que me contó que hoy te salvó la vida. ¿No es una extraordinaria coincidencia? Mira, ahí está.

Un hombre alto, de ojos negros, de aspecto atlético y refinado, se acerca a mí.

—Espero que esté mejor —dice—. Pregunté por usted para saber de su estado, pero ya se había ido.

Margarita se adelanta.

—Nolasco Black, te presento al señor John W. Williams.

Antes de que pueda reaccionar, Williams me da la mano con fuerza.

—Margarita me ha contado que usted es dentista y que ayuda a la policía. Y que puede conocer a una persona por los dientes... es extraordinario —comenta.

—Margarita siempre exagera conmigo —respondo.

Lo observo. Una pequeña incrustación de oro en el mesial del incisivo lateral derecho. Laterales alados, un síndrome típicamente inglés.

—Oh, ella lo admira mucho. No deja de hablar de usted. En realidad, todos hablan de usted. North nos contó que está en la búsqueda de un asesino. Sepa que es un tema que me interesa sobremanera.

—Y del que podrán hablar en extenso en otra ocasión —señala Margarita, tomándolo del brazo—. Vamos. La función es a las siete en punto.

Nos despedimos. En el último apretón de manos, Williams me mira con complicidad.

—¿Le parece si almorzamos el miércoles catorce? ¿Ostras en el hotel El Globo? ¿A la una?

—Ahí estaré —afirmo.

Solo cuando desaparecen por el lobby me doy cuenta de que no he dejado, ni por un segundo, de apretar los puños con toda mi fuerza.

5 de agosto de 1889

Diario de Nolasco Black
Cuando Emilia vuelva

En la mañana visito a Julio Lyon. Su mujer está deteriorada y él mismo se ha convertido en un ser frío y silencioso. Se ha dejado barba y trabaja desde su casa. Le pregunto cuál era el dentista de su hija. Me dice que era un viejo español que tiene su consulta cerca de la Aduana, pero que a Emilia no le gustaba porque siempre estaba malhumorado y que ya ella no quería ir más.

—Cuando Emilia vuelva, voy a insistir en que usted sea su dentista —me dice.

Me despido. No recuerdo si he podido mirarlo a los ojos.

5 de agosto de 1889

Diario de Nolasco Black
Morgana y *el dentista de Darwin*

Quise estudiar Odontología y no Medicina debido a dos eventos aislados, pero de alguna manera relacionados entre sí. Mi abuela, Teresa Spencer Thomson, era una inglesa hija de un pastor protestante que llegó a colonizar y evangelizar la Patagonia. Era la más pequeña de cinco hermanas y la única que sobrevivió a la gran epidemia de viruela que asoló a Punta Arenas a principios de siglo. Ahí se casó con mi abuelo, aunque ella dice que mi abuelo era un pirata que saqueó La Habana, donde la secuestró y se la llevó al fin del mundo.

Como sea que hayan ocurrido los hechos, al principio, mi abuelo, Eduardo Black Thomson, se había dedicado al negocio de los naufragios. El Estrecho de Magallanes era el lugar más peligroso del mundo y las aseguradoras pagaban bien. Los vapores, veleros, goletas, bergantines, necesitaban prácticos y, luego del naufragio, la tarea de recuperar el máximo de piezas del siniestro requería de hombres que supieran leer los peligros invisibles del estrecho, las rayas de mareas, las sicigias, los bajamares, los pleamares, las rocas a flor de agua, que supieran ver el cielo, la tormenta vecina —cuando los objetos parecen brillantes y cercanos—, las nubes inocentes que desencadenan en un temporal, los vientos tibios o enmarañados y, además, hombres que supieran desarmar en poco tiempo los buques siniestrados. Con eso, mi abuelo Eduardo hizo una gran fortuna y, después de veinte años de arrebatarle al estrecho lo que el estrecho les arrebataba a los hombres, decidió —debido a un prematuro reuma— quedarse en tierra. Entonces se dedicó al comercio. Puso una de las primeras casas de suministros y aparejos para los barcos que circulaban por el estrecho. Ahí, en plena costanera, la empresa Black & Son suministró todo lo que una tripulación cansada podía necesitar, desde un velamen hasta un cuchillo marinero. Desde barriles de sal hasta brea. Desde un astrolabio hasta un arpón traído desde el mismísimo Nantucket.

Mi padre, Eleuterio Black, como primogénito, tomó las riendas del negocio y lo expandió al bodegaje. Compró tres bodegas, las cubrió de aislante para el frío, les dio buena ventilación y ofreció un almacenaje seguro para las cargas de las embarcaciones, brindando seriedad, protección y cuidado para sus productos, que estarían a salvo tanto de ladrones como de las ratas o las inclemencias del tiempo.

Yo pasaba más tiempo con mi abuela que en la casa de mis padres. La abuela Teresa tenía una casa grande y vivía con tres sirvientas. Ya casi no veía. Una noche de viento, al prender la estufa a leña del dormitorio, una vela tomó una cortina y el viento de Magallanes hizo el resto. La casa de estilo francés, cortinajes europeos, mármoles romanos en su interior, quedó convertida en cenizas. A medianoche nos avisaron, y yo, de nueve años, fui a ayudar. Nunca pudieron reconocer cuál de los cuerpos era el de mi abuela. Finalmente se dijo que uno de ellos parecía ser el cadáver de Teresa. Solo sus dientes delataban el origen del cadáver. Después de muchas noches de escuchar cuentos ingleses sobre el king Arthur, Uther Pendragon, sir Ulfius, Nimue y la reina Morgana yo sabía perfectamente que sus incisivos eran pequeños, redondeados y los laterales parecían querer volar de la boca, en un eje completamente distinto. Años después, en la Escuela Dental de París, comprendí que esos laterales alados eran precisamente un síndrome distintivo de la raza inglesa. Comprendí entonces lo que había sucedido la noche del incendio. Mi abuela fue a parar a una fosa común y en el mausoleo familiar reposaba una de las sirvientas. Ella esperaba que se hiciera de noche y la abuela se fuera a dormir para ponerse sus vestidos que había sacado durante el día, mirarse al espejo y pasearse por los amplios corredores del primer piso, vistiendo sus joyas.

El segundo hecho que me llevó a la facultad de Odontología fue mi amistad con —quizá— el hombre más influyente de mi vida. El dentista de Darwin, Manuel Matus. Era un borracho perdido y pendenciero que efectivamente sostenía que la teoría de la evolución del famoso naturalista solo había podido ser escrita gracias a él.

En julio de 1834, un paciente suyo, Richard Corfield, le dijo que un querido amigo acababa de desembarcar en Valparaíso con un gran dolor de muelas. Manuel Matus recibió en su consulta en la calle Cruz de Reyes a Darwin «con una pulpitis del segundo premolar superior» como refería después.

Yo lo conocí cuando estaba en el colegio Mackay. Tenía dieciséis años y mi tía —con la que vivía en los tiempos en que mi familia pasaba seis meses en el puerto y seis meses en Punta Arenas— me llevó al único dentista que hablaba español en el centro. Manuel Matus seguía teniendo su consulta en Cruz de Reyes, fumaba en pipa, estaba constantemente ebrio y contaba historias. Pero me encantaba su arte. Era una mezcla apasionante entre la biología, la mecánica, la joyería y la escultura.

Él me enseñó a sacar muelas, a sangrar (y a parar el sangrado), a trabajar, puliendo dientes de cuerno de toro («el de jabalí es el mejor», decía) y a tallar jabón hasta aprenderme la anatomía dental de memoria, «porque un dentista debe sentir los dientes en su mano como si tocara el cuerpo de su mujer, sin duda alguna», proclamaba. Él me puso en contacto con académicos y me hizo postular para estudiar Odontología. Él me preparó para el examen de ingreso. Me contaba una y otra vez su aventura con Darwin. Una vez me mostró una carta. Efectivamente, Darwin le había escrito y le había enviado un ejemplar de *On the Origin of Species by Means of Natural Selection, Or, The Preservation of Favoured Races in the Struggle for Life*, firmada y con dedicatoria: «Si el tiempo y el azar nos hace mejores, su amistad es la prueba de ello. C. D.»

Tenía dieciséis años cuando leí la obra de Darwin. Lo que planteaba cambió mi vida.

Un mono. Un mono baja de un árbol y camina erguido. Un día toma una roca filosa y se hiere. Mira su sangre. Una roca hizo eso. No sus uñas, no sus dientes. Una roca filosa. No es una mala noticia. Es un golpe de suerte. Y con ella, mata. Y come. Y vuelve a matar. Mejora esa roca. La hace más filosa. Más prensible. Ahora su pulgar y no sus dientes, son las herramientas para ganarle a la Naturaleza. En una competencia prodigiosa entre especies, él tiene mejores habilidades. Planea, concibe, realiza estrategias. Consigue. Gana. Domina.

Y sigue matando.

5 de agosto de 1889

Diario de Nolasco Black
Parker es el hombre

Céneo encuentra el hotel donde se aloja Parker. Es el Aubry. Inmediatamente vamos a la calle de la Aduana. Preguntamos en la recepción en qué habitación se aloja el señor Parker, y nos dicen que hace tres días que no saben de él. El recepcionista se muestra molesto con esa situación. Aprovechamos que hay una exposición de comercio en el vestíbulo y subimos inmediatamente al tercer piso, como si fuéramos huéspedes. Forzamos la puerta con una llave maestra que el joven Roth mandó a construir a un viejo cerrajero. Siempre porta el instrumento *ad hoc*, no sé por qué. Entramos. La habitación está desordenada. Registramos los cajones. Nada. Solo cosas personales. Itinerarios, mapas, periódicos.

Céneo fuerza un cajón del armario. Un arma. Mapas de los prostíbulos del puerto.

Bajo la cama, una caja. La abrimos. Una carpeta con recortes de periódicos, dibujos y fotografías de mujeres... descuartizadas.

Luego, en una libreta, un grupo de nombres:

Martha Tabram
Mary Ann Nichols

Annie Chapma
Elizabeth Stride
Catherine Eddowes
Mary Jane Kell
Mylett Rose
Alice McKenzie
Frances Cole
Emma Elizabeth Smith

Al pie de la lista, cuatro víctimas más:

N. N., Río de Janeiro
Julia Mota, Río de Janeiro
Elena Krivoss, Valparaíso
María Juventina Salas Varas, Valparaíso

Ando trayendo en mi bocamanga la carta de Paget. Compruebo los nombres de las víctimas. Las primeras cinco son las víctimas canónicas de Jack en Londres. Miro a mi acompañante.

—Tenemos al hombre. Por Dios, Céneo. Tenemos al condenado hombre —exclamo con los ojos muy abiertos.

6 de agosto de 1889

Diario de Nolasco Black
Esa malcriada no se dejaba atender

Con los acontecimientos que no dan respiro he olvidado la pesquisa de los dientes de la joven de la caldera. Tomo un carro y después de una breve búsqueda llego donde el dentista de Emilia Lyon, el doctor Emilio Campos.

Debo aguardar en la sala de espera mientras escucho los gritos desgarradores de su último paciente, que sale una media hora después, sin algún molar y con una posible fractura de tabla mandibular y una futura infección. Al entrar a su gabinete, compruebo mi suposición. No hay ninguna regla de asepsia y más parece el local de un carnicero que el de un científico. Aún no se entera de los trabajos de Richard Friedrich Pfeiffer ni de Miller, pero en ese momento es lo que menos me importa. El dentista me recibe con suspicacia y no cambia su cara en toda nuestra conversación. Le pido la ficha clínica de Emilia Lyon. Es un dentista de la vieja escuela y, por supuesto, no la tiene.

—¿Qué es eso? ¿Por qué tendría que tener yo una ficha? Para eso está la memoria —replica, de mal modo.

Después de un rato, consigo que haga memoria y recuerde a Emilia.

—Es esa malcriada que no se dejaba atender —replica.

Le muestro el dibujo de la arcada, el dentograma y en una caja, le muestro sus dientes. Una extracción y una orificación en un premolar. Campos observa el modelo. Se queda en silencio.

—Solo le pido que haga un esfuerzo y me diga si este trabajo lo realizó usted —le solicito. Estoy muy tenso.

—No tengo que recordar nada —masculla—. Esos son los dientes de Emilia Lyon. Ese es mi trabajo.

7 de agosto de 1889

Diario de Nolasco Black
Aléjese de todo lo que tenga que ver con este caso

Pardo y el intendente me miran de otra manera. La última vez casi me echan a patadas. Ahora están en silencio y revisan una y otra vez mi informe, la compatibilidad entre los dientes de la joven de la caldera y los de Emilia Lyon, y una carta del dentista Emilio Campos, donde certifica que le realizó la restauración en un primer molar derecho, el mismo que encontramos.

Hizo falta la muerte de una joven de clase acomodada para que el asunto, súbitamente, cobrara importancia.

Por supuesto, no lo relacionan ni con el caso de la prostituta ni con el de la monja. Y por supuesto, menos lo relacionan con mi hipótesis de Jack. Para ellos, este es el caso uno. Ahora, que se ha confirmado, según ellos, la «primera» evidencia de un asesino en Valparaíso, tienen miedo. Miedo de no saber cómo manejar el asunto.

—El asesino tiene un nombre —señalo, impaciente a Pardo—. Mande a sus hombres a la habitación 53 del hotel Aubry y tendrá todas las pruebas y evidencia que necesita. Se llama Landon Parker y ustedes ya tienen un reporte sobre él.

—¿Ha estado investigando por su cuenta, Nolasco? —me mira indagatorio, Pardo—. Usted no tiene atribuciones para pesquisar nada. Aléjese de todo lo que tenga que ver con este caso.

Lo miro.

—¿Está más interesado en mí que en lo que le estoy diciendo y probando? —le reclamo—. Landon Parker puede cometer otro crimen en cualquier momento.

—Parker no tiene nada que ver —asegura Pardo, irguiéndose—. Créame. Ahora, Nolasco, le pido que se vaya. La próxima vez que sepa que se está metiendo en algo relacionado con ese hombre o con estos crímenes, lo encerraremos de inmediato. La justicia en manos de civiles es el fin del Estado de Derecho —declama.

El intendente parece, por primera vez, abatido. Me pide que deje todo en sus manos y que confíe. Para que las pesquisas lleguen a buen término, es necesario que me cuenten todo —indica.

Nos quedamos en silencio. Todos parecemos cansados. Como náufragos, pienso.

Pardo ahora se disculpa. Tiene que avisar a Lyon que los restos de su hija han sido identificados.

—Como lo conozco y soy el autor de este informe, creo que soy el apropiado para darle tal noticia —asevero.

—¿Está seguro?

—Insisto.

Pardo acepta. Esto lo ha aliviado. Puedo notarlo, porque ha dejado de contraer sus maseteros.

7 de agosto de 1889

Diario de Nolasco Black
Nomen nescio

Mientras Céneo investiga sobre Parker y su extraña red de protección, nos enteramos de que el lunes apareció un nuevo cadáver. Eso era lo que tenía tan nerviosos a Pardo y al intendente, y lo que me ocultaron tan convenientemente.

La nueva víctima es una joven sin nombre que nadie reclamó y de la que no se ha podido averiguar su nombre, ni su origen, ni su actividad. Una N. N. Una *Nomen nescio* que fue encontrada hace unos días por arrieros en los altos de Valparaíso. La mujer, de unos veinte años, se encontraba desnuda en un estero cerca del camino a Las Zorras. El descuartizador, con suma prolijidad, había vaciado de ella todos sus órganos nobles. Desde el piso superior del diafragma hasta su piso pélvico, solo había un espantoso vacío. Como es de suponer, todos esos detalles fueron provistos por el informante de Céneo Roth.

Pardo se halla otra vez presionado. Como en el primer caso, la causa fue atribuida a animales y lo despacharon rápidamente. Como estaba desnuda, ni siquiera se podía aventurar su clase y su condición con las pistas que entrega el vestuario.

Al contrario de lo que pensábamos, nos costó solo un par de botellas de sidra tener acceso a su cadáver, que aún estaba esperando la identificación en la morgue del puerto.

Dos cosas me llaman la atención. La primera, la integridad de su dentadura. Ni una sola caries. Oclusión céntrica. Todas sus treinta y dos piezas dentales perfectamente alineadas. Lo segundo, lo misterioso de su identidad. Es como si el asesino hubiera escogido una chilena promedio, sin ningún indicador particular.

—¿No te parece que Parker nos está dejando una señal? —comento—. Solo a nosotros nos interesa esta mujer. Es una desconocida. Él sabe que este asesinato pasará sin pena ni gloria. Si consideramos que es una especie de artista… ¿Para quién hizo realmente esta nueva obra? ¿Cuál es su público? ¿Un arriero? ¿Un campesino?

—Si solo pudiéramos saber lo último que ella vio —murmura Céneo frente a su cadáver.

—Podemos hacerlo —afirmo—. Pero para eso necesitamos sus ojos.

No bromeo.

En 1863, un fotógrafo inglés llamado William H. Warner descubrió que las imágenes captadas por el ojo podían quedar impresas en la púrpura visual. El profesor Wilhelm Kühne comprobó ese fenómeno cuando encontró, en los ojos de una rana muerta, la imagen de su mechero Bunsen. Descubrió que la imagen permanecía en la retina hasta una hora después de su fallecimiento. Nombró a esta técnica una optografía.

Todavía es posible. Los campesinos encontraron el cuerpo de la mujer sin nombre poco tiempo después de su deceso. La datación de la muerte es reciente.

—Vamos a buscar a un fotógrafo. Una muerte en pleno día, una datación de muerte reciente. Podemos saber quién la mató. Si tenemos suerte, Parker estará aún en su retina —exclamo mientras nos ponemos de pie.

8 de agosto de 1889

Diario de Nolasco Black
No hay nada que ver

He estado un largo rato fuera de la casona de Lyon esperando, sin decidirme a tocar. La mañana amanece fría. El *Britannia*, procedente de Liverpool, fondeó esta mañana en nuestro puerto. La niebla baja de los cerros implacable y cuesta divisar los objetos más allá de nuestras manos. Finalmente, me armo de valor y llamo a la puerta.

Me abre una criada y espero en la salita, la misma que rebosaba de alegría y música hace apenas unos meses. La sensación que me inunda es que pasó por ahí una tromba invisible y feroz, un viento de muerte y desesperanza y la casa quedó envejecida, opaca. Las cosas vibran con las frecuencias de sus propios dueños. Los objetos antes lustrosos y brillantes, se muestran ahora con toda su desnudez. El papel de las paredes se ve sucio y agrietado, las lámparas dan su luz sobre los cristales rotos, los sillones, las manchas y el moho.

Lyon me recibe con un abrazo. Ha envejecido varios años. Lo noto pequeño y frágil, como esos árboles muertos que mantienen su cáscara, pero que basta una pequeña presión para que se deshagan en mil astillas secas.

Me dice que su mujer está mejor gracias a unos tratamientos en base a unas pildoritas que tienen la forma de madonas, que son fabricadas por las monjas de un asilo cercano al templo de la Matriz. También está medicada tres veces a la semana con heroína, que la saca de su melancolía.

Yo no hablo. Luego, respiro hondo.

Le pido que se siente. No hay una buena manera de anunciar esto. Le cuento que encontramos a su hija, muerta. Calcinada en una caldera.

Pensé que se derrumbaría. Pero, muy por el contrario, hace gala de una sobresaliente demostración de entereza.

—De modo que alguien la asesinó —dice—. ¿No es posible que haya sido accidental? —pregunta después. Y veo la esperanza en su rostro.

—No —aclaro—. No es posible.

Lyon va a la ventana. Está a contraluz y sus rasgos están oscurecidos.

—Quiero verla —señala.

—No hay nada que ver —explico—. Solo tenemos algunos de sus dientes.

Recién entonces él se derrumba y llora. Llora como un niño en el silencio del salón.

9 de agosto de 1889

Diario de Nolasco Black
Los ojos de Venus

En la calle Maipú 194, trabaja Emilio Lavoisier, hijo del fotógrafo Federico Lavoisier de la tienda Fotografía Porteña, especializado en retratos de medio cuerpo. Desde hace un tiempo, Emilio ayuda a su padre en su tienda fotográfica, y es uno de los que más sabe de la nueva ciencia óptica.

Conversamos por un momento de las maravillas que ha comprado en su viaje a la Exposición Universal. Me habla de un nuevo invento, aún en ciernes, que se basa en tomar imágenes fotográficas que —superpuestas por un ingenioso método, al igual que nuestros conocidos zoótropos— dan la apariencia del movimiento.

—Imagine un panorama en movimiento —señala—. ¿Qué nos separará de la realidad?

Le comento de la optografía y constato que, sorprendentemente, está muy familiarizado con los trabajos de Warner y también los de Kühne. Pareciera ser que la conjuntiva humana tiene las mismas propiedades que la gelatina con bromuro de plata impresionada por la luz. Es un coloide que, desde el fondo de la pupila, graba lo figurado por la luz.

Le indico que necesitamos una optografía de Venus, nombre que Céneo ha inventado para el cadáver de la muchacha sin nombre.

—Quiero saber quién fue el último hombre al que miró esta mujer —sentencio.

Emilio Lavoisier parece fascinado con la idea.

7 de agosto de 1889

Relato sobre Céneo Roth
Les traeré la cabeza de ese hombre

El segundo miércoles de cada mes, Céneo visita a la muda y al niño. Pero este miércoles, la mujer lo recibe llorando. El niño sigue enfermo. Basta una mirada para que él, que ha leído más libros de medicina que cualquier doctor del San José, comprenda que aquellos brotes en forma de pápula, las hemorragias petequiales que se extienden por todo el cuerpo, en palmas y plantas de los pies, el estupor y la dificultad para articular palabra, son un indicio de que el niño tiene la fiebre de los campamentos o tifus exantemático, y que está grave. Muy grave.

—Necesita un médico —le explica—. Debemos llevarlo al hospital.

La muda no quiere. Sabe que llevarlo significa un diagnóstico, y que un diagnóstico conlleva aceptar que su hijo puede morir. A través de señas le indica que la medicina que él le ha estado trayendo lo tiene mucho mejor.

—No, no. No es así —replica él—. Su hijo está grave. Su sangre se está envenenando. Hay que llevarlo al hospital, ¡ahora!

Ante la negativa de la mujer, Roth baja corriendo las escaleras y sale a la calle. En la esquina, entre la gente, busca con desesperación a Urra. Este fuma mientras espera, charlando con unos chinos.

—El niño —exclama—. Se está muriendo.

Ahora ambos hombres suben las escaleras, cruzan el sucio pasillo y entran al pequeño piso. Al ver a Urra, la muda palidece. Grita sonidos monstruosos, se abalanza contra el policía, lo rasguña, pero él no parece percatarse de nada. Solo atina a tomar al niño, que hierve en fiebre, lo envuelve y, a pesar de su madre, baja con él en brazos. Céneo lo sigue. La muda los sigue a ambos, llorando. Toman un carruaje. Urra aferra al niño con fuerza. Con la fuerza de un padre ante un hijo cuya vida se escapa como la arena seca en un puño.

En el hospital, el ayudante de Carmen Carvajal acompaña a Urra y a la mujer. Esperan en silencio. Un médico sale y le pregunta a la madre cuántos días hace que el niño está así. Diez días, responde ella con señas. El médico le dice que le han hecho una sangría, han aplicado ácido bórico y le han bajado la fiebre con terapia térmica, pero que al décimo día los pacientes o se recuperan o mueren.

Urra, entonces, llama a un lado a Céneo y le hace una promesa:

—Asegúrate que ese niño viva. Habla con los que haya que hablar, con tu amigo el dentista, él conoce a los médicos de aquí. Si lo haces, y el niño vive... les traeré la cabeza de ese hombre.

Roth habla conmigo, y yo a mi vez hablo con Recabarren, el director del hospital, y con Manterola, el médico tratante. Ambos se comprometen a poner toda la atención en el niño, que se encuentra en un estado tal de gravedad, que toda precaución resulta, por lo que creo, bastante inútil.

Pero las cosas suceden así: el martes, el niño está a punto de morir. No se le realiza ninguna intervención fuera de las habituales. El miércoles, sin embargo, comienza a recuperarse. El río de las causas tiene vertientes insospechadas.

En ese momento ignorábamos que este suceso sería tan importante para nuestra búsqueda.

Y para mi vida.

10 de agosto de 1889

Diario de Nolasco Black
Púrpura visual

A primera hora de la mañana vamos con Céneo y el fotógrafo a ver a Venus. Después de sobornar a algunas personas con dinero contante y sonante (el soborno de sidra ya no funciona), nos permiten entrar con todo el equipo. Emilio Lavoisier necesita luz y, sobre todo, tiempo. El fotógrafo mira con atención los ojos de Venus, dos esferas sin vida. Me mira.

—Hay que aplicar la emulsión sobre la retina. ¿Estoy autorizado? —pregunta.

—Hágalo.

—Voy a fijar la púrpura visual con una emulsión de plata —agrega, dudoso.

—Emilio, ella ya está muerta. Haz lo que tengas que hacer.

Lavoisier se pone a trabajar: cubre la cabeza de Venus con un paño opaco, instala el sofisticado cajón fotográfico y toma cuatro optografías, de cuatro minutos cada una. Roth vigila en la puerta mientras yo tengo que sostener el pesado equipo. Luego salimos de ahí y nos dispersamos.

Ahora estamos en las manos de Lavoisier, de la óptica y de la magia de la química.

Necesito dormir, mañana iremos al hospital.

Averiguaremos quién estuvo cerca de Venus el minuto antes de su muerte.

11 de agosto de 1889

Diario de Nolasco Black
Lo exótico es excitante solo si está en el otro

Hoy me ha rondado un recuerdo.

Una conversación, breve, accidental, con Sir James Paget, el cirujano de la reina.

A veces he llegado a preguntarme si ese encuentro realmente existió. Yo, un simple estudiante de dentística, latinoamericano, y él el cirujano patólogo más importante de nuestra era, que ha hecho del microscopio una pieza fundamental del diagnóstico y que, hasta hace poco, era el cirujano más prestigiado de todo Londres, operando hasta veinte horas al día año tras año.

¿Cómo se produjo tal encuentro?

Andrew Sadler había sido mi tutor durante una estadía en Anatomía en el Bart's Hospital de Londres, estadía gestionada por Godon, desde París. Éramos cinco alumnos los favorecidos. Todos los días debíamos esperar a que los médicos desocuparan los pabellones, para que pudiésemos practicar la disección de cabeza y cuello. Nos repartimos los días en un pequeño sorteo, y a mí me tocaron los viernes y sábados por la noche. A veces me quedaba hasta las dos de la mañana disectando arterias y músculos de la cara. Un par de veces, un anciano delgado y de mirada luminosa, entró y trabajó en silencio en un cadáver, a mi lado. En ese tiempo, yo tenía (y tengo hasta hoy) admiración por Tennyson y Eliot. En mi maletín tenía un ejemplar de *El molino junto al Floss* y un *In Memoriam*, que leía con dificultad debido a mi defectuoso inglés y que sirvió, años después, para que Elizabeth me corrigiera. Un día, en una pausa, el viejo miró mi maletín, alzó los ojos y recitó, con una voz potente que retumbó en todo el hemiciclo:

Which weep a loss for ever new,
A void where heart on heart reposed;
And, where warm hands have prest and closed,
Silence, till I be silent too.

Luego me miró y me preguntó mi edad. Me dijo que era muy joven para leer a Tennyson.

—La melancolía se cristaliza y produce tumores. ¿Qué haces por aquí a estas horas y por qué no estás bebiendo o enamorando a una jovencita? —preguntó.

Le expliqué que estaba estudiando Odontología y que me asignaban poco tiempo de disección. Por la mañana pasaba muchas horas en la biblioteca de la universidad, y por la tarde Sadler me había conseguido un permiso para estudiar dentaduras de las momias egipcias en el Museo Británico. Eso le interesó al anciano. Así comenzamos largas conversaciones nocturnas cada viernes. Él me regaló un ejemplar de un ensayo que se llamaba *La historia del descubrimiento de la anestesia* donde hablaba del dentista Horace Well, descubridor del óxido nitroso.

Hasta aquí mi breve amistad con Paget. Había noches en que no decía una palabra. En otras se sentaba junto a mí y hablaba sobre música. Pero un día me habló de los coleccionistas y los museos.

—¿Has visto a los coleccionistas? El coleccionista hace una

recopilación de artefactos. Artefactos exóticos. Los va recogiendo para mostrarlos al hombre civilizado. Pero hay que tener cuidado, mi joven amigo. Si usted se fija, «lo exótico» es un término que establece la necesidad de que alguien contemple a algo desde un lugar superior. Napoleón mira las pirámides y siente miedo. La pirámide aún no ha sido conquistada. La mujer que visita el Museo Británico mira una momia y siente placer. La momia está encerrada tras un cristal. Lo exótico solo se permite si se tiene en un museo, en un zoológico, en un circo, en un espectáculo, pero no para que esté con nosotros. No para que conviva con nosotros, o esté en nosotros.

»Es como la patología. La patología es el mundo de lo exótico. Es excitante solo si está en el otro, y con un microscopio de por medio. Lo exótico debe ser puesto en exhibición, conquistado. Es la manera en que el hombre civilizado se siente seguro. Pero no podemos convivir realmente con eso. La pasión que mueve al arqueólogo, al científico o a nosotros mismos, no es siempre amor a la ciencia. Es algo más simple: es miedo.

Luego Paget guardó silencio por un largo rato.

Nunca más coincidimos un viernes. Cuando pregunté quién era él y describí su aspecto, todos se rieron a carcajadas. Era imposible, dijeron. Solo en ese momento supe de quién se trataba. Fue mejor, ya que, de haber sabido quién era realmente mi interlocutor, no hubiera podido pronunciar ni una palabra.

11 de agosto de 1889

Diario de Nolasco Black
Una breve pasantía humanitaria

Céneo me acompaña al hospital. El carruaje se demora debido a unas remodelaciones en la calle del Circo y estamos detenidos el tiempo suficiente para repasar todas nuestras hipótesis.

Emilia Lyon fue arrojada a una de las calderas del hospital. ¿Quién lo hizo? ¿Hay un nuevo homicida en el puerto? Y si no es así, ¿es parte de la serie?

—Si fuera así, no sigue el patrón de Jack —opina Céneo—. Este hombre expone, muestra su trabajo. Se alimenta del horror de su audiencia. Por el contrario, con Emilia, fue distinto. La ocultó. No quería que la encontraran. ¿Por qué?

—Porque ella lo conocía —aventuro una hipótesis—. Emilia Lyon conocía a Jack y alguien podría seguir el hilo desde ella hasta él.

—Entonces ¿para qué matarla? ¿Qué la llevó a matarla y romper todo su método? ¿Qué lo atrajo de ella, qué lo sacó de su plan?

—*Heterochromia iridum* —menciono.

—¿Qué?

—Jack es un coleccionista. Un coleccionista de anomalías. Emilia tenía una alteración en la pigmentación de sus ojos. Esa tentación pudo más que su sentido común, si es que lo tiene —señalo.

Entramos en el hospital. Pienso que Jack caminó por estos pasillos y que quizá nos topamos alguna vez.

Aunque hace ya un año que hago clases en este lugar, jamás había estado en el sector sur, donde están las bodegas, los insumos y las calderas. Hablamos con la enfermera jefe, la madre Teresa Ronuatto. Le decimos que trabajamos con la policía. No nos extraña que aún no la hayan entrevistado. Le preguntamos sobre Emilia y si algún paciente coincide con la descripción de nuestro sospechoso. Nos dice que no atienden a muchos ingleses, ya que ellos prefieren los servicios de su propio hospital. Preguntamos si es posible que un hombre hubiera conducido a Emilia hasta las calderas. Nos dice que a esa parte solo entra personal autorizado. Resulta obvio que se despertarían inmediatamente las sospechas si alguien no conocido entrara.

Jack y Emilia deben haber estado juntos en ese lugar de mutuo acuerdo. ¿Un funcionario del hospital?, pienso. Su novio dijo que había comenzado a frecuentar a un hombre.

La monja revisa las fechas. Ninguna visita.

—¿Y un médico? ¿Algún médico nuevo? —consulto.

Pero revisa y nada. Luego parece recordar algo.

Nos dice que, a comienzos de marzo, un médico hizo una breve pasantía humanitaria, una práctica con los leprosos. Vamos con ella a una gran sala, donde otra monja, ya mayor, pasa ronda.

—Madre Patricia —le dice la madre Ronuatto—, ¿cómo se llamaba aquel médico que venía en las tardes, el inglés...?

—Ah, el doctor Williams. Dios lo proteja. Estuvo en el *triage* de la caldera Bofourd. Salvó varias vidas en esa ocasión. También asistió un parto complicado...

La madre Ronuatto revisa el libro de incidencias.

—Aquí está, el doctor W. Williams. Aporte humanitario de dos semanas. Leprosario, lazareto y sala común. Asistido por la enfermera Emilia Lyon.

Con Céneo solo nos miramos.

Al salir del hospital caminamos en silencio. Le digo a Céneo que no saquemos ninguna conclusión. A lo menos yo, necesito aquietar mi mente.

Él, inquieto, no está de acuerdo.

—Hay que avisar a la policía —me insiste—. Advertirles sobre Parker y Williams...

—No —replico—. Esta vez no le avisaremos a nadie.

11 de agosto de 1889

Diario de Nolasco Black
Esto no se arregla con la policía

El hombre fuma nerviosamente. Me acerco a él. Es Urra, el ayudante de Pardo. Me ha dejado una nota para juntarnos en la cervecería Andwanter, en Errázuriz 80. Sin hablar mucho, entramos y pedimos un chop.

—¿Ha pensado seriamente en la presencia del demonio, doctor? —me pregunta Urra después de beber un vaso de cerveza casi al seco—. Se lo digo, porque usted no me conoce. Yo he visto cosas que mucha gente jamás podría ver en mil años. He visto a hombres con escorbuto, gritando blasfemias antes de morir. He visto a los hombres en el delta del Amazonas lanzándole flechas al sol durante un eclipse y luego he visto cómo han entregado al río una balsa con niños. He visto cómo en la Patagonia se comen la carne de las mujeres viejas y eso les produce placeres que solo pueden experimentar los que poseen un espíritu infernal. Usted no ha visto lo que yo he visto en Borneo, en los burdeles del Indostán, en los templos oscuros de la India, donde el demonio acecha desde diversas formas. Por monstruoso que parezca esto, no ha sido hecho ni por un Chivato ni por un animal salvaje. Esto ha sido hecho por un hombre.

»¿Quiere que le diga algo más? Este hombre está en transformación, está vigente; este hombre cree que está en lo correcto. Lo usual es que la culpa, que es nuestra medida moral, se encienda, y el homicida reiterado cometa torpes descuidos, ante todo, para ser descubierto, para que alguien lo haga cesar en su movimiento de muerte. En cambio, el demonio, no.

»El demonio sigue sin que la culpa lo ciegue jamás. Y está en Valparaíso, Nolasco. Y tiene un solo nombre. Su nombre es Williams, el amigo de North. El protegido del rey del salitre. Ese es su asesino. Él es el demonio.

—¿Qué pruebas tiene de lo que dice? —interrogo, con todos mis músculos en tensión.

Urra me mira.

—Pardo es una buena persona —continúa—. Un policía no puede ser buena persona. Un policía protege a las buenas personas. Yo no soy una buena persona. He estado en muchos lugares y eso me ha obligado a cargar con mis fantasmas. En el día del Juicio daré cuenta de ellos. Interrogamos a una amiga de la hija de Lyon: Antonia Montt. Dijo no saber nada. Yo sé cuando alguien miente. Volví en la tarde. Esperé que saliera. Tuvimos una conversación. Había que presionarla un poco, usted sabe, asustarla. Asustarla más de lo que ya estaba.

Urra me desliza un cuaderno verde, forrado en cuero florentino.

—¿Su diario? ¿El diario de Emilia?

—Exactamente —confirma Urra, y baja la voz—. Hay cosas interesantes. Léalo. Pero quiero pedirle un favor: esto no se arregla con la policía. Esto lo vamos a arreglar usted y yo. Pardo está cansado. Su pierna le duele día y noche. Está viejo. Se siente presionado. Y lo está. Esto lo vamos a arreglar como yo arreglé lo de Leitner. De la manera rápida. ¿Entiende?

—Pensábamos que era Parker —logro articular.

Estoy confuso. Me siento abrumado.

—Parker es de Scotland Yard —lanza Urra—. Nos llegó un

telegrama pidiéndonos información sobre su agente, desaparecido en el sur de América. Desaparecido, ¿entiende? Si se acercó demasiado a Williams, Parker ya es historia. Debe estar en el fondo de la bahía.

—Antes de hacer nada, Urra, necesitamos chequear su mordida. Necesitamos saber si estamos tras el hombre correcto —indico, con tono apremiante.

—Eso no será problema —asegura Urra, y se toma el resto de su cerveza.

6 de agosto de 1889

Midori. Relación de testigos
Una pequeña cartera y un escudo con dos leones

Midori sabe que un hombre la busca. Es el mismo hombre que ha buscado a otras mujeres por el puerto. Un inglés alto y misterioso. Dicen que ese hombre mató al Italiano a sangre fría. Dicen que ese hombre anda armado. Midori sabe que, tarde o temprano, ese hombre llegará a ella. Madame Ling le ha dicho que ese hombre ha pagado por su cuarto para la noche. Ella ha ofrecido al extranjero otras chicas, pero el hombre ha preferido esperar por ella, «la compañera china de Elena Krivoss». Midori sabe que el dentista, el único que podría vengar a Elena, no ha hecho nada. Midori visita a Li-Bo, el tatuador ciego. Midori gasta sus ahorros en dos cosas. En un tatuaje de una tigresa que le cruce la espalda. Li-Bo lo hace y toma toda una mañana. Su piel queda enrojecida y ella no se permite ni una lágrima. Una tigresa en movimiento de ataque, una tigresa enfurecida capaz de espantar al más terrible de los demonios de la oscuridad. Lo otro en que Midori gasta su dinero es en un local de los pasajes del bazar del barrio puerto, donde un judío vende armas de la guerra afgana: sables y todo tipo de hojas, de todos los aceros, que han derramado todas las sangres en todas las geografías. Midori elige una elegante daga cordobesa. La sopesa y la siente en su mano. Ambas se llevan bien. El judío se extraña de que Midori no regatee. Esa noche, Midori recibe al extranjero con un quimono rojo y lleno de dragones, cortesía de madame Ling. El hombre es mucho más alto y de mirada más clara que lo que imaginaba. Midori ha pensado muchas veces ese momento, cuando se encuentre al asesino de su amor. Ese hombre nunca podrá entender los vínculos dorados que enlazaban a la rusa con Midori. Todo marino quería casarse con la rusa. La rusa, bien lo sabía Midori, no se casaría, ni con un chileno ni con un extranjero, por el simple motivo de que Elena Krivoss ya no se pertenecía: era de Midori. El inglés se sienta en una silla y, extrañamente, no deja que Midori se desnude. Solo le interesa hablar. Quiere saber quiénes eran los clientes de Elena Krivoss. Necesita nombres, descripciones. ¿Para qué? Midori no tiene tiempo para averiguar motivos. Tampoco tiene tiempo para juzgar si ese hombre fue o no fue el que abrió como un pez a Elena, o por qué no fuma en pipa. Se acerca al inglés sentado en la silla. Solo sabe que debe besarlo, casi a la fuerza, y atravesar su pecho con la daga. Sabe que una vez dentro de su cuerpo, la daga debe girarse en el sentido del reloj para asegurarse de terminar bien el trabajo. Debe ser rápida, eficaz. El inglés ya no pregunta. Su cabeza pende sobre su pecho. Ahora ella no es Midori, es una tigresa. Ahora ha vengado la muerte de todas esas mujeres. Ahora que el inglés ha caído, sabe que debe huir, tomar un vapor al norte, dejar esta ciudad y olvidar. Pero antes de salir, de vestirse, de tomar sus pertenencias que aún caben en una pequeña valija, no puede evitar agacharse frente al hombre, sortear la sangre, registrar quién es. Solo para saber su nombre. Y lo encuentra. Una pequeña cartera, con una identificación donde está grabado un escudo con dos leones custodiando una celda, bajo una armadura con una corona real y un nombre: Landon Parker.

12 de agosto de 1889

Diario de Nolasco Black
Está bien tener miedo

Carmen Carvajal me espera a tomar el té. Me ha pedido que la visite en cuanto pueda antes del viernes. Me confiesa que su salud se ha resquebrajado en este mal invierno. Lo confirma una tos ronca que me preocupa. Ha bajado de peso. Me dice que está probando la última moda de las mujeres londinenses contra el resfrío:

—Tomo un martillito de caucho y me golpeo la frente entre las dos cejas, la nariz y la parte de la mejilla situada sobre los molares; luego froto enseguida con el pulgar y el índice —recita.

—Eso es… nada. Esa… técnica ni siquiera es… no tiene ningún sustento científico —trato de explicar sin ninguna convicción.

Ella se ríe

—Y eso qué importa.

Ambos sabemos que no se trata de un simple resfrío. Me dice que se irá a respirar el aire de la cordillera al sanatorio de San José de Maipo por una temporada y que Céneo se quedará en la casa para mantenerla. Me pregunta qué opino de su asistente.

—¿No es la persona más brillante que ha conocido?

Le digo que opino lo mismo.

Estoy distraído, disperso. Estoy todo el tiempo con la sensación inequívoca de una despedida.

—Se aproximan tiempos oscuros, mi querido Nolasco, los espíritus no dejan de hablar —señala Carmen—. Se aproxima la sangre. Mientras Balmaceda está enfrascado en su «Chile para los chilenos», y North está furioso porque ve peligrar sus inversiones en el salitre, se polariza el congreso. Puede que estalle una revolución.

Sé que esto es cierto. Lo más probable es que estalle. Sé, también, que aprovechando la convulsión, todos tratarán de sacar su tajada. La Sociedad Explotadora de Tierra del Fuego está negociando una concesión de un millón de hectáreas. El acuerdo se firmará en un hotel de Viña del Mar la próxima semana. Eso sella la suerte del pueblo selknam. Parecen hechos aislados, pero todo tiene que ver con lo mismo. Civilización y conquista.

—Ya encontramos al hombre —anuncio.

—Lo sé —dice ella—. Por eso quise que viniera. Necesito pedirle un favor. Cuide a Céneo. Aléjelo de él. Sé que él se ha convertido en su ayudante y está entusiasmado con eso. Usted parece alimentar su espíritu y darle un sentido a todo lo que sabe. Pero, por favor, manténgalo lejos de él.

—Se lo prometo —confirmo con una emoción extraña.

—Y con respecto a usted, mi joven dentista —continúa Carmen—, si va a disparar al tigre, más vale que acierte al corazón de una vez y no lo deje herido. Un tigre herido se va a llevar tras de sí a todos. Y cuide a sus mujeres —agrega—. Y no me refiero a mí, que estoy fuera de esto. Me refiero a aquellas que pueden resultar heridas en esta batalla.

Me pasa entonces una cadenilla.

—Tome. Como usted sabe, no soy católica, pero reconozco el poder de protección de ciertos amuletos. Este es uno de los más poderosos —asegura—. La medalla de San Benito, la tengo hace años. En un viaje a Roma, la sumergí en la pila bendita de la iglesia de San Pedro en el Vaticano. Me ha ido bien con ella. Mantiene lejos al mal.

Me pone la medalla al cuello. Luego me mira.

—Está bien tener miedo —susurra.

La abrazo y me voy. Sé con certeza que es la última vez que la veré.

12 de agosto de 1889

Carta de Nolasco Black a Teresa Gay
Necesito cambiar de aire por un tiempo

Estimada *Chironex fleckeri:*

Nuestro querido *Animalia Eumetazoa Bilateria Chordata Vertebrata Gnathostomata Mammalia Eutheria Carnivora Feliformia Feloidea Felidae Pantherinae Panthera Panthera tigris* aún merodea por los altos del puerto. Unos cazadores lo vieron y le dispararon, pero erraron. Supongo que ya sabremos de él, para bien o para mal. ¿Cómo está su ballena? No me haga escribir su taxonomía, que suficiente he tenido con aprender la del tigre para tratar de asombrarla.

Pienso en usted y la imagino en un foso de cal, al sol, como si estuviera en Egipto, puliendo huesos. Esta semana puede que sea la semana más importante de mi vida. Tengo que realizar unos trámites importantes aquí en Valparaíso y, si mis faenas llegan a buen puerto, me gustaría visitarla en Santiago el próximo mes. Creo que necesito cambiar de aire por un tiempo.

Quizá podríamos ir al teatro, y usted podría mostrarme su museo. No estoy acostumbrado a escribirle a una dama y desconozco la urbanidad de rigor, pero si he sido escueto, rudo o considera usted que no le interesa responderme, tomaré su silencio por respuesta.

Suyo,

NOLASCO BLACK

16 de agosto de 1889

Carta de Teresa Gay a Nolasco Black
¿Está usted cortejándome?

Estimado Nolasco:

¿Tan peligrosa me encuentra?
¿Está usted cortejándome?
Visíteme.

Chironex fleckeri

13 de agosto de 1889

Diario de Nolasco Black
Si alguna vez tiene que usar esto, úselo

Algo me dice que tengo que volver a ver a Matus. Han pasado diez años desde que escuchaba sus aventuras y temo no poder encontrarlo. Quizá la cirrosis ya hizo su trabajo, pero, en los cementerios de Valparaíso por lo menos, no está. Su antigua consulta ha sido arrasada por la modernidad y ahora en ese lugar se levanta un edificio nuevo. Pregunto a una vieja que renta una pieza al frente y me dice que ahora Matus vive en Quillota. Tomo el tren de las doce y me bajo en esa apacible ciudad. Camino por la magnífica plaza y luego de algunas averiguaciones y un par de monedas, obtengo una dirección.

No sé muy bien por qué necesito verlo, pero los últimos acontecimientos me han enseñado que es mejor seguir la intuición que estar inmovilizado en los pensamientos o en el raciocinio. La casa es humilde y estoy a punto de irme cuando me abre. Se ha convertido en un anciano pequeño, delgado, con un bastón hecho de un palo cualquiera y un traje de salida, verde, roído, pero digno, como si estuviera a punto de salir para ir al teatro. Pensé que no me reconocería. Pero solo basta que me mire para que lance una carcajada

—¡El joven flebótomo! —exclama—. ¡Por todos los cielos! ¡El nieto del pirata Black!

Me sirve mate bajo un parrón, ya casi sin hojas. Me cuenta que un molesto temblor le impide ejercer su profesión.

—La sífilis no perdona, mi joven amigo. Lo que me consuela es que al final terminaré loco, y no seré consciente de mí mismo.

Me pregunta por mi vida y la simplifico, omitiendo a Elizabeth. Omitiendo realmente todo. Me dice que los dentistas de ahora, con sus aparatos modernos, han perdido la habilidad de los antiguos. Me dice que a él lo instruyó un chino (olvido el nombre que me ha dicho) que «sacaba los dientes con sus dedos, sin fórceps, y anestesiaba poniendo agujas en la piel. Luego, como si no lo hubiera repetido ya mil veces, me cuenta, conectando a su favor una frase mía con otra suya, que «la evolución no perdona», y que él ha conocido a Darwin en persona, como si yo no lo supiera. Para no ofenderlo, me apresto a escuchar la misma historia que me sé, casi de memoria.

Al contrario de lo que esperaba escuchar, Matus me cuenta algo que jamás había escuchado. Luego que Darwin había paseado y registrado sus exploraciones por Chile, antes de embarcarse nuevamente, pasó la noche previa a su partida a la casa de Matus, a tomar una copa con él. Esa noche estuvieron bebiendo. Darwin se mostró sinceramente agradecido por el trabajo dental del chileno.

—Si no hubiera estado usted, mi viaje de vuelta hubiera sido un infierno —le dijo—. Luego hubiera llegado allá y hubiera gastado toda mi fortuna en un dentista de Harley Street.

Darwin creía en la permanencia de las formas. Y en la economía. Pero en su paso por Chile, la Naturaleza le demostró que era más exuberante y más diversa.

—Esa noche, hablamos largamente de los dientes de los humanos —me cuenta Matus—. Darwin me dijo que su teoría, que en ese tiempo estaba en ciernes, resultaba para todos los especímenes menos para los humanos. Le complicaban los dientes humanos. La ausencia de diademas o espacios, como los del chimpancé. Según él, había demasiados saltos inexplicables.

Demasiado eslabones perdidos.

Matus pasa de un tema a otro:

—¿Sabía usted que Darwin comía una sola vez al día? Es lo más lógico si uno lo piensa —comenta—. Los hombres de las cavernas necesitaban salir a cazar en las mañanas. Necesitaban estar alertas. Comían por primera vez, aproximadamente a las cuatro de la tarde. Y luego, nada más. Obligaban al organismo a estar atentos para los imprevistos —añade.

Lo observo. Nunca ha estado tan locuaz.

—Hay dos clases de evolución —asegura Matus—. La del colmillo y la del cerebro. En la primera, mientras tengamos caninos, necesitamos la carne. Y mientras necesitemos la carne, tendremos que matar. La evolución del colmillo se reduce a esto: cómo matar con eficiencia; cómo evitar ser muerto con eficiencia.

—Pero la evolución del cerebro es distinta —sostengo—. Somos seres pensantes. Ese camino evolutivo es diferente.

—Exacto —puntualiza Matus—. Y por eso es que los seres humanos estamos sometidos a dos fuerzas. ¿Cuál ganará? ¿El colmillo, que pulsa por matar; o el cerebro, que pulsa por dominar con ingenio la naturaleza? Solo tengo una respuesta a eso. Me la dio el mismo Darwin cuando se lo pregunté.

—¿Qué le dijo? —pregunto.

—Me obsequió su navaja de campo y me dijo: «Confíe siempre en su inteligencia, desarrolle al máximo sus capacidades intelectuales. Pero si alguna vez tiene que usar esto, úselo —termina Matus, con voz recogida en sí misma, casi emocionada.

Quedamos en silencio un rato. Luego, me pongo de pie y nos despedimos. No le había dicho a lo que iba, pero había obtenido plenamente mi respuesta.

Me abraza y —antes de irme— me obsequia la navaja de Darwin. Es un bello cortaplumas de mango de marfil y plata, de marca Aaron Hadfield.

Le digo que no puedo aceptarla.

—Por si alguna vez tiene que usarla —indica Matus—. A mí, ya no me sirve.

Se la acepto. Nos damos un abrazo y me voy.

Por supuesto que tendría que usarla.

14 de agosto de 1889

Diario de Nolasco Black
Una pequeña incrustación de oro

En el hotel de La Unión nos espera Lavoisier. Parece un niño al que le han encargado una proeza y ha conseguido su objetivo.

—Los tengo —exclama entusiasmado—. Tres optogramas magníficos.

Subimos los tres a mi habitación. Céneo y yo caminamos rápido, ansiosos. El fotógrafo saca con cuidado de su maletín tres placas reveladas en un marco de vidrio, como si fueran daguerrotipos. Dos de ellos son solo manchas. Es necesario tener mucha imaginación para poder ver algo. El último es más claro. La sombra de una cara, demasiado cercana para reconocer su fisonomía. Una boca abierta en una carcajada...

Y ahí, brillando al sol, manchas blancas como un collar. Dientes.

—¿Qué me dice de este? —pregunta Lavoisier con orgullo.

—Que tenemos una fotografía de sus dientes. Pero no nos sirve de mucho. No hay bordes ni contrastes nítidos. Sin embargo, aquí hay algo. Algo importantísimo. Mire esa luz brillante ahí. Ese brillo blanco sobre el resto. Una especie de haz de luz que brota del frente —menciono.

—¿Qué es? —pregunta.

—Un haz de luz que rebota en una superficie con mayor difracción que la dentina. Oro.

—¿Oro? —repite Emilio.

—Una pequeña incrustación de oro, en el lateral derecho. El optograma es inverso y contralateral. El sol le dio de lleno —explico.

—¿Sirve?

—Nos sirve tremendamente Emilio —afirmo.

Lo hacemos salir rápidamente del cuarto, pasándole su bolso y sus artefactos.

—Te mantendremos informado —le anunciamos—. Y no te quepa duda alguna, haremos notar tu inmenso aporte investigativo a la policía científica. Dale muchos saludos a tu padre.

Cerramos la puerta tras él.

—¿Entonces? —consulta Céneo, mirando una y otra vez el tercer optograma.

—Una orificación solo puede tenerla un hombre de recursos —afirmo—. Requiere dinero, paciencia y mucho tiempo. Eso descarta al ballenero. Y Parker no está en el juego.

—Y Williams…

—Sí. Tiene una incrustación, exactamente en el lateral derecho. Laterales alados: síndrome inglés. Estuvo en el hospital. Sabe usar un bisturí. Conoce la anatomía humana a la perfección.

—Tenemos que avisar a todos.

—No hay tiempo —digo—. En una hora más almuerzo con él.

14 de agosto de 1889

Diario de Nolasco Black
El cuerpo nos da todas las respuestas

Me visto como si fuera a mi propio funeral. Pienso en un duelo y también pienso que debería ir armado, pero la presencia de un revólver rebajaría el encuentro. No tengo autoridad para arrestarlo, pero necesito verle la cara y tener la certeza de que él es quien creo que es. En definitiva, necesito mirar sus dientes.

Llego unos minutos antes de las seis al hotel El Globo. No bien he llegado y me he sentado a una mesa que da a la bahía, cuando lo veo entrar. Son las ocho. Ni un minuto antes ni después. Me fijo en él como si fuera la primera vez que lo veo, como si no nos hubiéramos encontrado ya dos veces. Es un hombre alto, pelo negro. Mirada de águila. Ojos oscuros, impenetrables. Resistentes a ser leídos.

No nos estrechamos la mano. No quiero forzarme a dársela. Él solamente se sienta y mira la carta.

—¿Le gustaría beber algo? Me dicen que hay un buen surtido de espárragos. Y que aparte de las ostras, la sopa de tortuga es extraordinaria.

Antes de que yo pueda decir algo, él llama al mozo y pide un Ayala, Château d'Ay. El mozo sirve dos copas. Yo no toco la mía.

—No dilatemos más esto —planteo.

—He asistido a sus clases —comenta Williams, tomando un largo sorbo de su copa—. Podemos hablar largamente de los dientes. ¿Sabía que Aristóteles decía que las mujeres tenían menos dientes que los hombres?

—Un error que lo persiguió hasta el final de sus días —agrego.

—Hubiera bastado que se acercara a una mujer y los contara. Pero no lo hizo. A veces, para encontrar la verdad, hay que mirar —asegura. Su voz es magnética. Fría, segura, impávida.

—¿Y qué verdad quiere encontrar en este puerto, señor?

—Me interesa ayudar a la ciencia, y también soy un turista. Entiendo que está tras un homicida. Un par de mujeres desafortunadas. ¿Es así?

—Creo que el homicida de Londres llamado Jack el Destripador tomó un vapor de la Pacific Steam y está en Valparaíso —señalo.

—Que exótica elección —indica Williams.

—El Imperio británico tiene redes en África y en gran parte de Asia. Si alguien quisiera escapar de su influjo, solo le quedaría América. Y entiendo que Valparaíso ha sido muy bien publicitado como destino, en todo Londres.

—Por North, efusivamente —confirma Williams—. Pero Jack...

—Es extraño que los crímenes en Whitechapel hayan cesado... y que exactamente después de lo que dura un viaje desde Liverpool a Valparaíso, surja un imitador aquí...

En ese momento Williams ve entrar a un grupo de caballeros. Me pide las disculpas del caso y se levanta a saludarlos. Yo tomo la pipa que me dio la mujer del burdel y la pongo sobre la mesa, en el puesto de Williams. Después de despedirse de ellos, Williams vuelve a la mesa.

—Es increíble que hasta en el fin del mundo, uno se encuentre con conocidos. Estábamos en que usted está tras la búsqueda de un extranjero.

—Con conocimientos de anatomía —agrego—. Recién llegado. Y que cree que porque está en un país sudamericano puede darse el lujo de no ser precavido.

Williams me mira.

—¿Y usted sospecha de mí?

—No —respondo—. No sospecho, sé que es usted.

Williams sonríe y acerca a sí su copa de coñac.

—Me gusta eso —señala—. Los chilenos son indirectos, esquivos. Usted, no. Y me está culpando de asesinato. ¿Cuál sería mi móvil? ¿Mi motivo?

—El espíritu en la materia —le respondo.

Williams se echa hacia atrás en su silla. Nuevamente sonríe.

—Estamos a las puertas de un nuevo siglo. Usted es un hombre de ciencia. La superstición debe darle paso a la investigación. Dejemos el alma para los filósofos. El comportamiento es otra cosa. El cuerpo. El cuerpo nos da todas las respuestas —expone.

Lo observo con cuidado. Ningún músculo de su cara presenta señales de ansiedad.

—Me preguntó por su móvil —aclaro—, y se lo repito: el espíritu. El espíritu en la materia. Como usted no cree en él, busca las explicaciones en la materia. Sondea en el interior de los cuerpos, buscando, hurgando. ¿Me equivoco? ¿No es eso lo que hace la frenología? ¿No es eso lo que le interesa, la forma, el órgano, y no la función, la...?

—Se equivoca —me interrumpe—. Me interesa la función. Estoy enamorado del ser humano. Y es mi deber, como científico, comprender que somos, básicamente, animales, que deben desgarrar, cortar, triturar... lo sabemos... un canino que desgarra, un incisivo con su forma de paleta, que corta, o un molar, que tritura. Lo sabemos... usted y yo. Somos un bello ejemplo de cómo la forma se impone a la función. No necesitamos un alma para entender que somos animales. Magníficos animales incomprendidos. Y yo... yo solo quiero comprenderlos.

—Es lamentable que para llegar a esas respuestas tenga usted que matar —digo.

—¿Cómo saber de entre todos los órganos, cuál es el órgano especial sin abrir el recipiente y extraerlo? En ese caso, la muerte del huésped, es un mal menor —afirma.

En toda la conversación, sin darse cuenta, Williams ha tomado su pipa y jugueteando con ella, se la ha llevado a sus premolares, donde encaja perfectamente. Lo miro. En ese momento Williams comprende que ha caído en esa tonta trampa. Entonces me mira de vuelta.

—¿Ha escuchado el dicho de que si uno es realmente dueño de algo, eso siempre vuelve a uno? —comenta sonriendo—. Esta pipa la compré en una deliciosa tienda en París, cerca del Palais Royal, el almacén de pipas A L'oriental.

Pide a un mozo que le traiga tabaco y cerillas.

—La gente no tiene idea de cómo cargar una pipa. Le diría que la preparación resulta más placentera, incluso, que fumar. Es un momento privado y relajante. Usted es minucioso. Me entenderá.

—Nunca me atrajo el tabaco.

—La clave es separar ligeramente las hebras e irla cargando de a poco. Las primeras briznas se meten holgadas en la cazoleta y luego se van apretando cada vez más. Me gusta cuando, al ejercer una ligera presión con el dedo índice, noto que el tabaco es algo elástico... como un dedo hundiéndose en la piel... ¿se entiende?

Enciende la pipa.

—A la primera fumada, se debe apreciar una ligera y agradable resistencia...

Williams da unas bocanadas, se empapa del sabor del tabaco. Entrecierra los ojos.

—¿Dónde tiene los órganos? ¿Aquí? ¿Ya los embarcó? ¿Son solo de mujeres de Valparaíso? Lo dudo, usted viene recolectando. Hay cuatro puertos antes. Supongo que su próximo destino es El Callao.

—Así que de verdad llegó a la conclusión de que soy su asesino. Me gustaría saber cómo funciona su mente. Solo por curiosidad. ¿Cómo llegó a esta conclusión?

—Van a colgarlo —afirmo—. Y cuando esté a punto de romperse la columna cervical y sienta que ya no le responden los músculos, quiero que piense en esas mujeres.

—Aún en un lugar como este, ¿no se necesitan pruebas para juzgar a alguien?

—Yo las tengo —lo desafío. Mis dientes están tan apretados que apenas puedo proferir palabra.

Williams me mira.

—¿Español con alguna mezcla indígena? —especula—. Dos razas menores, que tienden a la sensualidad y a la pereza. Interesante. Habrá que buscar entre sus ancestros. Su abuelo quizá. Si tuviéramos tiempo, me hubiera gustado mostrarle los interesantísimos trabajos del doctor Mendel. Ahora, con todo respeto, debo interrumpir esta conversación. Debe irse. La policía debe estar por llegar. Me he permitido enviar anónimamente una serie de pruebas que lo incriminan, en al menos tres de los cinco homicidios. Puede salir por la puerta de atrás, pero hágalo ahora. Ya llegan

Eso me desconcierta. No atino a moverme.

—¿De qué está hablando?

—De que usted no es el único que puede jugar con el cuerpo, Nolasco Black. En algunos minutos, si no escapa, será arrestado por el asesinato de Elena Krivoss, la prostituta que frecuentaba habitualmente. Por el de la mujer en Las Zorras, que fue mutilada cuando, accidentalmente, usted se perdió en ese lugar con todos los testigos posibles. Por el de Emilia Lyon, que frecuentaba sus clases, y con la que solía conversar en las calderas. Y... olvido a alguien... Ah, sí, por supuesto, y por el homicidio de su ayudante, la española ardiente, su amante, despechado usted porque ella lo abandonó por un obeso dentista santiaguino.

Una descarga de adrenalina baja como agua hirviendo por mi columna.

Me abalanzo sobre Williams y lo tomo de su chaqueta.

—¿De qué habla...? —apenas puedo hacer salir los sonidos de mi garganta—. ¿Qué le hizo a Esperanza...?

La gente reacciona, me miran. Un murmullo recorre el comedor.

—Es interesante que alguien como usted no se haya cuidado y haya dejado su impronta en todo su cuerpo.

—Mi modelo —balbuceo, ronco—. Usted le robó mi modelo.

Miro, y efectivamente, Pardo y sus hombres ya están rodeando el restaurante.

—Vaya. Yo pago la cuenta —señala Williams.

Lo suelto. Comprendo que él cuenta con la multitud y con los mozos, que ya se acercan. El hombre de mirada oscura como un pozo que termina en el mismo infierno, me mira y solo en ese instante, bebe un sorbo de su coñac.

Me levanto. Salgo del comedor por la cocina y alcanzo la calle por Blanco. Trato de caminar tranquilo, para que los hombres de Pardo no perciban a un hombre corriendo en medio de la multitud. He caminado unos pasos cuando Juan Soto, que ha salido por donde yo lo he hecho, me ve. Junto con los guardias de vigilancia, me grita que me detenga. Comienza a correr tras de mí. Cruzo la calle y comienzo a huir. La persecución dura varias calles, entre carruajes, carros de sangre, carretelas, burros, transeúntes. Finalmente, alcanzo la plaza Echaurren y me meto al mercado. Es miércoles y está lleno. Ahí, entre los pasajes de vendedores de pescado, frutas, y objetos de todas las latitudes, los pierdo.

Dimitri me espera en la escalinata de la iglesia de la Matriz. Unas monedas en manos de unos niños han llevado el mensaje al Griego. Le digo que quiero verlo ahora. Agrego una nota sobre lo que me debe. Dimitri acude y no hace preguntas. Envuelto en un paño, me pasa un revólver Enfield de 12 mm y cañón basculante. Un Enfield británico. Pienso en ese momento que no puede haber un arma más apropiada. No le pregunto de dónde lo ha sacado y él no me pregunta para qué lo usaré. Le digo que se lo pagaré a la brevedad. Dimitri me dice que no me preocupe (lo que, en este momento, es casi irónico), y que si necesito compañía «para lo que sea que tiene que hacer», que cuente con él.

—En Dimitri usted tiene un buen amigo, doctor. Un muy buen amigo —exclama.

14 de agosto de 1889

Diario de Nolasco Black
Cierra los ojos y no manotees

Corro a la casa de Margarita. Me abre su criada y luego aparece, alertada por los golpes, Marina Riesco, una tía lejana que oficia de chaperona e institutriz mientras los padres de Margarita están en Punta Arenas. Ella se viene levantando y baja la escalera sorprendida. Se asombra más aún al mirar mi cara. En la salita, nos dejan solos. Le digo que debe empacar sus cosas y tomar el primer tren a Santiago.

—¿Te volviste loco, primo? No me voy a ningún lado.

—Escúchame atentamente. Debes dejar de ver a Williams. Vamos —la urjo—. ¿Dónde está tu ropa?

—No. No haré nada si no me explicas —se cruza de brazos Margarita.

—Estás en peligro de muerte, prima. Tú y todas las mujeres que me rodean. John Williams es un asesino.

—¿Qué dices? —masculla Margarita.

—En Santiago te recibirá el tío Blas. Blas Urzúa y su mujer te cuidarán bien hasta que todo se calme. Es eso o Punta Arenas, pero para allá no hay un vapor hasta el miércoles y él viene tras de ti. Margarita, créeme. No me he vuelto loco. Debe ser ahora.

Margarita me mira.

—Dicen que no estás bien, primo —susurra en voz baja—. Eduardo, me preocupas…

—¿Recuerdas cuando teníamos once años y estábamos bañándonos en Quintero y te llevó el mar? ¿Recuerdas lo que te dije cuando llegué nadando hasta ti?

—Que cerrara los ojos y no manoteara, que tú te harías cargo.

—Si seguías resistiendo, nos íbamos a ahogar los dos. Ahora es igual. Dile a tu tía Marina que debes cuidar al tío Blas, en Santiago. Que yo te he traído la noticia de que está muy enfermo y que debes viajar de inmediato a la capital, por una temporada.

Miro a Margarita. Mueve la cabeza, incrédula.

—Williams un asesino… Puedes estar equivocado, Nolasco… ¿Estás… realmente… seguro?

—Asesinó a Emilia Lyon. No tengo pruebas ahora para mostrarte. Solo te pido que me creas.

Entonces, algo pasa en ella. Quizá ha sido la intensidad de mis palabras o la sensación, en una capa antigua de su cerebro, en la capa más antigua y animal de los humanos, de que yo tengo razón. Veo cómo empieza a pensar que quizá eso que siente por Williams, esa tensión similar al enamoramiento, es un ancestral estado de alerta frente al peligro.

—Nolasco, tengo miedo —exclama.

—Vamos. No hay tiempo que perder.

La acompaño en el carruaje hasta la estación. La dejo en su asiento del tren y nos abrazamos. Luego recorro los andenes para asegurarme de que Williams no está ahí. El tren parte. En ese momento, cuando lo veo alejarse, es una de las pocas veces, en toda esta cadena de eventos, que siento algo parecido al alivio.

14 de agosto de 1889

Diario de Nolasco Black
El mascarón de Minerva

Me acogen en su casa Virginia y su hermana Gretel. Ese living, el conocido sillón, el metrónomo, me parecen ahora un refugio, un territorio seguro. Virginia, con sus habilidades de terapeuta, calma mis pensamientos agolpados y me sugiere que me vaya a Santiago por un tiempo; hasta que, con todos los elementos, y con la policía, quizá logremos neutralizar a Williams.

—Pero debe tomar distancia. Ahora él es poderoso y nosotros débiles —explica.

Céneo llega. Escribimos una larga carta para Pardo explicando, punto por punto, mi defensa, exponiendo el resultado de mis investigaciones y justificando mi huida.

Aunque es peligroso, necesito dinero y un par de cosas personales del hotel. Céneo y Virginia se ofrecen a ir, pero me niego. No puedo exponer a nadie más. Prometo ser cauteloso. El dueño del hotel es mi amigo.

En el hotel, hay una nota para mí. Es de Esperanza. Un estremecimiento recorre mi espalda. La leo con urgencia. Mi vista salta por sobre las palabras:

Nolasco, volví de Santiago. He dejado a mi último novio. Resultó un desastre. Los dentistas, Nolasco, por Dios, los den-

331

tistas, qué seres más aburridos y maniáticos… ¿Por qué tú eres tan diferente?…

Me salto la página, necesito llegar a lo importante:

… He conocido a un extranjero… Un médico encantador, tengo que presentártelo formalmente, aunque prometí guardar el secreto. Él dice que te conoce.

La fecha de la nota es de apenas un día atrás. ¿Y si lo que dijo Williams fue solo un *bluff*? ¿Y si Esperanza está bien y *aún* no le ocurre nada?

Debo advertirle, quizá puedo salvarla.

Tomo el revólver, lo guardo, dejo la valija sobre la cama, bajo las escaleras a toda velocidad. Trato de tomar un carruaje, pero el tráfico es demasiado. Corro por el centro, en dirección al muelle Barón. Llego a las bodegas con el corazón bombeando, exhausto. Subo a su buhardilla y golpeo. Llamo con más fuerza. Saco el arma. De una patada abro la puerta.

Entro a la gran sala. No parece haber nadie. Solo los mascarones me miran en la oscuridad. Enciendo una lámpara de gas. El mascarón de Minerva, en el que Esperanza ha estado trabajando todos estos meses, está terminado. Sobre las manos de la diosa de madera, que parece suplicar al mar por buen viento y travesías afortunadas, está colgada Esperanza. Parece una de esas muñecas de trapo, que quedan desarticuladas y sin vida después de vaciarse su relleno. Tardo un momento en comprender que está amarrada a la estructura… con su propio intestino. Trato de acercarme, pero no puedo. En su cuerpo, en sus brazos, en sus pechos, unas marcas ovoides. Me acerco y compruebo que son mordidas, perfectamente realizadas. Marcas sobre la piel que esperan identificación.

Mordidas que muestran una leve desviación del incisivo central superior derecho que me recuerda algo familiar. Son mis dientes. Son mis arcadas. Busco en los estantes el modelo articulado de mi dentadura que usaba Esperanza como referencia. Obviamente, ya no está. He sido incriminado definitivamente. Quedo paralizado.

Luego reacciono. Debería ayudarla. Debería sacarla de esa posición blasfema, pero no puedo. Salgo corriendo. Corro hasta que ya no puedo más. Luego me detengo. He cruzado todo el puerto. Me aferro a unas rocas y mi estómago da vueltas. No puedo mantenerme en pie.

15 de agosto de 1889

Diario de Nolasco Black
Veo el amanecer

En la playa, veo el amanecer. Luego escucho los carruajes de la policía. Ellos bajan y siento sus pisadas silenciosas sobre la arena. Son amables conmigo. Pardo se ha preocupado de eso.

16 de agosto de 1889

Diario de Nolasco Black
Bebe tú mismo tu veneno

Estoy encarcelado. Me encierran en un calabozo en los altos de la intendencia. Paso la noche en una pequeña celda que tiene el lujo de mirar al cielo desde una pequeña ventanita practicada en el techo. Desde ahí se ve el reloj, aún con los proyectiles españoles del bombardeo de 1866. Miro con atención la medalla de San Benito. En el anverso, rodeando la figura del santo, la frase: *Eius in obitu nostro praesentia muniamur.* «Que a la hora de nuestra muerte, nos proteja tu presencia.» Al reverso, una serie de combinaciones de letras. En el palo horizontal de la cruz: N D S M D. *Non Draco Sit Mihi Dux.* «Que el demonio no sea mi jefe.» En la parte superior, una serie de inscripciones: V R S. *Vade Retro Satanas.* «Aléjate, Satanás.» N S M V. *Non Suade Mihi Vana.* «No me aconsejes cosas vanas.» S M Q L. *Sunt Mala Quae Libas.* «Es malo lo que me ofreces.»
I V B. *Ipse Venena Bibas.* «Bebe tú mismo tu veneno.»
—Bebe tú mismo tu veneno —me digo.

Al día siguiente, me visita Gasalli con Telésforo. Son amigos del intendente y muestran asombro y preocupación. Hablan de que me van a conseguir un buen abogado. Un muy buen abogado. Las pruebas suministradas por un inglés, gran ami-

335

go de John Thomas North —y al que el mismo rey del salitre ha contratado para ayudar en la investigación de los homicidios—, son irreprochables, sólidas, sustanciosas y apuntan a mí. Me dicen que necesito poner en manos del abogado toda la evidencia de que dispongo. Les agradezco la visita, les digo que contacten a Carmen Carvajal, a Virginia Viterbo y a Céneo Roth. Ellos podrán aclarar que me han tendido una trampa. Se comprometen a hacerlo. Se despiden. Los veo alejarse, silenciosos.

Luego, en la soledad de la celda, oigo rumores de que North está presionando al gobierno central para que este sea un juicio rápido y me lleven a la horca cuanto antes. También escucho que despidieron a Pardo, por incompetente, y que van a cerrar la Policía de Pesquisas y a adelantar la instauración, a la brevedad, de un nuevo tipo de fuerza policíaca. Pero no me queda claro si esto último sea verdad o un rumor malintencionado.

17 de agosto de 1889

Diario de Nolasco Black
Nada de lo que esté escrito tiene trascendencia

Estoy durmiendo y siento ruidos. De pronto, alguien me llama por mi nombre. Es Urra. Me dice que guarde silencio y que un carruaje me espera. Me abre la puerta de la celda. En el pasillo veo un par de gendarmes en el suelo.

—No se preocupe —aclara—. Solo están aturdidos.

—¿Por qué hace esto?

—Usted salvó la vida de mi hijo —contesta Urra—. Soy un hombre que sabe devolver favores.

Afuera, a unos metros de la esquina, efectivamente, un carruaje espera y me subo. Urra se despide y se pierde en la noche. Soy un prófugo, pienso, y entro en el coche.

Me sorprende ver adentro a Pardo, a Gasalli y a Céneo, quien tiene mi valija que había dejado olvidada en el hotel.

—No sé qué decir —balbuceo.

Miro a Pardo.

—Escuché que...

—Sí, que mi carrera está arruinada —me interrumpe—. Es exacto. —Está encorvado y tiene círculos oscuros en los ojos.

Miro a Gasalli.

—Esto es mejor que una aburrida reunión de la Sociedad Científica —comenta—. Cómo querías que me quedara afuera, todo lo organizó Céneo.

Miro a Roth.

—También ayudaron Virginia y Carmen —agrega este.

—¿Pero ahora, qué…?

—Ahora vamos por ese hijo de puta —asegura Pardo.

Mientras vamos en el carruaje, el silencio se instala entre nosotros.

El comisionado, Céneo, Gasalli y yo miramos hacia afuera tratando de no hablar. Quizá, porque hacerlo sería evidenciar la inmensidad del mal a que nos enfrentamos, o lo pobre o débil del plan que estamos a punto de llevar a cabo. En el carruaje hay unos periódicos del día. Las noticias me parecen lejanas, débiles. Lo más importante está a punto de ocurrir. Nada de lo que esté escrito tiene trascendencia. Solo nosotros en el carruaje, rumbo a El Almendral, y nuestro plan pueden cambiar, en algo, la historia.

Las páginas del diario lanzan noticias que leo al azar:

La influenza o gripe rusa, originada en San Petersburgo, avanza por Europa.

En París, el español Josep Oller acaba de abrir en el número 82 del boulevard de Clichy, un nuevo local llamado The Moulin Rouge, con un espectáculo escandaloso aún para las mentes más liberales de la Belle Époque.

Prohibiciones curiosas: sabemos por conductos diversos, y que nos merecen toda consideración, que los padres franceses han dado en la manía singular de aprovechar las confesiones para prohibir la lectura de El Heraldo y la asistencia al teatro Victoria.

Dejo el diario en el asiento. Nos detenemos en el estudio de Virginia Borges. Ella nos está esperando. Aunque intenta aliviarnos con una sonrisa, su preocupación es evidente.

18 de agosto de 1889

Diario de Nolasco Black
Un plan en las sombras

Hemos transportado el fonógrafo... *(texto del original total-mente ilegible).*

19 de agosto de 1889

Diario de Nolasco Black
El cuerpo nos da todas las respuestas

Espero sentado en la penumbra de la casa de Williams. El espacio está semivacío. Maletas y baúles. Entre los libros que veo que está empacando, una copia del *Testud Latarjet*, el libro *Anatomía humana*, de rigor, una *Historia natural*, de Plinio, y una copia de Lombroso de *La mujer delincuente*.

Se escucha la puerta y alguien entra. Mi corazón bombea y debo secar mis manos cubiertas de sudor. Permanezco sentado, como lo hemos previsto. Al encender las lámparas, Williams me mira. No parece sorprenderse. Lo apunto con mi arma.

Williams, de traje, deja con elegancia y tranquilidad su sombrero, su bastón y su estuche médico y va al bar a prepararse algo. No dejo de apuntarlo.

—¿Que quiere beber, dentista? ¿Coñac? Discúlpeme que no tenga sirvientes, pero sé que ya lo sabe. Los despedí con mucho dolor —menciona con tranquilidad.

—Siéntese —ordeno.

—Aunque mi barco parte en la madrugada, decidí que no podía irme de Valparaíso sin ver el *Sullivan*, en el teatro Victoria. Hubiera querido ir con su prima. Le hubiera encantado la bondad de la pieza y la irreprochable interpretación de Roncoroni. Pero tengo entendido que la mandó lejos.

Se acerca con un vaso de coñac y se sienta.

—Me extrañará dejar Valparaíso —acota—. Pero siento que me llevo lo mejor de esta encantadora ciudad.

Me mira.

—¿Cómo logró huir? —pregunta—. Pardo, supongo —se responde él mismo.

—¿Dónde tiene los órganos? —soy yo el que pregunta ahora.

—Puede buscar entre mi equipaje o revisar las habitaciones —sonríe Williams—. Los únicos corazones que encontrará en esta casa son el suyo, y el mío. Entonces, veamos... antes de que me mate, me arreste, o sea lo que sea que haya usted diseñado para esta noche, me interesa sobremanera saber cuál es su teoría.

—Elena Krivoss es la prostituta más famosa del puerto, usted necesita saber cómo es su corazón. Sor María Juventina es santa, y usted necesita saber cómo es su hipófisis, la glándula del alma. Emilia Lyon tiene una fuerte inclinación a la lujuria... una anomalía en sus ojos, y usted quiere conservarlos. La desconocida... aún no tengo explicación para ese crimen.

—Digamos que fue un regalo para usted. Me costó encontrar un espécimen con todas sus piezas dentales y en tan buen estado...

—Lo de Esperanza ha sido solo por hacerme daño.

—No, no se equivoque. De ella me llevé un pequeño souvenir. El único órgano interesante de la mujer. Pero continúe...

Necesito una gran fuerza de voluntad para no apretar el gatillo y vaciar el cargador en su pecho. Escucho las palabras de Pardo y de Céneo, repetidas una y otra vez: «Si lo mata, él gana». Debe ser juzgado, expuesto, castigado ante los ojos del mundo civilizado. Si no sucede esto, no hemos salido del salvajismo.

—En cada uno de los homicidios, usted extrae el órgano correspondiente al temperamento de la víctima. Es un coleccionista. Enfermo y abyecto, claro, pero un coleccionista, al fin —señalo.

—Un admirador de los organismos inferiores, más bien —explica Williams—. En este caso, mujeres. De diferente raza, temperamento y clase social. ¿No le interesa saber cómo son por dentro? Usted debería haber alcanzado, de cierta manera, la perfección en su campo —agrega—. Yo también en el mío. Estamos acostumbrados a ver la belleza al estilo clásico. Contemplamos *El David*, *Galatea*, a *Dánae escapando de Apolo*, *El rapto de Proserpina*. Sabemos sobre armonía, sobre proporción áurea, usted sabe eso perfectamente. Pero ¿qué hay del mal, de la alteración, de la criminalidad?, ¿hay diferencias?, ¿no le gustaría comprobarlo? ¿Qué hay dentro de cada sujeto? No hablo de los cadáveres de indigentes que capturan como rapiña las facultades de medicina, viejos, alienados. No. Hablo de anatomía pura. Especímenes en un nuevo nivel de clasificación. ¿El corazón de una prostituta presenta la misma morfología que el de una santa? ¿Los ojos de una lujuriosa? ¿Las medidas craneales de una ladrona? Tengo cada una de las tipificaciones del mal. Ladronas, apóstatas, prostitutas, sensuales… No. Eso no aparece en los libros de anatomía. Las conclusiones a las que he llegado son fantásticas. Dígame sinceramente, doctor Black, que no le gustaría leer mis notas.

—Usted está totalmente enfermo.

—En este siglo, podremos alcanzar la felicidad comprendiendo los órganos. La comprensión del temperamento humano relacionado con la forma. ¿Entiende lo que le digo? Si sabemos en qué parte de nuestro cuerpo se encuentran las emociones, las conductas, las pulsiones, podemos predecir qué humano es útil y para qué, y cuál es descartable. Vi el cuadro de su querida

Elizabeth en su hotel. Sus medidas me indican una mujer fiel, inteligente, pero con cierta tendencia a la euforia y con un temperamento fuerte. La sociedad no necesita de esas mujeres. Solo causan problemas. De haber sabido eso, se hubiera ahorrado mucho dolor, doctor Black. Y no estaríamos teniendo esta conversación. Así como esa puta española: un bello clítoris, por cierto...

Me arrojo sobre él y lo golpeo con todas mis fuerzas. No hace un solo intento por resistirse. Luego me alejo y él se limpia la sangre de su labio. Las lágrimas corren por mi rostro y deforman mi campo visual. Tomo el revólver. Él desea que yo apriete el gatillo. Me doy cuenta. Estoy a punto de hacerlo.

—Este nuevo siglo es eso... —continúa Williams desde el suelo—. Trae el mejoramiento de nuestro cuerpo: un hombre nuevo que pueda soñar una aventura humana a su altura. Sintetizaremos *pharmacos* que modificarán el órgano correspondiente y nos harán felices, valientes, inteligentes, lúcidos, solo con la estructura de moléculas químicas. Modificamos la estructura y modificamos la función, Nolasco. Pero supongo que siendo usted un dentista y aunque respete la nueva profesión, concluyo que no tiene ni pruebas, ni imperio para arrestarme, así es que solo le queda apretar ese gatillo.

—Imperio no tengo, pero él sí —anuncio.

En ese momento descorro las cortinas, y se descubren Pardo, Pino y Gasalli.

—John Williams —pronuncia Pardo— está arrestado por homicidio múltiple.

—Y sobre las pruebas... —comienza a decir Williams, sin perder su calma.

Me acerco a un mueble cubierto por una sábana.

—Para eso sirve un poco de cera y la nueva ciencia —afirmo.

Descubro el gramófono de Virginia.

Williams, con tranquilidad, alza las cejas, agradablemente sorprendido.

Luego sonríe.

Con esa sonrisa comprendo que todo, desde el comienzo, cada uno de nuestros movimientos, nuestras conversaciones, nuestro plan, esta situación, todo, ha sido previsto y estudiado mil veces, y que somos parte de una reflexión estructurada como un engranaje, sistemática y perfecta. No alcanzo a decirles a los otros que huyan cuando, sin moverse de su asiento, Williams saca de su valija una máscara de gas y lanza un bombillo de nitrato de amonio al piso, que estalla y llena la habitación de un vapor verdoso. Todo es, por un segundo, confuso. Siento como si mi cuerpo se desprendiera de un ropaje que cae al suelo sin responder a mi voluntad. Una cáscara orgánica que cae junto con la de los policías. Pero, a diferencia de ellos, que comienzan a convulsionar, Williams se acerca a mí con otra máscara de gas y me socorre, casi cariñosamente.

Despierto y estoy inmóvil. A mi alrededor, los cuerpos de Pardo, Pino y Gasalli, inconscientes. Williams está vaciando aceite por toda la casa.

—No se preocupe —señala, con amabilidad—. No tengo los órganos, Nolasco. Me refiero a que no los tengo aquí. Ya están embarcados.

—Pulmones americanos, ovarios de Brasil, matrices portuguesas. Tengo riñones de Ecuador y sistemas digestivos peruanos. Mis souvenirs —agrega—. Soy un turista que se lleva lo mejor de cada puerto. Tome un poco de agua. Debe de tener la garganta seca —me tiende un vaso.

—¿Qué va a hacer con ellos? —inquiero—. Mi voz sale extraña, ronca.

—Compararlos, como ya le he dicho. La comparación nos

permite saber por qué una raza es diferente a la otra. Por qué la naturaleza ha favorecido, por ejemplo, a los germanos o a las razas caucásicas con tantos dones y ha dejado a otras en la indefensión. Me llevo lo mejor de cada espécimen. Algunos cazan leones o se jactan de haber encontrado un rinoceronte albino. Mi afición es más humilde. ¿Cómo es el corazón de una mujer deseada? ¿Cómo es el pulmón de una colérica? ¿Cómo es el hígado de una valerosa? Ese es el problema con los libros de anatomía. Son libros de autores temerosos. Todo lo que sabemos del cuerpo humano, lo sabemos de los cadáveres. Lo sabemos porque alguien muere: un viejo, un indigente, una joven accidentada... seres ya sin ningún atributo, desechos... Recibimos las limosnas de la naturaleza para estudiarla. La ciencia no necesita limosnas, necesita valor. *Speciale specimen, peculiari corporum.* «Especímenes especiales, órganos especiales», Nolasco, ¿me comprende?

—Es paradójico que... —toso, siento la boca seca, y él se apresura a darme de beber un poco de agua.

—¿Me decía? —pregunta, con atención.

—Es paradójico que en París se celebre el aniversario de la libertad, igualdad y...

—No. Se celebra el triunfo de la ciencia. No somos libres, no somos iguales y no somos hermanos. No se equivoque, Nolasco. Si no, paséese por el Campo de Marte y vea esa torre, que es el vuelo de la inteligencia humana, realizada por un europeo. Muy cerca de ella verá la exhibición de los indios patagones, impúdicos, obscenos, refocilándose en sus propios excrementos, apilándose frente al fuego, mirando la torre Eiffel como si fuera un dios de metal. Ahí están. Luchando por los trozos de carne cruda que les lanzan los turistas. No son humanos. Especies inferiores condenadas. Eso es lo paradójico: que exista alguien como usted, darwinista y lúcido, que aún no comprenda que no todos los hombres son iguales. El alma humana nos revolvió, durante siglos, en este error. Pero ahora, que sabemos que el espíritu no existe, se despeja el velo de esa mentira. Debemos medir, explorar la tierra desconocida del cuerpo humano y conocer a la perfección el error, para separarlo del hombre superior. La forma del cráneo nos da algunas pistas, pero necesitamos saber más. Solo con mirar la forma de su cráneo puedo saber quién y qué tipo de persona es usted. ¿Se imagina la ventaja? Una sociedad de especímenes superiores, de dioses bellos. Ciencia al favor de hombres-dioses.

—Tengo curiosidad por saber por qué aún estoy aquí —comento.

Williams mueve su copa de coñac, calentándola en su palma ahuecada.

—Cuando supe que había un dentista investigándome, quedé lleno de curiosidad. Con algunas monedas se puede hacer todo en esta ciudad y, con poco esfuerzo, conseguí que me empezaran a informar detalladamente sobre sus andanzas. Leí su informe. La bella Lyon me habló de usted. Asistí a una de sus clases con ella. Me sorprendió encontrar en una ciudad tan lejana a alguien que tuviera método. Luego, cuando sus conclusiones se fueron cerrando tras de mí, me intrigó su pasado. Supe lo de su mujer. Supe de su relación con la excepcional Elena Krivoss. Supe de su afición a alterar la química de su cerebro. Y comencé a mandarle mensajes, los que, tengo entendido, recibió. Al principio intenté despacharlo, pero agradezco mucho la torpeza de los encargados de ese trabajo y su fracaso. Luego pensé que usted sería un excelente yo. Un culpable perfecto, con un móvil, con un daño, y con conocimiento. Debo reconocer que la última muerte solo fue ejecutada para involucrarlo. No obtuve ningún beneficio de ella. Pero quería saber si usted podía escapar para venir a buscarme. No me decepcionó en ningún punto, Nolasco. Es usted un hombre brillante. Verá, usted no tiene una cabeza muy grande. Entonces su fisura de Ronaldo debe ser prominente y las circunvoluciones de su cuerpo calloso deben estar mucho más marcadas. Se extrañará pero casi puedo ver su cerebro. Puedo intuir cómo es. Será una pieza que admiraré siempre, de eso quédese tranquilo.

Williams se acerca con un frasco de formol. Sin ninguna expresión. Sus cejas están levemente alzadas.

—Debemos irnos —apunta—. Esta casa arderá dentro de muy poco. Un barco nos espera.

OCTAVA PARTE

El fin del mundo

Agosto 29 de agosto de 1889

Diario de Nolasco Black
Sal de aquí

Cuando mi abuelo murió, el almacén Black & Son y los galpones que prestaban servicios de bodegaje no daban abasto para las embarcaciones que cruzaban por el fin del mundo. Luego llegó la fiebre del oro y Punta Arenas se llenó de extranjeros duros, gente sin pasado o con uno que ocultar, buscadores de vida, pendencieros, rufianes, gambusinos, cateadores en busca de fortuna fácil. Uno de ellos, un croata con un ojo caído por una cicatriz de cuchillo, apareció un día por el almacén a comprar balas. No sé cómo se dieron los hechos, pero el croata le faltó el respeto a mi madre. Mi padre, un hombre tranquilo, le pidió que se disculpara con ella. El hombre se negó a hacerlo. Mi padre tomó una wínchester y lo obligó a que se arrodillase y pidiera perdón. El hombre tuvo que hacerlo y se fue, pero en la última mirada que le lanzó a mi padre, comprendí que la suerte de mi familia se estaba sellando ahí mismo. Dos noches después, ardían las bodegas.

Mi padre tuvo que responder ante los seguros y otros compromisos. Perdió el negocio y la fortuna acumulada en cuarenta años de trabajo de mi abuelo, en el frío y la nieve rescatando naufragios del estrecho. Eso lo acabó. Se convirtió en un hombre silencioso, lejano. Vendía por la zona abrigos, pieles, sombreros. A veces sus viajes de comercio duraban meses. Murió en Ushuaia, en circunstancias que nunca se aclararon del todo.

Ahora lo veo entrando a mi hotel, con su cargamento de pieles y sombreros y dejando sus bolsos en el lujoso lobby. Me avisan que alguien me busca. Yo bajo, lo veo y me sorprendo. Corro a abrazarlo. Le pregunto qué hace aquí, en Valparaíso. Le pregunto si tiene hambre. Si quiere descansar. Le digo que tenemos mucho que hablar, que ahora soy dentista. Que traté de encontrar su tumba, pero nadie sabe dónde murió él, ni en qué circunstancias. Él me dice que no me preocupe. Que lo abrace. Así lo hago y ambos lloramos.

—Papá —le digo—. Perdí a mi mujer, perdí a mi mujer.

Él me abraza con fuerza y me dice:

—Entonces vas a tener que ir a buscarla.

—¿Cómo?

—Lo primero que debes hacer es escapar —me indica con firmeza.

Me despierto, soy un prisionero. Tardo bastante en comprender que estamos navegando. El grillete en mi tobillo tiene mi pie edematoso y con claros signos de cianosis. Apenas puedo moverme. La fiebre me consume. Paso noche y día delirando. No sé hace cuánto tiempo que estoy aquí. ¿Semanas? Se confunden en mí las nociones de pasado y futuro. ¿Adónde nos dirigimos? ¿Hacia el norte? ¿Al Callao y luego a San Francisco? ¿O vamos hacia el sur, rumbo al estrecho? Veo mi reflejo en una pequeña claraboya. Quien me viera, no me reconocería, tal es la pérdida de peso, mi decrepitud. Mi pelo es ahora cano. Cualquiera pensaría que soy un anciano. En la oscuridad, también encadenado, el patagón parece habitar su propia percepción del tiempo, inmóvil, observando. En mi bolsillo aún conservo mi lápiz General de Kimberly, que uso para mis croquis y un fajo de papeles de dibujo, lo que me ha permitido escribir y ordenar de alguna manera la causalidad de los eventos. Escribo de memoria, a veces bajo la mísera luz de las estrellas que se cuela por una rendija, a veces enceguecido por un cuadrado de sol azul que recorre la bodega y que me permite calcular el trayecto. Una vez al día, alguien baja y deja dos recipientes de comida y agua. Una vez al día, alguien baldea con agua de mar nuestras deposiciones. En vano he tratado de que ese alguien nos libere, de decirle mi nombre, de que avise a las autoridades, pero Williams le ha pagado bien, y prefiere no meterse. He escuchado hablar en susurros a los tripulantes sobre la carga de Williams. Un par de indios para mostrarlos en la Feria Universal, a los que hay que alimentar con la mínima ración de agua y sólidos. Cajas de elementos de ciencias que no hay que abrir. La temperatura baja cada día. Vamos hacia el sur, conozco la ruta. Angostura inglesa. Paso Summer. Somos una carga exótica. Somos —junto a los órganos: un corazón, un hígado, una hipófisis, una matriz, un par de ojos de colores diferentes— gabinetes de curiosidades, anomalías para ser investigadas que van empacadas rumbo a Europa.

El tiempo es todo lo que tengo. Me pregunto por qué no he muerto. Entiendo la acción de Williams de mantener con vida al patagón. Si no le extrae lo que sea que quiera extraer, el hombre podrá ser vendido y exhibido a buen precio. Le pondrán pieles, le arrojarán carne cruda que él devorará ante el estupor y horror de las parisinas. No lo envidio.

En cuanto a mí, si le interesa mi cerebro, supongo que me espera una craneotomía hecha con elementos quirúrgicos de precisión. Tendrá que diseccionarme, medirme, pesarme, en condiciones apropiadas. Williams, ante todo, es un científico. La pregunta no es si voy a morir, sino dónde voy a morir. ¿Londres? No lo creo. Corre demasiados riesgos. He escuchado a marineros hablar de Turín, de Roma, incluso de Viena. He tratado de recordar congresos científicos próximos. En Roma se espera con cierto entusiasmo el Primer Congreso de Criminología Científica. Algunos han comentado que lo que se presente ahí definirá el futuro de nuestra percepción de la normalidad y la alteración, de lo civilizado y lo salvaje, de lo virtuoso y lo criminal, de lo bueno y lo malo. Quizá para Williams, el patagón y yo somos sus dos especímenes de muestra. Su caso control y su caso en estudio. El salvaje y el civilizado. ¿Cuáles serán nuestras diferencias anatómicas? ¿Por eso nos mantiene vivos? ¿Para su gran final?

De pronto, una noche de navegación, atravesando el Paso Shoal, miro la luna por una rendija. Ha salido entre nubes fosforescentes. Es luna nueva, lo que me permite calcular que estamos en el día catorce de navegación. En un claro, la luz de la luna deja ver un arcoíris blanco e iridiscente. El arcoíris lunar apunta sobre una parte del mar que me es conocida. Es el islote donde había encallado el *Cordillera*. El barco en que volvía con Elizabeth. En eso, una ballena sale a respirar y lanza un chorro de vapor. Vapor de plata.

La súbita belleza de la contemplación.

Entonces una palabra viene a mi mente.

—Mastoides —exclamo en voz alta.

No comprendo por qué esa palabra llena todos mis sentidos.

—Mastoides —repito.

En eso, se abre la celda y entra un hombre bajo, con algo de comida.

Escucha y escapa.

Haciendo un esfuerzo extraordinario, me incorporo.

—Mastoides —digo.

El hombre deja en el suelo un plato con algo de pan.

—Mastoides. Proceso mastoideo —las palabras llegan a mi mente, en forma natural.

—¿Qué pasa? —pregunta el hombre.

—Usted tiene un problema en la articulación de la mandíbula —respondo—. Le duele y no puede abrir la boca desde hace días. Si se toca con el dedo el hueso detrás de su oreja, sentirá un dolor intenso.

El hombre se desconcierta.

Golpea la mastoides.

El hombre efectivamente no puede abrir con facilidad su boca. Un trismus le afecta, debido a un centenar de causas. Se sorprende de que yo lo sepa. Lo suficiente como para que deje el pesado plato metálico e intente tocarse la mandíbula. Y baje la guardia.

Con un rápido y seco movimiento golpeo al hombre con todas mis fuerzas en la parte inferior y posterior de la oreja, el punto justo entre el ángulo mandibular y el nacimiento del cráneo. La apófisis mastoides. El hombre cae inmediatamente, desmayado.

—Mastoides —vuelvo a repetir, sin saber por qué...

Me incorporo. Tambaleante, recojo la llave, salgo al exterior, camino con dificultad. El frío y la nieve se sienten como un manto de agujas. Cada paso es penoso. Me detengo. No puedo dejar al infortunado patagón abandonado a su suerte. Me devuelvo. Recojo la llave del piso y libero al salvaje.

—¡Vamos! no hay tiempo.

El patagón se levanta. Avanza confundido hasta que ve la luna.

—Tenemos que tener un arma —señalo.

El patagón me mira y de improviso me levanta con furia.

Y me lanza por la borda.

¿Cuánto tiempo pasa hasta que el cerebro se queda sin oxígeno y el congelamiento inmoviliza y cristaliza todos los intersticios celulares? Yo lo sé. Siglos. Al principio, el golpe y el miedo se confunden en el choque glacial. Me hundo entre los hielos, pero no es el frío, es el miedo el que lo inunda todo. Escucho un segundo golpe. El patagón también ha saltado. Lo primero que pienso es en un diálogo. A pesar de estar en el abismo, lo escucho con certeza. Los marineros corren y se asoman por cubierta, buscándonos. El doctor Williams mira la estela del vapor ente los hielos.

—¿Volvemos? ¿Lanzamos un bote?

—No vale la pena. Ya están muertos —dice él—. Nadie puede soportar el frío de esas aguas.

Entonces veo —es imposible, porque estoy en el agua, pero lo veo— a Williams que mira los dos círculos sobre la luna y, por primera vez, percibe que las cosas no están bajo su control.

Luego pienso en el dentista de Darwin, muerto, ahogado en una poza de agua, borracho, y en su libro, el libro de Darwin con la dedicatoria, *El origen de las especies*, robado, perdido o lanzado a la basura como el resto de sus cosas. Luego pienso en Teresa, que un foso de cal pule los huesos de su ballena. De pronto, interrumpe su trabajo. Una brisa mece los árboles de la Quinta Normal y ella se queda percibiendo la belleza del momento.

Luego, en el abismo, dejo de pensar. Y dejo de sentir dolor.

NOVENA PARTE

El mundo de cristal

Septiembre de 1889

Diario de Nolasco Black
Estoy en movimiento y siento la nieve

El viaje dura días, quizá semanas. A veces veo solo la hierba y ese pasto duro entre la nieve y el barro. A veces veo la luz de un rayo de sol tiñendo de rojo algún glaciar. A veces la lluvia helada me despierta sobre mi cara. A veces cuando nos detenemos, siento el murmullo de un arroyo y más allá, las olas del mar. Duermo la mayor cantidad del tiempo, pero estamos en movimiento. Siempre en movimiento. Una noche vi al patagón hablando con alguien, pero no había nadie y supuse que rezaba. Me pregunto cuándo me dejará morir. Algo, una extrema crueldad o una piedad exacerbada lo hace mantenerme con vida. De nalcas y hojas ahuecadas me hace beber agua de lluvia o de algún riachuelo. A veces mete en mi boca trozos de pescado crudo o hierbas molidas. La mayor parte del tiempo sueño. Sueño con tigres y ríos. Con muchos ríos bifurcándose hasta el infinito.

Una noche, entre las pieles aún con olor a sangre, veo una lluvia de estrellas y un meteoro rojo y azul centellante que pasa de este a oeste sin que su trayectoria decrezca. Trato de decirle al patagón que mire, pero no puedo hablar. Él tampoco me hubiera escuchado, pienso al verlo así, esperando algo en la oscuridad. Quizá es el único de su especie. Un exiliado sin pueblo. Un extinto.

Ahora la travesía se ha vuelto penosa. La improvisada camilla avanza con dificultad entre una selva de árboles pequeños y retorcidos entre el barro y el viento. Atrás de esa selva aguda, el viento. El rey (le digo así, porque lo imagino el último rey de una raza de gigantes, un rey perdido y humillado, pero rey al fin) ha tenido que detenerse. No puede seguir llevándome. Entonces me mira y desaparece. Todo está perdido. Me asombra pensar que lo último que miraré en mi vida es una maraña de árboles rojos y nudosos. Más allá están las olas del mar. Aquí termina mi historia. Pienso en mi padre. Moriré como él, solo, mirando estas mismas estrellas.

Veo mis extremidades, mis dedos, que comienzan a ponerse azules. La hipotermia lleva a la hipoxia, la hipoxia a la gangrena. Esperaba que la muerte por congelamiento fuera una muerte dulce, no es así, el frío invadiéndolo todo es abrasador. El calor me ahoga. Son cuchillos de fuego, miles de cuchillos lacerando la piel. Me consuela saber que falta poco.

Septiembre de 1889

Diario de Nolasco Black
Toma un camino y olvida

No he muerto. Entre los árboles, veo las estrellas. Son estrellas que veía en mi niñez, estrellas del fin del mundo, estrellas nuevas. Pienso en la estrella Helena. La estrella que se aparece a los navegantes antes de morir. Luego veo a una mujer, de pelo negro y largo, semidesnuda, pintada de blanco. Me embetuna de grasa mientras recita en un lenguaje que no logro comprender. Tras ella, el rey. Más atrás, una tribu de indígenas que me miran. Comprendo que me cubre con grasa de lobo marino.

—Gracias —alcanzo a murmurar antes de perder la conciencia.

Ahora hay un período extraño. No sueño. No hay formas ni símbolos ni recuerdos. No recuerdo a Elizabeth, no recuerdo ni recombino imágenes presentes con creaciones. Es una nada que no tiene localización ni tiempo. Solo sé que estoy, porque hay un hilo de conciencia que me impide dispersarme en más nada. Ese hilo de mi propio ser me impide perderme para siempre en el vacío. Solo sé que soy, porque estoy ubicado en un punto, y desde ahí observo la nada. Pero es un punto muy débil, que está a punto de desaparecer. Solo soy yo porque tengo un punto de visión, pero si no recuerdo eso, siento que me dispersaré.

Y estoy a punto de hacerlo.

Despierto y siento mis piernas y brazos agarrotados, el cuerpo me molesta. Estoy en una choza de pieles y la mujer dibuja extraños caracteres en mi cara, luego me da de beber algo cítrico y ácido, y tibio. Y luego se va. Me deja solo en la oscuridad.

Despierto vomitando.

Salgo de la choza. Recién me doy cuenta de que estoy desnudo y pintado de blanco y negro. Eso no me importa. Sé que debo salir, estirar mis piernas y brazos, respirar. Lo necesito. Nadie parece preocupado por mí. Todos están sentados en un círculo, cantando. Yo voy y me siento con ellos. También canto. Canto tanto y tan fuerte, que mis lágrimas brotan, canto porque estoy vivo, porque puedo hablar y porque, de algún modo, soy parte de ellos.

Cuando tenía doce años acompañé a mi padre a vender sombreros y pieles en un vaporcito por el borde del canal Beagle. Era la etapa silenciosa de mi padre. La mayor cantidad del tiempo solo miraba la costa y se aseguraba del tiempo y de que yo no pasara frío. Era la primera vez que salía con él, éramos los dos, solos, y me sentía feliz de esa aventura donde conocería la última porción de la tierra. En una bahía donde un inglés tenía un aserradero y varias mujeres, vimos a los kawéskar. Eran grandes y solemnes. Usaban pieles y eran proporcionados, y pasaron silenciosos por el mar en sus canoas y nos miraron como si fuéramos un espejismo. Me produjeron una gran impresión. Le pregunté a mi padre si eran peligrosos y me dijo que nosotros éramos los peligrosos. En la misión de Ushuaia vimos a los yámanas. Eran más pequeños, tenían facciones duras, un tronco grueso y los brazos les colgaban. Sus piernas eran débiles, lo que daba una impresión de completo salvajismo. Me decía mi padre que eran los primeros habitantes del mundo y que podían ser peligrosos. Ellos andaban desnudos o con ropas de los europeos, las que les quedaban grandes o acentuaban su desproporción. Sentí, a esa edad, una profunda compasión. La lluvia les caía sobre sus cuerpos cubiertos con grasa, y sus ojos parecían mirar cosas que nosotros no comprendíamos. Nos pidieron cosas, y mi padre les regaló galletas y un sombrero, y se fueron. Noté que mi padre le había sacado el seguro a la escopeta y sentí que él tenía miedo. En Ushuaia estuvimos un día, enfilamos a caballo hacia los lavaderos de oro del interior y cruzamos toda la isla hasta Río Grande. Nunca había visto un océano de pampa. Después de varios días, vimos un grupo que pasó frente a nosotros y después de un rato se perdió en la distancia. Eran unos gigantes, o así me lo parecieron. Guerreros proporcionados y ágiles. Eran los selknam, también llamados onas. Mi padre me explicó que eran nómades, que cazaban guanacos y que podían andar kilómetros en busca de alimento, soportando las inclemencias del frío de la estepa. Una sola vez había visto un gigante. En Punta Arenas unos hombres llevaron hasta la plaza a un aónikenk, un patagón del norte del estrecho. No podía ver el mar y pronto rompió con sus propios dientes las cuerdas que lo ataban y escapó. En Río Negro pensé que había visto uno, pero mi padre me dijo que lo viera bien, porque no quedaban más de veinte. Eran los gigantes del fin del mundo, los mánekenks, también llamados haus. Estaba en una jaula de madera como un animal. Lo llevaban a Buenos Aires para mostrarlo en una feria. Recuerdo sus ojos. Los ojos de alguien que no percibe el tiempo. No debe de haber medido menos de dos metros.

Pero ¿qué pueblo es este? Parecen kawéskar, pero no estoy seguro. Una sola vez vi al rey. Había estado pescando varios días y pasó cerca de mí. Le agradecí todo lo que había hecho, pero él pareció no comprender mi idioma.

No se me permitía pescar, cazar, ni mantener el fuego. Al principio pensé que era para cuidar mi recuperación, pero la mujer que me cuidaba me explicó que aún no estaba listo. Aun así recolectaba madera, ayudaba a las mujeres y una vez que quise curar una fractura dentaria, todos se rieron de mí. Solo podía jugar con los niños. Intenté enseñarles nociones de álgebra y matemáticas, pero no parecían comprender. Solo reían. Un día los sorprendí mirando mi reloj. Intenté explicarles que medía el tiempo y que el año es lo que tarda la Tierra en dar una vuelta completa al sol, y eso se dividía en porciones, pero rieron y no me entendieron. Le dije a uno de los jóvenes que podía usarlo, pero pareció sorprendido.

—¿Cómo podría usarlo?, es tu reloj. Es tu tiempo.

Aprendí que los chamanes tenían un espíritu tutelar y que según me contó Kjúncar, el joven con el que me comunicaba a duras penas, ellos podían ver el futuro. Son elegidos y entran al mundo sin tiempo, inaccesible a los demás miembros de la comunidad. Son seres privilegiados, son los llamados extáticos. Según Kjúncar, que, luego supe, significa zorro, los chamanes conocen el alma humana, su forma y su destino. Una vez los vi, bajo la luna, cantando en un claro. Kjúncar me explicó que estaban llamando a los espíritus para que les auxiliaran. Me pidió no hacer ruido. Nada debía molestar ni distraer su atención. Le pregunté qué hacía. Kjúncar me dijo que el hechicero estaba curando. Entre cantos y suaves balanceos del tronco, comenzaba a chupar y reunir la materia enfermiza, para luego escupirla en la palma de la mano, soplándola al viento.

—¿A quién está curando?

—A ti, Haleno. A ti.

Kjúncar me enseñó que algo tan común como una playa, para su pueblo y para los yámanas, tenía muchas variaciones. Su mundo era más complejo, exuberante y sucesivo que para nosotros. Una playa cualquiera podía ser fangosa, pedregosa, roja por el atardecer, recién lavada por la lluvia o caminada por un grupo de niños. Tenían un extraordinario uso de la palabra. Mil veces vi en las chozas a varios ancianos tomar la palabra y seguir en el uso de ella horas y horas, sin detenerse nunca, sin una inflexión de voz, sin señal que revelara el menor esfuerzo en el orador.

A mí, al principio, me decían *af* o *haleno* (enfermo) o *kepásna* (ebrio). Luego, simplemente me decían de manera graciosa u ofensiva por mi afición, *serrékte* (diente). Su lengua es compleja y me dicen que más aún es la de los yámanas, lo que me sorprendió, porque pensaba que carecían de todo tipo de lenguaje. Lo que más me intriga es que para esta familia de kawéskar (no sé si para todos), ellos no conciben el pasado o el futuro. Para ellos es igual un momento que sucedió a un momento por venir. Ambos son invisibles. Ambos ocurrieron si uno los piensa. No conciben el tiempo como un río, sino como un eterno *lafk* que es «el presente». Ayer y mañana son iguales y se usa la misma palabra: *aswalek*. El futuro es modificable y los chamanes pueden torcerlo a voluntad. Esto me quedó claro cuando Zorro me contó la siguiente historia:

> Los hombres del estrecho relatan que el hombre blanco emponzoñó a una ballena que llegó a la playa. Los hombres del estrecho fueron a comer ese regalo de la grande mar, y todos murieron. Yo era pequeño cuando supe esa historia y pensé que el hombre blanco tiene la maldición y su destino será vagar en

las sombras. Mis hermanos quisieron ir a buscar al hombre blanco para luchar en grande batalla pero no, abuela Pilen nos pegó con un palo y apuntó al sol y nos dijo que por qué íbamos a luchar si el hombre blanco ya había perdido, y que en el río de las cosas es más importante pensar que esa ballena no varó en esa playa y así lo hicimos, y modificamos el recuerdo y salvamos a esos hermanos de una muerte horrible.

Con septiembre los días se empezaron a hacer más largos. Cuando noté que ya no cojeaba y que me sentía menos débil, fui donde el rey, que efectivamente era el jefe de la tribu, y le dije que había llegado el momento de partir. El rey me miró, pero se mantuvo en silencio. Un anciano se acercó a mí y me dijo que yo no podía partir aún, que antes tenía que elegir el camino.

Le dije que si alguien me guiaba a Punta Arenas, o a algún puesto cercano de ganaderos, yo podría continuar el viaje.

—Tú no has comprendido, *jemmá serrékte* (hombre blanco diente). Tú tienes que ver todos los caminos para tomar el correcto.

—¿No hay un solo camino a Punta Arenas?

Le traté de explicar que Punta Arenas se encontraba al sureste, a dos o tres noches de camino, y tracé con un palo un mapa en la arena.

—Caminos de tiempo, *Haleno*. Tú no vas a Punta Arenas. Tú vas a detener al *ayayema*, al demonio… al *jemmá afteushki* (hombre cuchillo), al que te hirió.

Me resistía a aceptar que se referían a Williams. ¿Acaso el nativo había contado quién nos había secuestrado? ¿A eso se referían? ¿Cómo podía saberlo?

—No comprendo —comenté desconcertado.

—Mañana irás con la anciana.

El rey, que había estado en silencio, absorto en la contemplación del fuego, habló por primera vez en perfecto español:

—Por eso estás aquí, Nolasco Black. Para que modifiques el futuro.

—¿Es algún tipo de ritual? ¿Es una ceremonia de algún tipo?

—Es una cacería. Vas a elegir el camino de tiempo correcto.

—¡Y si no puedo! ¡Y si no sé cómo hacerlo!

Entonces el rey me mira de la forma como se miraría a un niño.

—Ya lo hiciste.

La mujer apareció en mi tienda y me condujo de la mano a un lugar apartado. Ahí me esperaban cinco jóvenes que me desnudaron y me mostraron el mar. Comprendí que querían que me metiera al agua, y aunque la temperatura no superaba los tres grados, lo hice y sentí que mi cuerpo reaccionaba con calor. Ellas me recibieron con pieles, y mientras pronunciaban palabras extrañas pintaron mi cuerpo de blanco. La sacerdotisa habló con el anciano de la tribu y él comenzó a pronunciar palabras al viento.

—¿Qué hace?

—Pide permiso para que el extranjero cruce el bosque. Te entregan a los de tierra adentro.

Luego la mujer me dijo «sígueme» y comenzó a caminar rápidamente. Tardé en comprender que esa mujer no era kawéskar. ¿Qué cruces y caminos misteriosos transitaban entre esos pueblos perdidos que un hombre blanco jamás entendería? ¿Qué vasos comunicantes se imbricaban entre chamanes de una y otra tribu, familia y cultura? La mujer selknam caminaba con tal destreza y velocidad, que por más que quisiera seguirle el paso, era imposible. Las hierbas y los pastos espinosos me herían los pies y pronto se convirtieron en unas llagas endurecidas y sangrantes. Llegamos a un bosque de árboles blancos y de hojas rojas. Nunca había visto esa especie. Ahí, en el centro, había un claro y una tienda hecha con pieles. La mujer hizo un fuego y preparó, en un viejo recipiente de madera, una bebida. Debe haber tardado entre dos a tres horas en su preparación. No rezó, no invocó, no hizo nada. Solo revolvió. Luego, en un momento, un pájaro graznó y ella se detuvo y dijo en el idioma kawéskar:

> Un zorro decide pasar el invierno en el tronco de un viejo árbol. El árbol le sirve. Es una cáscara muerta que lo cobija y lo protege. Luego llega la primavera. Pero el zorro ha olvidado que es un zorro, que su atributo es la velocidad, que brilla como un rayo de plata al sol. Que puede ir dondequiera. El zorro no vuelve a salir del árbol y muere ahí, convencido de que es un árbol viejo, inmóvil. Muere escuchando al resto de los árboles hablar sobre lo imposible que es el movimiento. El zorro está de acuerdo con esa imposibilidad. Y así muere. Él, que era un rayo de plata sobre la estepa.

Luego apuntó al cuenco hirviente.

—Este es el momento. Bebe y sal de la cáscara.

—¿Vendrás a buscarme?

—Jamás nos volveremos a ver. Te digo lo que le dijo mi ancestro a su ancestro: «Elije por la mayoría. Toma un camino y olvida».

Luego se marchó.

Septiembre de 1889

Diario de Nolasco Black
Sueños dentro de sueños

Por un instante sentí que era la ocasión de huir. Ya sabía medianamente bien mi ubicación. El sol y las estrellas me habían dado la certeza de que me encontraba en la entrada norte del estrecho oeste, a unas ciento ochenta millas, unos dos días de viaje a unas estancias que conocía. De ahí me prestarían un transporte y llegaría a Punta Arenas al anochecer. Dejé el cuenco con el brebaje ahí, y me levanté para emprender mi viaje. Había caminado un trecho cuando me detuve. Volví mi mirada atrás. La choza de pieles y el cuenco humeante me esperaban. Al otro lado estaba Punta Arenas y la civilización.

Me acerqué al fuego. Me senté, tomé el cuenco y bebí. Luego me metí en la tienda y me envolví en las pieles.

Cuando era niño tuve fiebre cerebral. Mi abuela me cuenta que tenía como sirviente una kawéskar llamada Sara Toro. Ella le dijo: «Su nieto murió. Su nieto está enfermo, su nieto está sano. ¿Qué elige?». Mi abuela eligió que estuviera sano. «Entonces *apánap-sélas* (abuela), usted morirá en un incendio. ¿Qué elige?», y mi abuela eligió morir en un incendio. Eso lo comprendo en mi primer sueño. Luego sueño que mi vida futura es como un río que se divide en brazos y ramales y líneas. Los acontecimientos fluyen por ese árbol prodigioso e infinito. Un hombre no puede estar en dos caminos al mismo tiempo. Pero en mi sueño lúcido, en mi vigilia alterada, sí. Estoy en todas las posibilidades. Me veo en todas ellas. Digo veo, porque es la mejor manera de expresar lo que siento. Hay un río de tiempo en que dicto una clase sobre la belleza. Bernini y los labios de Dafne, santa Teresa, Costanza Bonarelli, Ludovica Albertoni y Proserpina. En otro brazo de tiempo, me caso con Teresa y decido no volver a Chile. Vivo en Londres, donde hago una estadía en el Museo Británico. Con preocupación nos enteramos del naufragio del vapor *Cordillera*. El tiempo pasa y lo olvidamos. El tiempo nos alcanza y ahora yo visito con Elizabeth la Exposición Mundial de París. Visitamos la gran sala de máquinas y recorremos el pabellón de Chile. Nos encontramos con sus padres que han venido a visitarnos. Leo sobre el Primer Congreso de Antropología y Anatomía en Roma, y veo cómo un doctor presenta conclusiones anatómicas sorprendentes sobre las mujeres, sobre cómo sus órganos generan disposiciones emocionales y cómo se valida completamente la posibilidad de predecir el comportamiento y la valía debido a sus mediciones anatómicas. Cómo la mujer pasa a un segundo plano, invisibilizada por la antropología. En ese congreso veo que asiste un hombre que se sienta cuatro puestos más adelante, en el centro del hemiciclo. Por una razón desconocida puedo saber el nombre de ese hombre, pero las letras se disuelven como si tratara de escribir en el agua; pero sé quién es, y puedo seguir su propia línea de tiempo. Sé que ese hombre se sentirá motivado por lo que acaba de escuchar e influirá años más tarde a un joven, que a su vez influirá en otro que usará ese conocimiento en conducir a miles de hombres a la muerte. Esa línea me espanta, y en mi sueño lloro. En otra línea me proveo de un arma de fuego y disparo contra ese hombre, y se abren dos brazos, uno en la que soy ejecutado, y otro donde soy ultimado a la salida de un teatro. En ambas Elizabeth sufre, y el espantoso futuro se amortigua, pero una nueva línea se abre y conduce de nuevo a la oscuridad. Hay una línea en que Elizabeth toma el barco y yo no la dejo quedarse en la isla, y contamos el naufragio como una aventura, vivimos en Quillota, tenemos hijos. Y nuevamente la catástrofe se impone y luego, sobre esa, hay una oscuridad y un vacío. En un brazo del árbol, o del río, o de las venas bifurcadas de tiempo, hay una en que investigo los crímenes, una en que libero un tigre, una en que yo muero, pero el tigre escapa y ataca a la mujer y al homicida. Hay una línea donde el joven Céneo Roth me dice que él cazará a Williams y muere estrangulado. Hay una donde, en una fiesta, me preguntan sobre Elizabeth y desorientado, no sé si la he perdido o no. En una línea no tomo el cuenco y me alejo hacia Punta Arenas. Y mi vida es miserable. Y la oscuridad se cierne al final.

En todas las líneas vi que desaparecían las tribus del estrecho. Los vi perseguidos, sus orejas y testículos llenando sacos ensangrentados, apuñados sobre la hierba. Vi una ballena envenenada que sirvió para que, en una tarde de atardeceres rojos, murieran quinientos selknam. Vi cómo la tuberculosis traída a Tierra del Fuego por un marino, y contraída en Belfast, contagió a una selknam violada en una noche clara. En ninguna línea dejaba de suceder eso. Y vi que lo sabían.

En todo el proceso, sobre la tierra, como si dibujara con un palo sobre la arena, había alguien. Intuí que eran espíritus. El bosque estaba lleno de ellos. Llenaban el bosque y los arroyos, curioseaban, algunos penetraban la estructura de un árbol, o de un arroyo. Otros eran apenas brisas leves confundidas con el rocío de la mañana, con el vapor del lago al amanecer. Imaginé —no, vi— a los pobres miserables que estaban secuestrados en París, el zoológico humano de la maravilla civilizada.

Ellos parecían estar ahí. Sus cuerpos inmóviles, mientras las damas de sociedad les tiraban trozos de carne cruda. Pero eran ellos, fuera de sus cuerpos, quienes se maravillaban con los observadores, con sus sombreros, con sus vestidos. Pero, sobre todo, por la gran cantidad de cuerpos vacíos, cuerpos sin alma, cuerpos pensando como cuerpos, espíritus atrapados con la materia, solidificados; no había espíritus ahí. Había cascarones vacíos, como las máquinas, como el nuevo siglo de las máquinas.

Y al comprender esto me sentí infinitamente solo.

Pasan días, o creo que pasan días, entre las pieles, entre la fiebre y el delirio de la contemplación de los ríos de tiempo y sucesos, e intuyo que si quisiera podría mirar en profundidad y ver más variaciones, más bifurcaciones, y en todas las circunstancias, la oscuridad se cierne, pero en algunas hay luz y en la otra, no puedo ver más allá del horror. En un vapor, ya llegando a Europa, va la más completa descripción de cráneos y órganos de Latinoamérica, explicando los temperamentos y las emociones. Ya no somos seres espirituales. El nuevo siglo, y sus nuevas ciencias, han decidido prescindir del alma, y me han arrebatado, en ese trance, a Elizabeth y la posibilidad de encontrarla.

Entonces decido. Decido líneas. Comprendo que hay líneas de base. Necesito escapar del barco donde voy atrapado, para que el rey me rescate, me cure, y pueda llegar a este punto. Entonces me veo a mí en una celda y me doy fuerzas, y me digo, vamos, golpéalo, golpéalo en la apófisis mastoidea. Mastoides, luego rescato al rey. Ahora voy hacia atrás. Un único movimiento. Un movimiento simple.

Me despierto gritando entre las pieles. Miro el techo de la choza por donde se filtra el sol. El cántaro roto. Afuera, la nieve resplandeciente. Tardo un tiempo en darme cuenta de la diferencia entre la realidad y lo soñado. Me levanto, me cubro y salgo. El fuego aún está encendido. ¿Cuánto tiempo duró mi tránsito por los tiempos y los sueños? En vano busco a la mujer. A la gente de la tribu. Se han ido.

Comienzo a caminar. Calculo que todo un día y una noche. Cuando creo que no podré lograrlo, veo en una pampa interminable unas luces al amanecer. Es una estación ganadera. No sé si logré alcanzarla por mis medios o me desmayé en ese momento. Ese período es incierto. Solo sé que me trasladaron al hospital de Punta Arenas y me embarcaron a Valparaíso en el *Aconcagua*, y que en todo ese trayecto no hablé una sola palabra.

DÉCIMA PARTE

Confrontación

3 de octubre de 1889

Diario de Nolasco Black
Nunca será un hombre blanco civilizado

Indio, animal, monstruo, mujer, todos deben postrarse ante el gran hombre civilizado, blanco e inglés. Y el gran ser civilizado, necesita herramientas para perpetuar la asimetría. Los animales no tienen alma, los monstruos son abominaciones, los enfermos no tienen derechos, los indígenas son salvajes, las mujeres son débiles, lábiles, demasiado sensibles. Para el mundo de Williams, la ciencia siempre da esas respuestas. Pero él está buscando la gran respuesta, la que permitirá no solo dominar a esos objetos exóticos, sino a pueblos enteros. Él quiere probar que «el otro» es morfológicamente inferior, aunque a primera vista sea como todos. Necesita que los órganos le indiquen esa diferencia. Entonces, el buen salvaje, el animal y el monstruo, deberán ser eliminados por el bien de la civilización. Pero ¿qué hacer con las mujeres? Williams piensa que si la Naturaleza no le hubiera dado al hombre la libido y la necesidad de procrear, su suerte hubiera sido otra. Por ahora, las encuentra un accesorio secundario, un jugador invisible en el juego de la evolución. Sabe que el gran hombre civilizado, blanco e inglés, siempre vence y merece perpetuarse en la gran cadena evolutiva. Usted es un individuo anómalo. Tiene sangre de bribón y criminal español, como son los que coloniza-

ron esta parte del mundo. Mezcla de pirata inglés y de indíge-
na mapuche. Mezcla perezosa, de la que nada se puede esperar.
Ha estudiado en los mejores lugares, se ha cultivado, pero us-
ted nunca será un hombre blanco civilizado. Su inteligencia
solo lo convierte en un caso curioso, una anomalía. A las ano-
malías se las aísla, se las estudia.

¿Podré olvidar el discurso de Williams en esas tardes de
navegación donde, estando yo despierto, dormido o en el delirio de la fiebre, debía escucharlo mientras tomaba su brandy,
nos dejaba personalmente algo de comida y continuaba luego
su paseo por cubierta?

Comprendo que solo una cosa me sanará y me salvará.

El eterno *lafk*.

El tiempo presente.

5 de octubre de 1889

Diario de Nolasco Black
Tuve mucha suerte

He tratado, poco a poco, de recuperar mi vida. He atendido algunos pacientes, pero no puedo hacer clases. A veces me quedo en mi habitación un día entero, mirando por la ventana. No compro el periódico, no asisto a la Bolsa para enterarme de las últimas noticias. Estoy suspendido. ¿Qué espero? A veces he pensado que todo ha sido una fabulación de mi mente. No lo que pasé en el sur, sino Williams, los asesinatos, este último año. Incluso Elizabeth.

Había diseñado un elaborado plan para atrapar finalmente a Williams, pero entraron a robar a mi gabinete y se llevaron, entre otras cosas, mis apuntes y una bitácora donde había escrito la relación de todo lo ocurrido. Estoy en cero. El ambiente político está tan crispado y hay tanta tensión social, que el jefe de Pardo, Jacinto Pino, apenas prestó atención a mi relato. Prometió visitarme cuando tuviera tiempo, cosa que hasta hoy no ha hecho. He omitido a todos los detalles de mi estadía en el sur del mundo. La versión más extendida sobre lo que sucedió (me lo han dicho algunos de la Sociedad Científica) es que, después de mi arresto y fuga, tomé un vapor y que, por mi temperamento melancólico, traté de cometer suicidio lanzándome por la borda a las frías aguas del estrecho. ¿Cómo sobreviví? Aquí viene lo absurdo: tuve mucha suerte. Una suerte insólita, solo justificada por provenir de una familia de colonos habituados al frío y, por otra parte, por la hipotética acción, quizá, de unos valerosos marinos blancos y civilizados que me deben haber rescatado justo a tiempo de morir en manos de fueguinos. Es increíble cómo la gente necesita llenar su mente con explicaciones simples, aunque los hechos muestren todo lo contrario.

Hoy fui a comparecer ante el juez, un antiguo vecino del puerto. Él me pidió confirmar una relación de los hechos antes de mi «desaparición». Comprendí que la nueva rama de la Policía de Pesquisas y el juez están totalmente divorciados. Pino, el nuevo comisario, está preocupado de otras cosas y la información que maneja Gandarillas, el juez, es bastante simple: no entiende por qué tanto barullo por una puta muerta, una monja asesinada en un robo, una adolescente desaparecida y una española, lamentablemente agredida por su marido. No entiende cómo yo, un ilustre vecino de Valparaíso, fui involucrado en una telaraña ficticia, tejida por la afiebrada mente de Pardo.

Descanse en paz el buen Pardo y su corrupto grupo de policías, que robaban en casa de un inglés cuando los sorprendió un incendio.

El juez Gandarillas me pide disculpas por mi encarcelación y me dice que cuando yo estaba desaparecido intercedieron favorablemente por mí, «la ilustre vecina Carmen Carvajal» y otros conciudadanos, todos de un grupo que conforma una sociedad espiritista, presidida por la señora Carvajal. Ellos han proporcionado antecedentes que me exculpan completamente del homicidio de Esperanza Vidal.

—La noche del asesinato usted estaba con ellos, en una sesión —dice Gandarillas.

Casi no hablo. Me limito a firmar unos papeles y salgo,
como si con esa firma se borrara todo lo sucedido y el mundo
siguiera girando normalmente.

10 de octubre de 1889

Diario de Nolasco Black
Céneo ha desaparecido

He pasado las últimas cinco noches intentando reconstruir un futuro que ya no me pertenece, y lo he escrito, deficientemente. He tomado un calendario y he aventurado fechas, pero solo son eso, especulaciones. He escrito lo que me trae la mente. Trozos, informes, pequeñas bitácoras que he logrado rescatar como los restos de un naufragio. Hoy he leído algunas páginas y tienen un sabor a irrealidad, como si le hubieran sucedido a otra persona, como si las hubiera inventado. Quizá es lo mismo. Quizá no existen las mentiras o las novelas, quizá solo son el recuerdo de líneas de tiempo donde una vez transitamos en este preciso momento. Infinitos Nolasco Black tomando infinitas decisiones. Pero no he tomado ninguna, ese es el problema. Soy un extranjero. Ya no pertenezco a Valparaíso ni a ninguna ciudad. La experiencia me desarraigó por completo. Arrancó todas las capas y los roles y las identidades que tenía adheridas por años. La experiencia con el pueblo fueguino me vació. Ahora veo a la gente corriendo, afanada con sus vidas, atadas, sin apenas percibir lo que ocurre a su alrededor. Un niño kawéskar puede percibir (nombrar) hasta treinta tipos de atardeceres. La gente de la calle Victoria apenas puede retener su atención de lo visto en el último escaparate. Hoy visité a mis suegros. Los noté fantasmales. Sus frases son hechas. Podrían servir para cualquier día en cualquier circunstancia. No están aquí. Quedaron fijos, capturados en un momento que repiten en sus mentes sin cesar, momento que gasta, desgasta su energía vital, consumiéndolos. Ni siquiera me odian. Yo soy solo una sombra. La madre de Elizabeth solo habita en su mente. Apenas un hilo de conciencia la ata a la realidad. Tomamos té. Alamiro, en su única conexión con algo actual, me dice que Balmaceda va a caer, que no se juega con los ingleses. Que lo matarán en cualquier momento, y quizá es bueno que así sea, porque se ha convertido en un dictador. Que el congreso no está de su parte, está solo. ¿Quién no lo está?, pienso, mientras miro el cuadro de Elizabeth. No hay nada que pueda interesarme menos. Hoy intenté pasear por la plaza Victoria. En un momento tuve que aferrarme a un farol, sentía que el piso no era consistente. No estoy en mi centro. No he tomado ninguna decisión. El futuro no sabe qué hacer conmigo. Debo tomar un camino y decidir qué tipo de hombre quiero ser. Carmen Carvajal se ha ido una temporada al sanatorio de San José de Maipo. Céneo ha desaparecido.

11 de octubre de 1889

Diario de Nolasco Black
Necesito que el mundo de mi hijo sea mejor que el mío

La primavera está con mal tiempo. Los días son lluviosos y hay borrasca en pleno octubre. Pero desde mi vuelta, no me preocupa ni la lluvia ni el viento. Solo estoy atento al paso del tiempo. Debo honrar a los muertos. Honrar a Esperanza, a Pardo, Urra, Gasalli y las próximas víctimas de Williams. No puedo seguir reparando dientes en mi gabinete como si nada hubiera sucedido. Hay demasiada muerte sin equilibrar.

He visitado, junto a Margarita, la tumba de Esperanza, y al caminar de vuelta, hemos visto en una tumba una mala escultura de Heracles luchando contra el león de Nemea. Margarita está cambiada. Más mujer, más serena. Yo le preocupo. Nos quedamos en silencio mirando la muda batalla de piedra.

—¿Alguna vez mi madre te contó lo que supo del tío Eleuterio? —pregunta.

Es extraño que Margarita hable de mi padre.

—No —digo—. Tendrás que contármelo tú.

—¿Sabes que tu padre y mi madre se querían como hermanos? —continúa Margarita—. ¿Recuerdas que él se perdía meses enteros vendiendo sombreros y pieles? Esto me lo contó mi madre cuando tú estabas perdido. Pareciera ser que antes de su último viaje, mi madre lo sorprendió dejando todas sus cosas ordenadas, como si supiera que no iba a volver. Entonces él le confesó que iba a buscar a alguien. Tenía la ubicación de un tipo que había buscado durante toda su vida: un hombre con el ojo cerrado por una cicatriz. Al fin había dado con él. Se hallaba en Tierra del Fuego, no recuerdo en qué lugar. Mi madre trató de evitar que el tío Eleuterio fuera. Y tu padre le respondió que todos sus viajes de comercio habían sido excusas para ir en busca de ese hombre. Y que lo había hallado. Mi madre le preguntó qué iba a hacer. Él dijo que iba a *cazarlo*. Mi madre se enfureció.

«Cómo puedes dejarlo todo, arriesgar tu vida y abandonar a tu hijo para ir en busca de venganza», me contó que le había dicho.

—Entonces —prosigue Margarita—, tu padre miró a mi madre y le dijo: «No puedo hacer otra cosa. Necesito que el mundo de mi hijo sea mejor que el mío. ¿Cómo puede ser mejor si yo dejo que un hombre que nos hizo tanto daño siga adelante?».

13 de octubre de 1889

Diario de Nolasco Black
Un simple dentista no puede atrapar a un tigre

He comenzado a frecuentar itinerarios y destinos; observo las conexiones en la *Bradshaw's Continental Rail Guide* y calculo las rutas de vapores, preparándome para viajar cuando encuentre dónde está. Dónde se esconde. He comprado los diarios que llegan de Europa y busco signos, pistas. Investigo nuevos crímenes extraños, por si logro detectar, reconocer su método. Su rúbrica. Recorto cada papel, de cada congreso médico, cada encuentro de antropología, de frenología, de eugenesia. Esos son sus ámbitos. Y los míos, ahora. Tarde o temprano deberá exponer sus conclusiones. Tarde o temprano saldrá a la luz. Alguien como él no ha efectuado ese trabajo arduo para dejárselo para sí o para el olvido. Su empresa es mayor. Debe anunciar sus resultados al mundo.

Pero no encuentro nada.

En principio, me he aprestado para tomar el vapor *Olympia* el día 20 de este mes. Necesito recuperar fuerzas. He cerrado temporalmente mi consulta, me he mudado por unos días a un chalet de veraneo en Viña del Mar. He comenzado a nadar en el océano, al amanecer. He comprado un arma y practico tiro en las tardes. Mis cercanos comentan que me estoy tomando un tiempo para recuperarme de mi experiencia. Está bien. Que comenten lo que quieran.

Antes de viajar, he visitado a Virginia. Hemos tomado el té en su casa. Apenas me ha visto, me ha abrazado largamente y las lágrimas han corrido por sus mejillas. Comprendo que somos los únicos que quedamos y los que sabemos qué sucedió. Me hace pasar nuevamente a la salita y veo los mismos objetos. Nuevamente, la sensación de una puesta en escena, de un decorado. Su hermana nos sirve té y nos deja solos. Le cuento con detalles todo lo vivido desde el plan fallido, el secuestro, la liberación y mi vida con los kawéskar y la mujer selknam. Me escucha atentamente. Luego llora.

—¿Qué pasó con Céneo? —consulto, con una vaga angustia.

Virginia sonríe con tristeza.

—Céneo. Céneo desapareció luego del incendio. No creo que lo volvamos a ver. Lo cual, conociéndolo como lo conozco, lo alegraría mucho —cuenta.

Le digo que voy a ir tras de Williams. Que no puedo hacer otra cosa. Me pregunta si estoy seguro de lo que estoy haciendo. Teme que al haber pasado por una gran conmoción física y mental, yo esté exhausto. Me recalca que yo no tengo la obligación de demostrarle nada a nadie.

—Hiciste todo lo que podías y más, Nolasco. El mal existe en este mundo. No podemos hacernos cargo nosotros de su erradicación. Una parte de mí quiere decirte que ese hombre ya nos dejó y que ahora debemos protegernos y curarnos nosotros: buscar la felicidad. Buscar el amor —la voz de Virginia suena emocionada, profunda.

—¿Y la otra parte? —pregunto lentamente, mirándola a los ojos.

—La otra parte me dice que, como aprendiste con los aborígenes, uno debe elegir una línea de tiempo y seguir ese camino hasta el final. Creo que no puedo evitar que sigas esa línea. Es más, te acompañaría en ello, si no fuera porque tengo mucho miedo, Nolasco. Estoy aterrorizada —declara.

Luego me toma la mano.

—Necesito, antes de que te vayas, que sepas algo —indica—. Comprendo que una tormenta ha pasado por encima de todos nosotros, nuestro mundo se ha dado vuelta y ya no hay nada que ocultar. Estamos unidos por la devastación y la furia, y por un extraño tipo de renacimiento de las fuerzas. Quiero que no haya mentiras ni disimulos entre nosotros, los miembros de la sociedad Flammarion. Quiero presentarte a un ser muy especial para mí. Un ser que me acompaña hace años.

Virginia llama y aparece Gretel. Ella mira a Virginia. Virginia afirma con la cabeza y Gretel se acerca a ella. Virginia le pasa la mano por los hombros.

Por primera vez, me fijo en Gretel. Una mujer hermosa de pelo negro y mirada clara y serena. La Virgen de las Rocas, de Da Vinci, recuerdo.

—Tu hermana.

—No, Nolasco. Gretel no es mi hermana.

Gretel toma la mano de Virginia.

—Virginia ha estado muy preocupada por usted —me dice Gretel.

Virginia me mira y dice:

—Son tiempos de máquinas y de metal. Una sociedad donde solo ustedes, los varones, pueden tenerlo todo. No son buenos tiempos para nosotras. La sociedad Flammarion no solo creía en el espíritu. Nos protegía. A veces, las máscaras son necesarias si uno quiere vivir de verdad.

Comprendo de pronto que esas dos mujeres, no son solo dos mujeres. Representan un sistema donde Jack no tiene cabida. Son las antípodas de Jack. Ambos mundos son excluyentes y de eso se trata todo. De una guerra. Y comprendo que Virginia siempre lo ha sabido.

—Aún no llega nuestro tiempo, Nolasco, pero eso no significa que no llegará. ¿No está de acuerdo con las revoluciones?

Después de un rato, Gretel se despide, abrazándome. Virginia me acompaña a la puerta. Esta vez, no hay metrónomo ni gramófono ni sesiones.

Me alejo de la casa de cerro Alegre pensando en la sociedad Flammarion como una fachada de protección, comprendiendo que hay dos mundos: el de las mujeres, tratando de sobrevivir, y el de nosotros, los conquistadores. Dos géneros en competencia por tener un lugar en un mismo territorio, pero uno de ellos, con las manos atadas a la espalda. El dimorfismo sexual, que para todas las especies es un equilibrio armónico de roles y expresiones para la variabilidad, en nuestra raza humana se ha utilizado para la dominancia. Una dominancia perfumada, educada, un dominio con reverencias y tertulias en las clases acomodadas, con violencia y muerte en las desposeídas, pero dominancia al fin. Comprendo que Williams representa la máxima expresión de ese dominio feroz. Va por el mundo apoderándose del cuerpo de las mujeres, con desprecio y, peor aún, con la bandera de la ciencia por delante. ¿Qué pasará si tiene éxito? Ya no puedo echar pie atrás.

La cacería.

Ese propósito me llena de fuerza. Un motor dentro de mí. Un simple dentista no puede atrapar a un tigre. Pero ya no soy un simple dentista.

20 de octubre de 1889

Diario de Nolasco Black
Todo lujo, todo civilización, pero las excretas siguen existiendo

Valparaíso aparece sumergido en la niebla al momento de embarcarme en el *Olympia*. Cuando nos alejamos mar adentro, apenas puedo divisarlo. Siento tensión y alivio de no ver el puerto, sino como una sombra gris, difuminada.

Una maldición ha caído sobre la ciudad, que parece estar en un brusco sueño mustio y triste. La gripe española y un nuevo brote de cólera asola a los conventillos, chozas y chinganas de los cerros, a las cabañas y palacios del plan, a los cerros solitarios, como una nueva versión de la peste negra. Es como si Williams, al pasar, hubiese infectado las entrañas mismas del puerto.

Pero la causa es menos poética y terriblemente concreta. Es la mierda. Aunque la Valparaíso Drenajes Company realizó y construyó ya hace un año la red de alcantarillado para vaciar las fecas —no sin temor ni escándalos de parte de las clases altas, alarmadas por estar unidas en un sistema circulatorio común de mierdas ajenas, de porquerías de los otros—, la verdad es que solo pocas casas disponen del nuevo sistema de muebles y sanitarios apropiados para la verdadera higiene del cuarto de baño. Todo es lujo, todo es civilización, pero a la hora de la intimidad, ¿qué se hace con las excretas? Estas siguen y seguirán existiendo, como en las épocas medievales y futuras. La mayoría de las casas, las acumulan durante la noche y luego las lanzan a los esteros, de madrugada. Otros, usan los servicios de Los Tigres, hombres valerosos que pululan invisibles en altas horas de la noche con sus cargamentos recogidos de casa en casa y los arrojan al mar. A veces las mareas cambian y la ciudad se vuelve irrespirable. Pero nadie parece querer darse cuenta, enfatizar con alguna expresión, tan particular y adversa condición. Las damas siguen paseando con sus sombrillas, como si nada y los caballeros siguen comprando sombreros en las tiendas del centro. Todo muy civilizado, pero cuidado al cruzar el Estero Las Delicias o acercarse demasiado a ese barril. En los conventillos, donde se hacinan a veces hasta veinte personas en una casa, entre niños y ancianos, ni siquiera existen letrinas. Además, la mayoría de los palacios ni siquiera cuentan con cuarto de baño. Ese es un lujo del que solo algunas familias de gran posición han comenzado a disfrutar. Mi hotel contaba con un sistema innovador, el sifón, que permitía eliminar el reflujo de los olores, pero yo soy un privilegiado. Puedo decir con certeza que hasta hace muy poco incluso personas muy educadas ignoraban los beneficios higiénicos del lavado de manos.

Así, mirándolo desde la popa, dejo Valparaíso, hundido en la niebla y en su contradicción de lujo y peste. Con la plaga asolando el puerto más importante de Sudamérica.

28 de octubre de 1889

Diario de Nolasco Black
¿Qué es lo que quiere hablar una monja conmigo?

El cruce del estrecho ha sido calmo. Punta Arenas nos recibe como una ciudad alegre y con un día espléndido. Pero detrás de la belleza del paisaje hay una vibración de muerte y de desolación. Ya no hay canoas que se acerquen a vender pieles. Nos indican que la Sociedad Explotadora de Tierra del Fuego ya ha cercado miles de hectáreas y que le han puesto precio al saco de testículos de los selknam, porque estos cortan las alambradas y roban las ovejas.

Para esta cacería, los ganaderos han contratado hombres armados, que han comenzado a eliminar a los indígenas a diestro y siniestro. Uno de los cazadores más prestigiados en esa horrible tarea, un tal Popper, se ha jactado de haber eliminado, junto a su cuadrilla, cualquier rastro de indio de aquí a Ushuaia. Yo solo escucho y observo en silencio. Miro hacia las planicies arrasadas por el viento y pienso en el rey kawéskar, en Kjúncar, en la comunidad. Pienso en la mujer santa que me enseñó las ramas del tiempo. ¿Dónde estarán todos ahora? ¿Los habrá alcanzado la mano monstruosa de los ganaderos y cazadores? Pienso en el bosque rojo que me acogió y los niños de la tribu, burlándose por mi fijación por los dientes y los objetos.

Voy al cementerio de la ciudad y dejo unas flores a mi abuela. En la que se supone sería la tumba de mi abuela, ya que realmente no sé dónde está enterrada. Pienso en ella y la recuerdo.

—Edward —me decía ella, en su rasposo inglés—, mi padre fue un pirata. En el asalto a La Habana, conoció a mi madre, una española de la corte de Isabel III. Tú tienes sangre de pirata inglés y de español de la corte. Tu abuelo peleó junto al rey Arturo. Eran todas mentiras, pero ella se las creía. O yo creía que eran mentiras. Porque ¿qué hacía el tataranieto de un pirata y de una princesa en el fin del mundo? Extrañamente recuerdo el fragmento de uno de sus cuentos ingleses: Arturo, moribundo, arroja la espada *Excalibur* al lago. Una mano emerge de las aguas y la toma.

Desde mi hotel, escribo cartas. A Virginia. A Teresa Gay. A mi amigo el doctor James Paget. Estaremos fondeados una noche debido a la necesidad de reparar unas calderas, lo que me tiene molesto. El capitán me ha hecho saber que me busca una monja. Me extraño, pero la recibiré a las tres de la tarde. La PSNC ha dispuesto para nosotros la sala de una pensión cerca de la Aduana y la visita se hará en un pequeño privado. ¿Qué es lo que quiere hablar una monja conmigo? ¿Querrá convertirme?

29 de octubre de 1889

Diario de Nolasco Black
La verdad nos hará libres, ¿no?

Estoy devastado. Apenas puedo escribir. La monja es pequeña, de ojos claros y no podría decir si tiene dieciocho o treinta y cinco años. Me saluda, se sienta y espera a que el capitán Ronald Kilpatrick —que es quien ha hecho el contacto— nos deje solos.

Habla con voz serena, pero grave. Ha visto cosas en los parajes fueguinos que nadie puede ni podrá imaginar, pienso. Ella está endurecida y tiene la serenidad del dolor de la soledad y del paisaje, pienso.

Me mira. Su mirada es directa a los ojos. Está sentada muy derecha.

—¿Usted es Nolasco Black?

—Sí —respondo algo intimidado.

—¿Es usted un hombre valiente, señor?

—¿Por qué me pregunta eso?

—Porque lo que le voy a contar requiere extremo valor. Deberá permanecer con espíritu sereno y no cometer una locura. ¿Me lo promete por Nuestro Señor Jesucristo?

—No soy creyente, pero le prometo que escucharé lo que tiene que decirme y que obraré con sensatez —le contesto. Siento todos mis músculos en tensión.

—Soy una de las sobrevivientes del naufragio del *Cordillera* y la única sobreviviente de la matanza de la playa de isla Tamar. Estuve con su mujer Elizabeth Carrera, hasta el final.

Me quedo helado. La monja habla con una extraordinaria templanza, una mezcla de austeridad y suavidad, como si hubiera repasado esta conversación muchas veces antes.

—¿Quiere saber lo que pasó? ¿Lo que pasó *realmente*, señor Nolasco?

—Sí —respondo sin dudar—. Cuénteme qué pasó. Yo... le estaría muy agradecido...

La monja se queda en silencio, respira, mira hacia la pared, como si en ella hubiera un crucifijo y eso la calmara.

—Fuimos atacados —comienza— no por nativos. Era un grupo de hombres. Un grupo de hombres desalmados. Lo presidía un rumano. Andaban cazando indios. Al comienzo, se mostraron comprensivos y ofrecieron llevarnos a Punta Arenas. Me fijé que tenían armas. Decían que andaban haciendo una prospección geológica en busca de oro, pero había algo extraño en ellos. Nos advirtieron que era peligroso quedarse en tierra, porque era territorio kawéskar y los kawéskar primero violaban y luego se comían a las mujeres. Su mujer, Elizabeth, que oficiaba de líder de las mujeres, no les creyó, ni yo tampoco. Pero todo el resto, sí. ¡Éramos más de cien personas, las varadas en esa playa! Su mujer trató de decirles a todos que estábamos más seguros ahí, en la playa, y que debíamos esperar ayuda, pero fue inútil. Solo pudo convencer a la señora Larrot y a dos misioneras jesuitas. Un hombre, mister Talbot, quiso quedarse con nosotros, pero le dijimos que estaríamos bien. El grupo tomó los botes y se embarcaron canal abajo. Su mujer les dijo que ustedes —me mira—, con la empresa aseguradora, llegarían con ayuda en la tarde. Pero los del resto no quisieron permanecer en tierra firme por temor a los indios y todos se embarcaron. Solo nos quedamos las cuatro mujeres que le he dicho. El rumano y sus hombres se ofrecieron quedarse a protegernos, pero no quisimos. Ellos tomaron los botes y se fueron a su vapor. Esa mañana nos quedamos solas, pero se había instalado el miedo entre nosotras. Y teníamos razón. El vapor, que estaba fondeado, no partía. Al contrario, se escuchaban risas y cantos. Los tripulantes estaban bebiendo. Eran las cinco de la tarde, cuando volvimos a escuchar risas y los remos en el agua. Vimos que volvían los botes con los hombres y el rumano hacia la playa. Su mujer tomó un cuchillo y lo escondió en su vestido. Los hombres bajaron y, al ver sus caras, Elizabeth y yo comprendimos que estábamos en peligro. Uno de ellos había bajado un gramófono. Nos dijeron que ellos no podían ser tan maleducados como para no atender como se debía a cuatro mujeres solas. Comenzaron a beber y nos ofrecieron alcohol. Elizabeth les pidió que se fueran. Uno de ellos, al que le decían el Chancho, tomó a la más joven del grupo y trató de besarla. Los otros reían. Elizabeth se acercó y a uno de ellos le cruzó la cara con un cuchillo. Entonces, los hombres se convirtieron en animales. El peor fue el rumano. Sacaron sus armas y nos apuntaron.

La monja se detiene. Me mira como tanteando si debe seguir o si ya tengo suficiente.

—Por favor, continúe —pido—. Mi voz no parece ser la mía.

—Le dijeron a su mujer… que si no bailaba para ellos, matarían a Marie Larrot. Yo comprendí que hablaban en serio. El rumano, que era el jefe, le dijo que le mostrara dónde estaba su equipaje. Ella se lo mostró, y el rumano lo abrió. Revisó y escogió un vestido. Tuvo que desnudarse frente a ellos y cambiárselo. Luego bailó. Llorando, Elizabeth bailó. Los peñascos rocosos de la playa la hacían tropezar, lo que les provocaba grandes risotadas. Cuando ella terminó de bailar degollaron a la joven Marie Larrot. Lo hicieron para que supiéramos, dijeron, que estaban hablando en serio. Luego, el rumano dijo que nos harían lo que le hacían a las selknam, una buena cogida antes de morir... Nos... violaron varias veces y luego...

—Por favor, siga...

—Una a una, fueron degolladas. La Providencia quiso que yo no muriera y pude ver qué sucedió después. Cómo los hombres se ensañaron, cortaron sus pezones, sus manos, su sexo. Luego, enloquecidos de alcohol, pero como si estuvieran habituados a esas orgías de sangre, las siguieron mutilando. Finalmente, parecieron comprender o despertar de la pesadilla que los movilizaba, y, asustados, se detuvieron, se subieron a sus botes y se fueron. Así quedaron sobre la arena los cuerpos, desmembrados por completo. Luego, llegaron los pájaros. Cientos de pájaros carroñeros que completaron el trabajo. Pasó toda una noche. Ya de madrugada, llegaron unos indios. Miraron la masacre, recorrieron la playa, y uno de ellos hizo una invocación por las almas. Luego trataron de enterrarlas según su tradición. Pero vieron un velero que parecía un fantasma y huyeron en sus canoas de pieles. Uno de ellos dejó su lanza tirada. Cuando los marineros llegaron, vi que un grupo de ellos disparaba desde las embarcaciones, y miraron la playa ensangrentada con temor. Luego, en uno de esos botes, llegó un joven con barba. Venía con un arma en la mano. Se inclinó sobre una de las mujeres. Al reconocerla, trató de quitarse la vida, pero el arma no se disparó.

Un silencio sobrecogedor, como un eco. Ella me mira con sus ojos serenos, sin quitármelos de encima.

—¿Usted cómo sobrevivió? —la voz me sale apenas de la garganta.

La monja se recoge la túnica a la altura del cuello y muestra una extensa cicatriz.

—El hombre que me violó estaba tan ebrio que al intentar degollarme cortó el musculo de mi hombro. Había tanta sangre que él pensó que yo había muerto. Luego, gracias a la Virgen de Montserrat, que me dio valor en ese momento, pude arrastrarme entre las piedras y meterme en una pequeña cueva. Le conté la historia al capitán, pero no quiso decirle nada a usted ya que temían por su vida —cuenta, mirándome—. Luego yo me quedé en la misión de Santo Tomás, en Tierra del Fuego. Los indios ya están en su propio infierno como para que alguien ande por ahí pensando que fueron culpables de una masacre. Por eso, cuando supe que usted estaba en la tripulación, decidí venir. Recé mucho, pensando si estaba haciendo lo correcto o no. La verdad nos hará libres, ¿no?

—El nombre —pido, con la garganta seca y las manos temblorosas—. El nombre del rumano.

La monja niega. Yo me acerco a ella, amenazante.

—El nombre.

Ella me mira y sabe que no tiene alternativa.

—Julius Popper —dice.

8 de noviembre de 1889

Diario de Nolasco Black
Comienzo a reír y luego, lloro

Un buque es una flecha que no permite otra cosa que el futuro. Agradezco que haya sido así, y que el *Olympia* no haya recalado en Buenos Aires, porque los primeros diez días y noches después del relato de la monja acerca de los sucesos del naufragio, yo solo pensaba en ir a enfrentar a Popper, estuviera donde estuviera. Esa obsesión me oscureció y tuve que sacar, de no sé dónde, una enorme fuerza de voluntad para no desembarcar en Río de Janeiro y volver a buscar al rumano. Si no hubiera sido porque, al recalar en Brasil, recibí una carta tan importante, quizá lo hubiera hecho. Pero, como he dicho, no bien llegó el barco del correo, me informaron que tenía una carta, lo que me extrañó sobremanera, no solamente porque nadie sabía de mi viaje, sino por lo desconocido del remitente.

Para el doctor Nolasco Black de Sofía Roth

Comienzo a leerla en la misma cubierta. Paso de la incredulidad, al asombro y luego a la euforia. Cuando termino de hacerlo, me encierro en el camarote. Comienzo a reír, y luego, lloro. Lloro como no lloraba desde la sesión de espiritismo en casa de Virginia. Pero esta vez, no es un llanto de desolación y desamparo. Ahora es un llanto de alivio.

Carta de Sofía Roth. Roma (enviada por correo al doctor Nolasco Black)
Cenis

Estimado doctor:

He enviado esta carta a todos los posibles puertos de la
Pacific Steam con la esperanza de que usted la lea al recalar en
algún puerto de su ruta a Liverpool. Supongo que se pregunta
quién soy y por qué la urgencia de esta comunicación. Permítame explicarle. Mi nombre es Sofía Roth. He nacido en la ciudad lacustre de Llanquihue, lo que tiene importancia, según
explicaré más adelante. Desde pequeña me han gustado los libros de ciencia, la observación de fenómenos naturales, la lectura de derroteros marítimos, la disección de pequeños mamíferos, los artefactos ópticos. Mi sueño hubiera sido entrar a un
aula, estudiar formalmente, ser parte de este nuevo mundo que
se nos presenta listo para ser descubierto. Pero en un mundo de
hombres es difícil, como mujer, tener libertad. Usted no lo entendería. ¿Puede algún pez percibir el agua que lo rodea, si
siempre ha estado inmerso en ella? Un hombre jamás podría
comprender que el universo ha sido desplegado para que lo
descubran ustedes y nunca para una mujer, quizá porque ha
sido un hecho natural —dice la sentencia de Rousseau— que
las mujeres deben «dar placer a los hombres, serles útiles, hacerse amar y honrar por ellos, criarlos de jóvenes, cuidarlos de
mayores, aconsejarlos, consolarlos, hacerles agradable y dulce

la vida. Esos son los deberes de las mujeres en todos los tiempos, y lo que se les ha de enseñar desde la infancia». Tal sentencia se ha perpetuado con efectividad. Pero yo no estoy de acuerdo. El mundo es demasiado vasto como para confinarme, como para reducir mi vida a buscar un marido, tener hijos y aprender botánica robando horas para el pensamiento y contentándome con la lectura de un libro leído a escondidas. No quiero ese destino y nunca, desde pequeña, lo quise. Al morir mi padre —un comerciante belga, alcohólico y violento— me dejó un dinero mínimo que me bastó para salir de Llanquihue y viajar a Valparaíso, al cuidado de mi madrina, Carmen Carvajal. Con quince años, sin bienes propios y sin un hombre a mi lado, mi futuro estaba sellado. No había perspectivas para mí. Al llegar a Valparaíso, Carmen me acogió, me aceptó en la sociedad Flammarion y comprendió que la única manera de alimentar mi incesante sed de saber era, no ocultándome tras una labor de bordado o tras el mesón de la cocina en un claustro, sino al contrario, dándome la libertad de la calle, sin preguntas, dándome la amplitud de movimientos de alguien libre, que puede entrar a una biblioteca, deambular por un aula, explorar una fábrica, una fundición, entrar a un museo, viajar, asistir como oyente a clases de Derecho o de Biología en la universidad. Fue ella la que me contó el mito de Céneo. Cenis era una descendiente de los lápitas de Tesalia. Cuando solo era una adolescente, Poseidón se sintió locamente atraído por ella y la tomó por la fuerza. Fueron tantas las lágrimas de Cenis, que los dioses le concedieron un deseo, con tal de que dejase de sufrir. Sin dudarlo, Cenis pidió ser ocultada y convertida en hombre para no ser humillada nunca más. Pidió ser convertida en un hombre invencible. Qué importaba sacrificar mi aspecto si mi mente se alimentaría de todo el saber que no me estaba permitido como fémina. No me avergüenza confesar que un cabello corto y una ropa de hombre fueron mucho más cómodos para mí que el vestido francés más hermoso de la temporada. Ya habría tiempo para ser mujer. Para ser Sofía. Ahora, en ese ahora, era tiempo de ser Céneo. Durante cuatro años fue el tiempo de la adaptación al mundo masculino. Cuando lo conocí, doctor, y supe que usted era el elegido, según el mundo espiritual, para detener los pasos del mal, los pasos de Williams, me puse a su servicio.

Sí, doctor Black. Yo soy Céneo, su ayudante. Por fin todo lo que yo sabía, datos, curiosidades, información sacada de cientos de libros, tuvo un sentido y una dirección. Ayudarlo a usted a encontrar a Jack. Quizá no lo sepa, pero no dormí noches enteras escribiendo apuntes y relaciones, esperando no decepcionarlo, y por eso, cuando Carmen me autorizó a entrar en escena y compartir la lista de sospechosos con usted, ese fue el día más feliz de mi vida. Estaba siendo parte de algo. Ahora, no repetiré la historia que usted ya sabe. Con Leitner y su muerte comprendí que no era la primera vez que me veía enfrentada a la oscuridad, pero sí era la primera vez que sentía alivio. La justicia, querido doctor, es una sofisticada forma de alivio.

Cuando usted desapareció, luego del incendio, cuando fracasó nuestro plan, hui, con miedo. Demasiadas muertes me inmovilizaron. Carmen enfermó y debió trasladarse al sanatorio de San José de Maipo. Quise acompañarla, pero nuevamente me recordó que no es que el mal sea más fuerte que el bien, sino que el mal juega solo. Entonces me quedé viviendo en la casona y me dediqué a investigar. En una sesión de espiritismo, la última antes del viaje de Carmen, apareció una entidad que en escritura automática dejó la siguiente frase: *Pick up the sword, Nimue, and use it while Arturo is dreaming.* «Recoge la espada, Nimue, y úsala mientras Arturo sueña.» La frase no tenía sentido. Luego recordé que usted me contó que su abuela le relataba cuentos de caballeros y me figuré que usted era Arturo y yo, Nimue, la Dama del Lago artúrico. Yo, nacida a los pies de un lago, debía tomar a *Excálibur*, la espada, y continuar con la batalla. Lo hice. Averigüé que el buque en que viajaba Williams había llegado sin incidentes a Lisboa y el hombre había partido hacia un destino desconocido. Llegué a leer la bitácora del capitán y me enteré de que había habido un incidente con un hombre al agua. Supuse que usted había muerto. En vano recurrí a las autoridades. Cambiaron toda la plana de la Policía de Pesquisas. El incendio con Pardo y Ulloa dentro, fue algo devastador, pero me llenó de esperanza el hecho de que no encontraron su cadáver. No sabía qué hacer ni a quién recurrir. Me metí a su gabinete, no sin complicaciones, y tomé lo que necesitaba: su diario con sus apuntes. Su plan me pareció elegante y perfecto, pero supe que había fallado en el episodio del incendio. Contacté al hombre que le proveía de hierbas y pócimas, Dimitri, y le pedí lo que necesitaba. Antes de leer su plan, yo también había comprendido que, para detener a Williams, se necesitaba algo más que una pistola y decisión. Dimitri me consiguió todo lo que necesitaba y preparé la receta magistral, usando las dosis y los materiales de su consulta. Ahora necesitaba encontrarlo y acercarme. Aún quedaba el problema del dinero. Pero supe que había alguien que financiaría la cacería sin ninguna restricción. Esa persona fue Julio Lyon. Dándolo por muerto, le mostré todas sus notas. Le expliqué exactamente nuestra línea de investigación, sus sospechas, sus conclusiones… perdón, nuestras conclusiones. Le mostré el nombre del asesino de su hija. Pensé que en su dolor me arrojaría de su casa. Pero una experiencia devastadora abre la mente de cualquier hombre. Ni siquiera le expliqué los detalles de la captura (que leyéndolos fríamente eran descabellados). Solo le conté que iría a cazarlo.

Entonces me dijo: «Le doy todo lo que necesite, pero mate a ese hijo de puta. No me interesa la justicia de la policía o de la ley. Mándelo al infierno, y allá que la justicia se cumpla. Yo mismo la acompañaría, si no tuviera que cuidar a mi pobre mujer».

¿Por qué confió en una muchacha? ¿Por qué no llamó a sus contactos? ¿A la policía? Quizá intuyó que nada daría nunca resultado. Me dijo:

«Si tiene que terminar lo que empezó Nolasco y vengar a mi hija, por Dios, hágalo. Pero no vuelva si no tiene éxito. Ahórreme ese nuevo dolor».

¿Usted cree que me pidió un recibo o una garantía? Solo fue a su biblioteca y volvió con un sobre que contenía una cantidad de dinero más que suficiente.

Así partí. ¿Dónde buscarlo?

Revisé diarios, rutas, noticias. Williams sabía que no podría volver a Londres. No correría ese riesgo. Era un hombre que iba en busca de perfección y belleza. Era un pintor. Comprendí que Roma debía de ser su destino natural. Es curioso que toda la ruta lógica y científica, que tan rigurosamente había trazado, tenía un eslabón de subjetividad pura: Roma. Pero las mujeres somos intuitivas, y por más que Darwin diga que «la intuición, percepción rápida y quizá de imitación de la mujer son características de un estado inferior de la civilización», yo digo que son atributos de evolución pura. Y no me equivocaba. Así es que tomé el vapor a Liverpool y luego, vía Portugal y Barcelona, llegué a la Ciudad Eterna.

Creo que fui afortunada. No había leído la primera noticia del periódico, cuando me informé que en esa temporada se encontraba dictando una serie de conferencias en Roma Cesare Lombroso, el criminólogo positivista que, como buen frenólogo, cree que la criminalidad representa un fenómeno biológico, producto de la degeneración, identificable a partir de la fisonomía.

Pensé que Williams no podría rechazar la tentación de escuchar a un hombre que compartía plenamente sus creencias. No bien instalada en una pensión en Roma, y caracterizada como Céneo, comencé a asistir a dichas conferencias. Durante el día, visitaba las ruinas y las fuentes, tratando de encontrar a

Williams entre algún pintor ocasional. Fue una tarea inútil y fatigosa. El último día, Lombroso adelantó las conclusiones de su último libro, *La mujer delincuente, la prostituta y la mujer normal*. Tuve que tener mucha fuerza de voluntad para no reaccionar emocionalmente cuando escuché —de boca de uno de los hombres más influyentes en los círculos del pensamiento— que «la mujer ocupa un lugar inferior en la escala evolutiva». Cuando se refirió a las características de las mujeres delincuentes, estableció que «las mujeres delincuentes no sienten pena y, por tanto, son insensibles a las penas de los demás», y que existía en ellas, además, una «falta de refinamiento moral. Estos defectos se neutralizan por la piedad, maternidad, necesidad de pasión, frialdad sexual, debilidad e inteligencia menos desarrollada». Escuché otras perlas como «las mujeres delincuentes parecen hombres, y que existe un número importante de delincuencia femenina oculta», y también, «las mujeres delincuentes son más viciosas que los hombres delincuentes» y otras frases para el bronce. La sala estaba llena de académicos y hombres de ciencia. Tuve que salir de la sala, profundamente abatida. El desánimo me invadió. ¡Qué hacía yo, tratando de atrapar a un asesino de mujeres si toda la ciencia nos repudiaba! Estaba tratando de tapar el sol con un dedo. Salí al pasillo a respirar y secar las lágrimas que no podía contener. Entonces lo vi. Subía las escaleras fumando una pipa. Pensé que mi corazón bombearía con tanta fuerza que Williams lo escucharía. Por el contrario, solo me dijo *scusami* al toparse conmigo en las escaleras, y entró, como si nada, conversando con un par de hombres de sombrero y menudos bastones.

Quedé sin habla y sintiendo que ese había sido el otro día más feliz de mi vida. No solamente lo había encontrado, sino que en esa misma tarde recibí un telegrama de Virginia Viterbo diciéndome que estaba usted vivo, y que habían tenido una franca conversación sobre la sociedad Flammarion. El saber que estaba vivo me llenó de una energía nueva y más vital que nunca. También supe que usted vendría a cumplir el plan, pero que yo no podía esperarlo, porque quizá la oportunidad de atrapar a Williams no se repetiría.

Desde ese momento no le perdí la pista.

Averigüé en qué hotel estaba, el que, curiosamente, estaba muy cerca de mi pensión. Empecé a observar y fijar sus horarios. Desayunaba a las siete. Se recogía temprano. Muy pocas veces lo vi salir del hotel. Las veces en que salió, lo vi visitar la villa Borghese y pintar en el pequeño lago del templo de Esculapio. Luego, antes de guardarse, caminaba hasta el palacio Borghese y se detenía largo tiempo frente al hermafrodito de Bernini. Apenas miraba las otras obras. Solo se sentaba y contemplaba la figura cómodamente posada, mitad mujer y mitad hombre, con una concentración y una intensidad tal, que muchas veces pensé que no estaba mirando, sino que estaba leyendo un lenguaje que solo él podía descifrar. Un día particular erró por las calles de Roma hasta llegar a la iglesia de Santa Cecilia en el Trastevere para ver el martirio de Santa Cecilia, de Stefano Maderno. Estuvo frente a la figura durante horas. Fue la primera vez que lo vi emocionarse y creí que empezaría a llorar en cualquier momento. Luego pensé que la figura de la santa, muerta, con su cara vuelta hacia el suelo, era la figura que Williams había esculpido en tantas madrugadas silenciosas. Solo que no usó mármol, sino piel. Reemplazó el martillo y el cincel por el cuchillo y el bisturí. Anoto aquí lo que escribí esa tarde: «Bernini y Williams son iguales, solo difieren en los instrumentos del arte y en los grados de pasión involucrados».

Muchas veces, en esos seguimientos, lo tuve frente a mí. A unos metros. Me preguntará usted por qué no le disparé en esas ocasiones. Como usted también había previsto, su cuerpo muerto no era suficiente. Esa solución no solo era indigna para nosotros y simple para él, sino que nos privaría conocer el paradero de su colección. Además, tarde o temprano la ley habría llegado a mí. Yo habría terminado en la cárcel y él sería un mártir. No.

No quería canonizarlo. Pensé también en algo más drástico: tenderle una trampa, seducirlo, colarme en su habitación, llamar a la policía e infringirme una herida mortal. Sería un pequeño sacrificio para evitar un gran mal. Una mujer muerta en una habitación del hotel Edén, de Roma. Eso lo mandaría a la cárcel, pero si Williams había burlado a Scotland Yard, ¿por qué no iba a hacerlo con la policía italiana? Y todavía quedaba el problema de los órganos y su investigación. De su material recolectado, de su monstruosa colección. No. El plan original seguía siendo el mejor, y lo llevé a cabo rigurosamente.

Digamos, mejor, que pensaba llevarlo a cabo, porque repentinamente Williams desapareció. Como los animales a punto de ser capturados, que aprovechan un súbito cambio del viento para oler el peligro, Williams dejó Roma de la noche a la mañana, y no supe más de él.

Estos días, después de su desaparición, han sido desoladores y he necesitado gran fuerza de voluntad para sobreponerme. Voy a averiguar dónde se encuentra, eso téngalo por seguro, aunque mentiría si le digo que sé cómo pretendo hacerlo. Ya es tarde y si quiero que esto le llegue a tiempo, debo correr al correo.

Nolasco, al desembarcar en Liverpool, tendrá una nueva correspondencia mía, donde le enviaré detalles de mi paradero. Si todo va según lo espero, la próxima carta será, de cualquier modo, la última.

Con afecto,

SOFÍA

14 de noviembre de 1889

Diario de Nolasco Black
¿Ranas?

Nunca un viaje me había parecido más largo que el trayecto desde Río hasta Liverpool. A veces leía la carta y me regocijaba de la astucia de Céneo, o de Sofía, y de cómo había librado esa batalla sola, provista únicamente de su inteligencia e intuición. Yo mismo estaba tan abstraído en mi propia obsesión, que apenas me había fijado en ese muchacho delgado y perspicaz que parecía ir siempre un paso por delante de todos. Otras veces leía la parte de la pérdida de la pista y del nuevo destino, que más parecía un capricho que producto de un análisis de lógica pura. Estaba atrapado en un buque y el océano parecía no tener fin. Recordé que cuando fui a ver al griego, este me mencionó que un joven había pedido el mismo tipo de plantas y también unas ranas. ¿Ranas? Lo que más tenía era tiempo. Podía, entonces, hacer un análisis seriado de todos los pasos. Quizá al llegar a Liverpool no encontraría correspondencia. ¿Qué haría en ese caso? ¿Y si Williams descubría a Sofía y la asesinaba? La opción más alentadora era que Sofía venciera. Eso lo sabría pronto. ¿Sería una carta de alivio o un fracaso? ¿O la noticia de otro asesinato?

Desde mi estadía con los kawéskar había aprendido a pensar en ramas de tiempo. En la mayoría de ellas, Williams vencía.

28 de noviembre de 1889

Diario de Nolasco Black
Liverpool

El martes, finalmente, llegamos a Liverpool en una mañana fría y nubosa. Al desembarcar corrí a las oficinas de Correos en busca de la correspondencia.

Pero no había nada.

Telegrama extraviado. Sofía Roth para Nolasco Black. Recibido por la oficina de Pacific Steam Navigation Company, Liverpool

Tome el primer transporte a París que pueda. Hotel Terminus, en el 108 de la calle San Lázaro. S.

25 de noviembre de 1889

Carta de Sofía Roth. París (no recepcionada por el remitente)
Elegí mi mejor vestido

Al doctor Nolasco Black.

Antes que nada, si recibe esta carta, es que su vapor ya llegó a Liverpool. Ha ocurrido algo inesperado. Permítame relatar cronológicamente los hechos.

Después que perdí a Williams en Roma, traté de averiguar, por todos los medios, cuál sería su próximo destino. Sé que en estos días de comunicación por telégrafo, plenos de información, un hombre no puede desaparecer sin más. Efectivamente, decidí volver al hotel Edén, donde se alojaba Williams. Utilicé una pequeña estrategia de la psicología. Dije que el doctor Williams había olvidado elementos médicos y necesitaba enviárselos a su nuevo destino por cuenta y costo del hotel. El conserje me dijo que eso era algo irregular, que el hotel no podía hacerse cargo de financiar tal trámite. Insistí, y ante su negativa, parecí decepcionada, molesta y le dije al conserje, en tono impaciente:

—Paciencia. Tendré que encargarme del transporte yo mismo. ¿En qué hotel está él ahora?

La estrategia dio resultado. El conserje —ya aliviado de su responsabilidad de pago y para lograr que yo me marchara rápido— buscó eficazmente en sus registros y me dio el nombre y la dirección del hotel de Williams, en… París.

París, Nolasco.

Tomé el primer tren a París, cruzando Milán y Turín, y al llegar a la gare de Lyon, me registré en el hotel Terminus, en el 108 de la calle San Lázaro con el nombre de Nimue Roth. Porque así me siento. La portadora de *Excálibur*. Y lo fui.

En la mismísima place Vendôme compré vestidos, maquillajes, perfumes. Tuve que aprender en dos semanas lo que nunca quise aprender en veinte años. A caminar, a sonreír, a ruborizarme, a restringirme, a parecer adecuada, a ser invisible, a pestañear con coquetería, a agradar, a ser bella, a seducir sin ser seducida. Y a esperar. Como la planta carnívora, que espera pacientemente a su presa. Así, cada día, esperé, hasta que Williams, atraído, como una mosca desprevenida ante una *Dionaea muscipula*, activó los cilios sensitivos y la venus atrapamoscas se cerró irreversiblemente sobre él.

Permítame contarle cómo.

Una mujer no puede andar sola por las calles, así es que contraté a una chaperona que me permitió moverme con libertad por el hotel y visitar la Exposición Mundial con toda comodidad.

Examiné el programa del Segundo Congreso Mundial de Antropología Criminal. Averigüé que asistirían Lombroso y una delegación de Turín. El congreso sentaría las bases de cómo entenderemos al hombre en el próximo siglo (y, al pasar, cómo la mujer sería biológicamente relegada a un escalón más abajo). Contactos adecuados y pecuniarios con los botones y hacer amistad con una encantadora secretaria del congreso me hicieron saber que, entre los inscritos para la gala inaugural se hallaba un tal John W. Williams. Entonces, elegí mi mejor vestido y me preparé para la confrontación final.

30 de noviembre de 1889

Diario de Nolasco Black
Camille, en París

De pronto, sin noticias de Sofía, tuve que tomar una decisión drástica.

Me subí a un tren de la British Southern Railway, desde la estación Victoria hasta Dover, luego tomé el ferry hacia Calais. A partir de allí seguí en tren hasta la gare de Lyon, en París.

Averigüé el listado de los congresos en París antes de junio. No fue difícil suponer que el evento que podría haber interesado a Williams sería el Segundo congreso Mundial de Antropología Criminal. Williams, como oyente u expositor, estaría presente.

Pero ¿cómo ubicar a un hombre como Williams, en París, con los miles de visitantes de la Exposición Universal? Obviamente se preparaba para asistir, pero se calculaban en miles los visitantes de cada día. Obviamente, querría subir a la torre Eiffel, pero ¿debería yo hacerle guardia en la torre día tras día?

Si solo tuviera contacto con Carmen Carvajal, pensé. Nunca había extrañado tanto a la sociedad de espiritistas.

Y de pronto, descubro que hay un solo hombre que puede ayudarme.

Camille Flammarion en persona.

1 de diciembre de 1889

Diario de Nolasco Black. Hotel de l'Université, París
Corro como nunca he corrido en mi vida

Debo ordenar los hechos que se agolpan y luchan por alcanzar a entrar en el papel. Escribo y pareciera que han sido meses de acontecimientos, pero realmente todo ha transcurrido en un solo día. Quizá el día más largo de mi vida.

Vamos por orden. Llego a la Sociedad Astronómica de Francia, a la 3 rue Beethoven, a buscar a la única persona que, supongo instintivamente —porque no hay nada que fundamente ese hecho— podría ayudarme. El señor Camille Flammarion.

Entro a un edificio, vago por pasillos hasta que encuentro la secretaría del observatorio. Una secretaria me impide el paso. No tengo concertada ninguna reunión. Me pregunta quién soy y ante mi insistencia, me informa que el señor Flammarion viaja hoy al observatorio de Juvisy y que no admite visitas.

Insisto.

—¡Dígale que es algo de vida o muerte!

La secretaria se complica. Quizá advertida por mi tono de voz, sale de la oficina contigua una mujer atractiva y de mirada aguda.

—¿Puedo ayudarlo, señor...?

—Nolasco Black. Necesito hablar con monsieur Flammarion.

—Puede decirme a mí lo que necesite y le haré llegar su mensaje.

Antes de que yo rehúse la oferta, ella aclara:

—Soy Sylvie Pétiaux. La señora Flammarion.

Pasamos a un privado y cuento todos los acontecimientos, intentando no parecer un alienado. Le digo que trabajé con la policía de mi país en la captura de un peligroso homicida. Que tengo razones para creer que ese hombre está en París. Le digo que he tenido experiencias espiritistas que me indican que debo atrapar a ese hombre. Le digo que ese hombre es un asesino de mujeres (omito que creo que es Jack) y que seguirá ejecutando su afición si no se lo detiene. Y por último digo que —por admiración y honor a la obra de su marido, de alguien que ha sabido congregar tan acertadamente ciencia y espiritualidad—, la sociedad espiritista a la que pertenezco y la que me advirtió la presencia de este hombre en París, se llama sociedad Flammarion. Una sociedad compuesta de mujeres que está intentando atraparlo.

Al terminar, solo me mira y permanece en silencio. Por supuesto que lo expuesto ha sonado tan descabellado, que si llama a la policía o a los guardias custodios de la universidad, lo entendería perfectamente. Pero ella solo se levanta, va a la puerta y se vuelve hacia mí.

—Veamos si Camille puede darle unos minutos —dice.

Camille Flammarion en persona. Yo ante él.

Un hombre de barba blanca, de pelo desordenado, de mirada inquieta y curiosa, se diría, casi adolescente, que me escucha, se pasea, ríe, emite ruidos con la garganta, se detiene, se sienta, se para, ¡baila!

Su mujer me mira diciendo con un gesto «ahí lo tienes» y vuelve a sus oficinas.

Termino entonces el relato y él, sin ningún silencio o reflexión previa, recoge su chaqueta y su sombrero de la silla.

—Vamos, vamos, no hay tiempo que perder. Y tome este abrigo, se lo presto. Donde vamos puede que haya mucho viento —comenta.

Salimos del observatorio de la Sorbonne, tomamos un carro y doblamos en el boulevard Saint Germain.

—¿Dónde vamos?

—Primero, a comer, por supuesto. Uno no puede pensar claramente, mi amigo, si no come.

Vamos a comer a L'Hôtel d'Aligre, un lugar aparentemente delicioso, pero yo no puedo tragar bocado. Si no fuera por las circunstancias, hubiera sido una velada encantadora con un hombre interesantísimo. Durante la comida Flammarion pregunta lo justo y me amplía su posición sobre la ciencia y el espíritu.

—El pensamiento, querido amigo —señala—, puede actuar sobre el de otra persona sin el concurso de los sentidos. Es posible ver en sueños un país al que no se ha visitado jamás y verse en ese sitio tal como uno estará allí, diez años más tarde. El futuro es tan perceptible como el pasado. El presente solo no existe, teniendo en cuenta que se reduce, en el análisis científico, a menos de una centésima de segundo. El espacio y el tiempo no existen tal como nos lo presenta nuestro concepto de las medidas. Son el infinito. Son la eternidad. La distancia de aquí a Sirio es una parte tan mínima del infinito como la que separa la mano derecha de la mano izquierda. La electricidad ya nos ha acostumbrado a las rápidas transmisiones entre las distancias. La luz y la electricidad no tardan ni dos segundos en franquear el intervalo existente de la Tierra a la Luna. La materia no es como creemos. En resumen: la ciencia de todas las academias del globo representa una ignorancia inmensa.

Luego de un rato, en que Camille come con buen apetito, de manera repentina se limpia la boca con la servilleta y me dice:

—Ahora que ya tenemos los antecedentes, vamos a buscar al villano de esta obra.

—¿Dónde vamos? —pregunto, como un escolar.

—Al único lugar que nos puede servir para estos fines —sentencia Flammarion—. A la torre Eiffel.

Llegamos al Campo de Marte, entramos a la Exposición Mundial y, haciendo caso omiso de todas las atracciones presentadas en los distintos estands, caminamos entre la multitud directamente hacia la torre. No tengo tiempo de asombrarme. Más bien, no me permito asombrarme. Toda mi atención debe estar en mi empresa. Si tengo éxito vendré y beberé champán, como me han dicho que es la tradición. Si tengo éxito. Esa frase me parece tan lejana como Valparaíso en este momento.

Subimos a la torre. Flammarion es conocido por todos y la multitud de curiosos que quiere subir, se abre para dejarlo pasar. El anciano habla con los custodios y abordamos el ascensor Otis, hasta la segunda planta. Luego subimos por un nuevo ascensor hidráulico al último piso. El guardia que custodia el lugar lo saluda. El viento ruge.

—Vamos a ocupar unos minutos el apartamento —indica Flammarion.

—Por supuesto, señor.

—Que no nos interrumpan.

El guardia asiente.

Subimos una escalera que nos conduce a una pequeña puerta. El viento y la vista vertiginosa nos rodean. Un guardia saca un manojo de llaves.

Hemos llegado a un lugar insólito, dentro de aquel ingenio de hierro, la más alta construcción del hombre moderno: el departamento privado que Eiffel ha construido para él y sus amigos. Estamos más altos que las nubes y París, allá abajo, se ve ahora silencioso e irreal.

Entramos.

—¡El apartamento más alto de París! —exclama Flammarion—. ¿No es una maravilla el silencio?

La habitación, diseñada por Eiffel en tan curiosa ubicación, parece contar con todo lo necesario para una estadía confortable. Solo que está a 300 metros sobre el Sena. El viento vibra suavemente. Por la pequeña ventana, se ve la línea del horizonte y las nubes pasando por debajo, cubriendo trozos de París.

—¿Siempre viene aquí? —pregunto, tímidamente.

—Solo para tomar alguna copa y tratar cuestiones científicas. Eiffel es muy quisquilloso con quien invita. Hay personas que han ofrecido fortunas enteras para rentar este apartamento. Un industrial quería venir con su amante. Ofreció cinco mil libras, pero este no es un nido de amor. Es para tratar cosas del espíritu.

Flammarion despliega un mapa de París sobre una pequeña mesa de caoba.

—Páseme algún elemento… algo del sujeto —solicita.

Dudo y de pronto recuerdo que ando trayendo, por si tengo que comprobar *in situ*, la optografía de Williams.

Se la paso y Flammarion la mira. Sin hacer preguntas, como si estuviera acostumbrado a ver fotografías de los ojos de un muerto, sostiene un péndulo sobre ella.

—Veamos dónde está este caballero oscuro —señala.

El péndulo se pasea por el mapa de París.

—¿Cree que dé resultado?

—Por supuesto que sí. Es solo simpatía entre el material y

su dueño. Verá. Todos vamos por ahí, impregnándolo todo con nuestras presencias. Esta aguja funciona como un amplificador psíquico. Aquí hay algo —lanza de pronto.

—Vea su giro —agrega—. Era dextrógiro. Se ha detenido y comienza a ponerse levógiro. Ha detectado al portador de los influjos del objeto.

Por un momento veo la situación desde afuera y parece completamente insensata. Un hombre, ya mayor, con una barba profusa y cabellos salvajes, mirada clara y con una intensidad algo semejante a la que se ve en los sabios y en los locos, totalmente encorvado sobre un mapa de París con un pequeño péndulo de obsidiana negro, que pulula, en un departamento entre las nubes, buscando el paradero de un asesino.

—Quizá ese movimiento se deba a la rotación de la tierra —menciono, aventurando una duda.

—Sí, si esto pesara 38 kilos y el cable se alzara a más de 72 metros, como el péndulo de Foucault, que yo mismo probé en esta misma torre y en el Panteón. No. Lo que lo mueve no es ni la rotación de la tierra ni mi mano. Es radiestesia pura. Aquí está. Aquí está su hombre, monsieur Nolasco Black.

—¿Dónde?

Apenas puedo con mis latidos.

—Aquí mismo. En la Exposición Universal. En la gran sala de máquinas.

—¿Está usted seguro? —Me tiembla en los labios la pregunta.

Flammarion me mira.

—Solo tiene una forma de averiguarlo. Corra, señor, y luego escríbame para contarme si lo encontró y cómo termina su historia.

Me pongo de pie desconcertado.

—Le agradezco…

—No pierda su tiempo y el mío. Yo voy a terminar mi copa y luego tomaré el tren a Juvisy. Si aún tiene tiempo, puede pasar a verme al observatorio. Vamos, vaya, que no creo poder ayudarlo de nuevo. ¡Corra, señor!

Como un niño al cual le dan una orden, salgo corriendo. Bajo la escalera y tomo el ascensor. Al llegar al nivel del suelo, emprendo la carrera entre la gente, tratando de orientarme. Cruzo varias calles, cada una con su palacio de exhibiciones y multitudes que los recorren, asombrándose del ingenio humano. Tengo la sensación de que estoy corriendo por el mundo entero. Leo, mientras corro: Galerie de l'Horlogerie, Galerie de l'Orfèvrerie, Galerie du Meuble.

Hasta que llego. La gran Galería de las Máquinas.

Entro. El impacto de un pabellón que no demuestra su magnitud desde afuera, me abruma.

Dos pisos, aceras mecánicas, más de doscientas máquinas, un ruido ensordecedor de gente, de metales. En este inmenso palacio, de hierro y cristal, donde fácilmente podría resguardarse un ejército de 500 jinetes y donde caben, con comodidad, dos arcos de triunfo, recorro los pasillos que me van presentando martillos atmosféricos, cepilladoras, una fábrica de relojes Tissot, máquinas de fabricación de cigarrillos, máquinas de imprenta. Luego, los monstruos. Máquinas gigantes productoras de electricidad y vapor que me hacen pensar que me encuentro en otro mundo y que he saltado directamente al futuro. Esto es el futuro. Está frente a mí.

Pero el futuro está contaminado por la presencia de un hombre. Lo busco. Cada segundo que pasa, lo busco. Me apoyo en una baranda del segundo piso y trato de encontrarlo entre la gente. Rápidamente, comprendo que la tarea es casi imposible. La multitud es un río incesante. Sombreros, risas, miradas, damas, vestidos, bastones, labios. Dientes, sonrisas, conversaciones, susurros, labios. La tarea es imposible. Estoy ahí más de una hora, mirando caras, una a una. Luego pienso: ¿Qué estoy haciendo, por todos los santos? Estoy buscando a alguien con una presunción basada en el más débil de los principios. La fe de alguien en un juego de magos. Estoy ahí porque un péndulo ha vibrado algo más de lo necesario. Pienso en los movimientos cenestésicos. La mente manda señales al brazo y se anticipa y esas microvibraciones se transmiten al hilo. Es el brazo el que ha movido el péndulo.

¿Radiestesia? De pronto pienso en la posibilidad de que Flammarion se esté burlando de mí. No, reacciono. ¿Con qué sentido?

Cree. Confía.

Entonces, lo veo.

Pasea distraídamente por el salón.

Se diría que está feliz. Nadie que no haya conocido el monstruoso prontuario de Williams podría haber concebido que ese caballero, esbelto, de mirada intensa y curiosa, de pelo negro, tez blanca, de movimientos refinados y cautos, sea la expresión máxima del mal.

Solo con verlo, la frenología pierde toda su consistencia. Lombroso y su teoría de la fisonomía del criminal pierde toda validez. Lo paradójico es eso: que Williams es la prueba viviente de que nada tienen que ver nuestro cuerpo, nuestro género, nuestra raza como indicadores fiables de nuestro comportamiento humano. Ahí está. El individuo civilizado más perfecto y el ser humano más degradado y abyecto. Para el resto, es un individuo más, disfrutando del ingenio humano. Un miembro más de la raza humana, regocijándose en su misma contemplación.

Me acerco sin plan alguno. Todo lo que he diseñado para la captura —una receta magistral, su método de aplicación, en fin, los instrumentos necesarios— todo aquello está en mi maleta sobre la cama del hotel donde me alojo. Pretendo seguir el principio de la captura de las grandes bestias: localización, paralización muscular, confinamiento, y agrego dos puntos más: confesión, entrega a las autoridades… o un punto más aún: muerte, borrar al infeliz de la tierra.

Los últimos puntos no están claros en absoluto. Lo que sí está claro es que ahora me acerco a Williams sin ningún tipo de arma. Nunca pensé en esta posibilidad, pero ahora, que camino hacia él, no puedo detenerme.

Estoy a unos tres metros de John W. Williams. Él habla animadamente con una dama que parece tener una duda con el funcionamiento de los ingenios expuestos. Entonces se vuelve y me ve. Su cara se transforma completamente. En un segundo, se convierte en algo parecido a un reptil, o a una especie diseñada para la evasión y la sobrevivencia. Empuja a la dama sobre mí, lo que me obliga a sostenerla y comienza a correr. Yo la dejo a un lado y comienzo a perseguirlo entre la gente y las máquinas. A nuestro paso, Williams empuja a personas hacia mí, pero yo ya no voy a dejar que escape y olvido todos mis rasgos de cortesía o urbanidad y sigo adelante, sin preocuparme de lo que voy dejando atrás.

Estoy a punto de alcanzar a Williams cuando el médico da un salto al primer nivel, aprovechando un ingenio gigante que puede amortiguar su caída. Yo bajo las escaleras a toda velocidad y aprovecho las aceras deslizantes del segundo piso para correr a favor de la dirección, lo que me permite ganar algunos metros y saltar sobre él. Caemos pesadamente sobre una máquina de vapor trituradora de grano. Paso con agilidad entre las poleas, engranajes y ruidos ensordecedores, hasta que logro aferrarlo por su traje, lo que le hace perder el equilibrio y caer a una banda neumática. Yo también caigo. Al incorporarme,

Williams me lanza un par de golpes, uno de los cuales alcanza mi oído, lo que me deja con un agudo *tinnitus* y pierdo la noción espacial. Una segunda patada en el abdomen hace que me doble de dolor y caiga, pero desde mi posición le lanzo un par de patadas en sus rodillas y él cae. Yo me levanto, espero a que se incorpore y le doy finalmente un golpe que lo tumba, muy cerca de los gigantescos martillos neumáticos que muelen todo lo que pasa por la correa transportadora. La gente empieza a gritar. Williams rueda hasta quedar fuera de la banda móvil justo antes de ser aplastado por los martillos y se pierde de mi vista. Aprovecho para saltar en el último segundo. Caigo entre la gente, busco por todos lados y lo veo al fondo correr fuera de la galería. Como puedo, me levanto y corro tras él. Alcanzo la calle. Luego, me detengo.

Miro a todos lados. Lo he perdido. Miro el patrón regular de marcha de la gente. De pronto, a unos cien metros adelante, alguien hace un movimiento aleatorio. Ahí está. Me mira y corro tras él.

Corro como nunca he corrido en mi vida.

30 de noviembre de 1889

Diario de Sofía Roth. Hotel Terminus. París
Usted pinta con sangre

Vengo llegando y debo tranquilizarme para escribir esto. La suerte está completamente de mi lado. En la mañana estoy en el lobby, inscribiéndome para la recepción, cuando a mi lado aparece una mujer gruesa, con una energía poderosa. Todos parecen respetarla y los botones y mozos corren a ofrecerle champán. Me mira y me pide que me siente a su lado. No bien lo he hecho, cuando ella me dispara, sin rodeos:

—Querida, no sé cuál sea su plan, pero no está vestida apropiadamente.

No sé qué decir. La miro y ella sigue hablando:

—Planea, según veo, asistir al baile del sha. Y como tengo debilidad por ayudar a los latinoamericanos, quiero decirle que no vale la pena que asista. No se perderá nada.

—Verá —expongo con timidez—, necesito asistir…

—El sha es un hombre que todo París idolatra, pero es cruel e intolerante. Usted parece una mujer sensata. No se deje deslumbrar por esos sueños de un Oriente exótico. Y el congreso médico. Antropología criminal. Qué puedo decirle. Una vergüenza donde nos denigrarán científicamente, como si ya no estuviéramos lo suficiente desvalorizadas.

—Hay una persona que me interesa conocer, que asistirá —le cuento.

Un mozo nos sirve champán y ella toma un trago largo, como si fuera agua.

—Y quiere impresionarlo —dice, sonriendo—. Ningún hombre vale la pena, querida niña, pero no está bien que se lo diga; es usted muy joven.

—¿Y si le digo que es una pequeña venganza? —murmuro, sonriendo a mi vez—. Digamos que le hizo algo malo a un par de buenas amigas y he decidido darle una lección.

La mujer toma el resto de su copa y le hace un gesto a un mozo para que nos sirva otra más.

—Ah, entonces sí podría estar interesada en ayudarla. Lo primero. Despida a su chaperona, no es convincente. Es una prostituta y todo el mundo lo sabe —afirma.

—No puedo ir sola a esa recepción —le explico, mostrando cara de preocupación.

—Sí, por supuesto. No está bien visto que una joven ande por ahí, sola. Vaya conmigo. Pero querida, si quiere tener alguna posibilidad, tiene que cambiar su atuendo. Puedo ser muy liberal y algunos me dicen que soy odiosa, pero si hay algo de lo que sé es de moda. Y usted —su mirada me pasea de arriba abajo—, usted parece venir saliendo después de un largo encierro.

La miro, entusiasmada.

—¿Cómo puedo agradecerle? —exclamo.

—Fácil —responde, poniéndose seria—. Haga sufrir a ese infeliz.

Escribo esto ya que, si no lo escribo, no podré memorizar bien los códigos superficiales, pero necesarios del ritual del cortejo. En esta temporada se llevan las rosas, las flores de campo, los arneses pequeños, las pedrerías en el pelo, todo muy sobrio. La moda inglesa se ha impuesto. La mujer ha resultado ser una periodista española muy prestigiada, Emilia Pardo Bazán, que sabe tanto de política como de moda y se sorprende que yo no sepa quién es ella. Quizá eso es lo que la impulsa a ayudarme, mi completo desinterés en ella. En la tarde me acompaña a la rue Saint-Honoré y elegimos mi vestido. A las ocho, hemos quedado en juntarnos en el hall. Antes de salir, pongo tres ampollas con la preparación en la mesa. Tengo una aguja de pelo, una pequeña jeringuilla y un pequeño aditamento para un diente canino que saqué de la consulta de Nolasco. Como un ritual, pongo todos los elementos sobre la mesa y los contemplo. Tres ampollas. Un antídoto. El antídoto lo guardo en mi bolso. Voy a poner en mi cartera cada uno de esos accesorios, cuando alguien golpea con fuerza la puerta de mi habitación, hago un movimiento torpe y ruedan las ampollas. Se quiebran dos de tres. Es el servicio a la habitación. Debo limpiar todo antes de salir. Tengo solo una oportunidad.

El salón está magníficamente decorado. Después de los discursos —habla el ministro de Justicia, el decano de la facultad de Medicina y otros más—, comienza un pomposo baile. Williams aparece con timidez y se mantiene en la periferia de la atención, como si tuviera que hacer un tremendo esfuerzo por participar del contacto con humanos. La etología me dice que los rituales del cortejo mamífero no difieren mucho entre las especies en lo fundamental. Me acerco lo suficiente para quedar dentro de su campo de mirada. Muevo el abanico de izquierda a derecha y lo dejo caer lentamente, lo que, según la civilidad, lo obliga a invitarme a bailar. Giramos con gracia mientras desde el techo nos miran ninfas, arcos de frutas exóticas, diosas cazadoras. Mujeres bellas e inofensivas, pintadas por hombres para la inmortalidad. Mujeres para ser contempladas por generaciones.

—¿Es usted médico? —abro la conversación en un tono liviano, convencional.

—Sí.

—¿Expone en el congreso?

—Sí —responde con parquedad, Williams. Lo noto serio, alejado del momento presente.

—Yo he sido invitada como paciente para la descripción de un caso clínico.

—¿Qué grupo y qué país? —el tono de Williams es casi duro.

—El grupo chileno —le contesto—, con el doctor Barros Luco. ¿Ha escuchado hablar de la cinestesia? Los doctores dicen que tengo esa facultad.

—¿Cinestesia? —veo el interés en los ojos de Williams.

—Una comunicación energética de nuestro organismo con … En resumen, puedo leer la mente —expongo.

Williams hace un gesto de incredulidad.

—Soy un hombre de ciencia, perdone que sea un poco escéptico —dice.

El baile nos separa y nos reúne en oleadas de movimientos, giros, pases. Cuando nos volvemos a juntar parece más interesado.

—Deme su mano y se lo comprobaré —le propongo, reuniendo todo el valor que tengo.

Williams duda. Veo cómo vacila.

—¿O tiene miedo? —lanzo, coqueta, ladeando la cabeza. Sé que mi perfil es mi fuerte.

Williams me mira aprobando el juego. Tomo su mano. Trato de permanecer serena. Estoy aterrada. De alguna manera siento que el que está leyendo mi mente es él.

427

Digo cualquier cosa.

—Usted es un hombre muy tradicional, que tiene una mujer y dos hijos. Una casa en el norte de Fairfax…

—Lo siento —farfulla él, con satisfacción. Intenta retirar su mano.

Pero se la tomo, con fuerza.

—Usted es… pintor… Pero… ¿Qué…? Usted pinta con… con sangre… Dios mío. ¿Quién es usted?… ¿qué ha hecho?… —profiero, soltándole la mano y mostrando una sorpresa aterrada—. Perdóneme, yo…

Y salgo corriendo.

La primera fase del plan ha sido ejecutada.

1 de diciembre de 1889

Diario de Sofía Roth. Hotel Terminus. París
Si no tengo éxito, esto será lo último que escriba

Hoy, un botones me ha dicho que Williams ha ido a la Exposición Universal. Volverá en cualquier momento. Me preparo para lo que creo, será el momento más importante y dramático de mi vida. Preparo los elementos con lo que queda de la ampolla. Si no tengo éxito, esto será lo último que escriba.

Llegó el momento. He visto por el ojo de la cerradura que Williams ha llegado a su habitación. Ha cruzado el corredor, cojeando, como si estuviera herido. Eso me ha desconcertado. Pero ya tengo todo listo. Estoy sola en esto.

Dios me ayude.

Respiro hondo y camino por el pasillo.

1 de diciembre de 1889

Diario de Nolasco Black
Piensa en eso cuando mueras

Williams se mete por una calle adyacente que, en un segundo, se ha transformado en un laberinto de vegetación. Pasamos los pabellones de Venezuela y Hawái, entra al pabellón de la India y yo corro tras él, entre la decoración rojo intensa y los leones de mármol, en el centro. Debo detenerme a respirar, pero no tengo tiempo. Por todos lados pasan hombres con *dhotis* y turbantes, mujeres con saris, vendedores de especias ataviados con *kurtapyjamas*, tiendas llenas de baratijas, ídolos, cerámica vidriada. Williams sigue corriendo. Salimos ahora al sol azul, una de las grandes atracciones, la representación perfecta de una calle de El Cairo. Williams se pierde entre la multitud ocre y amarilla del bazar marroquí, entre burros que llevan en sus lomos a turistas, hombres tocando flautas egipcias y mil y una atracciones más.

Entonces, acorto mi ruta por un pasaje. Al otro lado de este, logro alcanzar al predador, que, acorralado, va lanzando jarras a mi paso. En la esquina de la calle principal con la mezquita Hassan, lo atrapo, lo aplasto contra una de las paredes de barro incrustado y puertas estrechas y lo golpeo con todas mis fuerzas. Williams toma una daga de un armero que acaba de huir, y comienza a darme cuchillazos al aire, que trato de esquivar. Unos guardias llegan corriendo desde la calle principal, alertados por árabes que temen que destrocemos aún más sus comercios. Al ver que eso me distrae un segundo, Williams me alcanza con un corte en el brazo que me inmoviliza, y sale corriendo nuevamente. Trato de contener la sangre con un torniquete, pero no tengo tiempo y contengo mi brazo mientras corro, sorteando con habilidad a visitantes y vendedores.

Entonces, Williams comprende que la calle lo ha llevado hasta la fila para entrar a la torre Eiffel. Como si supiera lo que va a ocurrir, antes de huir hacia la salida y luego por el puente hacia Trocadero, me mira ir hacia él, malherido. Y con una tranquilidad sorprendente, toma el camino hacia los ascensores de la torre Eiffel.

Williams sube al ascensor Otis hidráulico que lo lleva al segundo piso. Cuando trato de alcanzarlo, la puerta ya se ha cerrado con su carga de un centenar de personas y quedo abajo. Corriendo voy al ascensor Roux, Combaluzier et Lepage, que me deja en la primera planta y debo subir el resto a pie. Entre el vértigo, la herida y el cansancio, los trescientos escalones se hacen dolorosos y eternos. Aprieto la yugular en un viejo truco para detener la taquicardia y engañar a los receptores carotideos para que disminuyan la frecuencia cardíaca.

En ese momento, debo detenerme. No puedo más y siento que perderé el sentido. Cuando estoy a punto de llegar, una patada me lanza diez escalones hacia abajo. Es Williams, que me ha estado esperando. Trato de incorporarme, pero él ya ha bajado corriendo hacia mí y está en control. Comienza a golpearme la cara y el bazo con patadas certeras, puntapiés de anatomista que conoce a la perfección los puntos funcionales, que sabe cómo destruir el cuerpo. Abajo, París. La gente se ha retirado, aterrada. Estamos solos en las alturas. El dolor me inmoviliza. Williams me toma y, aunque también está agotado, me alza. Somos hombres primitivos, en el centro del mundo civilizado, dos especímenes intentando conservar un solo puesto en la evolución. Somos dos hombres que están ocupando sus garras, sus puños, sus dientes para sobrevivir. Nada que el hombre no haya hecho en los últimos diez mil años. Williams me alza con todas sus fuerzas y me deja en el borde de la baranda.

—No mandes nunca a una mujer a hacer un trabajo de un hombre. A tu amiga la voy a destripar apenas vuelva al hotel. Le enrollaré sus intestinos al cuello, como un collar. Piensa en eso cuando mueras.

Me suelta y caigo por la baranda.

1 de diciembre de 1889

Diario de Sofía Roth (recuperado en entrevista posterior)
No puedo respirar

Conté hasta diez, me miré al espejo, observé mi reflejo de perfil, me di un último retoque a la cara y salí de mi habitación. Crucé el pasillo y toqué su puerta. Nunca he sentido más miedo en mi vida. Sabía que de esa habitación no saldríamos ambos. Solo uno atravesaría el umbral que daba al pasillo.

Golpeé de nuevo y me abrió. Noté que no se sorprendía al verme. Tenía los labios hinchados y sangre en la camisa. Miró a ambos lados del pasillo.

—La estaba esperando —dijo.

—Quería excusarme por anoche —menciono—. ¿Puedo pasar?

—Claro. Disculpe el desorden —acepta él, apartándose para dejarme entrar.

Y entro.

—¿Ha tenido un accidente doctor?

—Una tonta caída en la Exposición Universal. ¿Quiere tomar algo?

—Me encantaría.

Mi corazón está a punto de explotar y siento mi boca seca como papel.

Williams vuelve con una botella de ginebra. La deja con cuidado en la mesa del saloncito.

—¿Cómo supo que esta era mi habitación? ¿Me ha estado siguiendo, señorita? —pregunta. Su voz es metálica.

Intento algo de coquetería. Muevo la cabeza.

—Tengo mis recursos —respondo.

Williams se acerca.

—Yo también. He estado averiguando sobre usted. Usted no pertenece al equipo de Chile. Nadie la conoce.

Comienzo a temblar. Williams se acerca y puedo ver el color negro de sus ojos. Un pozo. Un pozo sin fondo.

—¿Quién es usted? —pregunta, sin tono interrogante. Es una orden—. O mejor dicho, ¿quién la ha mandado? —agrega, mientras las aletas de su nariz vibran.

—Creo que hay un error —comienzo a explicar—. Yo...

Williams me toma fuerte del cuello y comienza a apretar.

—Debe estar muy loca o muy segura de lo que va a hacer si se metió acá sabiendo quién soy —declara amenazante.

No puedo respirar.

Intento soltarme, forcejear, pero no puedo. Williams me está ahogando.

1 de diciembre de 1889

Diario de Nolasco Black
Solo miro el sol filtrándose arriba

Uno de los hilos tensores atrapa mi cuerpo en un golpe violento que disloca mi hombro, pero que hace que rebote y caiga pesadamente sobre el techo del ascensor hidráulico de la base norte de la torre. Estoy a punto de caer desde ahí al vacío, pero me aferro con mi mano izquierda con todas mis fuerzas.

Solo cuando puedo ver que hay una barra de hierro que me puede recibir, me dejo caer, estando al límite de mis fuerzas. La fractura costal me impide respirar, pero la gravedad de la situación ya no puede aumentar. He quedado en una parte imposible entre el arco y la base. Miro el sol filtrándose arriba, y la gente que corre a auxiliarme. En vano intento ver a Williams. No está. Él ha ganado. No tengo cómo avisar a Sofía que el predador va a por ella.

Una hora después, un carruaje me lleva a mi hotel. Debo cambiarme, curarme. Ir al hospital. Al entrar, el conserje se adelanta.

—Doctor Black —me dice, con voz urgida—, un funcionario de la Pacific Steam Company ha venido a dejarle un telegrama. Dijo que llegó a sus oficinas en Liverpool, pero usted ya había marchado. Lo reenviaron a sus oficinas de París y, finalmente, pudieron ubicarlo. ¿Está usted bien, monsieur?

Abro el telegrama a toda prisa.

Tome el primer transporte a París que pueda. Hotel Terminus, en el 108 de la calle San Lázaro. S.

Entonces, salgo corriendo.

1 de diciembre de 1889

Diario de Sofía Roth
¿Crees que después de todas las perras que he masacrado tú te vas a escapar?

Williams me sigue ahorcando. En diez segundos, ya estaré inconsciente. Comienzo a patear en el aire.

Recuerdo entonces una clase de Nolasco, sobre las mordidas. Las mordidas de defensa en el antebrazo son las más efectivas. Generan un arco reflejo que hace que el agresor retire sus brazos y abra las manos. Lo hago. Muerdo con todas mis fuerzas el brazo de Williams. Lanzando una exclamación, él saca bruscamente su mano en un movimiento reflejo y caigo pesadamente al suelo.

Busco en mi pelo la aguja y llego a la piel de su pierna. Apenas tengo fuerzas para apretar hasta el fondo el pequeño émbolo en su extremo. Luego caigo. Toso. Lo miro. Williams se acerca amenazante.

—¿Qué te crees tú, puta? ¿Crees que después de todas las perras que he masacrado tú te vas a escapar?

—No. No voy a escapar, en eso tiene razón. Voy a quedarme —lo desafío.

Williams vuelve al ataque, pero de pronto siente que la mano no le responde y se sorprende. Luego se desploma sobre la alfombra, cerca de mí. Inmóvil. Me mira sin miedo, pero sorprendido. Está encogido sobre la alfombra.

1 de diciembre de 1889

Diario de Nolasco Black
Sofía...

Llego al hotel y pregunto en qué habitación se hospeda Sofía
Roth. No la encuentran. Recuerdo a la Dama del Lago.

—Nimue —corrijo, de pie en el mesón—. Nimue Roth.

—*Chambre 501* —informa el conserje.

Sin explicar nada, corro escaleras arriba. Golpeo su puerta,
una, tres veces, pero no hay nadie. La desesperación es completa. Un pasillo solitario. Debo forzar esa puerta. Estoy herido,
aún no siento el dolor, pero este vendrá y con fuerza. El pasillo
se me balancea. Debo encontrar la habitación de Williams.

En ese momento, se abre una puerta y Sofía sale de una
habitación. Se acerca a mí. Me mira largamente. Finalmente
habla, llevándose una mano al cuello. Su voz es ronca. Sonríe
levemente.

—El trabajo está hecho, doctor Nolasco Black. ¿Está usted
bien? ¿Está usted herido?

La miro. No sé qué decirle. El dolor ha comenzado.

Llegan los guardias y botones en tropel. Vienen corriendo,
alertados por mi brusco abandono del lobby. Ella se adelanta y
les habla. Su voz es trémula.

—Un hombre, mi vecino... sentí ruidos... la puerta estaba
entreabierta... Se ha quitado la vida... Qué tragedia...

Los guardias entran.

Yo la miro.

—Sofía —digo.

En ese momento, Sofía se desmaya.

1 de diciembre de 1889

Diario de Sofía Roth
Supongo que he debido desmayarme

—*Strychnos toxifera*, doctor Williams —digo.
—¿Qué? —La voz de Williams es muy lenta. Hace pausas anormales.
—*Strychnos toxifera* —repito—. Curare amazónico. Una neurotoxina muy interesante. Se encuentra en algunas partes profundas del Ecuador. Efectúa el bloqueo del impulso nervioso a nivel de la placa motora, produciendo una parálisis muscular progresiva.
Williams apenas puede hablar.
—¿Quién es usted? —logra articular.
—¿Yo? Soy la última mujer que usted verá con vida —afirmo.

El uso del cuarto de baño es un lujo que los romanos instauraron y desapareció de Europa durante toda la Edad Media. Pero la habitación número 508 del hotel Terminus, uno de los de mayor reputación de los hoteles acreditados para la Exposición Universal, dispone de una gran sala de baño, con una magnífica bañera británica Chadder & Co.

Luego de desnudar a Williams, lo arrastro penosamente hasta la bañera y lo deposito pesadamente en su interior. El problema de la neurotoxina es que los afectados por ella mueren por paro respiratorio. Me costó mucho dilucidar las combinaciones adecuadas para que Williams no muriera. La inyección de un antídoto —extraído de la piel de cierto tipo de ranas— aplicado en la justa formulación y dosis, elimina el problema de una muerte rápida. Ahora tengo a Williams, consciente, pero paralizado. Lleno la tina con agua. Busco una silla y mientras el agua llena la tina, sostengo una plática con Jack el Destripador.

—¿Dónde tiene su colección, señor Williams?

—¿Quién es usted?

—Un espécimen inferior. ¿No es paradójico? Todo Scotland Yard y todo el mundo en su búsqueda y resulta que es una mujer latinoamericana la que lo atrapó —apunto.

—La marimacho amiga del dentista. Acabo de arrojar al infeliz desde la mismísima torre Eiffel —pronuncia lentamente Williams, como si tuviera algo en su boca.

Guardo silencio. Eso me perturba. No debo entrar en su juego, me digo.

—Entonces lo voy a honrar siguiendo al pie de la letra su plan. Pero improvisando algo. Él era más drástico: una muerte rápida y eliminar sus papeles. Yo no, creo que todavía tenemos tiempo.

—Disfrute este pequeño honor, putita —oigo la voz, cada vez más lenta y traposa, de Williams—. Aunque me torture, no voy a reconocer nada. Solo confirmar que una mujer será invisible por sus propios méritos. Sé todo sobre ustedes. Sé qué hacen antes de morir. Sé cómo son por dentro y por fuera. Un recipiente lleno de problemas, condenadas a una biología imperfecta, carentes de todo impulso creativo. Conglomerados de carne para criar, fornicar, robar, conspirar. Le doy eso. ¿Quiere que me arrepienta de lo que pienso? No lo haré. Lo único que lamento es no haberla podido abrir como una cerda y ver cómo sus propios ojos mirarían sus intestinos y su podredumbre interior.

Antes que el agua lo ahogue, cierro la llave. Williams debe mantener la cabeza alzada para lograr respirar.

—Sé que la justicia jamás lo encarcelará —digo—. Su trabajo será investigado solo por ser hombre, ser médico y haber muerto. Eso lo convertirá en un mártir. Entonces pensé en algo. En una carta.

Saco de mi escote una hoja de papel, que extiendo y leo:

Escribo esto para los miembros del Segundo Congreso Médico de Antropología Criminal. Si tomo esta decisión es porque he llegado a un punto en que no puedo vivir en la contradicción a que he llegado. Durante mucho tiempo basé mis investigaciones en el supuesto darwiniano, compartido por Le Bon, Broca, y actualmente Lombroso, acerca de la inferioridad fisiológica, anatómica y funcional de la mujer. Después de investigar por más de cinco años en profundidad el comportamiento fisiológico, craneométrico, social y patológico de las mujeres, he llegado a conclusiones que distan profundamente de lo expresado por dichos autores. No solamente en todas las culturas investigadas no existen diferencias sensibles entre los sexos, sino que la capacidad de estrategia, organización, liderazgo y raciocinio en los individuos de sexo femenino es, en la mayoría de los casos, superior a los de sus congéneres masculinos. La mujer no es un hombre incompleto, como sostiene Darwin. Las diferencias de volumen cefalométrico no distan de las del hombre, al contrario de lo que expone Broca. Es más, en la mayoría de los casos son las mujeres las que presiden u organizan creativamente los hechos. Sin ir más lejos, gran parte de mis investigaciones más lúcidas, gran parte de mi obra, incluidas mis pinturas, no fueron realizadas por mi persona, sino por mi asistente, la señorita…

—Aquí inventaré un buen nombre, doctor, se lo aseguro —le digo.

... Finalmente cuando veo que la ciencia derrumba todo mi sistema de creencias con tal abrumadora cantidad de pruebas, cuando veo que deposité en el fraude de la frenología toda mi confianza, siento que ya no soy válido para formar parte de un círculo científico tan prestigioso como este. No soy lo suficientemente fuerte para sobrellevar una vida basada en la mentira, ni menos para perpetuar esa mentira en el estrado de tan digno congreso. Con respecto de la mujer, mi posición es clara: reniego de Darwin y apoyo a John Stuart Mill.

W.

—¡No! —balbucea Williams. Lo veo agitarse desesperadamente, pero produce un movimiento casi inexistente en el agua de la tina, apenas logra conmover la superficie. El curare sigue haciendo efecto.

Ahora tomo un cortaplumas que saco de mi manga.

—Qué extrañas vueltas da la vida, doctor. ¿Me creería que este cortaplumas perteneció a Darwin? Lo tomé del gabinete de Nolasco Black. Tantos años y aún corta como si hubiera sido afilada ayer.

Y de una manera firme corto longitudinalmente la arteria ulnar y la arteria palmar del brazo derecho del hombre inmóvil.

La gran bañera se comienza a teñir de rojo.

Williams, por primera vez, abre los ojos, aterrado. Se mira el brazo. Me mira. Ahí está el miedo. Todo el miedo.

—¡No! —alcanza a susurrar, ya sin fuerzas—. No, no, no... —repite.

Y luego, nada más.

Con calma, recojo mis cosas, limpio la escena del crimen y salgo por el pasillo en dirección a mi cuarto.

Por el corredor, veo venir a Nolasco Black, herido, hecho un desastre.

—Querido Nolasco —creo que digo—. ¡Ha venido usted a rescatarme!

Luego, no recuerdo muy bien. Supongo que he debido desmayarme.

2 de diciembre de 1889

Diario de Nolasco Black
Ya habrá tiempo para los pendientes

Caminamos por el puente de las Artes. El sol ya no muestra su habitual anillo de Bishop, y por primera vez, el crepúsculo no es ocre. Por un momento, nos envuelve una calma completa. El sol bajando en un arco de oro, por el Sena, un cuerpo ardiente sin nubes ni refracción. La atmósfera ya no está perturbada. Hoy, 2 de diciembre de 1889, y después de seis años, las cenizas del Krakatoa ya se han disipado.

El congreso ha sido un fracaso. Las teorías de Lombroso han sido seriamente cuestionadas. La cordura parece haberse impuesto por un segundo en el transcurrir de la ciencia. El martes, tomamos un transporte a Calais, Liverpool, y de ahí a Valparaíso. Hemos recuperado la particular carga de Williams y la he clasificado en la Aduana como «muestras biológicas de material científico». Puede parecer macabro, pero devolveremos los órganos a su propia tierra, para que los cercanos a las víctimas tengan un lugar donde visitarlos. He pensado que una fuerza me impulsó en el sentido correcto para no caer en el vacío. También, por intermediación de Flammarion, hemos hablado con las autoridades para detener al comerciante y traficante de fueguinos, Maurice Maître, y se ha emitido una orden para el retorno y la repatriación de los infortunados que aún no han muerto, pero el belga con los indígenas ya han dejado el jardín de aclimatación para seguir sus funciones en Londres. Hemos hablado con S. A. Missionary Society para que detenga el cruel espectáculo. No he tenido noticias de aquello. En mi libreta tengo aún algunos pendientes. Ya habrá tiempo para aquellos.

Junio de 1893

Diario de Nolasco Black
¿Epílogo?

El calor del verano en Buenos Aires se ha disipado por una tormenta eléctrica y una lluvia súbita ha refrescado la atmósfera cargada de las tres de la tarde. El hombre es de mediana estatura, grueso, con barba y ojos acerados. Su aspecto cansado lo hace parecer mayor de los treinta y cinco años que tiene. Cierra el diario, termina su café, y entra al hotel Plaza, que está al frente de la calle. Yo termino mi café, pago y lo sigo. En el lobby, el hombre pide su llave y sube hasta el quinto piso, en el ascensor. Yo subo por las escaleras.

Camino por un pasillo con paredes de madera y una alfombra verde y gastada. Llego a la habitación 568, respiro hondo y toco la puerta. Se abre. El hombre de mirada metálica me observa con extrañeza. Lleva la camisa afuera, calzoncillos y calcetines.

—¿Señor Popper? —pregunto.

—¿Quién es usted? —Me mira intrigado.

—El doctor Etchepareborda me comentó que necesita un dentista. ¿Puedo pasar?

—Debe haber un error —comenta él, alzando las cejas, extrañado.

—Déjeme mostrarle la carta.

Entro y cierro la puerta tras de mí.

El procedimiento completo dura apenas treinta minutos. Luego salgo al pasillo y rápidamente a la calle, donde el universo sigue su curso. Camino sin rumbo hasta la hora donde el Río de la Plata parece brillar. Arrojo las últimas ampollas al agua. Con la dosis aplicada, lo sucedido a Popper parecerá un ataque cardíaco y efectivamente así lo consignan los periódicos, al día siguiente.

¿Qué fue lo que escuchó ese hombre antes de morir? Me permitiré no consignar este pequeño e íntimo secreto.

Luego me meto al recién remodelado teatro Ópera justo a tiempo para no perder la última obra de la temporada.

Sofía me ha dicho que es sobresaliente.

UNDÉCIMA PARTE

Observaciones finales

Anoche he terminado de compilar las notas y he cerrado el documento para las autoridades, con copia al Ministerio de Justicia, al intendente Uribe, de Valparaíso y al detective mister Frederick George Abberline, inspector jefe de Scotland Yard. Algo, sin embargo, me ha inquietado durante la lectura final; hoy en la mañana he vuelto a repasarlo y he confirmado mi presunción. No es un documento científico, probatorio, o técnico. Es un relato personal, subjetivo. Íntimo. Ha dejado de tener un valor de evidencia. Además, ¿cuál sería el objetivo de su publicación? En primer lugar, la mayoría de las fuentes o están muertas o no son veraces. Por otro lado, no busco gloria ni retribución. Me incrimina en un par de muertes, ambas justificadas, pero muertes al fin, realizadas en un acto de justicia fuera de la ley. La línea lógica sigue un curso errático. Hay una dudosa y recurrente presencia del azar y el método carece de todo proceso inductivo. ¡Baste decir que el proceso ha sido activado por un mensaje del más allá!

No, decido. Esta bitácora es mía. Será solamente mía. Debo atesorarla como guardaría una ficha clínica de un caso anómalo que hay que revisar periódicamente en busca de futuras luces. Ya he descubierto algunas. Por ejemplo, he pedido a todos los involucrados que relaten o compartan los pormenores asignados al caso de Williams en el momento de su participación en ellos.

Luego he tratado de completar, confrontar y chequear detalles (nombres, direcciones, fechas). Teresa Gay, sin embargo, ha caído en algunas contradicciones, no menores. Su identidad, por ejemplo. He averiguado, y la hija de Claudio Gay, del fundador del Museo de Historia Natural de Chile, murió a los veinte años, en el incendio de un internado, en París... Por otro lado, ella dijo a Pardo y al propio intendente que «había tres hermosos ejemplares» (de tigres) en el circo Gardner, pero luego me afirmó que era «la primera vez que ella iba allí». La prensa no refería (revisé todos los periódicos) la presencia de tigres. Para no haber estado nunca ahí, conocía perfectamente la ubicación y la disposición de las jaulas. Luego leo la frase donde me dice: «Prefiero mil veces la dignidad de una muerte por el zarpazo de un tigre, que la de un golpe de un marido celoso, o de una enfermedad». O aquella otra frase suya, cuando afirma que «un tigre no merece estar encerrado». U otro punto: ¿qué hacía en Valparaíso cuando varó la ballena? ¿Cómo pudo hallarse en el puerto un día antes de que varara, anteponiendo el efecto a la causa? ¿Por qué estaba en el puerto, entonces?

Demasiadas preguntas. Tantas, que decido tomar el tren e ir a verla a Santiago.

Al llegar al museo, el nuevo director y jefe de Zoología me cuenta que no conoce a ninguna Teresa Gay, pero si me refería a la hija de Lataste, el anterior director, él y su hija Nicole ya se habían ido de Chile. El ictiólogo francés no había hecho su trabajo, y la única que trabajaba arduamente era su hija Nicole. Ambos habían partido a París, no sin un cierto escándalo por parte del padre, después de su expulsión del museo.

Luego, el hombre me mira y parece recordar algo.

—¿Usted es Nolasco Black? —pregunta—. Tengo una carta y un paquete para usted.

Me entrega un sobre y una pequeña caja de cartón con un lacre. En la carta como remitente solo dice *Chironex fleckeri*. La leo con curiosidad:

Me hubiera gustado conocerlo, Nolasco. Supongo que ya habrá concluido que yo liberé a Saki. Ese ejemplar magnífico iba a morir de inanición, revolcada en su propia podredumbre. No es el destino para el animal más perfecto de la creación, ¿no lo cree? En todo caso, no lo hice sola. Me acompañó mi amigo Pedro Balmaceda y el poeta ese, Darío. Digamos que fue un acto de libertad poética. ¿Usted no me hubiera acompañado acaso? La posibilidad de que bajara al puerto era remota, y más aún que llegara a atacar a un ser humano. En los cerros había suficientes cabras para que estuviera entretenida por un buen tiempo, pero me equivoqué. No contaba con que un canino fracturado hiciera que cambiara su dieta. Nuevamente los dientes, doctor. Me alivió saber que la muerte de la mujer fue anterior al ataque de Saki. ¿Ya cazó usted su propio tigre?

P.D. Lo vi subir, bajar y volver a subir a mi tren. Si quiere tener suerte en esas lides —las amorosas— debe ser más decidido. Esperé que me viniera a visitar, pero supongo que ha estado ocupado con su asesino. Le dejo un regalo. No lo abra delante de los funcionarios del museo. Lo robé para usted.

Camino por la Quinta Normal y abro el lacre que sella la caja. Veo el objeto en su interior. Lo saco y lo examino entre mis dedos. Es el diente de un dinosaurio. Un canino formidable. Una nota final dice:

Tyrannosaurus rex, el rey de la evolución. Espécimen macho. Extinto.

Guardo el diente en mi bolsillo y camino por la Quinta Normal, sonriendo.

Santiago, marzo de 2018

Agradecimientos

A Bárbara Huberman, por su maravillosa ayuda en la investigación de época.

A Matías Ovalle e Iván Urzúa, por su apoyo y entusiasmo desde el comienzo.

A Ana María del Río por sus días y noches de apasionada corrección.

A mi editor, Daniel Olave, por creer en este proyecto sin dudar.

Y a Paula del Fierro, que con su amor y organización me permitió hacer lo más simple e importante de este proceso: poder sentarme en una silla y escribir.

Descubre tu próxima lectura

Si quieres formar parte de nuestra comunidad,
regístrate en **www.megustaleer.club**
y recibirás recomendaciones personalizadas

Penguin
Random House
Grupo Editorial